Jenny Colgan
Sommerhimmel über dir und mir

PIPER

Jenny Colgan

Sommerhimmel über dir und mir

Roman

Aus dem Englischen von
Sonja Hagemann

PIPER

Mehr über unsere Autorinnen, Autoren und Bücher:
www.piper.de

Wenn Ihnen dieser Roman gefallen hat, schreiben Sie uns unter Nennung des Titels »Sommerhimmel über dir und mir« an *empfehlungen@piper.de*, und wir empfehlen Ihnen gerne vergleichbare Bücher.

Alle Titel, die von Jenny Colgan im Piper Verlag vorliegen, finden Sie auf Seite 448.

Die Zitate in diesem Roman stammen aus folgenden Quellen:
Seite 9: James Matthew Barrie: *Peter Pan in Kensington Gardens*. Scaneg Verlag, München 2008. Aus dem Englischen und mit einem Nachwort von Selma Urfer.
Seite 190: Susan Cooper: *Wintersonnenwende*. Ravensburger Verlag, München 1997. Aus dem Amerikanischen von Annemarie Böll.
Seite 367/368: Kris Drever, John McCusker, Roddy Woomble: *The poorest company*, Songtext. Aus dem Album »Before the ruin«. Navigator Records, Dartford 2008. Aus dem Englischen von Sonja Hagemann.
Seite 432: J. M Barrie: *Peter Pan*, Vollständige Ausgabe. Insel Verlag, Berlin 2015. Aus dem Englischen von Adelheid Dormagen.

Unser Versprechen für mehr Nachhaltigkeit
• Klimaneutrales Produkt
• FSC®-zertifiziertes Papier
• Hergestellt in Europa

FSC www.fsc.org
MIX
Papier | Fördert gute Waldnutzung
FSC® C083411

Deutsche Erstausgabe
ISBN 978-3-492-31911-9
1. Auflage April 2024
2. Auflage April 2024

Titel der englischen Originalausgabe: »The Summer Skies«, Sphere, an imprint of Little, Brown Book Group, an Hachette UK Company, London 2023

Redaktion: Kerstin Kubitz
Karte: The Flying Fish Studios, Viv Mullett
Satz: Fotosatz Amann, Memmingen
Gesetzt aus der Dante
Druck und Bindung: CPI books GmbH, Leck
Printed in the EU

Für Leonid,
der so weit gereist und so mutig ist.
Du machst uns wirklich stolz.

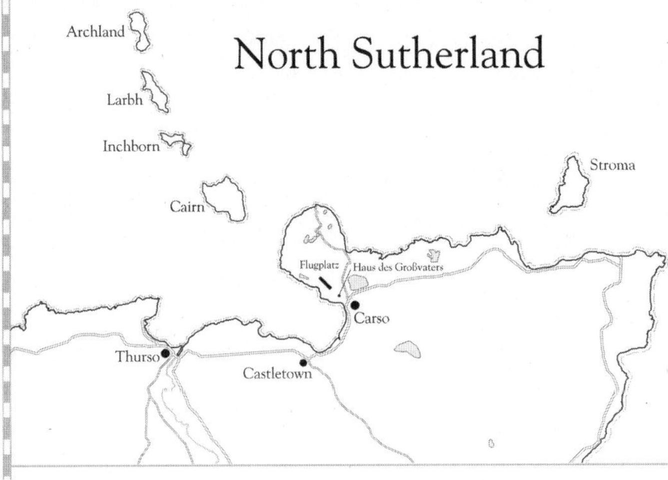
North Sutherland
Archland
Larbh
Inchborn
Stroma
Cairn
Flugplatz
Haus des Großvaters
Carso
Thurso
Castletown

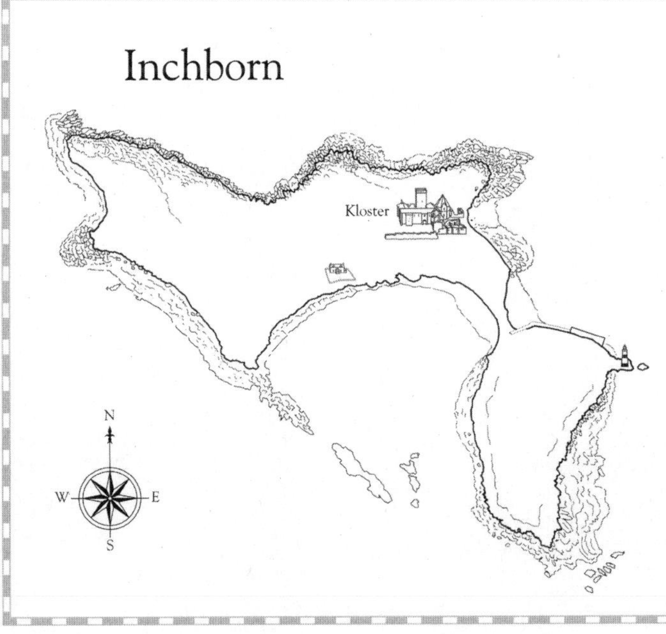
Inchborn
Kloster
N
W
E
S

Denn in dem Moment,
in dem du zweifelst, fliegen zu können,
verlierst du die Fähigkeit für immer.

J. M. Barrie: *Peter Pan in Kensington Gardens*

Vorwort

Das hier ist kein Buch über die Fliegerei.

Ich weiß, wie albern das klingt, weil auf dem Buchdeckel vermutlich irgendwo »Morag ist Pilotin« steht und das hier eindeutig ein Buch über eine Frau namens Morag ist.

Ein wirklich netter Pilot hat mir bei diesem Buch mit den ganzen technischen Aspekten geholfen (wodurch ich gelernt habe, was für unglaubliche Arbeit Piloten leisten). Als er mich eines Tages wieder mal korrigiert hat (»Jen, Piloten legen keinen Rückwärtsgang ein, und wir haben auch keine Rückspiegel an den Flügeln.«), hat er noch ganz lieb hinzugefügt: »Weißt du, du brauchst mich auch nicht bei den Danksagungen zu erwähnen.«

Ich hab dann gesagt: »Oh, aber du hast mich doch so super unterstützt!«, woraufhin er im Prinzip angedeutet hat, ich sei beim Thema Fliegen eine derartige Niete, dass eine Erwähnung seinen guten Ruf ruinieren würde 😆. Ein so unluftfahrtmäßiges Buch ist das also.

Trotzdem bin ich dieser Person zu großem Dank verpflichtet, genau wie Captain Colin Rutter von British Airways, der kein Problem mit einem öffentlichen Dankeschön hat, aber noch einmal darauf hinweisen möchte, dass in diesem Buch so einiges an falschen Sachen steht und es nicht seine Schuld ist, wenn ich nicht verstehe, wie ein Kreiselkompass funktioniert.

Die Idee zu dieser Geschichte ist mir letzten Sommer gekommen, als einer meiner Söhne mit mir unbedingt ins schottische Luftfahrtmuseum wollte. Und er war dann auch ganz begeistert, während der andere sich da nur durchgeschleppt und gemault hat: »Was soll daran bitte so toll sein?« Wer mehr als ein Kind hat, kennt solche Situationen.

Ich fand es total aufregend – die haben da eine Concorde! Und ein Wasserflugzeug! – und hatte bis zu diesem Zeitpunkt gar nicht begriffen, wie sehr Piloten das Fliegen eigentlich lieben. Wenn sie in der Luft sind, gilt ihre ungeteilte Konzentration ihrer Aufgabe, sodass alle anderen Aspekte des Lebens sehr weit weg zu sein scheinen. Das hat mich interessiert, weil heutzutage das Internet dauernd unsere Aufmerksamkeit beansprucht und alle ständig von schlimmen Nachrichten abgelenkt sind. Ich sehne mich selbst oft danach, mal wieder in eine Tätigkeit völlig vertieft zu sein.

Und dann kam noch etwas hinzu: Als ich nach dem Lockdown zum ersten Mal wieder in einem Flugzeug saß, wurde mir bewusst, wie toll Fliegen eigentlich ist.

Die Beschleunigung in der Magengrube zu spüren, wie dieser schwere Metallkasten voller Leute einfach vom Boden abhebt, der Moment, in dem man die graue Wolkendecke durchbricht und plötzlich vom Sonnenlicht geblendet wird, die Aufregung, wenn man ein anderes Flugzeug entdeckt … Ja, es ist teuer, man muss Schlange stehen und sich mit anderen Leuten und jeder Menge Unannehmlichkeiten herumschlagen. Trotzdem ist es echt Wahnsinn, was ich ganz vergessen hatte.

Abgesehen davon wollte ich auch gern mal darüber schreiben, wofür Fliegen eigentlich steht: dafür, mal eine Pause einzulegen und sein Leben zu ändern. Entweder vorübergehend, wenn man in den Urlaub fliegt, oder für immer, wenn man zum Beispiel weit weg zieht. So oder so ist ein Flug immer der erste Schritt bei einer Reise in ferne Länder. Und ich wollte gern über den Wolken davon träumen, wie das Leben mit dieser Freiheit aussehen könnte, die das Fliegen mit sich bringt. Ich wollte mit der Idee spielen, dass uns die Welt immer noch zu Füßen liegt, wenn wir nur mutig genug sind; dass es nie zu spät ist und immer ein neuer Horizont auf uns wartet.

So beginnt also eine ganz neue Geschichte, in der es eigentlich nicht um die Fliegerei geht, die ihr aber hoffentlich trotzdem mögt.

(Und falls ihr selbst beruflich im Cockpit sitzt – schickt mir bitte keine empörten Nachrichten. Euch gilt meine volle Bewunderung.)

Jenny

Teil 1

Prolog

Alarmton

Fluglotse: »Sunbird 247, Verkehr auf zehn Uhr, steigend ohne Höhenangabe, Entfernung etwa zehn Meilen.«

Flugkapitän: »Kollisionswarnsystem checken!«

Co-Pilotin: »Maschine wird nicht angezeigt.«

Flugkapitän: »Wohl ein Kleinflugzeug, das von seiner Route abgekommen ist.«

»Gehen Sie den Vorfall noch häufig in Gedanken durch?« Der Mann aus der Personalabteilung war so freundlich, so sehr darum bemüht, alles richtig zu machen.

Ich schüttelte den Kopf. »Nein, überhaupt nicht. Es ist alles in Ordnung.«

»Und Sie haben ja auch korrekt gehandelt.«

»Ich weiß.«

»Das Flugzeug ist sicher gelandet.«

»Ich habe nur meine Arbeit erledigt.«

Schon klar, wir haben den Vogel runtergekriegt. Aber ich bin mir nicht einmal sicher, ob das besser oder schlechter war. Die Sache hat sich überhaupt nicht so abgespielt, wie ihr euch das vielleicht vorstellt, und die Passagiere haben es vermutlich nicht einmal mitgekriegt. Niemand hat in der Magengrube gespürt, wie ruckartig die Nase des Flugzeugs nach oben gerissen wurde, niemand hat geschrien. Nein. Nicht bei uns. Es sind keine Servierwagen durch den Mittelgang gerast. Wir haben zwei Leute umgebracht, und die Passagiere haben kaum von ihren Handys aufgeschaut.

Der Tag war ganz unspektakulär losgegangen, es war einfach ein normaler Flug nach Alicante mit einer Maschine voll fröhlicher Urlauber gewesen: Gruppen rund um Junggesellen und -gesellinnen, die schon seit sechs Uhr morgens in Kneipen am Flughafen Bier runtergekippt hatten, Familien mit quengelnden Kleinkindern, die statt des versprochenen Strandes gerade stundenlanges Angeschnalltsein in einem engen Sitz über sich ergehen lassen mussten, Pärchen auf der Hochzeitsreise, die bei der Kabinenmannschaft kichernd Prosecco bestellt hatten. Normal, alles war ganz und gar normal gewesen.

Fluglotse: »Haben Sie Sichtkontakt, Sunbird 247?«
Flugkapitän: »Bitte warten.«
Co-Pilotin: »Kein Sichtkontakt.«
Fluglotse: »Bitte warten. Sunbird 247, steigen Sie auf tausend Fuß.«
Flugkapitän: »Bitte wiederholen!«
Fluglotse: »Tausend Fuß, Sunbird 247.«

Ich hatte rechts auf dem Co-Piloten-Sitz gesessen und eigentlich mit einem weiteren Routinetag gerechnet, da nichts ungewöhnlich gewesen war. Wir hatten den ganzen Flug über klaren Himmel gehabt, und der Flugkapitän an meiner Seite war Bob Brechin gewesen, ein guter, zuverlässiger Pilot. Als das kleine Flugzeug ins Trudeln geraten und in die Tiefe gestürzt war, hatte man nicht einmal die Schreie gehört …

»Und, können Sie nachts halbwegs schlafen?«

Fluglotse: »Ich widerruf…«
Co-Pilotin: »SICHTKONTAKT! SICHTKONTAKT!«
(Cockpitgeräusche) »STEIGEN! STEIGEN!«
Röhrender Lärm.

Ein Monat Stressbearbeitung nach einem Vorfall der Kategorie zwei erschien mir vernünftig, und es war ja auch alles in Ordnung. Seit jenem Flug hatte ich vier Trainingseinheiten im Simulator absolviert, die alle perfekt gelaufen waren, und war noch einmal ärztlich untersucht worden. Keinerlei Probleme.

Durch so etwas würde ich mich nicht aus der Bahn werfen lassen, auf keinen Fall. Ich würde wieder fliegen, ganz ruhig und professionell, würde einfach meine Arbeit erledigen.

»STEIGEN! STEIGEN!«

»Also, fühlen Sie sich bereit, ins Cockpit zurückzukehren?«

Ich setzte meine unerschrockenste Miene auf. »Natürlich, ich kann es kaum erwarten, und ich freue mich schon darauf, in den großen Maschinen links zu sitzen.«

Der Mann aus der Personalabteilung lächelte. »Wie ich sehe, kann Sie nichts aufhalten, First Officer MacIntyre.«

Ich reagierte mit einem betont beherzten Lächeln. Tatsächlich drängte sich mir dauernd der Anblick der kleinen Osprey auf, die im bedrohlichen Schatten des A320 durch die Wolken gebrochen war. Wenn ich die Lider schloss, sah ich jedes Mal das Weiße in den Augen des Piloten.

Es hatte sich um ein Agrarflugzeug gehandelt, wie wir

später erfahren haben, und um einen lieben jungen Kerl vom Land namens Luis, der vor seiner Freundin hatte angeben wollen.

Wir gewannen und sie verloren an Höhe. Wir hatten das Tempo drosseln müssen, um die Maschine wieder nach oben zu ziehen. Dabei hatten wir bei uns im Cockpit von allem nur wenig mitbekommen, aber ich wollte mir nicht einmal vorstellen, wie die beiden die Situation erlebt haben mussten.

Das kleine Flugzeug hatte zu trudeln begonnen, Panik hatte die Insassen erfasst – Luis und seine Freundin. Sie hatte Serenata geheißen, was für ein schöner Name! Die beiden waren in der Nähe von Alicante abgestürzt, zum Glück über einem Feld.

Ich hatte alles richtig gemacht, war ruhig geblieben und hatte nur einen Blick mit Bob getauscht, mit dem ich reibungslos zusammengearbeitet hatte.

Als sich unsere Flughöhe wieder stabilisiert hatte, hatten wir dagesessen und den Atem angehalten. Wir hatten auf die Bestätigung der schrecklichen Nachricht gewartet, die eigentlich nicht mehr nötig gewesen war, seit die kleine Maschine aus unserem Blickfeld verschwunden war.

Wegen der sicheren, computergesteuerten Flugzeuge unserer heutigen Zeit wird ja oft gescherzt, dass Piloten nur für zwei Minuten im Jahr bezahlt werden. Da war durchaus etwas dran, und das waren unsere zwei Minuten gewesen.

Kapitel 1

Mein Urgroßvater, Captain Ranald Murdo MacIntyre vom Royal Air Force City of Aberdeen Auxiliary Squadron 612, war nicht besonders groß gewesen. Die meisten waren sich darin einig, dass sein Temperament und sein Tatendrang vermutlich auch damit zu tun gehabt hatten.

Ranald war kräftig, hatte einen ordentlichen Dickkopf und trug gern einen herausfordernden Gesichtsausdruck zur Schau, so als sollten die Leute ruhig mal versuchen, sich mit ihm anzulegen, dann aber auch die Konsequenzen tragen. Er gehörte zu den Menschen, für die der Krieg eine tolle Zeit war, ein großes Abenteuer, durch das er endlich mal aus seiner kleinen Stadt an der Nordküste Schottlands rauskommen und seinen Horizont erweitern konnte.

Er verpflichtete sich gleich am Anfang, und das auch noch bei der Royal Air Force, zu einer Zeit, in der die Lebenserwartung der Piloten dort etwa ein halbes Jahr betrug. Von dem Moment an, in dem er zum ersten Mal mit einer Spitfire abgehoben hatte, war er Feuer und Flamme. Er flog furchtlos jedes Ziel an, verteidigte den Firth of Forth und flog über den Erzfeind – nicht die Luftwaffe, sondern vielmehr das Glasgow Auxiliary Squadron 602, die Rivalen von der Westküste – öfter im Tiefflug hinweg als streng genommen nötig.

Bevor seine sechs Monate da oben um waren und er – der

ja alles andere als durchschnittlich war – womöglich doch noch dem Gesetz des Durchschnitts zum Opfer fallen würde, holte ihn die RAF vom Himmel und stationierte ihn in Leuchars, wo er die nachrückende Generation ausbildete, und dann die nächste, was er alles mit demselben überschwänglichen Elan in Angriff nahm wie das Fliegen selbst.

Bei Kriegsende ging die Wahrscheinlichkeit, dass er je wieder auf die Äcker der Familie zurückkehren würde, gegen null. Leider war für Ausbilder, die Piloten für Kampfeinsätze in selbstmörderischem Heldenmut schulten, nach Ende des Konfliktes nicht mehr viel Bedarf.

Zu jener Zeit trieb Ranald irgendwo eine kleine Cessna auf, die ihm Gerüchten zufolge sogar die RAF selbst überlassen hatte, um ihn endlich loszuwerden. Damit richtete Ranald umgehend eine Flugroute für die majestätische Gruppe von Inseln vor der Nordküste von Schottland ein, die bis zu diesem Zeitpunkt nur unregelmäßig durch Fähren oder sogar nur durch Segel- und Ruderboote mit der Zivilisation verbunden gewesen waren.

Allerdings waren deren Bewohner der Meinung, dass sie bisher auch gut allein klargekommen waren, vielen Dank auch, und dass sie diesen gottlos lauten, öligen Eindringling gar nicht brauchten, der da den Rhythmus der Jahreszeiten durcheinanderbrachte. Nach und nach fanden sie aber Gefallen daran, gelegentlich einen Blick in eine Zeitung zu werfen, die erst einen Tag alt war, einen Arzt aufzusuchen oder einen Ausflug in eine große Stadt wie Oban oder Inverness mit ihren verführerischen Lichtern zu machen. Die Kirche war von alldem nicht begeistert, aber das war sie ja ohnehin selten.

Jedenfalls florierte Ranalds Unternehmen mit dem winzigen Lufttaxi, das im Prinzip überall landen und jeden mitnehmen konnte. Zum einen, weil der von ihm angebotene Service eben etwas ganz Neues war, zum anderen wegen der praktischen Aspekte und schließlich auch deshalb, weil selbst übelstes Wetter Ranald nicht vom Fliegen abhielt, ihn nicht einmal groß störte. Und wer die Nordküste von Schottland nur ein bisschen kennt, der wird verstehen, was für ein tolles Talent das war.

Eigentlich dachten ja alle, das Ranald MacIntyre mit seinem Flugzeug verheiratet war, daher führte es zu allgemeiner Verblüffung, als er mit fünfzig die hübsche Margaret Wise aus Thurso heiratete, die ihm im Jahr darauf Baby Murdo gebar.

Der junge Murdo saß im Cockpit oft an der Seite seines Vaters und dessen Co-Piloten Jimmy Convery. Ranalds alter Kumpel Jimmy stammte aus einem Elendsviertel in Glasgow und war ein so einfacher, ungeschliffener Kerl, dass man ihn kaum verstand, wenn er den Mund aufmachte. Aber er war der beste und treuste Co-Pilot, den Ranald je gehabt hatte, und Ranald wusste ganz genau, dass es für Jimmy kein Zuhause gab, in das er nach dem Krieg hätte zurückkehren können. Selbst vor dem Krieg hatte es diesen Namen ja kaum verdient. Nach ihrer Entlassung brachte Ranald Jimmy daher mit zurück, und sie mieteten ein zugiges altes Haus im Ort, das nicht einmal der Pfarrer gewollt hatte. Jimmy ging dort nie wieder weg.

Murdo wuchs heran und ging bereits mit sechzehn auf die Flugschule, so wie ich auch. Nur wenig kann einen Piloten aus der Ruhe bringen, der mit Landungen unter schottischen Wetterbedingungen aufgewachsen ist: häufiger Nebel, seitlich einfallender Regen, Schnee, Hagel, und das alles bei ganz kurzen Landebahnen. Auf Inchborn, einer Insel der Gruppe, gab es überhaupt keine Landebahn, sodass Ranald dort bei Ebbe auf dem langen Strand landete.

Mit einundzwanzig lieh sich Murdo genug Geld, um ein neues Flugzeug zu kaufen – *Dolly*, eine brandneue Twin-Otter-Maschine, die sein ganzer Stolz war. Er versuchte, die Unternehmung professioneller aufzuziehen: mit Flugplänen, regelmäßigen Lieferungen und Rundflügen für die Leute, die inzwischen mehr Geld zur Verfügung hatten. Aber man war sich nie zu fein dafür, als Gefallen für jemanden ein Päckchen mitzunehmen, wenn die Gewichtszulassung es ermöglichte, für kleines Geld Mütter und ihre Babys abzuholen, die auf dem Festland zur Vorsorgeuntersuchung mussten, oder im Notfall das Sanitätsflugzeug zu unterstützen.

Murdo heiratete jung und war erpicht darauf, eine Nachfolgegeneration für MacIntyre Air heranzuziehen. Tatsächlich war sein Sohn, Iain, von klein auf genauso wild aufs Fliegen wie vor ihm sein Vater und Großvater. Einst war Murdo Ranalds Augenstern gewesen, sein ganzer Stolz. Iain erfüllte für Murdo die gleiche Rolle, und es wurde längst begeistert geplant, in Zukunft die Flotte zu erweitern – bis Iain eines Tages zum Markt geschickt wurde, um einen Korb rote Äpfel zu kaufen, und mit grünen zurückkehrte. So kam die schreckliche Wahrheit ans Licht: Er war nicht nur stark farbenblind, sondern hatte generell furchtbar schlechte Augen. Der Optiker hatte so einiges dazu zu sagen, dass sie den Jungen nicht schon viel früher hergebracht hatten.

Für Iain war das ein harter Schlag, ähnlich wie eine Verletzung für einen Profifußballer. Der weinerliche Teenager mit vom National Health Service finanzierter fetter Brille studierte Buchhaltung, paukte ordentlich und ergatterte eine Stelle in der Finanzabteilung einer großen kommerziellen Fluglinie mit Sitz in der Nähe von Aberdeen. Dort durfte er den Tag in der Gesellschaft von Piloten verbringen, sich um die finanziellen Aspekte der Fliegerei kümmern, Bilanzen und Rechnungen bearbeiten, die Kosten von Treibstoff und Ladung und Flugzeugen kalkulieren, aber nie selbst im Cockpit sitzen.

Man konnte schlecht sagen, ob das für den Jungen, der immer vom Fliegen geträumt hatte, nun ein Trost oder eher die reinste Folter war.

Wenigstens würde nach ihm eine neue Generation kommen. Es war zwar nicht so, dass Iain MacIntyre jede Frau, die ihn interessierte, nach ihrer Sehkraft befragte. Aber als er die schöne Katherine Trawley kennenlernte, die nicht nur tolle rote Haare hatte, sondern auch noch über hundertprozentige Sehschärfe verfügte, war die Sache geritzt. Dann kam Jamie zur Welt, und sein Weg schien vorgezeichnet.

Leider heulte und brüllte Jamie jedes Mal, wenn er an einem langen Sommertag in Carso in den Himmel aufstieg. Er konnte einfach nicht verstehen, warum ihn ständig jemand in so einer lauten und gruseligen Blechbüchse festschnallen wollte, wenn es da draußen, an der herrlichen Spitze von Schottland, doch einen Strand mit Sand und Meer und Garnelennetzen gab, mit Krebsen und Vögeln und anderen wilden Tieren, eben der ganzen Schönheit der Natur.

Jamie machte so ein Theater, dass die Familie es schließlich aufgab und sich widerwillig auf die nächste Hoffnungsträgerin konzentrierte, auf Baby Morag.

Und, na ja, das war ich.

Im zugigen alten Haus in Carso, der nördlichsten Stadt in Sutherland, ganz oben in den schottischen Highlands, gab es eine komplette Regalwand voll mit Medaillen meines Urgroßvaters Ranald. In Carso, wo die Nordsee auf die Schottische See traf, blies der Wind ohne Unterlass. Die Häuser hier waren aus grauem Stein, und es gab einen ganz kleinen Flugplatz.

Wenn andere mir von meinem fliegenden Urgroßvater erzählt haben, haben sie immer einen eher mürrischen, streng auftretenden Mann beschrieben. Allerdings hatte er wohl von Zeit zu Zeit jäh und laut über Witze gelacht und gern furchtbar lange Geschichten zum Besten gegeben, die eigentlich jeder schon einmal gehört hatte.

Margaret war jung an Brustkrebs gestorben, als Murdo erst zwanzig gewesen war – meine Mutter nahm an, dass er vermutlich deshalb so jung hatte heiraten wollen –, und Ranald hatte einfach weitergemacht und den Rest seines Lebens mit seinem besten Freund Jimmy Convery zusammengewohnt. Jimmy hatte wohl nie viel gesagt, aber über Ranalds Anekdoten mit von Woodbine-Zigaretten heiserer Stimme gelacht. Der schnurrbärtige Typ wirkte auf Fotos nicht sehr vertrauenerweckend, aber Murdo – Gramps – hat ihn immer vergöttert. Und da ich Gramps vergötterte, ging ich davon aus, dass Jimmy wohl ganz okay gewesen sein musste.

Ich bin außerhalb von Aberdeen aufgewachsen, habe in Carso aber alle Sommer und viele Wochenenden verbracht. Wie begeistert dort jeder war, als ich Interesse am Fliegen zeigte, hat mich wirklich verblüfft, und in der Familie herrscht der Aberglaube, dass durch mich gewissermaßen Ranald wiedergeboren worden war.

Eigentlich war ich daran gewöhnt gewesen, dass Jamie –

ein mit seinen roten Haaren und grauen Augen außergewöhnlich hübsches Kind – immer im Mittelpunkt gestanden hatte.

Ich hingegen hatte wilde schwarze Locken, wie wohl einst Margaret. Mir persönlich hatten sie immer nur Kummer bereitet, da ich in der Zeit von Glätteisen und dünn gezupften Augenbrauen aufgewachsen war. In der Schule wurde ich wegen meiner wilden Haare Mähnen-Morag genannt.

Jamie war klug, sensibel und künstlerisch begabt. Ich war still, schrecklich schüchtern und fühlte mich als das erste Mädchen in drei Generationen mehr oder weniger unzulänglich. Bis ich zum ersten Mal ins Cockpit der Twin Otter kletterte.

Augenblicklich war die ganze Verwandtschaft stolz auf mich, wirkte zugleich aber verdächtig erleichtert. Wohin wir in diesem Sommer auch kamen, überall wurde ich als Morag, die kleine Pilotin, vorgestellt, als Retterin von MacIntyre Air. Die Leute hielten uns auf der Straße an und sprachen mit mir übers Fliegen, während Jamie schmollend danebenstand und seinen Malblock an sich presste, den er immer dabeihatte, um sich bei der erstbesten Gelegenheit zum nächsten Baum oder Bach davonzuschleichen.

Ich weiß noch, wie ich in der Schule meine Wahlfächer ausgesucht habe – so, als hätte ich eben keine große Wahl: Mathe für die Berechnungen bei der Navigation, Physik und natürlich Erdkunde. Das Geld für die Flugschule zusammenzubekommen, war eine Gemeinschaftsanstrengung der ganzen Familie – ja, durch eine Ausbildung dort ist einem später der Arbeitsplatz sicher, aber sie ist wirklich, wirklich teuer. So teuer. Deshalb mussten sich alle einschränken, was mir ganz schön zu schaffen machte. Aber ich durfte das Fliegen lernen, und von diesem Moment an gab es für mich kein Halten mehr.

Das klingt zwar furchtbar, aber sobald ich merkte, dass mir jetzt mehr Aufmerksamkeit zuteilwurde als meinem tollen, beliebten Bruder, hängte ich mich voll und ganz rein.

Ich war so ein verzagtes, unsicheres Kind gewesen. Wenn sie mich zum Kindergarten oder zur Schule brachte, hatte meine Mutter mich beim Abschied immer mühsam von sich losmachen müssen.

In Carso hatte ich nur eine einzige Freundin gehabt, Nalitha Khan, die alles andere als schüchtern gewesen war und in deren Kielwasser ich hatte mitfahren dürfen.

Doch als mich die Familie zur Zukunftsträgerin des Familienunternehmens auserkoren hatte – na ja, da hatte sich alles geändert.

In dem kleinen Ort, in dem mein Großvater lebte, wurde gern geplaudert und getratscht, was mich bislang eher verunsichert hatte, da ich regelmäßig von alten Damen bedrängt worden war: »Morag, Kleine, jetzt mach mal den Mund auf. Du bist aber ein kümmerliches, blasses Ding. Wirklich schade, schließlich ist Jamie doch so ein hübscher Junge, nich?« Diese Situationen wurden für mich jetzt etwas leichter.

Irgendwie hatte ich gedacht, dass es noch einfacher werden würde, nachdem ich mit der Flugschule angefangen hatte. Tatsächlich sagten allerdings neunzig Prozent der Leute als Erstes zu mir: »Oh, du Glückspilz, dann wirst du ja ständig von all diesen gut aussehenden Piloten umringt sein«, was natürlich, ihr wisst schon, äh, sehr, sehr sexistisch und leider auch gar nicht der Fall war. Ja, die meisten meiner Mitschüler waren Männer, aber sie behandelten mich und die wenigen anderen Frauen quasi als Mann ehrenhalber.

Wie alle anderen waren sie viel mehr hinter den schönen blonden Schauspielschülerinnen von nebenan her. Was eigentlich gut war, denn ich lege Wert auf einen professionellen Umgang. Wirklich. Leider war der Umgang oft sehr, sehr – vielleicht einfach zu – professionell.

Ich war eine gute Schülerin, hab ordentliche Arbeit geleistet und wurde nie von irgendetwas ausgeschlossen. Ich fand es sowohl damals als auch später im Berufsleben echt okay, einer der Jungs zu sein, und genoss auch Diskussionen über Motoren oder Windgeschwindigkeiten bei einem Bier, klar. Und die Unterhaltungen über Autos.

Allerdings stiegen Jai und Abdul und Connor danach in ihre äußerst feschen Autos und fuhren davon, um für ihre abendlichen Verabredungen technisch weniger versierte Damen abzuholen. Und ich ging nach Hause in meine kleine Neubauwohnung, die ich gemietet hatte, weil sie in der Nähe des Flughafens lag und nicht zu teuer war, aus keinem anderen Grund. Es war einfach nur ein Ort, um zwischen meinen Schichten zu schlafen.

Ich hatte Beziehungen mit dem ein oder anderen Ingenieur, was okay war, aber nach dem Eintritt ins Berufsleben war ich ja sowieso immer unterwegs. Für Männer, die an die ständige Abwesenheit ihrer Partnerin gewöhnt waren, war ich wohl ein bisschen zu spießig, andererseits aber zu exotisch für diejenigen, für die so eine Situation neu war.

Bei Männern gab es vor allem zwei Tendenzen: Entweder fühlten sie sich durch meinen Beruf eingeschüchtert und brachten ihn deshalb nie zur Sprache, erwähnten aber oft, dass sie ein Händchen für Autoreparaturen hatten. Oder sie fragten mich ständig nach Abstürzen und anderen schrecklichen Sachen, die bis vor Kurzem weder mir noch irgendjemandem, den ich kannte, je passiert waren – so etwas kommt nämlich wirklich, wirklich selten vor. Oder die Kerle gaben vor, mich zu bedauern, und fragten, ob meine Arbeit nicht furchtbar monoton war, weil sie ihre langweiligen Reiseerfahrungen auf meinen wunderbaren Job projizierten.

Und ich wusste auch nicht recht, wie ich das Gefühl genau in dem Moment beschreiben sollte, wenn eine riesige Maschine den Erdboden verließ, die Sekunde, in der ich plötzlich nicht mehr an die Erde gebunden war, vom Rollen ins Fliegen überging, die Fesseln der Schwerkraft abschüttelte. Dann sauste ich durch die Wolken und durchbrach sie sogar am trübsten, grausten Tag, ließ die armen Pendler da unten zurück, die sich im Regen durch den Verkehr schlängelten, während ich selbst in luftiger Höhe die Königsroute nahm. Vor mir erstreckte sich mit dunkler Wölbung in der Ferne der blaue Himmel, der ganz mir gehörte, mich erwartete, während Wolken wie weiche Kissen wirkten, die ich einfach vorbeiwinkte. Sogar schneebedeckte Berge schienen das Haupt vor mir zu neigen.

Damit will ich sagen, dass ich meine Arbeit wirklich fantastisch finde, oder zumindest war das mal so.

Aber beim Thema Liebe, das muss ich ehrlich sagen, war sie nie sehr hilfreich. Zumindest bei mir nicht. Manche Leute aus meiner Berufsgruppe lösten das Problem, indem sie an allen wichtigen Luftfahrtdrehkreuzen auf der Welt Partner hatten. Zu meiner eigenen Enttäuschung musste ich feststellen, dass ich zwar Millennial durch und durch war, für so etwas aber einfach nicht gemacht, obwohl das theoretisch natürlich cool war.

Aber cool war jemand, der so viele mathematische und technische Fächer belegt hatte wie ich, ohnehin selten. Meine Mum hatte immer schon gesagt, dass ich eben eine schwer beschäftigte Karrierefrau war. Aber sie war nun mal meine Mutter und benutzte tatsächlich Ausdrücke wie »Karrierefrau«. Na ja.

Mein Handy klingelte, nachdem ich das Besprechungszimmer der Personalabteilung verlassen hatte und mich beim Kaffeestand anstellte. Ich brauchte definitiv einen Kaffee oder zumindest etwas tröstlich Warmes, worum ich die Hände schlingen konnte.

»Und, wie ist das Treffen gelaufen?«

»Gramps! Es war alles okay!«

»Natürlich war es das«, sagte er voller Genugtuung. »Das ist mein Mädchen!«

»Ich muss nur noch darauf warten, dass die Untersuchung des Vorfalls abgeschlossen wird, und dann geht's wieder los, ab in Richtung Wolken.«

»Die Freigabe zum Fliegen hast du?«

»Es stehen noch ein paar Formalitäten an, aber … ich denke, das wird schon gehen.« Ich versuchte, nicht zu zaudern und voller Entschlossenheit zu sprechen.

»Dementsprechend«, kam von ihm mit genüsslicher Stimme, »hast du jetzt gerade ein paar freie Tage.«

»Gramps!«, sagte ich warnend.

Er hatte nie die Hoffnung aufgegeben, dass ich wieder in den hohen Norden zurückkehren würde. Da konnte ich ihm noch so oft darlegen, dass ich kein schlechter Mensch war, weil ich die eisige Kälte aufgegeben hatte, um durch ganz Europa zu fliegen. So kam ich schließlich auch mal an Orte, wo Bekleidungsgeschäfte nicht das stolz als »Boutique« bezeichnete Scheidungsprojekt von Mrs Haglye waren, die an ihren vollschlanken Schaufensterpuppen stets die neusten beigefarbenen Twinsets ausstellte und mittwochs immer noch früher zumachte. Und eigentlich sollte ich ja sogar nach einem Leben mit All-you-can-eat-Brunch und sonnigen Reisen nach Übersee streben (wie es die meisten Kollegen taten). Gramps fände es doch sicher auch cool, einen Pool zu haben, oder nicht?

»Was soll ich denn mit einem Pool?«, fragte er entgeistert. »Ich hab doch das Meer direkt vor der Nase, mein Mädchen. Das liegt ja vor meiner Haustür.«

»Du solltest öfter mal die Zivilisation aufsuchen«, sagte ich. »Im Ernst. Vielleicht würde es dir hier sogar gefallen.«

»Das hab ich alles schon gemacht«, wandte er ein. »Und die Zivilisation stinkt ganz furchtbar.«

»Die Leute wollen gern eine Toilette im Flugzeug, Gramps, das ist ganz normal.«

Die Twin Otter hatte keine Toilette. Da keiner der Flüge länger als eine Dreiviertelstunde dauerte, musste man eben anhalten.

»Das ist widerlich.«

Leider konnte ich dem nicht widersprechen, vor allem aufgrund der Gruppen, die wir nach Junggesellenabschieden oft zurückbrachten und die am Sonntagmorgen übernächtigt und unangenehm aufgekratzt waren.

»Schau doch mal bei uns hier oben vorbei«, sagte er. »Komm zu Besuch. Die Osterglocken blühen.«

»Die gibt's hier auch.«

»Und es fragen alle nach dir.«

»Genau da liegt doch das Problem. ›Oooh, die kleine Morag, die früher nie den Mund aufgemacht hat!‹ ›Oooh, die kleine Morag mit den furchtbaren Haaren!‹ ›Oooh, Morag, weißt du noch, wie du dir mal am Mercat Cross in die Hose gemacht hast?‹«

»Das war allerdings witzig!«

»Das war überhaupt nicht witzig! Jamie hatte eine Ringelnatter als Haustier und hat sie mir hinten in den Kragen geschoben!« Ich erschauderte.

»*Aye*, na ja, er kann doch nichts dazu, dass du keine Tiere magst.«

»Es ist nicht so, dass ich Tiere nicht *mag*. Ich bevorzuge nur nützlichere Sachen. So wie Flugzeuge. Und Restaurants und die Zivilisation und Straßen, die irgendwo hinführen und nicht jählings in irgendeinem Feld enden.«

»Tja, Morag, du führst jetzt eben ein tolles, schillerndes Leben.«

»Komm mir bitte nicht damit!«

»Aber deine Wurzeln hast du dabei ganz vergessen.«

»Hab ich nicht!«, protestierte ich, nicht zum ersten und sicher auch nicht zum letzten Mal. »Ich hab hier draußen einfach nur … eine größere Welt gefunden.«

»Die allerdings stinkt.«

»Gramps!«

Er senkte die Stimme: »Morag, bist du denn ganz sicher … dass du über den Beinahezusammenstoß hinweg bist?«

Im sterilen Gebäude der Fluggesellschaft schaute ich auf. Der Mann aus der Personalabteilung, mit dem ich die Sitzung gehabt hatte, hatte sich auch gerade in die Kaffeeschlange eingereiht. Hm, merkwürdig. Ich konnte mir diese Typen eigentlich nicht außerhalb der kleinen Meetingräume vorstellen, die in beruhigenden Farben gestrichen waren.

Das war ein bisschen so wie in der Kindheit mit Lehrern außerhalb der Schule. Dass er hier zu Mittag aß, sich zwischen einem Hühnchensandwich und einem Salat entschied, fand ich unerwartet normal. Ich sah, dass er den Salat nahm.

Eigentlich hatte ich gedacht, dass er mich gar nicht bemerken würde, aber er schaute auf und erkannte mich eindeutig. Ich fragte mich, ob ich mir das mit dem Muffin, den ich eigentlich hatte bestellen wollen, besser noch einmal überlegte. Durch einen Muffin statt eines ordentlichen, vernünftigen Salates kam ich womöglich gierig und zuckersüchtig und labil rüber. Vielleicht sollte ich auch lieber entkoffeinierten Kaffee bestellen. Oder würde mich das neurotisch wirken lassen?

Die Stimme von Gramps dröhnte noch immer übers Handy. »Als mir das passiert ist, war ich nämlich total hinüber.«

»Aber bei dir war das ja auch ein Tarnkappenbomber«, wandte ich ein, da ich die alte Story in- und auswendig kannte. »Du warst der kleine Vogel. Wir waren hier der große.« Ich versuchte, leise zu reden, aber der Mann aus der Personalabteilung war in der Schlange vorgerückt und damit in Hörweite.

»In fünfzehntausend Fuß Höhe ist niemand groß«, stellte Gramps fest. »Da oben vor Gottes Angesicht sind wir alle winzig.«

»Es geht mir wirklich wieder wunderbar«, sagte ich mit einer Stimme, die plötzlich nicht einmal mehr mich selbst überzeugte. »Und ich hab ja auch ein reiches und erfülltes Privatleben mit vielen Freunden, die ebenfalls finden, dass es mir wieder super geht und … Äh, was kostet denn der frisch gepresste Saft?«

»Vier fünfundneunzig.«

»Vier fünfundneunzig für einen Saft?« Mein Großvater konnte es immer noch nicht fassen, als wir uns voneinander verabschiedeten.

Ich wollte mein Handy wegpacken und stellte plötzlich

fest, dass die Person hinter mir die Schlange verlassen hatte und ich mit dem Mann aus der Personalabteilung allein dastand.

»Äh, gehen Sie ruhig vor«, sagte ich verlegen und stopfte das Handy umständlich in meine Tasche.

»MÖHREN- UND INGWERSAFT!«, rief die junge Verkäuferin.

»Nein, bitte«, sagte der Mann und wedelte mit der Hand herum.

Ich lächelte und war völlig durcheinander. Einen A380 mit 500 Tonnen Startgewicht zu fliegen, war für mich kein Problem, aber der Personalabteilungstyp brachte mich aus dem Konzept.

»Äh, ich hole mir nur gerade, äh, einen Saft. Einen ganz normalen Saft«, erklarte ich, als würde ich als Zeugin vor Gericht jeden meiner Schritte beschreiben. Insgeheim schwor ich mir, den Kaffeestand in der Personalabteilung künftig zu meiden.

Der Mann lächelte, als wüsste er nicht recht, was er mit dieser Information anfangen sollte. Er hatte rotblondes Haar und trug ein blaues Hemd mit Krawatte. Damit sah er aus wie ein cooler Lehrer. Vermutlich warteten zu Hause eine nette Frau und 2,4 Kinder auf ihn, deren Fußballmannschaft er auch trainierte. Ja, er hatte sicher ein perfekt organisiertes Leben. Ich musste daran denken, wie einfühlsam er mit mir gesprochen hatte, was ich ziemlich attraktiv gefunden hatte. Jetzt reiß dich mal zusammen, Morag!, schimpfte ich mit mir selbst. Es war ja alles schon kompliziert genug.

»Hallöchen!«, sagte die Frau hinter der Kasse zu ihm, als er an der Reihe war. »Heute mal kein Schinkenbrötchen?«

Überrascht schaute ich den Personalabteilungstypen an, der rot anlief.

»Äh, nein, danke.«

»Und was ist mit Ihrem Twix?«

»Ich … äh, nein, ich will kein Twix.«

»Aber Sie nehmen sonst doch immer eins!«

»Ich … Bitte nur den Salat.«

Er hielt seine Karte vor das Lesegerät, während ich mit meinem Saft unerwartet aufgeheitert davonzog.

Das Protokoll schrieb für mich und auch für den Flugkapitän, mit dem ich im Cockpit gesessen hatte, eine Reihe von zu absolvierenden Schritten vor. Daher war ich zwei Tage später wieder auf dem Weg zum selben nichtssagenden kleinen Raum mit Topfpflanze und wappnete mich für das nächste Gespräch. Das Prozedere war mir klar: Man würde mir im Prinzip noch einmal die gleichen Fragen stellen, um die Richtigkeit meiner Antworten zu überprüfen, während auch die Maschine und die Aufzeichnungen des Flugschreibers gecheckt wurden.

Der Mann mit dem rotblonden Haar lächelte, als ich hereinkam. Er saß hinter dem Schreibtisch, und ich musste auf dem Stuhl davor Platz nehmen.

»Hallo, First Officer MacIntyre.«

»Hallo, äh …« Er hatte sich mir vorgestellt, der Name war mir aber entfallen. Es war irgendwas Seltsames gewesen.

»Hayden … Hayden Telford.«

Ach ja, richtig. Das klang ein bisschen wie ein Frauenname, aber auch hübsch.

»Sorry«, sagte ich und merkte, dass meine Wangen ein wenig brannten. »Normalerweise hab ich ein gutes Gedächtnis für Details. Das gehört bei meinem Beruf schließlich dazu!«

Mir fiel auf, dass er keinen Ehering trug, aber vielleicht

nahm er den ja für die Arbeit ab. Morag, mahnte ich mich innerlich streng. Jetzt sei nicht so dämlich!

»Ist schon in Ordnung«, sagte er mit seiner schönen Stimme. Darin schwang der leichte Anflug eines Akzents mit, den ich nicht einordnen konnte. Ich schüttelte mich innerlich. Dieses Gespräch war so wichtig. Was auch immer es in seinem Computer anzuklicken gab – er musste es unbedingt heute anklicken!

»Sind Sie schon lange Psychologe?«, platzte es trotzdem aus mir heraus.

Mit freundlichem Lächeln schaute er auf. »Ah, nein, ich bin bloß Personalreferent«, erklärte er.

»Ach, Sie sind also kein Arzt oder so?«

Er schaute mich an. »Nein, ich bin kein Arzt.« Beruhigend lächelte er.

»Nicht, dass mich das stören würde«, sagte ich hastig. Ich machte die Sache immer schlimmer.

»Nein, warum sollte es auch?«

»Genau«, sagte ich.

Als er mich interessiert musterte, konnte ich seinen Gesichtsausdruck nur schwer deuten. O mein Gott, vielleicht hielt er mich für komplett verrückt! Ich sollte mir wohl lieber auf die Zunge beißen.

»Okay«, sagte er. Dann schob er seinen Stuhl ein bisschen mehr in meine Richtung. »Also, First Officer …«

»Sagen Sie ruhig Morag«, unterbrach ich ihn und versuchte, dabei selbstbewusst zu klingen.

»Gut. Äh, Morag, es ist völlig in Ordnung, aufgeregt zu sein. Das kann ich gut verstehen. Ich habe oft mit Kapitänen und Co-Piloten in Ihrer Situation zu tun. Falls Sie vielleicht mit einem Therapeuten sprechen wollen, dann kann ich Ihnen weiterhelfen, das ist alles.«

»Nein, mir geht's gut«, sagte ich schnell.

»Ich erledige hier nur meine Arbeit, damit wir dort oben alle sicher sind. Okay?«

Seine Stimme hatte wirklich etwas Beruhigendes an sich. Ich kam einfach nicht dagegen an – ich mochte ihn.

Nach kurzem Zögern sprach er weiter: »Aber mir gefällt der Gedanke, dass Sie mich für einen Arzt gehalten haben. Vielleicht sollte ich das auf mein Schild draußen an der Tür schreiben. Das ist doch wesentlich interessanter als ein Schlipsträger aus der Personalabteilung.«

»Ihre Arbeit ist aber sicher auch sehr interessant«, sagte ich.

»Na ja, ich fliege hier nicht gerade Flugzeuge.« Er wandte sich wieder seinem Computer zu und rief etwas auf. »Nun gut. Es tut mir leid, dass wir darauf so herumreiten müssen, aber – könnten Sie mir den Vorfall noch einmal schildern?«

Ich hatte eigentlich gehofft, es würde mir helfen, das Ganze ein zweites Mal durchzugehen, aber dem war leider nicht so. Schließlich waren dort zwei Menschen in den Tod gestürzt, direkt vor meinen Augen.

»Haben Sie gezögert, dem Kapitän zu sagen, was vor sich geht?«

»Nein.«

»STEIGEN! STEIGEN!«

»Hatten Sie eventuell Bedenken, dass er Ihrer Aufforderung nicht nachkommen würde? Würden Sie beim nächsten Mal irgendwas anders machen?«

»Nein.«

Wie der Punkt auf dem Radar mit einem Mal verschwunden war.

Reiß dich zusammen, Morag. Nein, er ist zwar kein Arzt, hat aber vermutlich sogar mehr Macht. Ein Klick mit der Maus, und das war's …

»Wir haben die Vorschriften befolgt«, sagte ich mit roboterhaft ausdrucksloser Stimme. Ich sprach bewusst langsamer. Aus bitterer Erfahrung wusste ich, dass das die Leute beruhigte – und mit »Leute« meine ich vor allem männliche Passagiere, die eine Frau im Cockpit zum Kaputtlachen fanden.

»Die Folgen für das kleinere Flugzeug waren natürlich bedauerlich. Ich wünschte wirklich, die hätten vor ihrem Flug den Tower informiert. Ich wünschte, es wäre alles anders gekommen.« Ich wünschte, ich könnte nachts schlafen.

Hayden nickte. »In Ordnung. Danke, Morag.« Er löste die Hand von der Maus und lächelte ermutigend. Sein Lächeln war wirklich hübsch, es zeigte ein wenig schiefe Schneidezähne, die ihm einen gewissen Schuljungen-Charme verliehen.

»Okay«, sagte er. »Ich bin mir sicher, dass Sie sich keine Sorgen zu machen brauchen.«

»Mache ich mir auch nicht«, log ich.

»Und, wie sehen Ihre weiteren Pläne aus? Wollen Sie irgendwann auf den linken Sitz wechseln?«

Das war der übliche Werdegang: Vom Co-Piloten zum Flugkapitän auf Kurzstrecken, dann Co-Pilot auf Langstrecken. Zumindest setzten sich das die meisten als Ziel. Einige Piloten konnten die Vorstellung allerdings nicht ertragen – so wie Gramps zum Beispiel. Er liebte Start und Landung (das Aufregendste am Fliegen) und wollte nachts außerdem im eigenen Bett schlafen. Immer mal wieder stellte er klar, dass er nie Interesse daran gehabt hatte, Jahre seines Lebens im Luftraum von Sibirien oder der Sahara zu verbringen.

Ich hatte durchaus schon daran gedacht, nur waren das leider berechnende, nicht sehr ehrenhafte Gedanken gewesen. Offen darüber reden konnte ich mit niemandem. Nach einem Wechsel zu Langstreckenflügen würde ich womöglich ewig auf dem Co-Pilotensessel hängen bleiben. Aber damit könnte ich mir Zeit erkaufen, zumindest so viel, wie ich brauchte. Auf Langstreckenflügen könnte ich vielleicht sogar als Zweite Offizierin an Bord gehen, dann würde ich abgesehen von gelegentlichen Simulatorterminen wohl gar nicht zu fliegen brauchen. Ich würde sicher sein, und die glühenden, prächtigen Sonnenuntergänge über der Sahara waren ja wirklich ein toller Anblick. Wenn ich die Karriereleiter hinaufstieg, im Job vorankam, würde mir niemand vorwerfen können, dass ich Angst hatte. Es wäre ja nur, bis es mir wieder besser ging. Denn es würde doch besser werden, oder? Ja, okay, das war ein wirklich schlechter Plan, momentan aber der beste, den ich hatte.

Ich versuchte, völlig unbeschwert zu klingen: »Ehrlich gesagt, fände ich es ganz schön, zur Langstrecke zu wechseln. Ein paar Schichten in einer der großen Maschinen zu übernehmen.«

»Ach, siedeln Sie etwa nach Dubai über?«

Es wurde oft darüber gescherzt, wie viele Piloten dorthin zogen, wo sie mitten im Zentrum der Welt in einer steuerfreien Oase mit viel Sonne leben würden. Natürlich würde das für mich auch eine andere Fluggesellschaft bedeuten, aber eine, in der ich die Karriereleiter weiter hochklettern könnte.

Ich zuckte mit den Achseln. »Vielleicht.«

»Sie sind also auf dem Weg nach oben«, sagte er bewundernd, und ich konnte selbst kaum fassen, dass ich damit durchkam.

Was für mich selbst so offensichtlich war – Angst und Schmerz –, konnte ich anscheinend selbst vor jemandem, der sich beruflich mit solchen Fragen beschäftigte, problemlos verbergen. Ich kämpfte gegen das schlechte Gewissen an, aber mit wenig Erfolg.

»Ja, so sieht der Plan aus«, verkündete ich kühn. »Ich will das alles hinter mir lassen.«

»Oder unter Ihnen«, sagte er, verzog aber sofort das Gesicht. »Sorry, das war ja ein richtiger Papa-Witz.«

»Na, Sie sehen auch aus wie ein Vater«, sagte ich.

Er runzelte die Stirn. »Echt jetzt? Bin ich aber gar nicht …«

Plötzlich wurde uns beiden bewusst, dass die Unterhaltung gerade sehr persönlich geworden war.

Rasch warf er einen Blick auf die Uhr. »Na ja, nochmals vielen Dank für …«

Ich hatte nicht erwartet, dass er auch aufspringen würde, als ich mich erhob. Als er mir dann die Hand schüttelte, kam es mir so vor, als würde er sie eine Sekunde zu lange festhalten. Nein, ich stand wohl einfach nur unter Hochspannung. Bestimmt.

»Tja, das ist dann wohl das letzte Mal, dass ich Sie sehe«, sagte er.

»Hoffentlich!«, antwortete ich dämlich.

»Hm, ja, hoffentlich, denke ich mal.« Endlich ließ er meine Hand los.

Ich spürte schon wieder meine Wangen brennen.

»Ich wünsche Ihnen wirklich alles Gute, Morag«, sagte er, und ich dachte: Du liebes bisschen!

»Okay, ciao«, war alles, was ich herausbekam.

»Guten Flug!«, sagte er und verzog wieder das Gesicht, als hätte er etwas Dummes gesagt.

Er hatte ja keine Ahnung, wie dumm das in meiner Situation tatsächlich war.

Kapitel 2

In den nächsten Wochen standen noch mehr Simulatorchecks an, außerdem ein Meeting mit den hohen Tieren und Leuten von der Technik, bei dem ich eigentlich auch mit Hayden gerechnet hatte – ich hatte sogar ein Twix eingepackt, das ich ihm vielleicht als Scherz überreichen wollte. Keine große Sache, nur ein kleines Abschiedsgeschenk. Aber er kam gar nicht.

Bob und ich waren dabei, uns wieder den Weg zurück in die Luft zu ebnen. Ja, obwohl mit jedem Tag meine Angst wuchs, hatte ich mich als Co-Pilotin für Langstrecken beworben. Die Idee dabei war gewesen, dass ich meine Furcht mit der Zeit doch überwinden würde.

So würde ich auch mehr verdienen – und wer weiß, vielleicht würde ich mich ja in den Sonnenschein und das »tolle Leben« verlieben, von dem andere Piloten immer so schwärmten, in ein Leben an einem Ort, wo das Wetter stets gut war und man einen Pool hatte, ganz anders als das in meiner jetzigen Wohnung in einer kleinen Siedlung mit gleich aussehenden Wohnblöcken, die in der Nähe des Flughafens ständig unter grauen Wolken lagen. Eigentlich hatte mich dieser Lebensstil nie interessiert. Ich musste zugeben, dass mich der Gedanke an Frauen in Bikinis, die super Nägel und voluminöse Lippen hatten, ein bisschen einschüchterte. Aber es waren (außer Gramps) alle ganz begeistert über meine Bewerbung, weil es ihnen als naheliegende Entscheidung erschien. Schließlich schwärmte in meinem Berufsstand jeder von riesigen Airbussen, dem großen Geschäft mit neuen Antriebsformen und der Zukunft des Fliegens und wollte einfach nur hoch hinaus. Weil ich den anderen in nichts nachstehen wollte, versuchte ich, den gleichen Enthusiasmus zu entwickeln. An manchen Tagen gelang es mir beinahe, auch mir selbst etwas vorzumachen.

Es gibt bei uns am Flughafen – und auch an jedem anderen – im hinteren Bereich eine geheime Kneipe für Piloten. Dazu gehört auch ein kostenloser Parkplatz, auf dem man sein schickes Auto stehen lassen kann, und es fährt von dort ein Taxiunternehmen, das keine Flughafengebühr berechnet. Wo genau sich diese Kneipe befindet, kann ich aus offensichtlichen Gründen nicht preisgeben. Aber man hat dort Verständnis dafür, dass es Piloten nach einer Zehnstundenschicht manchmal so vorkommt, als sei es acht Uhr abends. Wenn sie deshalb mit Kollegen gern ein Bier trinken wollen, dann bekommen sie es hier, auch wenn es nach Greenwich-Zeit eben nicht acht Uhr abends ist.

Nach der letzten Simulation machten Bob Brechin und ich uns auf den Weg dorthin, um auf andere Gedanken zu kommen. Es fühlte sich komisch an, zur Arbeit zu kommen, dies und das zu erledigen, dabei aber nirgendwohin zu fliegen.

Wirklich voll war es in der Kneipe nicht, aber es waren ein paar ausländische Piloten da, die hier einen Zwischenstopp einlegten, Angestellte von Fluggesellschaften und Leute vom Bodenpersonal. Viele Frauen befanden sich darunter nicht, allerdings hätte ich dieses Berufsfeld schon längst verlassen, wenn mich große Gruppen von Männern einschüchtern würden.

Während Bob sich ein Pint bestellte, nahm ich lieber Kaffee, weil ich nachher gern selbst fahren wollte.

»Also, was steht bei dir als Nächstes an?«

Als ich ihm von meinen Plänen als Co-Pilotin auf Langstreckenflügen erzählte, runzelte er die Stirn. »Nein«, sagte er. »Das solltest du nicht machen. Viel besser wäre Kapitänin auf Kurzstrecken. Das ist doch offensichtlich, oder? Und wartet zu Hause nicht quasi eine Fluggesellschaft auf dich?«

»Bei dir klingt es wie ein richtiges Familienunternehmen!«, sagte ich. »Tatsächlich handelt es sich nur um eine einzige knarzende Twin-Otter-Maschine, die mit einem Stoßgebet auf einer Sandbank landet.«

Er grinste. »Hab ich dir erzählt, dass ich den alten Herrn mal kennengelernt habe?«

»Murdo?«

»Ein Wahnsinnspilot! Damals war ich noch ein echtes Landei mit großen Plänen für Glasgow und hab so einige Geschichten zu hören bekommen.«

Ich lächelte. »Das kann ich mir vorstellen.«

»Möchtest du seine Route nicht übernehmen? Das ist noch richtiges Fliegen.«

»Du hörst dich schon an wie mein Großvater.«

»Autsch«, stöhnte Bob. »Na ja, diese Sache mit Dubai passt jedenfalls nicht zu dir. Außerdem könnt ihr Schotten doch keine Sonne vertragen, oder?«

»Jetzt sei schon still!«

Ich sah mich im Raum um. In einer Ecke bemerkte ich Hayden Telford, der mit ein paar Leuten aus der Personalabteilung plauderte.

»Oh, guck mal«, sagte ich zu Bob und machte ihn auf Hayden aufmerksam.

Ganz unbekümmert schaute Bob zu ihm hinüber und winkte. »Ach ja, der Externe aus der Personalabteilung. Der war ganz nett, fandest du nicht?«

»Oh, der ist ein Externer?« Mein Interesse war augenblicklich geweckt. »Also arbeitet er gar nicht für die Fluggesellschaft?«

»Warum fragst du?« Bob schenkte mir ein onkelhaftes Grinsen und nahm einen tiefen Schluck.

»Nur so«, behauptete ich, während Bob listig zu mir herüberschielte.

Ich sprach bei der Arbeit nie über mein Privatleben. Erstens, weil ich ganz professionell bleiben wollte, zweitens, weil mir das etwas Geheimnisvolles verlieh, und drittens, weil ich eigentlich auch gar kein Privatleben hatte.

Als Hayden mich sah, lächelte er zu meiner Überraschung und Begeisterung strahlend und winkte mich heran.

Da sich Bob gerade an der Theke bei ein paar Leuten von KLM in eine Unterhaltung über Fußball einklinkte, ging ich hinüber.

»Hallo«, sagte ich schüchtern.

»Hey«, kam von ihm. Er grinste und zeigte dabei seine Schneidezähne.

Ich bin nicht besonders gut beim Interpretieren sozialer Feinheiten, aber in diesem Fall dachte ich: Dieser Typ freut sich offensichtlich, mich zu sehen.

»Hayden haut einfach ab!«, erklärte eine seiner Kolleginnen, eine quirlige junge Frau, die ziemlich betrunken zu sein schien.

»Ich war doch nur für ein paar Monate hier«, protestierte Hayden. »So ist das bei uns Externen eben.«

»Aber wir hatten dich gern hier!« Für mehr Nachdruck packte mich die junge Frau am Arm, als sie jetzt mich ansprach: »Wir hatten ihn so gern hier.« Sie hielt ein Glas Prosecco in der Hand, das gefährlich schwankte. »Aber er verlässt uns!«, lallte sie und fuhr mit der Hand seinen Ärmel entlang, zu meiner Verblüffung auf die Knöpfe seines Hemdes zu. Ich hatte immer gedacht, dass die Aufgabe der Personalabteilungstypen doch gerade darin bestand, so ein Benehmen zu unterbinden.

Hayden ging offensichtlich das Gleiche durch den Kopf, da er mir kaum merklich zuzwinkerte, als sich unsere Blicke trafen. Dann sagte er laut: »Ah, First Officer MacIntyre, gut, dass ich Sie hier treffe … Könnte ich kurz etwas mit Ihnen besprechen? Entschuldige bitte, Rosie.«

Die junge Frau zog eine Schnute, als er sanft ihre Hand löste. »Aber mach nicht so lange!«

Hayden folgte mir auf die andere Seite der Kneipe.

Ich konnte mir einen Kommentar nicht verkneifen: »Tadelloses Verhalten von der Personalabteilungstruppe, wie ich sehe.«

»Oh, die arbeiten so hart«, sagte er und schaute zu ihnen hinüber. »Und es muss doch jeder mal Dampf ablassen. Melden Sie mich für diese Bemerkung aber bitte nicht bei der Personalabteilung.« Vielsagend fixierte er meinen Kaffee. »Für Sie gilt das ja offensichtlich nicht.«

»Ich will mir einfach nur kein Taxi rufen. Außerdem betrinke ich mich ungern in der Gesellschaft von Leuten, mit denen ich zusammenarbeite.«

»Ah«, sagte er verlegen und hob seine Bierflasche hoch. Aber er wirkte auf mich nicht im Geringsten betrunken.

»Sie gehen also weg?«, fragte ich.

Er nickte.

»Und, was steht als Nächstes an?«

»Es haben sich einige neue Perspektiven ergeben … Mal sehen, wie sich das entwickelt. So ist das eben, wenn man als externer Berater hinzugezogen wird.«

»Demnach haben Sie jetzt ein paar Tage bezahlten Urlaub?«, fragte ich. »Um … was weiß ich, vielleicht ein bisschen zu gärtnern?«

»Äh, nein, es ist einfach der Übergang von einem Projekt zum nächsten. Wie bei Ihnen, als Urlaub würde ich das nicht bezeichnen.«

»Nein, schon klar, das kam mir nur so in den Sinn.«

»Weil Sie gern im Garten arbeiten?«

»Nein, nein, ich verbringe eigentlich nie Zeit im Freien.«
Er betrachtete mich neugierig, und ich spürte, dass ich schon wieder rot anlief. Das ist doch albern, Morag, sagte ich mir, aber er hatte so ein nettes Lächeln. Und er war eben nicht mein Arzt, wie ich mir wieder in Erinnerung rief.

»Sag mal, dann hast du also ganz offiziell nichts mehr mit meinem Fall zu tun?«, fragte ich leise. Keine Ahnung, woher ich den Mut dafür nahm. Womöglich lag es daran, dass ich auch bald weiterziehen würde. Sollte das hier furchtbar schieflaufen, würden wir uns nie wieder sehen.

»Die Sache ist erledigt und abgehakt«, sagte er, während er sein Bier musterte. »Ich hab fürs Gärtnern übrigens auch kein Händchen«, fügte er noch hinzu.

»Hm-hm«, sagte ich, ohne den Blick von meinen Fingern zu lösen.

»Ich meine, wenn du vielleicht doch mal ein bisschen rauskommen möchtest …«

»Würde …?« Ich schluckte. Der Moment der Wahrheit war gekommen. »Würde das deine … Freundin oder so … nicht stören?«

»Tja, obwohl ich Rosie eben etwas ganz anderes erzählt habe, habe ich zurzeit gar keine Freundin oder so.«

Ich hatte den Eindruck, als wäre es in der Kneipe mit einem Mal totenstill. Deutlicher hätte er kaum werden können.

»Ach«, sagte ich. »Ja … dann fände ich das wirklich schön.«

Kapitel 3

Bist du absolut sicher, dass er kein Serienmörder ist?«, fragte Nalitha. »Ich meine, wer würde denn sonst einfach jemanden *persönlich* um eine Verabredung bitten?«

Während es bei mir im Süden in der Sonne schön warm war, schneite es bei Nalitha im hohen Norden noch, und ich konnte übers Telefon den Wind pfeifen hören.

»So lernen sich doch viele Leute kennen.«

»*Überhaupt nicht!*«, widersprach Nalitha. »Heutzutage lädt man sich eine App runter, die einen monatelang nur unglücklich macht, und gibt sich dann mit der erstbesten Person zufrieden, die noch eigene Zähne hat.«

»Vielleicht nutzt er ja keine Apps«, wandte ich ein.

»Hast du das überprüft?«

»Nein, und das ist mir eigentlich auch egal.« Dafür hatte ich viel zu viel Angst.

»O mein Gott, du alte Lügnerin! Ich mache mich für dich auf die Suche. Der Name ist ja eher ungewöhnlich.«

»Überprüf ihn *bitte nicht!* Mensch, das könnte ich nicht ertragen.«

Flughafentinder ist eine grauenhafte Schlangengrube, in die man sich nie wagen sollte, niemals. Dort hängt übles Pack rum, die reinste Natternbrut, mit der nicht einmal ihre Artgenossen etwas zu tun haben wollen, weil sie selbst für Schlangen supermies ist.

»Das ist eine richtige Verabredung zwischen zwei echten Menschen«, sagte ich. »Wir treffen uns einfach nur für einen Spaziergang.«

»Ich finde das total schräg«, sagte Nalitha.

»*Du* bist schräg!«

»Ich kann nicht fassen, dass du während deiner freien Tage nicht hierherkommst. Weißt du was, heute Morgen hatten wir zum Transport einen Liter Rindersperma, was wohl im Prinzip flüssiges Gold ist. Wenn wir auch nur einen Tropfen verschüttet hätten, hätten wir für die Entschädigung vermutlich das Flugzeug verkaufen müssen.«

Nalitha und ich waren seit unserer Kindheit befreundet. Weil sie nach der Schulzeit nicht in die Stadt hatte ziehen wollen, hatte ich ihr und Gramps den Vorschlag gemacht, dass sie bei uns ins Familiengeschäft mit einstieg, wovon beide sehr angetan gewesen waren. Nalitha kümmerte sich einfach um alles, checkte die Passagiere ein und geleitete sie in den Flieger, war Stewardess, Einwinkerin und Security in Personalunion und übernahm auch den anfallenden Papierkram. Sie hätte sich eine viel besser bezahlte Arbeit in einer großen Firma suchen können, aber sie liebte Carso eben – wo all ihre Verwandten und Freunde lebten und wo sie sich ein schönes großes Haus leisten konnte, statt in Aberdeen oder Edinburgh in einer Besenkammer voller Ratten zu hausen, die eigentlich auch nur für Ratten groß genug war.

»Igitt!«

»Und dann hatten wir neun Dokufilmer, die für einen Beitrag namens *Geheimes Schottland* alle genau dieselben Stellen filmen wollten. Was wohl bedeutet, dass die Gegend so geheim nun doch nicht ist, oder was meinst du?«

Ich musste lachen. Ja, ich hatte schon Spaß daran, was da oben so alles abging. In meinen Alltag hatte ich meistens mit müden, schlecht gelaunten Menschen zu tun, die unglaublich lange in einer Schlange vor der Sicherheitskontrolle gestanden hatten, um nach Málaga oder zurück zu fliegen.

»Wann bekommst du denn die Freigabe zum Fliegen? Und wann hörst du von dem neuen Job?«, fragte Nalitha.

»Alles zu seiner Zeit«, sagte ich und drückte die Daumen. Hoffentlich würde es schnell gehen, damit niemand die Chance hätte, mich zu irgendeinem Einsatz für MacIntyre Air zu überreden. Denn es gab in meinem Leben ja etwas Neues: diese Sache mit Hayden, wegen der ich ziemlich aufgeregt war.

Allerdings änderte sie nichts an meinem Problem, nämlich der Frage, ob ich meine Arbeit noch machen konnte oder nicht.

Es war Sonntag, ein ungewöhnlich schöner Frühlingsmorgen, und der Park war voller Menschen, unter anderem auch kleinen Kindern, die in beunruhigendem Tempo auf Tretrollern vorbeisausten. Schlimmer noch waren allerdings erwachsene Männer auf E-Rollern, die es in ihrem Alter eigentlich besser wissen sollten. Bei ihrem Anblick verwandelte ich mich in eine missbilligend schnalzende alte Jungfer. Es kam zu Konflikten an den Schnittstellen von Fahrrad- und Fußgängerwegen, während Hunde – sowohl angeleinte als auch nicht angeleinte – als Ziel kleine Kinder mit Eis anpeilten, die die kalte Köstlichkeit genau auf Hundeschnauzenhöhe in der Hand hielten.

Wenn ich im Cockpit saß, staunte ich beim Abheben jedes Mal aufs Neue darüber, wie sehr sich im Südosten von England alle auf der Pelle hockten. All die Häuser und Autos – es sah aus, als hätte jemand Großbritannien am oberen Zipfel einmal hochgehoben, wodurch alles nach unten gerutscht war.

Ich bemerkte ihn zuerst: Hayden trug eine Chino, ein blaues Hemd und rustikale Stiefel, war also gekleidet wie ein Dad, genau wie beim ersten Mal, als er mir aufgefallen war. Ja, er wirkte wie ein Familienvater, was mich aber nicht störte, was ich ganz im Gegenteil sogar attraktiv fand. Dadurch sah er so reif aus, wie ein richtiger Erwachsener und nicht wie jemand, der seine Zeit mit Computerspielen verplemperte. Ein Mann wie er würde wohl Ansichten über gesunde Ernährung haben und auf organisierte Art und Weise Entscheidungen treffen.

Ich fand das sexy, so wie ich zehn Jahre früher blaue Haare und Tattoos sexy gefunden hatte.

Lächelnd winkte ich, er lächelte mit freundlichem, offenem Gesichtsausdruck zurück und zeigte dabei seine niedlichen Schneidezähne. Heute Morgen war ich noch zu dem Schluss gekommen, dass ein Date vor Einbruch der Dunkelheit völlig grotesk war. Sich stocknüchtern am helllichten Tag zu treffen, hatte etwas Absurdes an sich.

Aber die Angelegenheit war von Anfang an durch erstaunliche Leichtigkeit geprägt.

In der Sekunde, in der Hayden mich sah, rief er: »Morag!«, und strahlte, als sei ich das Beste, was ihm heute passiert war, ohne sich aber unbeholfen an einem Wangenküsschen zu versuchen.

Tatsächlich war alles so verblüffend locker, dass ich mich fragte, ob Hayden mich mit irgendeinem geheimen Personalabteilungsvoodoozauber belegt hatte. Er kaufte mir ein Eis und erkundigte sich nach meinem Beruf, aber nicht in dem sarkastisch ehrfurchtsvollen Tonfall, den manche Männer an den Tag legten.

Ich fragte ihn nach seiner Arbeit und fand alles wirklich interessant.

Er war zwar kein Psychologe, hatte aber tatsächlich auch Psychologie studiert und stammte aus Hull. Je länger wir sprachen, desto deutlicher wurde sein Akzent, und auch ich unterdrückte meinen singenden Tonfall immer weniger. Leider war das hier im Süden in der Regel nötig, und erst recht im Cockpit, vor allem beim Kontakt mit dem Fluglotsen.

Ich erfuhr, dass Hayden mit seiner Freundin aus Unizeiten hier in die Gegend gezogen war, es zwischen den beiden aber nicht hingehauen hatte, weshalb er nun im Gästezimmer eines Freundes zur Untermiete wohnte und über die nächsten Schritte im Leben nachdachte.

Es erschien ganz natürlich, dass wir uns im Park in ein Café setzten, wo es Rosé gab und wir die Welt vorbeiziehen sehen konnten – so, wie es sich anfühlte, wirklich die ganze Welt, es war nämlich gerammelt voll: Da draußen spielten Leute Fußball oder grillten, es wurden coole indische Tänze aufgeführt, und eine Gruppe Kinder versuchte, sich im Parkourläufer-Stil von Bäumen abzustoßen.

Nach dem Rosé lachten wir darüber, wie schön es doch war, morgen nicht zur Arbeit zu müssen, und, na ja, wir waren gar nicht *so* weit von meiner kleinen Wohnung entfernt. Normalerweise hätte ich es eher langsam angehen lassen, aber hier saß ich nun, hatte frei, verbrachte Zeit mit diesem netten Mann mit blauem Hemd und Akzent aus Hull, der jedes Mal bloß lächelte, wenn ihm ein kleines Kind mit seinem Roller gegen das Schienbein knallte und die Eltern nicht einmal vom Handy aufschauten.

Und dazu kam ja auch noch eine Flasche Rosé.

Aber es war mehr als nur das. Ich hatte den sehr realistischen Eindruck, dass wir wie jedes andere Paar in diesem Park aussahen, an dem ich so oft nach einer Schicht oder zu gottloser Stunde auf dem Weg zum Flughafen vorbeigekommen war. Und dann hatte ich mehr als einmal gedacht: Mensch, Morag, du kleine Streberin, warum kannst du nicht einfach mal *normal* sein?

Obwohl das wirklich untypisch für mich war, kauften wir uns deshalb in einem Laden an der Ecke eine weitere Flasche Wein und bestellten uns ein Uber. In meiner Wohnung angekommen, küsste ich Haydens schiefes Lächeln und knöpfte sein spießiges Hemd auf. (Ich erlaubte ihm sogar, es ordentlich gefaltet auf einen Stuhl zu legen.) Und dann hatte ich so viel Spaß wie schon lange nicht mehr.

Daran könnte ich mich durchaus gewöhnen, dachte ich am nächsten Morgen, obwohl wir uns ein wenig verlegen anlächelten. Hayden fragte, ob es okay wäre, wenn er kurz loszog, um uns einen Kaffee zu holen.

Ich stellte klar, dass ich hier in einer Wohnsiedlung lebte, die meilenweit von allem entfernt war, sodass man für ein Päckchen Milch eine Viertelstunde mit dem Auto zum nächsten Tesco fahren musste. Nach einem Blick in meinen Küchenschrank sagte er: »Also, ich würde dir ja gern Frühstück machen, aber …«

An dieser Stelle musste ich ihm dann gestehen, dass ich eigentlich nie hier war und auch nicht groß kochte.

»Lebst du etwa von Flugzeugmahlzeiten?«, fragte er mit großen Augen.

Ich verzog das Gesicht und räumte es widerwillig ein. Ja, mehr oder weniger, und ich hatte mich im Laufe der Zeit auch daran gewöhnt, meinen Kaffee schwarz zu trinken, wenn es sein musste.

Er sagte: »In Ordnung«, wir kochten Kaffee und kehrten zurück ins Bett.

»Es hängen auch keine Bilder an den Wänden oder so«, sagte er lächelnd. »Wohnst du wirklich hier, oder ist das nur eine Musterwohnung, in die du eingebrochen bist, um schlimme Sachen mit mir anzustellen?«

Grinsend antwortete ich: »Nein … Aber ich bin eben Minimalistin und hab's gern ordentlich, würde ich mal sagen …« Ich schaute mich um. Aufgehängt hatte ich hier lediglich Verdunkelungsvorhänge, damit ich zu jeder Tages- und Nachtzeit schlafen konnte. »Wie im Cockpit.«

»Verstehe. Aber du wohnst noch nicht lange hier, oder?«

Ich zuckte mit den Achseln, weil ich ungern zugeben wollte, dass es schon vier Jahre waren. Wie ein richtiges Zuhause hatte es sich in all dieser Zeit allerdings nicht angefühlt.

»Außerdem zieh ich doch sowieso bald weiter«, rief ich ihm in Erinnerung.

»Ach, stimmt!«, sagte er, nippte an seinem Kaffee und verzog das Gesicht. »Ich ja auch.« Er sah mich bedeutungsvoll an. »Was ich so langsam wirklich schade finde.«

Hayden lehnte sich vor. Er hatte dichtes gelocktes Brusthaar, was in angezogenem Zustand nicht zu erahnen gewesen war, und auch ein bisschen Bauch, was mir beides gut gefiel. Ich hatte Angst vor Typen mit Waschbrettbauch, die sich am ganzen Körper rasierten, mich womöglich dauernd ins Fitnessstudio mitschleifen und mich zum Trinken von Eiweißshakes überreden wollten.

Dieser milde frühe Frühling entwickelte sich zu einem richtigen kleinen Geschenk. Wir hatten beide nichts zu tun und machten nicht viel mehr, als Hand in Hand durch die Gegend zu schlendern. Tief im Inneren fragte ich mich, ob ein so sanfter Mann wie Hayden womöglich die Lösung war, ob es mir durch ihn vielleicht besser gehen würde.

Ein Therapeut würde vermutlich betonen, dass man die Lösung nur in sich selbst finden konnte. Aber er war unglaublich freundlich, ein guter Zuhörer und an meiner Arbeit interessiert. Beinahe hätte ich ihm von meiner geheimsten Angst erzählt; ja, ich war drauf und dran.

Wir gingen auch mit Kollegen von mir ins Kino, um uns *Top Gun* anzugucken, und sahen uns dabei so einigen Sticheleien der anderen ausgesetzt. Vor allem waren wir Piloten aber damit beschäftigt, über die ganzen Unstimmigkeiten des Films zu lästern, zum Beispiel darüber, wie sich alle ständig über Gesundheitsschutz und Sicherheitsvorkehrungen hinwegsetzten, was zugleich auch wieder das Tolle daran war. Hayden beklagte sich nicht darüber und versuchte auch nicht, uns zum Schweigen zu bringen. Er lachte mit, fand alles okay und machte sogar ein paar Witze im Papa-Stil, die gar nicht schlecht waren. Er passte gut in unsere Truppe, und, Mann, es war so ein tolles Gefühl, dass ihn meine Kollegen, die so eine wichtige Rolle in meinem Leben spielten, mochten und akzeptierten.

Bei Hayden gab es kein unentschuldigtes Fernbleiben oder Ghosting, keine komischen Geschichten. Er führte mich nicht an der Nase herum und rief auch wirklich an, wenn er versprochen hatte, sich zu melden.

Und wenn Nalitha fand, er klinge wie ein Fünfundfünfzigjähriger, der fürs Rentenalter gut vorgesorgt hatte … Na ja, möglicherweise gefiel mir ja gerade das an ihm. Vielleicht war es einfach schön, zur Abwechslung mal mit einem Erwachsenen zusammen zu sein. Außerdem war ich mir sicher, dass Nalitha ihn mögen würde, wenn sie ihn erst einmal kennenlernte. Schließlich war er einer dieser Menschen, die einfach jeder mochte.

Natürlich war mir klar, dass meine Freistellung sich irgendwann dem Ende neigen würde und ich mich wieder ins Cockpit wagen müsste. Und Hayden fragte mich auch gelegentlich, was denn los sei, wenn er mich mit in die Ferne gerichtetem leerem Blick ertappte. Trotzdem war er weiterhin die perfekte Ablenkung.

Als Hayden neue Turnschuhe brauchte, fuhren wir zum Einkaufen in die große Stadt, und ich fand es richtig spannend, eine Aktivität so voller Vertrautheit zum ersten Mal mit jemand Neuem zu unternehmen – ihn dadurch bis ins kleinste Detail kennenzulernen, seine Abneigungen und Vorlieben. Wir lachten über die supermodernen Treter und darüber, wie hoffnungslos altmodisch wir selbst waren. Wir befanden uns eben an einem Punkt im Leben, an dem uns solche Sachen einfach nicht mehr scherten, waren damit aber glücklich und zufrieden.

Danach gingen wir in den Covent Garden und landeten bei einer Kneipe, in der unglaublich viel los war. Tatsächlich war es so voll, dass wir beinahe die Hoffnung aufgaben, uns je hinsetzen zu können. Aber nachdem wir zusammen mit anderen Pärchen lange genug gelauert hatten, wurde endlich ein Tisch frei, an dem wir uns niederlassen konnten.

»Bei mir ist alles so unspektakulär«, seufzte Hayden. »Mal im Ernst. Du führst ein total glamouröses Leben, aber ich bin ein alter Langweiler.«

Ich musterte ihn.

»Was?«, fragte er.

»Ich versuche zu entscheiden«, erklärte ich, »was dich in diesem Moment glücklicher machen würde. Wenn ich darauf erwidere: ›Du bist doch gar nicht langweilig‹ oder lieber ›Langweilig find ich gut‹?«

Das rotblonde Haar fiel ihm ins Gesicht, und er runzelte die Stirn. »Oh, das ist aber eine knifflige Frage. Wie wäre es mit ›gar nicht langweilig‹?«

»Bist du für mich auch nicht«, erklärte ich. »Ich rede gern über Schuhe und die Arbeit und einfach den Alltag. Vielleicht bin ich ja auch langweilig.«

»Aber du bist doch Pilotin!«

»Und deshalb ist das gerade gut. Eins kann ich dir versprechen: Niemand will eine total extravagante, aufgekratzte Pilotin. Superwitzige, dramatische Menschen, bei denen es immer abgeht, sind fürs Cockpit eher weniger geeignet.«

Er lächelte. »Ah, klar. Okay.«

Als wir endlich die Aufmerksamkeit einer Kellnerin auf uns lenken konnten, überraschte mich Hayden damit, dass er Champagner bestellte.

»Na, das ist nun alles andere als langweilig«, sagte ich glücklich.

»Das hoffe ich doch.«

Durch die Champagnerbestellung wurde der Service schlagartig besser, und es erschienen wie aus dem Nichts ein Eiskübel und zwei Gläser. Ich betrachtete sie.

»Ich halte dich wirklich nicht für einen Langweiler. Wenn die Erwähnung dieses Wortes so etwas nach sich zieht, werde ich dich allerdings öfter mal als einen bezeichnen.«

Hayden wartete ab, bis die Gläser eingeschenkt waren, und schaute mich dann an.

Ich hatte wirklich keine Ahnung, was er jetzt sagen würde, aber in mir prickelte es mehr als in den Gläsern.

»Morag«, begann Hayden. »Ich muss dir was gestehen:

Obwohl das so natürlich nicht sein sollte, mochte ich dich seit unserem ersten Meeting. Deshalb hab ich mich unglaublich darüber gefreut, dir das Okay geben zu können. Außerdem hab ich die ganze Zeit in dieser Pilotenkneipe rumgehangen und verzweifelt gehofft, du würdest da mal vorbeischauen.«

»Echt jetzt?«, sagte ich verblüfft.

Er nickte. »Es war so cool, als du dann endlich gekommen bist.«

Ich lief rot an. Solche Sachen hatte ich im Leben nicht oft zu hören bekommen, oder vielmehr noch nie, wenn ich recht darüber nachdachte. Ich war eher daran gewöhnt, dass mir Typen mit ungewöhnlichen Arbeitszeiten um halb drei Uhr morgens eine Nachricht schickten, um zu sehen, ob ich zufällig in der gleichen Zeitzone war.

»Und darum würde ich dich gern etwas fragen. Dürfte ich eventuell …?« Er schaute den Champagner an und dann wieder mich.

Mir gefiel sein offenes, sorgloses Gesicht. Sogar sehr.

»Also, die Sache ist so: Ich hab mich ja für mehrere neue Projekte beworben, unter anderen für eins in Dubai. Und jetzt soll ich dahin fliegen, damit sie mich kennenlernen können. Auch, wenn sie noch kein offizielles Angebot gemacht haben … ist mir der Job vermutlich sicher, wenn ich ihn will.«

»O mein Gott«, rief ich aus. »Das ist ja toll!«

»Bei deiner nächsten Stelle wirst du doch viele Zwischenstopps in Dubai haben, richtig? Oder sogar dahin umziehen?«

Ich zuckte mit den Achseln. »Das liegt alles noch in weiter Ferne …«

»Aber …«

»Aber …?«, wiederholte ich.

»Falls es für dich klappt, könnten wir dort … zusammen Zeit verbringen?«

»Ja, das könnten wir.«

»Dürfte ich dann … bei dir vorbeischauen und dir Milch in den Kühlschrank stellen?«

Ich lächelte. »Ein verantwortungsbewusster Typ, der rechtzeitig die Vorräte auffüllt, ist wirklich alles andere als ein Langweiler.«

»Und dann wäre ich quasi … dein fester Freund?«

»Darf man in Dubai denn einen Freund haben?«, überlegte ich. »Ich dachte, so etwas würde dort nicht gern gesehen.«

»Ach, wir könnten es doch geheim halten. Und das wäre dann *überhaupt nicht* langweilig.«

Ein Lächeln entsprang tief in meinem Inneren und stieg an die Oberfläche.

Wir stießen an diesem schwülen, bedeckten Tag auf der gepflasterten Terrasse in London an.

Dabei hatte ich das Gefühl, als würde in mir ein Feuerwerk entzündet, als würde ich beinahe platzen vor Begeisterung. Es gab eine Zukunft. Hier entwickelte sich gerade etwas, etwas ganz Normales in einem Leben, das nie so recht in die Kategorie »normal« gefallen war. Ich konnte gar nicht mehr aufhören zu grinsen und hatte plötzlich das Gefühl, dass alles gut werden würde, dass ich es mit Hayden in meinem Leben schaffen könnte. Dass dieser Mann mir dabei helfen würde, mit beiden Beinen fest im Leben zu stehen, und mir dennoch Flügel verleihen würde.

Kapitel 4

Knurrend drehte ich mich auf die andere Seite, während das Handy immer und immer wieder klingelte.

Neben mir lag Hayden, dessen Rücken so etwas Beruhigendes ausstrahlte. Er bewahrte mittlerweile in meinem Badezimmerschränkchen ein Paket mit Kontaktlinsenflüssigkeit auf. Dass ich im Bad Kontaktlinsenflüssigkeit von meinem Freund stehen hatte, fühlte sich furchtbar reif und erwachsen an. Deshalb hatte ich ganz eventuell auch demonstrativ zu der Verkäuferin bei Boots gesagt: »Oh, ich weiß gar nicht mehr, welche Marke *mein Freund* benutzt. Sind die denn alle gleich?«

Jetzt griff ich endlich nach dem Handy. So früh war es gar nicht mehr.

»Moooraggg?«

Es war eine zittrige Stimme, die ich beinahe einordnen konnte.

»Mooooooraggg?«

»Ja?«

»Ich bin's, Peigi.«

Peigi – deren Name wie »Peggy« ausgesprochen wurde – war die Witwe, die Gramps den Haushalt führte. Sie war nach dem Tod ihres Mannes bei meinem Großvater eingezogen, wo sie ihm im Gegenzug für Kost, Logis und ein kleines Taschengeld beim Kochen und Saubermachen zur Hand ging.

Wir waren alle fest davon überzeugt, dass sie außerdem bis über beide Ohren in ihn verliebt war, und zwar seit ihrer gemeinsamen Grundschulzeit. Man musste aber fairerweise dazusagen, dass Gramps es bisher nicht bemerkt zu haben schien.

»Was ist los?«, fragte ich, weil ich mir sofort Sorgen machte. Leise stand ich auf und ging in meinen Wohnbereich mit Kochecke hinüber. »Geht es um Gramps? Ist alles in Ordnung mit ihm?«

Es herrschte lange Schweigen, und plötzlich wurde mir das Herz ganz schwer.

»Peigi?«, sagte ich. Ich tastete mich zum Sofa vor, ließ mich darauf sinken und wappnete mich.

»Ach, schon«, sagte sie. »Es ist nur eine Grippe, ne? Die geht im Moment ja rum.«

»Stimmt, im Moment geht so einiges rum«, sagte ich und war derart erleichtert, dass mir richtig schwindelig wurde. Mein Blick fiel auf meine linke Hand, die heftig um ein Kissen gekrallt war, obwohl ich mich nicht daran erinnern konnte, danach gegriffen zu haben.

»Gut, dass ihr Erno habt«, sagte ich.

Gramps' Erster Offizier war zwar nicht gerade versessen aufs Fliegen, aber ein wirklich toller Pilot. Und da er seine Ausbildung bei der finnischen Marine absolviert hatte, brachte ihn so schnell nichts aus der Ruhe.

»Und der kann doch sicher einen Kumpel dazuholen.«

»Aber er findet leider niemanden«, antwortete Peigi. »So kurz vor Ostern sind wegen des Saisonstarts alle beschäftigt. Zumindest alle, denen man Dolly anvertrauen würde …«

Obwohl eigentlich sonnenklar war, worauf die Sache hinauslaufen würde, hatte ich es immer noch nicht kapiert. Ich war einfach blöd und in Gedanken woanders.

»… deshalb hat er nach dir gefragt.«

»Wie meinst du das?«

»Du sollst herkommen und die Route fliegen. Nur für ein paar Tage.«

»Aber …«

Mehr kam von Peigi nicht.

»… ich hab hier doch Arbeit …« Nein, eigentlich nicht.

»Soso«, sagte Peigi.

»Ich meine, im Moment warte ich auf die Zusage für einen neuen Job und darauf, endgültig wieder als flugtauglich eingestuft zu werden und …«

»Soso«, wiederholte Peigi.

Da schwang nicht etwa nur Skepsis in ihrer Stimme mit. Nein, offensichtlich glaubte sie mir kein Wort.

Peigi kannte mich seit meiner Kindheit und hatte früher irgendwie immer bei Gramps rumgehangen, wenn ich da gewesen war – ihr armer Ehemann, dachte ich jetzt zum ersten Mal. Na ja, jedenfalls gab es nur wenig, was sie nicht über mich wusste.

»Ach, und jetzt soll ich alles stehen und liegen lassen und einfach zu euch hochkommen?«, fragte ich.

»Es geht ihm wirklich nicht gut«, sagte Peigi.

»Und für wie lange? Nur fürs Wochenende?«

»*Aye*, na ja. Vielleicht so eine Woche.«

Mein Handy piepte, und ich warf einen Blick aufs Display. Mein Gott, ausgerechnet jetzt! Die E-Mail mit dem Ergebnis der Untersuchung war reingekommen. Ich schielte in Richtung Schlafzimmer hinüber, weil es mir so vorkam, als würde meine kleine Blase des Glücks mit Hayden plötzlich von allen Seiten her angegriffen. Das wahre Leben klopfte an. Mit hängenden Schultern saß ich da. »Kann ich dich vielleicht später zurückrufen?«

Peigis Tonfall klang so, als hätte ich stattdessen »Kann ich vielleicht deinen Hund umbringen?« gefragt, als sie mit einem Schniefen antwortete: »Das Richtige wäre in diesem Moment, dich um die Route deines Großvaters zu kümmern.«

Trotzdem verabschiedete ich mich erst einmal von ihr und öffnete mit zitternden Händen die E-Mail der Fluggesellschaft. In diesem Moment war ich nicht dazu in der Lage, zusammenhängende Sätze zu lesen, aber mir sprangen verschwommen gewisse Ausdrücke ins Auge: … komplett entlastet … zum sofortigen Einsatz freigegeben … für Langstrecken zugelassen … zusätzliches Simulatortraining …

Endlich! Ich sackte auf dem Sofa in mich zusammen und hätte doch eigentlich zufrieden sein sollen, weil mein Leben jetzt wieder in geordneten Bahnen verlaufen würde. Meine Karriere war gerettet und damit alles super! Die Erleichterung darüber dauerte allerdings keine Sekunde an.

Schließlich hatte ich meinem gesamten Umfeld … na ja, etwas vorgemacht, würde ich mal sagen. Und irgendwie löste das in mir ein furchtbar trostloses Gefühl aus. Jeder dachte, dass ich bereit war, auch Hayden. Und da mir Bob sofort eine überschwängliche Textnachricht schickte, war offensichtlich auch er davon überzeugt, dass wir sofort wieder loslegen könnten. Gramps wollte mich für seine Route, und die Fluggesellschaft wollte mich auch.

Und in diesem Moment wurde mir plötzlich etwas mit völliger Klarheit bewusst.

Dass mich Außenstehende als flugtauglich erachteten, hatte überhaupt nichts zu sagen. Irgendwie hatte ich es für bedeutsam gehalten, ich hatte geglaubt, die Meinung anderer könne vielleicht ändern, was ich selbst empfand.

Aber so war es nicht. Und die List mit der Stelle als Zweiter Offizierin, die ich mit schlechtem Gewissen ersonnen hatte, würde niemals hinhauen. Ich musste wohl vorübergehend den Verstand verloren haben, wenn ich wirklich gedacht hatte, das könnte klappen.

Wenn ich das verdammte Flugzeug nicht fliegen könnte, dann durfte ich diese Stelle auch nicht annehmen. Das war nicht sicher und nicht legal. Was, wenn ich einen Blackout haben würde? Und zwar im entscheidenden Moment?

Es war zu spät, um jetzt alles zu beichten. Die Sache war viel zu weit gegangen, schließlich lag der Mann, der mich für flugtauglich erklärt hatte, wortwörtlich da drüben in meinem Bett. O mein Gott, dadurch wäre ja auch sein Job in Gefahr!

Ich mahnte mich, nicht in Panik zu verfallen. Schließlich hatte ich die Lösung direkt vor der Nase. Ich würde mich auf den Weg machen und etwas tun, was ich auf jeden Fall schaffen könnte, etwas, was ich seit meinem achtzehnten Lebensjahr getan hatte: Ich würde losziehen und für meinen Großvater fliegen.

Kapitel 5

Es ist ja nur für ein paar Tage«, sagte ich am nächsten Morgen.

Hayden lächelte.

Wie gern ich neben ihm aufwachte!

»Das wird bestimmt toll, oder?«

Ich zuckte mit den Achseln. Er würde in der Zwischenzeit nach Dubai fliegen, um mit seinen neuen Arbeitgebern zu sprechen und sich Mietwohnungen anzusehen. Insgeheim hatte ich gehofft, er würde mich vielleicht mitnehmen, aber er hatte das Thema nicht zur Sprache gebracht – weil er viel zu vernünftig war, um die Dinge in unserer Beziehung zu überstürzen. Dabei hätte ich doch für lau an ein Flugticket kommen können. Und, na ja, es wäre auch keine schlechte Idee gewesen, dass ich mich an diesem wichtigen Drehkreuz mal sehen ließ.

»Wobei ich mir irgendwie auch gewünscht hätte … Ich hätte gedacht, du würdest eventuell … Na ja, ich wollte dich fragen, ob du mich vielleicht begleiten möchtest.«

Ich strahlte. »Ich hätte sowieso Nein gesagt, um mich ein bisschen rarzumachen.«

»Wirklich?«

»Auf jeden Fall!«

Er folgte mir zur Kaffeemaschine.

»Weißt du, so langsam gewöhne ich mich daran, ihn

schwarz zu trinken«, sagte er und ließ den Kopf auf meinem ruhen.

Ich lächelte, bis mir wieder einfiel, was bei mir jetzt anstand.

»Wie alt ist dein Großvater eigentlich?«, fragte Hayden. »Vom Cockpit muss er sich bestimmt bald verabschieden, oder?«

Ja, Morag, er wird wirklich alt, mit dem Gedanken musst du dich wohl abfinden, sagte ich mir. Seine Gesundheit wird sich verschlechtern, es werden Sachen passieren und …

»Er ist doch erst dreiundsiebzig!«, protestierte ich. »Und ihm geht es wunderbar.«

Haydens Stimme war sanft. »Hm. Für einen Piloten ist das aber ein stolzes Alter.«

»Na ja, er wird schon jemand anders finden.«

»Bist du sicher, dass du die Firma nicht übernehmen willst?«

Kühn schaute ich ihn an. »Das will ich auf keinen Fall!« Und es gab noch etwas anderes, was ich nicht wollte: Ich wollte nicht weg von Hayden, aber das musste ich im Moment wohl vorübergehend.

Er küsste mich.

»Und was macht ihr, wenn er in Rente geht?«

»Ich hab beschlossen, nicht darüber nachzudenken«, antwortete ich.

Gramps würde die Route, die Slots für Start und Landung, verkaufen können, zum Beispiel an ein großes Tourismusunternehmen. Das würde die Preise bestimmt möglichst hoch ansetzen und sechzig Pfund pro zusätzlichem Kilo Gepäck berechnen, was den Leuten Tränen in die Augen treiben würde. Und bei Problemen würde es die Passagiere gnadenlos irgendwo sitzen lassen. Nein, so etwas wäre nun wirklich nicht in meinem Sinne.

Zusammen zum Flughafen zu fahren, hatte etwas Bittersüßes an sich.

Einerseits war es so schön gewesen, Hayden bei mir zu Hause zu haben, woran ich mich in der kurzen Zeit richtig gewöhnt hatte.

Andererseits war es auch irgendwie toll, gemeinsam mit ihm hier am Airport zu sein. Als wir Hand in Hand den Gang zur Sicherheitskontrolle entlangliefen, lächelten meine Freunde und Kollegen und grüßten nett, was ich schon cool fand. Und dann hatte ich die Gelegenheit, etwas zu machen, was ich bei der Arbeit jeden Tag gesehen, aber noch nie selbst getan hatte: jemanden zum Abschied traurig zu küssen, dann zurückzubleiben und ihm hinterherzusehen.

Ja, dieser Moment war bittersüß, für mich aber vor allem süß, schließlich schaute ich jetzt nach vorne, in eine Zukunft, die ich mit Hayden verbringen würde. Und sie würde schon bald beginnen, allerdings musste ich dafür vorher ein paar Hindernisse aus dem Weg räumen.

Nachdem ich die internationale Abflughalle verlassen hatte, nahm ich den kleinen Bus zum Terminal für Inlandsflüge. Als ich von unterwegs meinen Vater anrief, um mich nach Gramps zu erkundigen, schien Dad vor Stolz zu platzen. So schlimm stand es um Gramps also wohl nicht.

»Das Fliegen mit Dolly ist bestimmt viel schöner als das mit diesen großen Jets«, befand er, »und vielleicht bleibst du am Ende ja hier.«

»Aber ich hab doch ein Angebot, Dad!«

»Okay, okay …«

Die Abflugzeit war 17:40 Uhr und das Flugzeug eine

Saab 340, eine schöne kleine Maschine. Ich saß rechts auf Sitz 4F. Das war mein Lieblingsplatz, weil man von dort aus eine super Aussicht auf London hatte, wenn der Vogel kreisen musste. Und das kam oft vor, je nachdem, wer seinen Slot verpasste. Als ich gerade mein Handy ausschalten wollte, sah ich die Nachricht mit dem Termin für den vorgeschriebenen Simulatorcheck. Er stand am nächsten Donnerstag an, meinem ersten Tag zurück bei der Arbeit. Und danach würde es dann weiter vorangehen.

Am Flughafen erwartete mich Nalitha und strahlte über das ganze Gesicht.

»Wie geht es Gramps?«, fragte ich.

Rasch wandte sie den Blick ab, was mich sofort alarmierte.

»Wie jetzt, ist es doch ernster? Was ist nur mit ihm los?«

»Oh, nein … Er … Es ist bloß eine Erkältung.«

»Peigi hat gesagt, dass er die Grippe hat.«

»Peigi will ihn doch nur ins Bett stecken, damit sie ihn im Schlafanzug sehen kann.«

Da war durchaus was dran.

»Also, erzähl mir alles über Hayden!«, sagte Nalitha, als wir in ihr Auto stiegen, um die kurze Strecke zurückzulegen.

Ich lächelte in mich hinein. »Oh, er ist … einfach so nett.«

»So hab ich dich ja noch nie erlebt«, sagte Nalitha, die sich jetzt seit Wochen meine Schwärmereien über all seine tollen Eigenschaften anhören musste. »Das ist was Ernstes, oder?«

Ich legte den Kopf schräg. »Ich denke … ja, vielleicht.«

Sie schüttelte den Kopf. »Na, sieh mal einer an, ein richtiger britischer Gentleman.«

»Ach, ich weiß nicht«, sagte ich. »Er ist jetzt nicht schickimicki oder so.«

»Hat er dich schon seinen Eltern vorgestellt?«

»Noch nicht, aber das will er bald tun, und er spricht immer sehr liebevoll über sie.«

»Bist du *sicher*, dass er nicht zu gut ist, um wahr zu sein?«

»Er mag Coldplay.«

»Okay, na ja, niemand ist perfekt.«

Nalitha schaute aus dem Fenster. »Also, der Beinahezusammenstoß … Ich meine, ich weiß, dass dieser Typ in deinem Leben jetzt eine wichtige Rolle spielt, aber was war eigentlich damit? Das klang wirklich übel.«

Ich wollte so gern alles beichten, ihr erzählen, wie absolut grauenhaft jener Moment und auch die Zeit danach gewesen waren, wie eigentlich immer noch alles schrecklich war. Nalitha war meine älteste, engste Freundin, trotzdem wäre auch sie dazu verpflichtet, mich anzuzeigen. Und ich fragte mich mittlerweile, ob das nicht sogar am besten für mich wäre.

Ich hatte mir gesagt, dass ich zunächst als Erste Offizierin mit Erno mitfliegen, aber nicht auf dem Pilotensitz Platz nehmen würde. Wenn ich merken würde, dass ich zu aufgewühlt war oder durchdrehte, würde ich sofort wegen Befangenheit den Posten räumen, würde augenblicklich das Flugzeug verlassen und hier verschwinden. Und dann würde ich mich ganz langsam wieder an die Sache herantasten.

Ich konnte einfach nicht sagen – hatte wirklich keine Ahnung –, ob es bei meiner Angst wirklich nur ums Fliegen ging. Schließlich wusste ich, dass ich als Pilotin kein Risiko darstellte, weil ich mein Handwerk beherrschte. Hatte ich vielleicht eher Angst davor, meine Zukunft zu ruinieren – diese neue, aufregende Zukunft mit Hayden, meinen Umzug, die Beförderung und all das? Würde ich über die ganze Sache so lange nachgrübeln, bis ich völlig blockiert und handlungsunfähig war? So hatte ich mich noch nie gefühlt. Unsere Arbeit stellte in puncto Sicherheit höchste Anforderungen, man erwartete von uns, dass wir alles im Griff hatten – was, wenn mich der Vorfall verändert hatte? Wenn bei mir Sicherheit und Kontrolle nicht länger gewährleistet waren? Was, wenn ich mir selbst nicht mehr trauen konnte?

»Oh, es geht schon«, antwortete ich vorsichtig.

Aber das kleine Flugzeug trudelte weiterhin durch meine Träume und stürzte in die Tiefe.

Peigi öffnete uns die Tür, gefolgt von der Liebe ihres Lebens (nach Gramps): Skellington, dem hässlichsten Spaniel der Welt. Das schwarz-weiße Vieh hatte hängende Schnurrhaare im fleckigen Gesicht, rot umrandete Augen und aus irgendeinem Grund immer Dreck im schäbigen Fell. Außerdem vermittelte dieser Hund den Eindruck, dass sein Leben hier auf Erden eine Qual sei, obwohl er tatsächlich der verwöhnteste und verhätscheltste Vierbeiner der Welt war.

In meiner Kindheit war Peigi bei unseren Besuchen irgendwie immer da gewesen. Wenn meine Eltern dann gefragt hatten, wie lange sie wohl bleiben würde, hatte jedes Mal Skellington auf den Teppich geschissen, Peigi hatte herumgewuselt, um sauber zu machen, und am Ende war es einfacher gewesen, sie hier wohnen zu lassen und die Angelegenheit nie wieder zu erwähnen.

Im Laufe der Zeit hatte sie in der Küche die Macht an sich gerissen, doch bei der ultimativen Peinlichkeit widersetzte Gramps sich weiterhin standhaft: bei der Wäsche.

Peigis Charme war er immer noch nicht erlegen, aber die beiden kamen erstaunlich gut miteinander aus, wenn man mal von Skellington absah. Seine Anwesenheit war wohl der Preis, den man für einen farblosen, kraftlosen Sonntagsbraten zahlen musste, während dessen Genuss man darüber klagen konnte, dass die Leute heute nach einem unruhigen Morgenflug nicht mehr so viele Zeitungen kauften wie früher.

Das allein stehende, weitläufige graue Haus wäre überall woanders wohl Millionen Pfund wert gewesen. Hier sah man es eher als Ballast, weil es in keinem besonders guten Zustand war und nur Einfachverglasung hatte. Die meisten Leute bevorzugten Neubauten mit Wärmepumpe, Dreifachverglasung und einer niedrigen Nebenkostenrechnung. Um Gramps' Haus vernünftig zu isolieren, hätten wir wohl das Flugzeug verkaufen müssen.

In der Diele gab es eine kleine Stiefelkammer mit hübschen viktorianischen Kacheln, und an einer seitlichen Garderobe konnte man noch immer die alte Fliegerjacke meines Urgroßvaters bewundern. Ja, das war furchtbar sentimental, aber da hing sie eben. Natürlich war das Lammfell inzwischen schmuddelig, das Leder rissig und verblichen, aber es war schon verrückt, dass der Jacke immer noch schwach der Geruch von Woodbine-Zigaretten anhaftete. Vermutlich hätte das Kleidungsstück eher ins Nationale Luftfahrtmuseum gehört, und *Dolly* auch, aber Gramps erst recht, daher fingen wir mit diesem Thema lieber gar nicht erst an.

Auf der Fußmatte bemerkte ich beim Hereinkommen einen Stapel Rechnungen, die noch nicht lange da zu liegen schienen.

Zu den Schlafzimmern führte rechts eine Treppe mit Linoleumbelag, der im Winter eiskalt und glatt war. Ich hatte mir für die Stufen immer einen dicken, warmen Teppich gewünscht, aber Gramps war Bequemlichkeit nie wichtig gewesen. Meiner Meinung nach hätte das wirklich viel ausgemacht. Mal ganz abgesehen davon hatte ich auch Angst, dass mein Großvater die rutschige Treppe eines Tages hinunterpurzeln würde, was ich allerdings lieber für mich behielt.

Rechts neben der Diele befand sich auch die gute Stube, ein nach Norden liegender, eher düsterer Raum mit unbequemen Stühlen und Möbelschutzbezügen, die vor sehr, sehr langer Zeit meine Urgroßmutter genäht hatte. Solange das Feuer nicht entzündet war, war das ein recht freudloser Raum, anders als die große, vollgestopfte Küche, die durch den Herd immer schön warm war. In der ehemaligen Vorratskammer daneben war jetzt offiziell das Büro eingerichtet, in dem sich Papiere stapelten und statt endloser Reihen von Einmachgläsern mit Chutney, Marmelade und eingelegtem Gemüse mittlerweile Akten das Regal füllten.

Es fühlte sich erstaunlich gut an, wieder da zu sein. Über diesem Haus lang eine Patina, die vom Leben zeugte, das hier seit Jahrzehnten heiter und unverändert voranschritt: fröhliche Weihnachtsfeste, frühes Aufstehen am Morgen, von meinem Vater an die Wand gemalte Striche, die mein Wachstum dokumentierten. Ich hatte das Gefühl, dass ich völlig ich selbst sein konnte, sobald ich hier die Haustür durchschritten hatte, dass ich erwünscht und akzeptiert war. Außer natürlich von Skellington.

»Ich gehe eben hoch und sage Gramps Hallo«, erklärte ich Peigi. Es kam mir ein bisschen lächerlich vor, dass ich mich so rechtfertigen musste.

»Nein, das will er nicht«, antwortete Peigi. »Er braucht seinen Schlaf.«

»Aber ich bin's doch nur«, erwiderte ich. »Ich schaue bloß kurz bei ihm rein.«

»Auf keinen Fall«, beharrte Peigi, woraufhin Skellington laut furzte, als wolle er ihre Autorität untergraben.

Ich seufzte. »Okay, darf ich dann wenigstens meine Sachen auf mein Zimmer bringen?«, fragte ich ein wenig gereizt.

Natürlich war es gar nicht mein Zimmer, aber es handelte sich um den Raum, den Jamie und ich uns jeden Sommer geteilt hatten.

Darin befand sich ein ganzer Stapel *Harry-Potter*-Bücher mit zum Teil von Wasser gewellten Seiten, und es gab nur eine einzige Steckdose, um die wir uns wegen unserer Nintendos immer unerbittlich gestritten hatten. Das Waschbecken zu benutzen, war uns seit jeher unter Androhung der Todesstrafe verboten gewesen, obwohl ich keine Ahnung mehr hatte, warum eigentlich.

Nicht weit vom Haus entfernt lag der Flugplatz, wo *Dolly* entweder auf ihren Einsatz wartete oder im Hangar schlief, und dahinter befanden sich der nördlichste Zipfel von Großbritannien, das Meer und der hohe Norden. Heute jagte eine graue Kumuluswolke in hohem Tempo über den Himmel, gesprenkelt von flotten kleinen weißen Zirruswölkchen. Ich ertappte mich bei dem Gedanken, dass es ein fröhlicher Hoppel-die-Hopp-Tag zum Fliegen wäre. Dann dachte ich: Gut. Einfach nur ein Flug. Ein kleiner Ausflug mit *Dolly*. Nichts, worüber ich mir Sorgen zu machen brauchte.

Ich wandte mich ab, bevor ich noch anfing, starr den Hangar zu fixieren, und fing an, meine Sachen auszupacken – an Kleidung hatte ich vor allem Pullover mitgebracht. Ja, es war Frühling, was im Süden gutes Wetter bedeutete. Hier oben konnte diese Jahreszeit aber so ziemlich alles mit sich bringen, von so vielen Osterglocken, dass sie einen geradezu blendeten, bis hin zu einem Eissturm. Als ich meine Klamotten einräumen wollte, bemerkte ich sie hinten im Schrank.

»Gramps!«

Ich konnte mich einfach nicht zurückhalten, klopfte an und machte die Tür auf, obwohl ich Peigi unten missbilligend schniefen hörte.

In Gramps' Bett war nur der Umriss einer Gestalt unter der alten Daunendecke zu sehen, und auf dem Nachttisch entdeckte ich eine Ausgabe der *Racing Post*. Ich klappte den Mund zu und schickte mich an, das Zimmer rückwärts wieder zu verlassen.

»Morag, bist du das?«, ertönte eine vertraute knurrige Stimme.

»'tschuldigung«, flüsterte ich, »ich wollte dir nur …«

In der Hand hielt ich die Uniform, die meine Mutter für mich genäht hatte, als ich nach dem Erwerb meiner Lizenz zunächst eine Zeit lang mit Gramps die Inseln angeflogen hatte.

Ich konnte mit zwar nicht vorstellen, dass ich da noch reinpasste, aber es war so aufmerksam von ihm, dass er sie für mich in den Schrank gehängt hatte.

»Aye, aye«, ächzte er. »Komm nicht näher, Mädchen. Wenn ich dich anstecke, landen wir alle im Krankenhaus, und davon hat keiner was.«

»Okay«, sagte ich und wich zurück.

»Aber du kannst mir morgen früh den Flugplan unter der Tür durchschieben.«

So krank konnte er wohl nicht sein, wenn er von mir immer noch eine handgezeichnete Skizze für eine Route verlangte, die er schon tausendmal geflogen war.

»Mach ich.«

Kapitel 6

Ich wartete auf das Eintreffen von Mum und Dad, die vorbeischauen wollten, und von Jamie, der zum Abendessen auch da sein wollte. Ich hoffte, damit waren *Fish and Chips* unten am Hafen gemeint und nicht etwa Peigis farbloser, wässriger Eintopf.

In der Zwischenzeit machte ich einen Spaziergang rüber zum Flugplatz und blieb vor unserem Hangar stehen. Dessen Tor hatte zwar ein Schloss, aber abgeschlossen war es nicht. Seit Jahren hatte niemand mehr den Schlüssel gesehen.

Der Flugplatz in Carso wurde oft vom Militär und von Maschinen genutzt, die die Ölplattformen anflogen. Da gab es viel größere und schickere Hangars als unseren, und Gramps ging wohl davon aus, dass wir auf der Liste eventueller Flugzeugdiebe ganz unten standen.

Ich zog an den großen Schiebetüren, die sich mit angenehm rostigem Rasseln öffneten.

Und da hatte ich *Dolly* nun in voller Lebensgröße vor mir! Eine Twin Otter, eins der besten und zuverlässigsten Flugzeuge, die je gebaut worden waren. Sie waren unverwüstliche, einfache, saubere, unkomplizierte Maschinen. Nachdem ich so lange mit A320ern geflogen war, musste ich bei ihrem Anblick schmunzeln. Den Wechsel muss man sich ungefähr so vorstellen, als würde man von einem Lkw auf einen Mini umsteigen. Sie war ganz klein und schnuckelig! Ihr Fahrwerk erinnerte an die seitlich abgespreizten Beinchen eines Kleinkindes, das ein Buch betrachtete, und ihre Reifen waren nur so groß wie die eines Autos, allerdings wesentlich robuster.

Im mittleren Bereich befand sich ihre Tür mit den ausklappbaren Stufen. Einmal im Inneren, konnten nur wirklich kleine Personen aufrecht stehen. Es gab sechs Reihen mit Sitzen, mit einem einzelnen auf der einen, zwei auf der anderen Seite des Ganges. Um als Pilot an Bord zu gehen, musste man sich ziemlich würdelos an den Beinen der Passagiere vorbeischieben.

Ich lächelte wieder, als ich daran dachte, wie mich Gramps hier damals in den Beruf eingeführt hatte.

Am Tag meines ersten Alleinflugs hatte er mich nicht vorgewarnt. Wir hatten einfach alles so gemacht wie immer: das Flugzeug einmal komplett gecheckt, zum Beispiel überprüft, dass der Tankdeckel korrekt geschlossen war, den Flugplan aufgegeben und mit dem Lotsen gesprochen. Im allerletzten Augenblick hatte Gramps mir zugeflüstert: »Heute ist dein großer Tag«, und sich erhoben, um das Cockpit zu verlassen.

»Was?«

»Jetzt bist du so weit, na los! Flieg bis nach Inchborn, leiste da den Möwen Gesellschaft, dreh zwei Runden über der Insel und bring Dolly hier wieder runter. Wir sehen uns in einer Stunde.«

Er hatte nicht gewollt, dass ich vorher in Panik gerate und deshalb die ganze Nacht wach liege. Stattdessen wollte er mir vermitteln, dass ich dafür absolut qualifiziert war und dass alles gut laufen würde.

Er drehte sich nicht einmal um, als ich mit meinen neunzehn Jahren allein im Cockpit zurückblieb, während ich in

Gedanken ein ums andere Mal alle Checklisten durchging, alles immer und immer wieder überprüfte, bis ich vom Lotsen die Rollfreigabe bekam … Dieses Gefühl. Obwohl eine Twin Otter bloß eine ganz kurze Startbahn brauchte und in dieser Hinsicht nur vom Harrier Jump Jet übertroffen wurde, war unsere Startbahn angenehm lang – sie erstreckte sich in die Ferne, bis sich die parallelen Linien, die man nur noch verschwommen erkennen konnte, zu berühren schienen.

Die Checks waren erledigt, und alles lief wie am Schnürchen. Nachdem ich die Motoren angelassen hatte, begannen sich die Propeller mit ihrem beruhigenden Rattern tröstlich zu drehen

Am Anfang war es ohne Gramps an meiner Seite seltsam. Normalerweise saß er ganz ruhig da, sagte während unserer Flüge stundenlang kein Wort und rührte den Gashebel nicht an. Er wartete einfach geduldig ab, während ich startete und landete, startete und landete, Flugpläne ausfüllte und mit jeder Flugstunde mehr Erfahrung sammelte. Unermüdlich sprach er mit mir über Wolkenstrukturen, Windstärken, Gegenströmungen, Fluggeschwindigkeit, Motorenwartung und einfach jede einzelne Schraube des Flugzeugs.

Wir redeten aber auch über andere Dinge, beispielsweise über den Himmel. Dass er unablässig in Bewegung war mit seinen Luftströmungen, die manchmal auch sichtbar waren, wenn Wolken sich auftürmten und über die Welt hinwegsausten. Dass man schlechtes Wetter schon aus Kilometern Entfernung erkennen und leicht meiden konnte, indem man es umflog. Man konnte dabei zusehen, wie sich der Himmel von Schwarz zu Dunkelblau zum frischen Blau der Morgendämmerung verfärbte, wie Wolkenschlösser in Grau und Weiß entstanden, wie weiße Schaumkrönchen auf dem Meer tanzten oder wie es manchmal glatt und türkis dalag wie an einem langen goldenen Strand der Karibik.

Wenn man sich den Inseln näherte, aufgereiht wie Perlen an einer Kette, sahen sie wie das aus, was sie ja tatsächlich waren: die Spitzen einer Bergkette, die vor Jahrmillionen die Wasseroberfläche durchbrochen hatten. So deutlich, wie wir vielleicht dachten, war das Land, an dessen Kante wir Menschen uns klammerten, gar nicht vom Meer abgegrenzt. Die Funkfeuer, die uns den Weg wiesen und für uns eine Landkarte des Himmels erstellten, folgten normalerweise der Lage von Leuchttürmen. Schließlich hatten sich die ersten Piloten einst orientiert, indem sie von Leuchtturm zu Leuchtturm geflogen waren. Als sich die Technologie weiterentwickelt hatte, war es nur logisch erschienen, die Dinge so ähnlich fortzusetzen.

Wenn sich ein Flugzeug zum Start bereit machte, sich endlich von den Fesseln der Schwerkraft befreien und in den Himmel aufsteigen wollte, der Motor die Maschine beben ließ, bis sie abhob, änderte sich mit einem Mal alles, es eröffnete sich eine ganz neue Welt. Dann hatte man den Eindruck, als würde man einem Dasein in zwei Dimensionen – unten auf der Erde, wo man sich auf einer Linie vor- und zurückbewegte, immer in derselben Entfernung zum Boden – eine dritte Dimension hinzufügen. Plötzlich war man in allen Richtungen von der Welt umgeben, und das Flugzeug war frei, das Element zu durchqueren, für das es gemacht worden war. Manchmal kam es mir so vor, als sei auch ich für dieses Element gemacht. Während sich Seeleute nach dem Meer sehnten, konnte ich keine Wolke sehen, ohne hineintauchen zu wollen.

All die Empfindungen meines ersten Alleinflugs – das Gefühl von Macht und Kontrolle, das Wissen um die Reibungslosigkeit der Abläufe – hatten auf mich eine seltsame Wirkung.

Ohne das zusätzliche Gewicht meines Großvaters fühlte sich das Flugzeug ganz anders an und steuerte sich auch anders. Mehr noch: Unten am Boden quälten mich oft Komplexe und Schüchternheit. Ich versteckte mich gern hinter meinen krisseligen Haaren und musste etliche Neckereien darüber ignorieren, dass ich zu viel Mathe büffelte oder eine Streberin war oder mich angeblich selbst ganz toll fand, nur weil mein Großvater ein Flugzeug besaß. Aber das alles hatte hier oben keine Bedeutung mehr.

Wichtig waren jetzt lediglich Funkverkehr, Radar, Geschwindigkeit und Flughöhe sowie die Kommunikation mit dem Lotsen, für mehr war in meinem Kopf kein Platz. Erst viel später hatte ich mal etwas über ein Konzept namens »Flow« gelesen. So nennt man es, wenn man in eine Aufgabe so vertieft ist, dass der Rest der Welt zu verschwinden scheint. Musiker und andere Künstler kennen diesen Zustand gut, und ich erreichte ihn beim Fliegen mit *Dolly* ebenfalls, weil ich Teil des großen Ganzen wurde. Das Flugzeug und ich verschmolzen zu einer Einheit und taten zusammen das, wozu wir bestimmt waren.

Im Cockpit größerer Maschinen liefen die Dinge ein wenig anders, weil alles von einem Computer gesteuert wurde – ach was, von etlichen Computern, die die Kontrolle hatten und alle menschlichen Entscheidungen infrage stellten.

Eins blieb jedoch gleich: der Augenblick des Abhebens mit der alles andere ausblendenden Konzentration, in dem einen Moment lang das Herz aussetzte.

Und diese Empfindungen wollte ich auf keinen Fall aufgeben. Nein, die waren nicht für immer verloren, ganz bestimmt nicht!

Kapitel 7

Dad holte beim Imbiss am Hafen *Fish and Chips*. So ein Abendessen war nicht nur lecker – die warmen, mit Essig getränkten Pommes schmeckten einfach nach zu Hause.

Wie üblich zog mich Mum mit Bemerkungen über mein Liebesleben auf. Weil es besser war, als an meinen Flug morgen zu denken, erzählte ich meiner Familie daher schüchtern endlich, dass ich jemanden kennengelernt hatte.

Während meine Eltern begeistert waren und mich mit Fragen löcherten, schnalzte Jamie nur mit der Zunge und verdrehte die Augen.

Aber man musste dazusagen, dass die Geschichten über die wechselhaften, schillernden Beziehungen ihres attraktiven bisexuellen Sohnes Mum manchmal einfach über den Kopf wuchsen. Deshalb war sie bei dem Thema oft so angespannt und überfordert, dass sie es gar nicht mehr ansprach.

Bei mir hingegen herrschte für gewöhnlich Flaute, sodass meine Nachricht etwas ganz Neues war. Mum strahlte etwas weniger begeistert, als sie hörte, dass Hayden Engländer war, aber zumindest machte sie in Bezug auf meine neue Arbeit gute Miene zum bösen Spiel. (Ich betonte bewusst, wie oft ich wieder im Land sein würde und wie viele Freiflüge ich ihnen besorgen könnte.)

Auf jeden Fall war es schön, den Abend zu viert zu verbringen.

Da Dad auch seinem Vater etwas von den *Fish and Chips* nach oben gebracht und ihm ein bisschen Gesellschaft geleistet hatte, musste Gramps wohl auf dem Weg der Besserung sein.

Peigi hatte sich während der ganzen Mahlzeit in der Nähe herumgedrückt und Kommentare darüber gemacht, dass auf dem Herd ja noch Eintopf stand. (Peigi kochte meistens Gerichte wie Eintöpfe oder Gulasch, bei denen sie alle Zutaten zusammenschmeißen konnte. Gramps schien es nicht weiter zu stören.)

In dem alten Zimmer oben, in dem immer noch Jamies Zeichnungen von Vögeln an den Wänden hingen, wälzte ich mich später schlaflos hin und her.

Hayden war mittlerweile in Dubai gelandet und schickte mir Fotos von den hässlichsten Wohnblocks, die er finden konnte, um mich zum Lachen zu bringen. Aber irgendwie fand ich das auch tröstlich. Wenn er all diese Dinge mit mir teilte, dann hieß das doch wohl, dass er mich bei der Entscheidungsfindung miteinbeziehen wollte, um … Na ja. Es sah für mich so aus, als wolle er für uns eine gemeinsame Zukunft aufbauen. Und ich musste jetzt alles dafür tun, dass ich daran auch teilnehmen konnte.

Gramps war noch nicht auf, als ich es – gegen sechs Uhr morgens – schließlich für spät genug erachtete, um aufzustehen.

Als ich nach unten kam, jaulte Skellington wie beim Anblick einer Einbrecherin, so als hätte er mich im Leben noch nicht gesehen. Ich wollte ihn eigentlich nach draußen lassen, aber da starrte er mich entrüstet an, als wolle ich ihn seines gottgegebenen Rechtes berauben, in die Speisekammer zu pinkeln.

Es war ein guter Tag fürs Fliegen: strahlend und frisch.

Wir würden es nur mit leichtem Wind aus Westen zu tun haben, also nichts, weswegen man sich verrückt machen musste. Es würde alles gut laufen, versicherte ich mir selbst, ganz bestimmt.

Meine Laune wurde gleich besser, als ich mir etwas von dem herzhaften Porridge auftat, den Peigi gestern fertig gemacht hatte. Unten im Süden aß ich den nie, weil er dort irgendwie nicht in mein Leben passte. Aber mit etwas cremiger Milch aus der Gegend, von Kühen, die im endlosen peitschenden Regen auf saftigen grünen Weiden grasten, war er genau das Richtige, dachte ich.

Als ich vor der Schale saß, hatte ich jedoch plötzlich keinen Appetit mehr. Mit einem Seufzen griff ich nach dem heutigen Flugplan. Vom Festland würde es nach Cairn gehen, der größten Insel der Gruppe, auf der so viele Menschen lebten, dass sie dort sogar eine Grundschule hatten. Dann – hm, ungewöhnlich, mussten wir jemanden auf Inchborn absetzen, und zum Schluss stand noch Larbh auf dem Programm.

Der Trip von Inchborn nach Larbh war der kürzeste Linienflug der Welt, und mehr Menschen, als man meinen sollte, unternahmen ihn aus genau diesem Grund. In meiner Kindheit waren hier oft Männer erschienen – warum immer nur Männer, hätte ich wirklich nicht sagen können – und hatten erklärt, dass sie bereits auf der längsten Flugroute der Welt an Bord gewesen waren. Das war damals die von New York nach Johannesburg, heute ist es die von Singapur nach New York. Und jetzt wollten sie auch noch die kürzeste Route fliegen. Na ja, jeder hatte so seine Hobbys, und es war wohl einfacher als das Erklimmen des Mount Everest.

Aber es war wirklich schade, dass diese Fluggäste kein

Interesse daran hatten, unterwegs irgendwo auszusteigen, weil sie da wirklich was verpassten. Auf den Inseln dieses Archipels befanden sich nämlich zum Beispiel einige der ältesten Ansiedlungen der Welt.

Es gab dort unterirdische Hütten, ins Erdreich gegrabene Räume, deren Wände mit Steinen verkleidet waren. Wer vor Tausenden von Jahren darin gehaust, Algen und Seehundfleisch gegessen und am Feuer Geschichten mit Nachbarn ausgetauscht hatte, hatte vermutlich einen der höchsten Lebensstandards der Welt gehabt.

In diesen Siedlungen hatten Hunderte von Jahren durchgehend Menschen gelebt. Und offensichtlich muss ihr Dasein relativ unbehelligt gewesen sein, da sie Muße dafür gehabt hatten, Schmuck und wunderschöne, aus Knochen geschnitzte Statuen füreinander herzustellen. Einst hatten sie wie Könige gelebt.

Auf Inchborn fanden sich auch die Überreste des in Schottland am nördlichsten gelegenen Klosters, von dem zwar nur noch Ruinen übrig waren, aber erstaunlich gut erhaltene. Im Sommer war die täglich fahrende Fähre immer voll.

Die Insel bestand aus zwei Flächen, die durch einen schmalen Streifen Land miteinander verbunden waren, und hatte auch zwei strahlend goldgelbe Sandstrände. Das Kloster befand sich auf dem nördlichen Inselstück und bekam immer jede Menge Sonnenlicht ab. Aber das meinte ich vielleicht nur, weil es mir beim Rundflug darüber immer ins Auge stach, wenn ein einzelner Sonnenstrahl auf den alten Turm fiel. Dieser Anblick war fesselnd und wunderschön.

Inchborn war auch ein Vogelschutzgebiet, und ich wusste, dass das ganze Jahr über Leute vor Ort waren, die sich darum kümmerten. Es musste wohl der einsamste Arbeitsplatz der Welt sein, aber man konnte dort wirklich eine unglaubliche Bandbreite an Wildvögeln beobachten: Papageientaucher, die über die Felsen watschelten, riesige kreischende Möwen, natürlich Tölpel und sogar Turmfalken. Nur war man im Gegenzug leider einsamer als auf einer internationalen Raumstation. Bemannte Leuchttürme gab es nicht mehr, aber bemannte Inseln schon. Und es war ja selbst in der Antarktis mehr los als auf diesem winzigen Flecken Erde am Ende der Welt.

Alle sechs Monate brachte mein Großvater das neue Personal rüber und holte das vorherige ab. Das waren meistens Männer, manchmal auch Paare, die an so etwas durchaus gewöhnt waren. Gramps hatte allerdings erzählt, dass sie einander beim Abholen gelegentlich trotzdem mit eisigen Blicken musterten, was mich nicht überraschte. Ich konnte mir gut vorstellen, dass man einander da draußen wortwörtlich in den Wahnsinn treiben konnte, vor allem im Winter, wenn sich kaum Touristen auf die Insel verirrten, höchstens mal Ornithologen, die Interesse an der Tierwelt hatten. Außer dem Personal des Naturschutzgebiets durfte auf der Insel aber niemand übernachten, daher konnten ihnen nicht einmal die Vogelforscher lange Gesellschaft leisten. Und das war ja auch gut, da die Hüter der Insel dort schließlich arbeiteten und viel Ruhe und Frieden brauchten. Wenn sie danach aufs Festland zurückkehrten, musste ihnen wohl auch ein kleiner Ort mit seinen Cafés und asphaltierten Straßen wie eine quirlige Metropole vorkommen.

Na ja, jedenfalls würde mein erster Tag für meine Verhältnisse relativ ruhig verlaufen – wenn ich in Mitteleuropa unterwegs war, flog ich schließlich oft vier verschiedene Länder an nur einem Tag an.

Und hier würde ich auch bloß Co-Pilotin sein, rief ich mir wieder in Erinnerung. Erno würde die Fliegerei übernehmen, während ich nur das Logbuch ausfüllen und alles checken würde. Das waren Dinge, die ich schon tausendmal vorher getan hatte, und ich kannte dieses Flugzeug ja auch besser als meinen Fiat 500. Es würde alles gut laufen. Ganz bestimmt.

Obwohl es viel zu früh war, verließ ich das Haus. Ich würde eine Runde im Ort drehen und dann zum Flugplatz gehen. Die Luft war kühl, aber die Sonne schien, und ich genoss die frische Brise sogar. Ich hatte zu viel Zeit in Druckkabinen mit Klimaanlage verbracht, an Airports, wo sowohl im Flugzeug als auch außerhalb davon immer die gleiche Temperatur herrschte, wo überall auf der Welt Glas und weiße Oberflächen dominierten. Dort war der Hintergrundlärm nicht das Kreischen von Möwen, sondern das Brummen von Poliermaschinen, die ständig im Einsatz waren, um den Dreck von den Füßen Tausender zu beseitigen.

Ich marschierte mit forschen Schritten voran, zum einen, um meine Ängste und Sorgen aus dem Kopf zu bekommen, zum anderen, um unterwegs nicht von Leuten aufgehalten zu werden, die mich als Gramps' Enkelin kannten (also quasi jeder). Nachbarn und Bekannte würden wissen wollen, was ich denn hier in Uniform machte.

Aber zum Glück schliefen im Ort um diese Uhrzeit noch alle. Die kleine weiß getünchte Bäckerei hatte als einziger Laden geöffnet, und in der Luft lag der Duft der massigen Brotlaibe, die dort aus dem Ofen geholt wurden. Hier wurde vor allem eine traditionelle Art von Kastenbrot verkauft, die viele gar nicht kannten. Es hatte eine besonders feine Krume und eine knusprige, salzige Kruste. Getoastet war es die perfekte Unterlage für weiche, salzige, schmelzende Butter …

Beinahe bekam ich Hunger, aber beim Gedanken daran, was jetzt anstand, verging mir der Appetit wieder, und ich lief weiter.

Ich kam am Co-op und am winzigen Kiosk vorbei, an dem es früher jeden Monat zwei Ausgaben des Pilotenmagazins zu kaufen gegeben hatte, damit Gramps und ich jeder eine eigene lesen und darüber diskutieren konnten. Eins der Exemplare hatten wir dann an meinen Vater weitergegeben.

Mittlerweile zeigten sich am Himmel nur noch ein paar Feder- und Schleierwolken, was an jedem anderen Ort auf einen zauberhaften Tag hinweisen würde. Na ja, hier würde man ihn wohl auch toll finden, solange man Thermounterwäsche anhatte. Ich folgte der Kopfsteinpflasterstraße und blickte hinüber zum Gemeindehaus, wo Nalitha und ich uns einen Sommer mal beim Chor angemeldet hatten, weil wir bis über beide Ohren in Connall Alton verliebt gewesen waren. Viel gebracht hatte das allerdings nicht, weil Connall Alton statt auf uns ein Auge auf Patricia Murphy geworfen hatte, oder vielmehr auf das Auto, das ihre Eltern ihr zum siebzehnten Geburtstag geschenkt hatten. Ich konnte mir nicht vorstellen, ein Auto geschenkt zu bekommen. Aber dann wiederum hatten mir meine Eltern zum sechzehnten, siebzehnten und achtzehnten Geburtstag Flugstunden geschenkt, für die sie lange gewissenhaft gespart hatten. Mit liebevoller, erwartungsvoller Miene hatten sie mir den Gutschein überreicht.

Jetzt ließ ich den Ort hinter mir und lief zum kleinen Flughafengebäude hinüber. Eigentlich war es nur eine Wellblechhütte, obwohl die Zivilluftfahrtbehörde versuchte, die Bezeichnung »Airport of the Highlands and Islands!« zu etablieren, so wie sich die Straße North Coast 500 als »The True North!« neu erfunden hatte.

Große Veränderungen hatte der Name allerdings nicht gebracht, mal abgesehen von ein paar Flaschen Whisky im Souvenirshop. Das wiederum führte dazu, dass man die Passagiere davon abbringen musste, die Flaschen sofort zu öffnen und panisch zu leeren, sobald sie die auf dem Rollfeld wartenden kleinen Maschinen bemerkten.

Nach einem Zwischenstopp bei *Dolly* betrat ich das Gebäude. Nalitha kam mir entgegen und schüttelte den Kopf, als sie mich in Uniform sah.

»Komm doch bitte für immer zurück!«, sagte sie knurrig, wie jedes Mal. »Nie bist du hier.«

»Weil meine Arbeit nun mal darin besteht, wegzufliegen, also an Orte, die eben nicht ›hier‹ sind.«

»Jaja, egal«, sagte sie. »Wie langweilig.«

»Und ich kann dich bald gratis nach Dubai mitnehmen.«

Sie drückte mich einmal und musterte mich dann mit gerunzelter Stirn. »Deine Haare sind ja so glatt.«

Nalitha war hier die Einzige mit glatten, glänzenden schwarzen Haaren, so lautete eigentlich die Regel.

»Jaja.«

»Und du bist zu dünn«, fügte Nalitha noch hinzu.

»*Du* bist viel zu dünn!«

»Ich bin doch ein dicker Mops«, seufzte sie.

»Ja, klar, mit dir an Bord werden wir die Maschine gar nicht hochbekommen!«

Nachdem wir uns so begrüßt hatten, wie alte Freundinnen das nun einmal taten, schaute ich zum wartenden Grüppchen Passagiere hinüber.

Nalitha sagte: »Puh, um die kümmere ich mich gleich.«

»Wo steckt denn Erno?«

»Der macht im Auto ein Nickerchen.«

»Gut, gut.«

Mein Selbstbewusstsein war angeschlagen. Dass der Flugkapitän seinen Dienst gleich völlig verschlafen antreten würde, fand ich aber gar nicht so schlecht. Offensichtlich bereitete es ihm überhaupt keine Sorgen, dass er heute mit mir fliegen würde. Darüber hinaus würde ich die Einzige an Bord sein, die nicht genug Schlaf bekommen hatte, was wirklich hilfreich war. Generell schlief Erno sehr gern.

Nalitha machte sich auf den Weg zum Check-in-Schalter.

Dort stand als Erster in der Schlange ein großer Mann mit schwarzem Haar und Bart, der ziemlich gereizt wirkte. Nalitha schenkte ihm ein Lächeln, das ich nur zu gut kannte. Es bedeutete: Ich bin jetzt bloß nett zu dir, weil ich plane, später Nadeln in eine Voodoo-Puppe von dir zu stecken.

Der Mann hatte jede Menge Gepäck dabei und gestikulierte in Richtung seiner Sachen.

»Wer war denn der Typ mit dem Bart?«, fragte ich meine Freundin, als sie mit dem Check-in fertig war.

»Ein Volltrottel«, antwortete sie, »der glaubt, dass ich es noch nie mit so zerbrechlicher Fracht wie einem Mikroskop zu tun hatte.«

Ich schnaubte. Sich mit Nalitha anzulegen, war selten eine gute Idee.

»Ist das derjenige, den wir auf Inchborn absetzen sollen?«, fragte ich.

»Ja, genau«, sagte Nalitha. »Aber ich frage mich schon, warum er nicht einfach die Fähre nehmen kann wie jeder normale Mensch.«

Ich zuckte mit den Achseln.

»Wahrscheinlich hat es damit zu tun, dass wir auf dem Rückweg Fraser McLintock mitnehmen sollen.«

»O Gott«, sagte ich, »den hab ich ja seit Jahren nicht mehr gesehen.«

»Ich kann dir versichern«, erklärte Nalitha, »dass regelmäßige sechsmonatige Aufenthalte über Winter allein auf einer einsamen Insel ihn nicht groß verändert haben.«

Beim Gedanken an Fraser musste ich lächeln. Er war der typische liebe Eigenbrötler, der sich eher für Vögel, Steine, Mineralien, Bücher – für so ziemlich alles – interessierte als für andere Menschen.

Es ging das Gerücht um, er sei der letzte der Mönche dieser Insel gewesen, und das war nicht schwer zu glauben: Fraser war groß und dürr und quasi alterslos. Ich konnte mir nicht vorstellen, dass er je jung gewesen war. Es war weithin bekannt, dass er eins nicht leiden konnte, nämlich Wasser. Deshalb flog er immer zur Insel und wieder zurück.

Während der große Mann wütend seine Gepäckstücke höchstpersönlich auf den Rollwagen hievte, der bei uns dem Gepäckband entsprach, fragte mich Nalitha zum wiederholten Mal: »Glaubst du eigentlich, dass Leute, die sich am Flughafen arschig aufführen, immer arschig sind? Oder kehren die später nach Hause zurück und geben dort ihren Kindern liebevoll einen Gutenachtkuss und so?«

Ich zuckte mit den Achseln. »Ich glaube, manche Leute sind auf Reisen eben etwas ängstlich.«

»Und deshalb müssen sie sich arschig benehmen?«

Ich runzelte die Stirn. »Aber es sind doch nicht alle arschig. Manche finde ich wirklich nett. Andere sind einfach ein bisschen nervös und verlieren deshalb ihre Bordkarte.«

»Vom Check-in-Schalter bis zum Flugzeug sind es vierzig Meter.«

»Schon klar, ich meine ja nur. Und du hast nun einmal

einen Beruf, der auch Kontakt zu Menschen mit sich bringt«, gab ich beinahe zaghaft zu bedenken.

»Ja, aber nicht zu Arschlöchern. Für Arschlöcher sollte ich eine Freistellung kriegen. Aus medizinischen Gründen.«

»Was denn für medizinische Gründe?«

»Dass sie mir auf die Nerven gehen.«

Der Mann saß mittlerweile im »Aufenthaltsbereich« des Flughafens – also einer etwas weniger zugigen Ecke der Wellblechhütte, in der eine gruselige Kaffeemaschine stand – und schaute auf, als hätte er jedes Wort mitbekommen. Ich wandte schnell den Blick ab, weil diese Unterhaltung wirklich unprofessionell war. Aber immerhin hatte mich meine Freundin aufgeheitert, deshalb war der gemeinsame Moment mit ihr Balsam für meine Seele.

»Pscht«, machte ich.

Nalitha fragte nicht einmal, ob gleich alles gut laufen würde, weil sie vollstes Vertrauen in mich hatte.

Ich ging nach draußen, wo ich auf den inzwischen wachen Erno stieß. Er führte den Außencheck des Flugzeugs durch, wie ich es bereits getan hatte, und lächelte, als er mich sah.

»Hey, Süße! Ich hab schon gehört, wie furchtbar tapfer du warst!«

»Ich hab doch nichts Besonderes gemacht«, protestierte ich.

Erno zuckte mit den Achseln. »Aber im passenden Moment, oder?«

»Na ja, jedenfalls habe ich wieder die Freigabe zum Fliegen, falls du das meinst.«

»Und, übernimmst du heute als Kapitänin die Verantwortung?«

»Neiiiin!«, antwortete ich etwas zu schnell.

Er warf mir einen raschen Blick zu.

»Ich meine, es ist alles in Ordnung«, stammelte ich. »Aber es ist schon ein Weilchen her für mich.«

»Hm-hm«, machte er mit besorgter Miene. »Also soll ich die ganze Fliegerei übernehmen?«

Einen Moment musterte ich Erno, der selbst in Uniform wie üblich an ein ungemachtes Bett erinnerte. Für einen Piloten war er so außer Form, dass er sich alle sechs Monate zur medizinischen Untersuchung schleppen musste. Und fliegen hasste er einfach. Er war nur deshalb noch bei uns, weil Gramps so gern flog, dass er Erno fast nie ranließ. Das passte Erno gut, und er mochte auch Kurzstreckenflüge, je kürzer, desto besser. Erno war eben ein Faulpelz.

»Ich hab dich noch nie fliegen sehen«, sagte ich, grinste aber, um deutlich zu machen, dass ich ihn nur necken wollte.

Er schniefte. »Und zwar deshalb, weil Fliegen echt langweilig ist. Im Vergleich zu Fernsehen.«

Für mich konnte es keine Fernsehsendung mit dem Moment aufnehmen, in dem man bei einem Flug in der Morgendämmerung durch die Wolken brach, aber das sprach ich nicht aus.

Jetzt kam Nalitha nach draußen und mühte sich so demonstrativ mit schwerem Sperrgepäck ab, dass die Botschaft klar und deutlich war: Kommt doch bitte mir armer, schwacher Frau zur Hilfe!

Das taten wir sofort.

»Was soll das denn darstellen?«, fragte ich und hob einen nur notdürftig verpackten Gegenstand hoch, der nach einem Piratenschiff aus Pappe aussah. »Ein Rettungsboot, falls etwas schiefgeht?«

»Oh, das ist von den Theaterleuten!«, rief Nalitha aus und schaute zum Terminal zurück.

Ich runzelte die Stirn, weil ich nicht wusste, was sie meinte.

»Die sind auf einer Insel-Tournee und spielen in kleinen Gemeindehallen.«

»Okay.«

Ich schwatzte während der Vorflugkontrollen ein wenig mit Nalitha, dann rief sie zum Boarding auf und winkte die Leute heran.

Nalitha flog mit, und es würde unterwegs zu ihren Aufgaben gehören, Fraser einzuchecken, und auch ein paar andere Passagiere auf Larbh. Ich schaute zum Himmel hoch; die Wolkendecke wurde dichter, was aber nicht problematisch sein würde. Trotzdem hatte ich einen riesigen Kloß im Hals. Nein, jetzt sei nicht albern, es erwartet doch niemand von dir, dass du fliegst! Aber was, wenn ich dazu nie wieder in der Lage bin?, fragte ich mich. Was, wenn es das jetzt gewesen ist?

Der Flugkapitän saß im Flugzeug immer links, daher nahm ich als Co-Pilotin auf dem rechten Sitz Platz, warf einen letzten Blick auf den Flugplan und ging in Gedanken noch einmal alle Kontrollen und Verfahren durch, um mich zu beruhigen.

Hinten füllte sich der Flieger mit für diese Jahreszeit typischen Passagieren: Da gab es Ornithologen, die ihre Ferngläser eifrig umklammert hielten, und ein paar Touristen, die wegen des mittlerweile gegen die runden Fenster prasselnden frischen Regens nachdenklich mit den Fingern über ihre neuen North-Face-Anoraks strichen und zu bereuen schienen, dass sie sich für den hohen Norden Schottlands entschieden hatten. Dazu kamen Leute aus der Gegend, die das Flugzeug quasi wie einen Bus nutzten und auf den Sitzen knieten, um mit Freunden und Nachbarn zu plaudern. Sie belegten alles mit ihren Einkäufen und hatten durchaus schon mal versucht, Nutztiere mit an Bord zu bringen, indem sie ihre Hühner als Assistenztiere zur emotionalen Unterstützung ausgaben. (Heute blieben wir davon allerdings verschont.)

Die Theaterleute, die Nalitha zuvor erwähnt hatte, hörte man schon, bevor man sie sah. Das Trio wurde von einem bärtigen Mann angeführt, der mit lauter, überdeutlicher Stimme sprach, als er hereinkam: »Na, seht euch nur mal dieses HERZALLERLIEBSTE kleine Flugzeug an, in dem wir alle in einem explodierenden Feuerball sterben werden … Ist das Ding wirklich echt?« Er runzelte die Stirn. »Ich frage mich, wer in der Todesanzeige wohl ganz oben stehen wird. Vermutlich du, Netflix-Boy.«

Ein wirklich hübscher junger Mann mit feinen, zarten Gesichtszügen lächelte matt hinter ihm. Er sah ungefähr so aus, als würde er im Jahr 1834 an Schwindsucht dahinsiechen, kam mir aber auch vage bekannt vor. Eine unglaublich attraktive junge Schwarze mit langen, dicken Zöpfen stand draußen auf dem Rollfeld und verdrehte die Augen.

»Da steig ich auf keinen Fall ein«, verkündete sie laut mit Nordengland-Akzent, während sie reglos verharrte.

Ich schaute zu Nalitha hinüber. Wer an moderne, saubere weiße Terminals und Airbusse gewöhnt war – zum Beispiel an die Flugzeuge von EasyJet, die Städte auf der ganzen Welt miteinander verbanden –, fand eine kleine Propellermaschine mit nur achtzehn Sitzen manchmal wenig vertrauenerweckend, vor allem an Tagen, wenn es sich so zuzuziehen schien wie heute.

Nalitha hatte verschiedene Strategien, damit umzugehen, von Spöttelei – »Ein großer Junge wie Sie?« – bis hin zu tröstlichen Worten, vor allem bei alten Damen. Denen erklärte sie gern, dass alles völlig sicher war und dass sie rein statistisch gesehen den gefährlichsten Teil des Tages bereits hinter sich hatten – nämlich die Fahrt mit dem Auto zum Flughafen.

Die junge Frau rührte sich nicht vom Fleck. »Mir hat keiner gesagt, dass wir in einer winzigen Blechdose fliegen werden!«

»Was hast du denn gedacht, dass hier oben jeden Tag eine 747 verkehrt?«, fragte der bärtige Mann, wieder äußerst laut. Er schien anzunehmen, dass jeder an Bord mit Begeisterung seiner Stimme lauschte. Ich warf einen Blick auf die Uhr, weil ich befürchtete, dass wir unseren Slot verpassen würden. Dann wurde mir aber klar, dass solche Dinge in Heathrow wichtig waren, hier jedoch nicht.

»Ich hatte nicht erwartet, dass wir statt eines Flugzeugs einen Föhn besteigen sollen.« Die junge Frau lächelte zwar, trug aber auch einen fest entschlossenen Gesichtsausdruck zur Schau. »Nee, nee, auf keinen Fall.«

»Jetzt komm schon!«, dröhnte der ältere Mann. »Diese Strecke fliegen Sie doch jeden Tag, oder?«

Nalitha nickte strahlend.

»Na, dann sehnen Sie sich offenbar nach dem Tod, ich aber nicht«, sagte die Frau, wandte sich ab und wollte zurück zum Terminal.

Bei Gramps scheute gelegentlich auch mal jemand, aber das waren vor allem Menschen, die schon an Bord waren und es unterwegs bei Turbulenzen mit der Angst zu tun bekamen. Nalitha hatte etwas von einer nüchternen Schülersprecherin an sich und konnte die Leute meist problemlos beruhigen. Sie hatte so einiges ausprobiert und schließlich ihre Methode gefunden, um mit solchen Situationen umzugehen. Wenn man zu viel Verständnis zeigte, so hatte sie erklärt, befürchteten die Passagiere, dass tatsächlich Anlass zur Sorge bestand. Zeigte man sich zu streng, drehten die Leute völlig durch. Deshalb verlegte sie sich auf einen etwas brüsken, burschikosen Tonfall, der so gar nichts mit ihrer normalen Stimme zu tun hatte. Da sie damit wie eine Hockey spielende junge Dame aus gehobenen Kreisen klang, verliebten sich ehemalige Internatszöglinge leider sofort in sie. Wenn Nalitha deren Avancen fröhlich-charmant parierte, machte es die Dinge oft nur noch schlimmer.

Auf den Inseln gab es viel zu viele Männer, durch all die Arbeitsplätze in den Bereichen Land- und Forstwirtschaft, Viehzucht, Fischerei, Öl und Gas, Windparks, Schifffahrt und natürlich Transport, wo ich die Ausnahme darstellte.

An Liebeserklärungen war Nalitha also gewöhnt und wehrte sie problemlos ab. Sie hatte schließlich ihren Asif, einen unfassbar heißen Typen, der in Carso in ihrem gemütlichen Häuschen auf sie wartete, ihren entzückenden Zweijährigen fütterte und einen gut bezahlten Informatikjob ausübte, für den er nie irgendwohin zu fliegen brauchte.

Ich kümmerte mich um die weitere Vorflugkontrollen in der Hoffnung, das würde gegen meine Aufregung helfen. Bei einem Blick nach draußen stellte ich allerdings fest, dass die junge Frau immer noch unnachgiebig auf dem Rollfeld verharrte, wo sie nun wirklich nicht stehen sollte.

Jemand steckte den Kopf zum Cockpit herein. »Hallo!«, ertönte die laute Stimme, und dann kam: »AHA, eine Pilo*tin*! Fantastisch!«

Bis dahin war ich noch nie einem Schauspieler begegnet, daher hatte ich keine Ahnung, ob die alle so waren. Bestimmt nicht. Dieser hier war aber so, und zwar mit Leib und Seele.

»Verlassen Sie bitte das Cockpit, Sir!«, sagte ich rasch. Ich nahm nicht an, dass es viel bringen würde, ein Kleinflugzeug wie das unsere zu entführen, aber wir waren dafür geschult, mit allem zu rechnen. »Jetzt sofort.«

Erno alarmierte die ganze Sache weniger. Als er aufblickte, wirkte er aber offensichtlich einschüchternder als ich. »Ja, treten Sie zurück!«

Panik machte sich auf dem Gesicht des bärtigen Mannes breit. »Tut mir leid, sorry, sorry, SORRY! Ich schwöre, dass ich kein Terrorist bin!«

»Was haben Sie da gerade gesagt?«, fragte ich.

»Nein, nein, so war das nicht gemeint. Dieses Wort sollte man hier nicht in den Mund nehmen. Tut mir wirklich leid.« Er wich zurück und gestikulierte dabei dramatisch. Seine vorher bereits gesunde Gesichtsfarbe hatte sich zu dunklem Rot gewandelt.

»Du meine Güte, Leopold!« Der junge Mann hinter ihm seufzte. »Die schmeißen uns noch alle raus.«

Ich warf einen Blick nach hinten in die Kabine. Normalerweise würden bei einem Pendelflug alle seufzen, missbilligend mit der Zunge schnalzen, die Augen verdrehen und sich beschweren, wenn jemand den Betrieb aufhielt. Hier aber störte es die Leute nicht groß, weil die Stammgäste einfach nur froh waren, dass der Flug nicht wegen schlechten Wetters ausfiel.

»Ich wollte doch nur eine Frage stellen«, ertönte die laute Stimme jetzt, die ich auch aus mehreren Metern Entfernung gut verstehen konnte. »Und zwar, ob meine junge Kollegin Sie vielleicht kennenlernen könnte. Die ist beim Fliegen nämlich etwas aufgeregt.«

»Bin ich nicht«, kam eine ähnlich weittragende Stimme von draußen. »Ich werde nämlich gar nicht fliegen.«

»Wie Sie sehen, sind wir eine reisende Schauspielertruppe, äußerst neurotisch, aber wirklich darauf erpicht, das wunderbare Inselvölkchen hier zu unterhalten.«

Ich runzelte die Stirn. Wir waren doch keine amüsante kleine Unterart des Homo sapiens. »Wie bitte?«

»Wir sind eine fahrende Theatertruppe und wollen unsere Kunst zu Ihrer Freude und Erbauung an den Rand der Zivilisation bringen.«

Wieder runzelte ich die Stirn. Ich meine, *ich* durfte für die Inselgruppe wohl solche Bezeichnungen verwenden, aber er doch nicht.

»Wobei ich nicht andeuten will«, fuhr er dröhnend fort, »dass Sie hier in puncto Technik nicht auf dem neusten Stand sind!«

Ich starrte ihn an, und er schenkte mir ein breites Grinsen.

Unsere Abflugzeit rückte unerbittlich näher, aber die Frau stand weiter wie angewurzelt draußen auf dem Rollfeld. Ich blickte zu Erno hinüber, der allerdings bloß mit den Achseln zuckte.

»Vielleicht solltest du mal mit ihr reden«, zischte ich ihm zu.

»Das würde ich ja«, antwortete er, »aber eigentlich ist es mir egal.«

Genervt stand ich auf, setzte ein Lächeln auf und ging zur offenen Tür hinüber. Als ich mich an Nalitha vorbeischob, behielt sie in Richtung Passagiere ihre strahlende Miene bei, während sie mir gleichzeitig zuzischte: »Pack sie dir im Notfall einfach und schlepp sie gewaltsam an Bord. Wenn ich wegen der nicht rechtzeitig zum Mutter-Kind-Turnen wieder da bin, bring ich sie um.«

»Du wirst hier niemanden umbringen«, wisperte ich zurück. »Fahr die Krallen wieder ein.«

»Ich werd ihr beide Arme brechen«, versicherte Nalitha.

»Oh, *hallo*«, flötete sie dann in völlig anderem Tonfall, als einer unserer üblichen Passagiere mit seiner Taucherausrüstung an Bord kam. »Schön, Sie zu sehen, Georgie! Wie geht's?«

Der Mann grunzte. Wracktauchen war hier ein durchaus beliebtes Hobby, da rund um die Inseln Tausende von Booten und Schiffen in der Tiefe ruhten, von denen die ältesten einst zur Zeit der Wikinger nach der Nordwestpassage gesucht hatten. Viele Menschen trotzten dem eisigen Wasser, um sich das mal näher anzusehen – was ich persönlich ja niemals über mich bringen würde. Mir wurde allein bei der Vorstellung, mich da reinzuwagen, ganz anders.

Auf einer der kleineren Inseln in der Nähe der Scapa-Flow-Bucht, der letzten Ruhestätte vieler gekenterter und gesunkener Schiffe, gab es eine Legende. Dort hieß es, man würde bei Einbruch der Dunkelheit vom Wasser her ganz leise das Klopfen eines Morsecodes hören, einen letzten verzweifelten Hilferuf, nachdem die eisigen Fluten jede Möglichkeit einer Rettung zunichtegemacht hatten.

Ich ging die Stufen hinunter und trat im Regen auf die Rollbahn, über die kräftiger Wind fegte.

»Hey«, sagte ich zu der wunderschönen Frau, die vor mir stand.

»Da steige ich nicht ein, auf keinen Fall«, verkündete sie, ohne mich oder das Flugzeug auch nur anzusehen.

Ich lächelte. »Ich kann nicht fassen, dass Sie Dolly so die kalte Schulter zeigen.«

»Wer ist denn Dolly?«

»So heißt unser Flugzeug«, erklärte ich stolz, wandte mich zur alten Dame hin und betrachtete sie.

»Die sieht aber aus, als würde sie gleich auseinanderfallen.«

»Unsere Dolly besteht immer alle Kontrollen und Tests«, versicherte ich mit warmer Stimme. Dabei unterschlug ich allerdings die Information, dass hier weitestgehend mein Großvater die Rolle von Flugtechniker, Mechaniker und Mädchen für alles übernahm. »Sie ist wirklich eine tolle kleine Maschine.«

»Ich will aber keine tolle kleine Maschine«, wandte die Frau ein. »Ich will einen schnittigen, äußerst sicheren Jumbojet, und, ehrlich gesagt, will ich nicht einmal mehr den. Eigentlich will ich nur noch nach Hause.«

Ich änderte meine Taktik. »Sie sind Schauspielerin, oder?«

Die Frau nickte.

»Das ist ja toll! Was steht denn auf dem Programm?«

Sie zuckte mit den Achseln. »Wir spielen *Peter Pan und Wendy*.«

»Oh, Peter Pan find ich toll!«

»Das ist aber nicht die Originalgeschichte, sondern sozusagen … eine Erwachsenenversion davon. Wobei sich Kinder das Stück auch angucken können – es ist nicht ausschließlich für Erwachsene und echt ziemlich cool.«

Ich nickte. »Wen spielen Sie denn?«

»Äh … Wendy.«

»Oh!«, machte ich. »Na, in dem Fall … wird es aber für alle schwierig, wenn Sie nicht mitkommen, oder?«

»Hm.« Sie zuckte mit den Achseln.

»Wissen Sie«, begann ich, »die Kinder, die da oben leben … also, die können nie einen Jahrmarkt besuchen, haben kein Theater vor Ort, und Musiker kommen bei ihren Touren auch nicht vorbei.«

Natürlich wusste ich, dass ich gerade ein bisschen dick auftrug, schließlich gab es hier zig lokale Musiker, und jedes

Kind konnte entweder ein Instrument spielen oder ein Lied vorsingen, wenn es denn sein musste.

Die Ergebnisse von Studien waren immer eindeutig: Die Kinder von den Inseln im hohen Norden, die frei und unbeschwert den Tag an der frischen Luft verbrachten, gehörten zu den glücklichsten in Großbritannien.

»Man kann sich kaum vorstellen«, fuhr ich fort, wobei der Wind meine Stimme davonzutragen drohte, »was es für diese Kinder bedeuten würde, Ihren Auftritt zu verpassen. Ich meine, das ist für die vielleicht lebensverändernd. Aus diesem Grund entscheidet man sich doch für ein Wandertheater, oder?«

»Nein«, schnaubte die Frau. »Ich hab bei einem Wandertheater angeheuert, weil ich das Vorsprechen beim National Theatre vergeigt habe.«

Ich lächelte. »Na, hier werden Sie jedenfalls in die Gesichter vieler kleiner Menschen blicken, die Sie anhimmeln werden. Weil Sie für die einfach nur super sein werden, und wer weiß, vielleicht sind Sie sogar eine Inspiration für ihre Zukunft.«

»So gut ist das Stück nun auch wieder nicht.«

»Ich wette, doch. Na ja, und wenn es Mist sein sollte, würden die Kinder es trotzdem nicht merken, weil sie ja keine Vergleichsmöglichkeiten haben. Im Prinzip könnten Sie sogar behaupten, dass Sie da *Wicked* spielen – Sie werden auf jeden Fall das Beeindruckendste sein, was die Kinder je gesehen haben.«

»Nicht, wenn ich tot auf dem Meeresgrund liege.«

In diesem Moment zerrte eine besonders kräftige Böe an ihren Zöpfen. Sie starrte das Flugzeug an.

Auch ich drehte mich wieder zu *Dolly* um, weil ich der Frau ja schlecht verraten konnte, dass ich ihre Ängste teilte.

Nein, ich musste einfach daran glauben, dass alles gut gehen würde, und sie auch.

»Mir ist schon klar, dass sie optisch nicht viel hermacht.« Das sagte ich nicht nur zu der Frau, sondern auch zu mir selbst. »Aber ich verspreche Ihnen, dass sie absolut flugtauglich ist. Und Sie werden am Ziel Ihrer Reise allen so viel Freude bereiten.«

Jetzt sah sie mir direkt in die Augen. »Können Sie mir das auch versprechen?«

»Nein«, entgegnete ich lächelnd. »Da ich Sie ja noch nicht habe spielen sehen. Und, na ja, Sie wissen schon … wegen des Vorsprechens beim National.«

»Da hatte ich einfach nur einen schlechten Tag.«

»Okay.«

»Ich habe Kinder«, erklärte sie. »Daher wäre es ganz, ganz ungünstig, wenn ich bei einem Flugzeugabsturz ums Leben käme.«

»Sie haben recht«, sagte ich ernst. »Ich hingegen habe keinerlei Nachkommenschaft und kann daher problemlos mein Leben bei einem Flugzeugunglück lassen.«

Sie starrte mich einen Moment an, dann verzog sie das Gesicht zu einem Lächeln.

»Komm schon, Boona!«, rief der bärtige Mann vom oberen Ende der Treppe. »Du schaffst das!«

»Sind Sie die Pilotin?«, fragte mich Boona.

»Ich gehöre zum Pilotenteam.«

»Und bringen Sie mich sicher zurück nach Hause, zu meinen Kindern?«

»Mögen Sie Ihre Kinder?«

»Was? Natürlich!«

»Okay, dann ja.«

Mit finsterer Miene saß Erno auf dem linken Sitz, statt sich wie üblich rechts auf dem Co-Piloten-Sitz zu fläzen. Er stammte aus einer Fliegerfamilie – sein Vater war für die finnische Luftwaffe und später für Aeroflot geflogen und nie abgestürzt, womit man durchaus prahlen konnte. Weil man von Erno seit jeher erwartet hatte, dass er die Familientradition hochhielt, hatte er während seiner Militärzeit mit der Pilotenausbildung angefangen. Er hatte zwar jede einzelne Sekunde gehasst, war mit hundertprozentiger Sehschärfe, handwerklichem Geschick, perfekten Reflexen und beeindruckender Auge-Hand-Koordination allerdings der geborene Flieger. Ein Fluggerät, das Erno nicht in die Luft kriegen würde, gab es nicht; nur hatte er aufs Fliegen leider überhaupt keine Lust.

Für Gramps war das allerdings eine glückliche Fügung. Erno hatte Interesse an unserem Unternehmen, weil es die kürzesten Routen weit und breit flog, wodurch die ihm verhassten Flugzeiten so kurz wie möglich ausfielen. Da er aus Finnland stammte, empfand er das Klima der nordschottischen Inseln außerdem als warm und trocken.

Wieder warf ich einen Blick zurück in die Kabine, die jetzt voll war. Ich grinste Boona zu, aber sie sah mich nicht, weil sie den Blick gesenkt hielt. Der bärtige Mann saß an ihrer Seite und tätschelte ihr die Hand.

Dann hörte ich von weiter hinten aus der Kabine ein schweres Seufzen. Dort saß der Mann mit den vielen Gepäckstücken, der ein gebundenes Buch in der Hand hielt. Die Stirn über seinen buschigen Augenbrauen war gerunzelt, er warf einen Blick auf seine Armbanduhr und seufzte laut.

»Haben Sie es eilig?«, fragte Nalitha scheinbar voller Mitgefühl. Aus langer Erfahrung wusste ich, dass sie in Wirklichkeit furchtbar sarkastisch war. Auf diesen Inseln gab es schließlich nichts, aber auch gar nichts, was nicht warten würde.

»Nein, aber … fliegen wir bald mal los?«, murmelte er mit genervter Miene.

Nalitha schielte zu mir herüber, und mit einem Mal war ich auch sauer auf ihn. Gut, für viele Leute war Flugangst kein Thema. Schön für sie! Aber es war doch keine Charakterschwäche, wenn man Probleme damit hatte, in ein kleines Flugzeug zu steigen! Konnte er nicht mal zwei Sekunden lang versuchen, sich in die Lage eines anderen hineinzuversetzen?

»Hallo, mein Freund!«, dröhnte der bärtige Mann von der anderen Seite des Ganges her und lehnte sich hinüber, um dem Gepäckbesitzer die Hand zu schütteln.

Der starrte ihn fassungslos an.

»Was bringt Sie denn an Bord dieses kleinen Wunders der Lüfte?«

»Mit Wundern hat das gar nichts zu tun!«, rief ich hastig und behielt Boona im Blick. »Unser Flugzeug ist ein fantastisches Beispiel für moderne Ingenieurskunst, das den Gesetzen der Physik gehorcht.«

Der knurrige Mann ignorierte den Schauspieler. Er würde die nächsten sechs Monate ohne menschliche Gesellschaft verbringen und schien dafür schon mal üben zu wollen.

Neben uns war noch ein anderes Flugzeug am Start, der wesentlich größere Shuttle nach London, der dreimal täglich abhob.

Als wir vom Fluglotsen endlich das Okay für den Start bekamen, war der prasselnde Regen weitergezogen.

Ich sah, dass Boona sehnsüchtig aus dem Fenster schaute.

Erno tuckerte auf die Startbahn, die wirklich viel größer war als nötig, so als würden wir hier jeden Moment mit einem Airbus rechnen. Mit unserer kleinen Maschine ratterten wir darauf voran wie ein Spielzeug.

Die Situation fühlte sich zugleich vertraut und doch merkwürdig an, so wie man beim Besuch in seiner alten Schule alles genau wiedererkennt, sich zugleich aber darüber wundert, wie klein es doch ist.

Routiniert positionierte Erno die Maschine exakt auf der Mittellinie, ohne auch nur groß hinzuschauen.

Ich vollzog die letzten Vorflugkontrollen und hörte im Kopfhörer das beruhigende Murmeln des Lotsen. Bei einem Blick nach hinten sah ich, dass Nalitha überprüfte, ob auch alle angeschnallt waren. Sie tätschelte Boona die Hand und warf dem Mann mit den dunklen Haaren einen tödlichen Blick zu. Ich hatte nichts anderes erwartet.

Immer schneller sauste *Dolly* über den glatten Asphalt. Obwohl Angst und Sorge über die Zukunft an mir nagten, erfüllten mich im Moment des Abhebens wieder Euphorie und der Rausch der Geschwindigkeit. So war es jedes Mal, wenn ein Flugzeug den Boden verließ, der Schwerkraft trotzte und das tat, was wir Erdenkinder uns von jeher gewünscht hatten. Davon hatte die Menschheit stets geträumt, sie hatte sich danach gesehnt, wie ein Vogel in die Wolken aufzusteigen. Ein Sonnenstrahl fiel auf den Hangar unter uns und ließ ihn aufleuchten, während er allmählich kleiner wurde. Mit ihm verschwanden nach und nach alle Probleme und Sorgen meines Lebens – schrumpften zusammen, bis nur noch das süße, beruhigende Brummen von *Dollys* Motoren blieb.

Erno drehte elegant nach links, und wir machten uns auf den Weg in Richtung Nordnordwest. (Ich meinte, Boona aufkeuchen zu hören, als durch ihr Fenster einen Moment lang nichts als Wasser zu sehen war.)

Jetzt kam mir mein Telefongespräch mit Hayden vom Vortag in den Sinn. Er hatte einen freien Tag gehabt, im Hintergrund waren mehrere schrille Frauenstimmen zu hören gewesen, und es hatte sich für mich so angehört, als sei er am Strand gewesen.

Ich versuchte, durchblicken zu lassen, welche Panik ich schob. Dem Menschen, mit dem man beinahe verlobt war, sollte man so etwas schließlich anvertrauen können, oder? Dem Mann, der einem alles bedeutete? Vor dem sollte man doch keine Geheimnisse haben.

»Mein Schatz«, sagte er, »sobald du erst einmal in der Luft bist, wird alles gut sein. Du machst dich nur verrückt. Dabei hast du doch alle Tests mit Bravour gemeistert und bist als flugtauglich eingestuft worden.«

Er sagte nicht: »Jetzt reiß dich mal zusammen«, aber so gut wie, und man merkte ihm am Telefon seine Ungeduld an. Ich hörte, wie jemand etwas warf, vielleicht einen Wasserball.

Aber hier, hier konnte ich endlich durchatmen. Das gleichmäßige Brummen. Der Radar und die Karte vor mir.

Erno warf einen Blick auf den Flugplan, runzelte die Stirn und flog unbeirrbar weiter, während ich unsere Route auf der Karte aus Papier einzeichnete. Die wurden in großen Flugzeugen schon lange nicht mehr benutzt, aber Gramps vertraute iPads nicht hundertprozentig.

Erno schaute wieder zu mir herüber. »Alles okay?«

»Alles klar bei mir«, antwortete ich, und das stimmte auch.

Gestern Abend war ich so aufgewühlt gewesen – Angst

hatte ich aber davor, selbst zu fliegen, nicht davor, bei *Dolly* im Cockpit zu sitzen. Hier oben war ich glücklich.

Als Erstes flogen wir Cairn an, die größte Insel der Gruppe, wo die meisten lokalen Passagiere von Bord gingen.

Dann dauerte es fünfzehn Minuten, bis wir Inchborn erreichten, die nächste Perle der Kette. Deren Strände erglühten im Frühlingssonnenschein, genau wie die Klosterruine.

Erno drehte zunächst eine Runde über der Insel, um den Wind einzuschätzen.

Auf der windabgewandten Seite von Inchborn war das Wasser weit zurückgegangen, sodass sich der goldene Strand unendlich weit erstreckte.

Nach einer weiteren Runde begann Erno dann den Sinkflug und drosselte das Tempo, bis wir so geschmeidig über den Sand rollten wie eine Murmel auf der Murmelbahn.

»Das ging ja wie geschmiert«, sagte ich lächelnd.

Er schaute mich an. »Du kannst gern das nächste Leg übernehmen.«

Ich schüttelte den Kopf. »Komm schon, ich bin doch auf Heimaturlaub.«

Er nickte auf eine Art und Weise, als würde er mir kein Wort glauben.

Draußen hatte Nalitha die Räder mit Bremsklötzen gesichert und half dem knurrigen Mann mit seinem Gepäck – na ja, tatsächlich hatte sie nur den Gepäckraum geöffnet und ließ ihn selbst seine schweren Kisten heraushieven, während sie mit vor der Brust verschränkten Armen zusah. Er fand das gar nicht witzig.

»Wer ist das überhaupt?«, fragte ich Erno, der die Stirn runzelte und mit den Achseln zuckte.

Vermutlich irgendein *Sassenach*. Ich fragte mich, ob er

auch nur ahnte, worauf er sich da eingelassen hatte. Vor Jahren hatten Gramps und ich im Frühling auf der Insel mal ein Ehepaar abgeholt, das dort zusammen überwintert hatte. Die beiden hatten auf Sitzen Platz genommen, die so weit wie möglich auseinandergelegen hatten, und in der winzigen Kabine hatte unglaublich dicke Luft geherrscht. In Erwartung des großen Knalls waren auch alle anderen an Bord mucksmäuschenstill geblieben. Dieser Typ hier würde ganz allein sein, wirkte aber ohnehin nicht wie sehr angenehme Gesellschaft.

Draußen entdeckte ich eine schlaksige Gestalt – Fraser McLintock, der nur einen kleinen Karton dabeihatte.

Als kleines Mädchen hatte ich Fraser immer gemocht. Seine Verbindung zur Insel reichte zurück in Zeiten, als auf Inchborn noch alles mit dem Glauben zu tun gehabt hatte, als religiöse Menschen dorthin gepilgert waren. Gepilgert wurde auf die Insel zwar immer noch, jetzt waren es aber vor allem Leute, die Vögel vergötterten, obwohl sie dieses Wort nicht gern hörten.

Wie üblich blieb Fraser noch draußen und half dabei, die Verpflegung für die nächsten drei Monate auszuladen.

Danach würden wir Nachschub liefern. Öfter Lebensmittel auf die Insel zu fliegen, würde aber zu teuer werden, daher verließ man sich eher darauf, dass Tagesausflügler noch etwas mitbringen würden.

Auf der Fähre, mit der Touristen, Vogelbeobachter und Schulkinder die Insel besuchten, gab es einen kleinen Barbereich. Wenn sich ein Hüter der Insel mit dem Kapitän gut stellte, würde er also durchaus über die Runden kommen. Auf eine Pizza zum Mitnehmen brauchte er allerdings nicht zu hoffen.

Und es sah ja auch so aus: Auf Inchborn konnte dieser

Typ ruhig so knurrig sein, wie er wollte. Aber auf dem Rest der Inselgruppe würde er damit nicht durchkommen.

Das passierte oft: Die Leute reisten mit der Erwartung an, dass der Archipel ein Hort des Friedens und der Einsamkeit sei. Und das stimmte bis zu einem gewissen Grad ja auch. Wer auf der Suche nach einem Ort war, an dem nichts Lauteres als krachende Wellen und kreischende Vögel zu hören waren, konnte ihn hier finden. Denn es gab auf den Inseln keine Sirenen, keine Eiswagen, keine ratternden U-Bahn-Züge, Nachtclubs oder Autos, aus denen laut Musik dröhnte.

Aber man musste sich schon mit anderen austauschen. Eine Insel wie Larbh hatte nicht einmal ein Krankenhaus, daher musste man sich dort auf die anderen verlassen können. Oft erschwerte das Wetter die Lieferung lebenswichtiger Vorräte, und in solchen Situationen war man für einfach alles auf die Nachbarn angewiesen: Lebensmittel, Wärme, gute Ratschläge. Hier in der Gegend half man sich gegenseitig aus, jeder brachte ein, was er eben konnte. (Was ich nur zu gut wusste, da ich seit meinem siebten Lebensjahr für andere Fahrräder repariert hatte.) Man lebte in einer Gemeinschaft zusammen, in der jeder von jedem abhängig war. Ja, es war ein abgeschiedener Ort, aber ich wusste, dass sich manche Menschen mitten in einer Stadt oder Metropole viel einsamer fühlten.

Hier würde man unweigerlich seine Nachbarn kennenlernen, da sie mit einem Obstkuchen vor der Tür stehen würden, noch bevor man sein Geschirr ausgepackt hatte. In der Wohnanlage, in der ich lebte, kannte ich hingegen keinen der anderen Bewohner.

Und selbst auf der Insel Inchborn, die dieser Mann jetzt sechs Monate lang als Einziger bewohnen würde – na ja, würde er zwar allein sein, aber eben doch nicht.

Selbst außerhalb der Saison kamen gern Leute zu Besuch. Historiker, Pilger, (natürlich) die Vogelforscher, Schulausflügler – und all die würde er jeden Tag begrüßen, ihre Fragen beantworten und sich um kleinere Erste-Hilfe-Angelegenheiten kümmern müssen. Vermutlich lief das so ähnlich auch in der Antarktis. Sie lockte wahrscheinlich jene Art von unverwüstlichen Individualisten an, die vom Rest der Menschheit wegwollten, was aber genau damit endete, dass sie einander monatelang in beengten Lebensverhältnissen auf der Pelle hockten. Immerhin war man auf Inchborn tatsächlich allein, sobald die Touristen wieder weg waren, und musste mit sich selbst vorliebnehmen, Tag für Tag, Nacht für Nacht.

Na ja, wenn diese Aufgabe dem knurrigen Typen übertragen worden war, dann ging man wohl davon aus, dass er schon klarkommen würde. Soweit ich gehört hatte, gab es für die Stelle schließlich jede Menge Bewerber.

»Keine Ursache!«, hörte ich jetzt Nalitha sagen, als alles ausgeladen war und der Mann ohne Dank an ihr vorbeistapfte.

Ich beobachtete ihn auf seinem Weg den Strand entlang zu dem alten Land Rover, der für den jeweiligen Inselhüter der Saison bereitstand.

Fraser kletterte derweil die Stufen des Flugzeugs herauf und winkte zur Begrüßung fröhlich allen zu, die ebenso fröhlich zurückwinkten. Doch gleich darauf verbreitete sich ein übler Geruch, und es war nicht zu übersehen, dass etliche Hinterlassenschaften und Überreste von Fischen und Vögeln an seiner Kleidung hafteten. Wer von Wildtieren umgeben allein lebte, dem fiel es vermutlich nicht auf, wenn er schlimmer als ein Seehund miefte, für alle anderen aber war es unverkennbar.

Mit gerunzelter Stirn schaute ich zu Erno hinüber. »Könnten wir das nächste Leg vielleicht mit offenem Cockpitfenster fliegen?«

Erno zuckte mit den Achseln. »Übernimmst du das? Dann kann ich ein Nickerchen machen.«

»Nein! Erno, wir reden hier von weniger als fünfzehn Minuten in der Luft – das kann doch selbst für dich nicht zu lang sein.«

»Doch, viel zu lang!«

»Es geht wortwörtlich um den *kürzesten* Linienflug der Welt!«

Er seufzte, und wir legten wieder mit den üblichen Verfahren und Kontrollen los.

Tatsächlich würde sich dieser Flug für alle als zu lang herausstellen, die Kabine war schließlich klein. Während Fraser mit strahlender Miene Platz nahm, pressten sich die restlichen Passagiere heftig gegen ihre Rückenlehnen, um so weit wie möglich vor ihm zurückzuweichen.

»Ach«, sagte er. »Es ist wirklich schön, mal wieder mit so vielen Menschen unter einem Dach zu sein. Und, was ist so bei *EastEnders* passiert?«

Auf Inchborn gab es Radioempfang, aber es waren keine Kabel für Telefon oder Internet verlegt, und es gab auch kein Handynetz.

Meine Mutter hatte mir erzählt, dass Fraser regelmäßig Bekannte dazu zu überreden versuchte, dass sie ihn per Funkkontakt auf dem Laufenden hielten, was *EastEnders* anging. Es hatten sich aber nur wenige darauf eingelassen.

»Ach, dieses und jenes«, antwortete auf Frasers Frage jetzt Boona, die am nächsten dran saß. Fraser starrte sie lange an, was bei der ja ohnehin schon angespannten jungen Frau zu zusätzlichem Unbehagen führte. Sie lehnte sich in die andere Richtung, weg von seinem Fischgestank und dem absurd zerzausten Bart.

»Fraser!«, versetzte Nalitha streng, während sie die Tür zuzog. »Sie stinken ganz fürchterlich! Lassen Sie die arme Frau in Ruhe!«

Aber Fraser war völlig aus dem Häuschen. »Sie!«, rief er mit weit aufgerissenen Augen. »Sie haben mal bei *EastEnders* mitgespielt!«

Boona wirkte verlegen. »Nein, so würde ich das jetzt nicht ausdrücken«, sagte sie schnell, während sich der Rest der Passagiere zu ihr umdrehte.

»Doch! Sie haben an einem der Marktstände ausgeholfen!«

»Das war ja bloß eine ganz kleine Rolle«, entgegnete Boona, die inzwischen errötete. »Ich bin doch nur eine ganz einfache Schauspielerin.«

Fraser schüttelte den großen zotteligen Kopf. »Sie sind ein Star!«, sagte er in ehrfürchtigem Tonfall. »Ich sitze mit einem echten Star im Flugzeug. Können wir vielleicht ein Selfie machen?«

»Setzen Sie sich *wieder hin!*«, knurrte Nalitha. »Das ist mein Ernst!«

»Aber sie ist doch berühmt!«

»Sie werden bald auch berühmt sein, Fischgesicht, und zwar dafür, dass man Sie aus einem sehr kleinen Flugzeug rausgeschmissen hat.« Bei diesen Worten lächelte sie allerdings, schließlich ging es hier um Fraser.

Während er sich endlich anschnallte, schüttelte er mit unschuldiger Fassungslosigkeit den Kopf. »Mann, Mann, Mann«, murmelte er vor sich hin. »Es geschehen noch Zeichen und Wunder! Ein Promi in Murdos klapprigem altem Flugzeug!«

»Hey!«, rief ich.

»Ach, echt jetzt, das ist doch nur ein Haufen Schrott und Blech.«

Boona keuchte hörbar auf.

»Ist es *nicht*«, versetzte ich. »Und wenn Sie diese Insel je wieder verlassen wollen, dann nehmen Sie das zurück und halten anschließend den Mund!«

Er tat, wie befohlen, verrenkte sich aber immer wieder den Hals, um Boona staunend und ungläubig anzustarren.

»Keine Sorge, mein Mädchen«, sagte er, als ihm klar wurde, wie nervös sie war. »Noch sind wir mit Dolly nicht ins Meer gestürzt. Obwohl es ja für alles ein erstes Mal gibt.«

»Fraser McLintock, ich schmeiß Sie *wirklich* gleich raus!«, rief ich, woraufhin er endlich Ruhe gab.

Der Himmel zog sich zu, als Erno auf dem langen Strand mit Blick aufs Meer anrollte.

Ich bemerkte, dass der knurrige Mann noch nicht verschwunden war. Mit all seinen Taschen und Kisten stand er neben dem Land Rover der Insel – bei dem nicht nur der Schlüssel steckte, sondern in dem vermutlich Fraser McLintocks äußert intensive Ausdünstungen waberten. Und das war im Haus wahrscheinlich noch schlimmer. Als *Dolly* sich erneut in luftige Höhen aufschwang, wurde der Mann unter uns immer kleiner. Sein Gesichtsausdruck hatte auf mich ein wenig verstört gewirkt.

Am lilafarbenen Himmel war wieder Regen aufgezogen, der in langen Schlieren über die Fenster des Cockpits lief. Der Wind wurde stärker, als wir Larbh anflogen, und hier und da gab es eine seitliche Böe, aber ich konnte auf der kleinen Landebahn vor uns eine Menschenansammlung sehen. Es war wohl die komplette Inselbevölkerung zusammengekommen – hier lebten ja nur neunundvierzig Bewohner, und sie waren alle da.

Lächelnd schaute ich nach unten. Normalerweise sollte man ja meinen, dass sich die Leute hier verzweifelt nach Netflix oder Restaurants oder Amazonlieferungen oder nach Xbox-Spielen sehnten, aber es sah wohl so aus, als würden sie sich vor allem ein Wandertheater wünschen. Na gut.

Erno leitete eine Landung ein, die an das Herabsteigen einer Treppe erinnerte. Diese Methode – etwas tiefer zu gehen, und dann noch ein bisschen und noch ein bisschen – war bei so einem Wetter schlicht am sichersten. Das unterdrückte Aufjaulen im Passagierraum verriet mir allerdings, dass weder Boona noch die anderen Fluggäste darüber begeistert waren.

Ich könnte das auch, sagte ich mir. Das würde ich super hinkriegen.

John, der sich neben ungefähr neun anderen Teilzeitjobs auch um den Flugplatz der Insel kümmerte und diese Verantwortung sehr ernst nahm, ließ die kurze Piste räumen und führte die Sicherheitschecks durch. Danach nahm uns eine komplette jubelnde Insel in Empfang.

»Aha!«, sagte der bärtige Schauspieler lächelnd. »Ich darf wohl davon ausgehen … dass es sich dabei um unser begeistertes Publikum handelt?«

»Ja, allerdings!«, lächelte ich zurück. »Wir sehen uns dann bei Ihrem Rückflug!«

Strahlend stand Boona auf. »Himmel!«, sagte sie. »Ich bin noch nie auf einer Tour von Fans in Empfang genommen worden.«

»Die freuen sich so darüber, Sie zu sehen«, sagte ich. »Deshalb sind extra alle gekommen.«

»Ach, das sind alle?«, fragte der junge Mann. »Wie sollen wir hier denn nur drei Vorstellungen vollkriegen?«

»Oh, es werden alle zu jeder Vorstellung kommen«, prophezeite ich zuversichtlich. »Am Ende werden sie den kompletten Text auswendig können. Viel Spaß!«

Die durchgefrorenen, müden Schauspieler stiegen die Stufen meines kleines Flugzeugs hinunter und winkten dabei wie Brad Pitt auf der Treppe vor dem Palais des Filmfestivals in Cannes.

Kapitel 8

Als ich nach Hause zurückkehrte, ging es Gramps immer noch nicht besser, und ich fand es beunruhigend, dass er nicht einmal fürs Abendessen das Bett verließ.

Aber wenigstens hatte ich es durch den Tag geschafft und konnte jetzt zuversichtlich sagen, dass ich auf dem rechten Sitz gut klarkam. Ich wäre wohl auch dazu in der Lage gewesen, selbst zu fliegen. Ja, das hätte ich bestimmt hingekriegt. Allerdings überkamen mich schon bei dem Gedanken sofort wieder Nervosität und Selbstzweifel.

Erno hatte ziemlich gemault, weil ich ihn die ganze Zeit hatte fliegen lassen, obwohl ich doch wusste, wie sehr er es hasste. Aber ich wurde einfach dieses unangenehme, eiskalte Gefühl in der Magengegend nicht los.

Hayden ging heute Abend mit seinem neuen Team aus, daher konnte ich ihn nicht anrufen. Nalitha hatte sich auf den Weg gemacht, um ihre Männer abzuholen, und hatte mir vorgeschlagen, doch mitzukommen. Aber das packte ich einfach nicht … Für ihre glückliche kleine Familie war ich heute nicht in der Stimmung. Ich musste an den knurrigen Passagier denken, den wir für sechs Monate auf einer einsamen Insel abgesetzt hatten. Ihm konnte das Alleinsein offensichtlich nichts anhaben. Mir gerade schon.

Am nächsten Morgen war ich wieder früh auf den Beinen. Nalitha hatte mir auf dem Handy eine Nachricht hinterlassen und mich darüber informiert, dass an diesem Tag Ende März der Transport eines Schafs anstand. Es klingt ziemlich albern, dass eine Fluggesellschaft Schafe transportiert, und das war nicht einfach nur irgendein Schaf. Vielmehr handelte es sich um Ramsay McRamson, einen berühmten Bock, der aufgrund der außergewöhnlichen Qualität seiner Wolle für viel Geld gekauft worden war. Ein paar Stunden Fahrt auf einer Fähre waren wohl zu viel für sein empfindsames Gemüt, daher hatte sich Gramps dazu bereit erklärt, ihn mit an Bord zu nehmen. Für Ramsay bloß das Beste.

Nalitha hatte für den Bock allerdings nur Verachtung übrig. »Dem bring ich aber keinen Tee«, knurrte sie in ihrer Sprachnachricht.

»In die Kabine kommt er ja sowieso nicht«, schickte ich zurück, »weil er als Fracht transportiert wird, wenn auch eine äußerst wertvolle Fracht. Oder?«

Der Bock war tatsächlich eine äußerst wertvolle Fracht, da der Bauer offensichtlich darum gebeten hatte, dass für ihn der Gepäckraum geheizt wurde. Ramsay würde wohl von nun an auf Larbh ein Leben im Luxus führen, in einem Stall mit Zentralheizung residieren und nichts weiter tun, als köstliches Gras zu mampfen und sich mit etwa tausend Schafdamen zu paaren.

Beim Eintreffen auf dem Flughafen dachte ich laut nach und fragte mich, ob das in den folgenden Generationen von Schafen nicht zu Inzest führen würde.

Der Händler schniefte bloß und antwortete ganz ehrlich, dass man bei Schafen eher weniger Wert auf Intelligenz legte.

Ich schniefte zurück und erklärte, dass *Dollys* Frachtraum gar keine Heizung hatte.

Erno murmelte, dass das verdammte Vieh auch ruhig neben dem Fahrwerk unter dem Flugzeug baumeln könnte, wenn es nach ihm ging, aber er hielt sich aus der Sache raus.

»Kann er wirklich nicht in die Kabine?« Der Verkäufer war ziemlich hartnäckig.

»Ein Schaf?«, sagte Nalitha.

»Dieses Schaf«, verkündete der Verkäufer großspurig, »ist mehr wert als Ihr ganzes Flugzeug.«

»Dazu gehört auch nicht viel«, sagte Nalitha.

»Jetzt aber still!«, mahnte ich.

Bei solchen Bemerkungen überkam mich oft die Sorge, Nalitha könne Gramps im Stich lassen und bei Gulfstream Aerospace anheuern, um reiche Amerikaner auf ihrem Weg zum Golfurlaub zu bedienen. Eins sprach allerdings für uns: Eine auf Privatjets spezialisierte Gesellschaft würde wohl weniger begeistert von einer unerbittlich sarkastischen Stewardess sein.

»Ich darf Ramsay nicht aus den Augen lassen«, erklärte der Verkäufer.

»Im Frachtraum können Sie aber nicht mitfliegen«, entgegnete Nalitha.

Der Verkäufer seufzte. »Haben Sie eine erste Klasse?«

Nalitha feixte. »Ja, klar. Darf's eine Suite mit Bett sein?«

»Ach, so was haben Sie?« Dem Mann wurde schnell klar, dass man ihn auf die Schippe nahm, und er tat so, als hätte er es sofort gemerkt. »War ja nur Spaß!«, sagte er laut.

»Und, begleiten Sie viele exotische Tiere auf ihrem Weg rund um die Welt?«, fragte Nalitha, während sie die Sache klärten und sie seine Bordkarte ausdruckte.

»Nur die besten«, antwortete er und tätschelte Ramsay den Kopf.

Man hatte uns erklärt, dass der Bock erst im letzten

Moment in seinen Käfig kommen würde, damit er möglichst wenig Stress hatte. Über den Fußboden der Wellblechbaracke verlief mittlerweile eine schmale Spur aus kleinen schwarzen Kügelchen, was wohl bedeutete, dass Ramsay bereits ziemlich aufgeregt war. Nalitha weigerte sich strikt, das wegzumachen, und wies darauf hin, dass ja bereits Erbrochenes in ihren Zuständigkeitsbereich fiel. Ich wollte protestieren, aber sie hatte damit nicht unrecht.

Generell würde auf diesem Flug viel los sein. Zu unseren Passagieren würde auch die reizende Mrs Fletcher gehören.

Nalitha lächelte, als sie zum Check-in kam. »Bleiben Sie übers Wochenende?«, fragte sie freundlich.

»Ja, genau, bei meiner Schwester«, antwortete Mrs Fletcher. »Ich hab eine schicke Strickwolle vom Festland für sie dabei. In Regenbogenfarben, gucken Sie sich das mal an! Sie wird es nicht fassen können und sich total freuen. Und natürlich auch darüber, mich zu sehen. Die gute alte Lizzie.«

»Zum Glück haben wir nachher beim Rückflug einen freien Platz«, zischte Nalitha, als sich Mrs Fletcher vom Schalter entfernte.

»Wie meinst du das?«

»Mrs Fletcher gerät zuverlässig eine halbe Stunde nach der Ankunft mit ihrer Schwester aneinander. Eigentlich müsste sie für den Rückflug dann ein neues Ticket kaufen, aber sie ruft mich jedes Mal an und verlegt sich aufs Betteln. Wenn ich vorschlage, dass sie in Zukunft ein Ticket mit flexiblem Rückflug bucht, sagt sie immer, dass das nun wirklich nicht nötig ist, weil der nächste Besuch so schön werden wird.«

»Worüber streiten die beiden denn?«

»Lizzie kann wohl ihr arrogantes Großstadtgetue nicht ertragen.«

»Welche Großstadt ist denn gemeint? Etwa Carso?«

Ich blickte zu dem niedlichen kleinen Ort hinüber, den ich zwar gern hatte, der sich aber rund um eine einzige größere Straße gruppierte und in dem sich gerade so eben ein Co-op-Supermarkt halten konnte. Alle träumten davon, dass vielleicht irgendwann auch ein Greggs aufmachen würde.

»Ich will es nur gesagt haben. Sie wird rumheulen, ihre Schwester verfluchen und wissen wollen, warum wir an Bord eigentlich keine von diesen kleinen Whiskyflaschen anbieten.«

»Okay, gut, gut«, sagte ich und machte mir auf der Passagierliste eine Notiz dazu.

Ich hätte es ahnen sollen, und Gramps wäre es mit Sicherheit klar gewesen: Im letzten Moment kam von irgendwoher noch eine E-Mail mit der Unterschrift eines Arztes rein, der versicherte, dass Ramsay als Assistenztier zur emotionalen Unterstützung galt und deshalb mit in den Passagierraum durfte.

Und als wäre das noch nicht genug, bot ich sogar an, ihn im Auge zu behalten (was das Ausmaß meiner Feigheit deutlich zeigte). Aber die Entscheidung war mir leichtgefallen, weil Erno auf jeden Fall lieber die Maschine steuern würde – was für ihn ja ein Klacks war –, statt so einen wolligen achtzig Kilo schweren Brocken zu beaufsichtigen.

Mrs Fletcher war von der tierischen Gesellschaft begeistert und tätschelte Ramsay auf dem Sitz neben ihr, genau wie der Verkäufer. Der Bock zeigte aber nur grimmig die Zähne.

»Könnten Sie ihm nicht wenigstens ein Beruhigungsmittel spritzen?«, fragte ich besorgt, als wir auf die Startbahn zurollten.

»Bitten Sie mich hier etwa gerade, dieses Meisterwerk der Schöpfung mit Chemikalien vollzupumpen?«, empörte sich der Händler. »Dieses Bravourstück der Evolution?«

Ramsay schlug mit den Hinterhufen aus und traf den Händler im Gesicht.

Erno blieb völlig ungerührt, als ich zu ihm hinüberschielte. Jemand mit seiner Geschichte hatte seinerzeit vermutlich auch den ein oder anderen Bären transportiert.

Zum Glück waren die restlichen Passagiere an Bord heute die üblichen freundlichen amerikanischen und kanadischen Touristen. Dass wir uns hier mit einem Schafbock herumschlugen, ging für sie wie alles andere auch als bezauberndes Lokalkolorit durch. Ich hingegen dachte genervt daran, dass das Thema Schafscheiße bei der Pilotenausbildung nun wirklich nicht auf dem Stundenplan gestanden hatte.

Zum Glück würden wir Ramsay schnell wieder los sein. Dieses Mal ließen wir Inchborn links liegen, und ich fragte mich, wie es dort wohl dem knurrigen Mann erging – hoffentlich furchtbar schlecht.

Angekommen auf Larbh beobachtete ich, wie sich Mrs Fletcher glücklich in die Arme ihrer Schwester warf, als hätte sie sie seit Monaten nicht gesehen. Ich überlegte, dass Nalitha wohl falschgelegen haben musste.

Auf Larbh schob sich unter Anstrengungen auch eine hochschwangere junge Frau an Bord, verwickelt in eine Diskussion mit einem sorgfältig gestylten jungen Mann.

»Erst schwärmst du von einem freien Leben am Ende der Welt, und dann willst du plötzlich das ganze medizinische Tamtam einer Arztpraxis!«

»Ich wünsche mir ein Leben an einem schönen, sauberen Ort, aber kein Kind mit zwei Köpfen. Na ja, oder wenn doch, dann will ich mich zumindest darauf einstellen können.«

Der Mann hatte blonde Dreadlocks und trug mehrere bunte Halstücher.

»Und dann müssen wir dafür auch noch ein *Flugzeug* nehmen? Ich meine, ganz toll für das Klima, Sycamore!«

»Weißt du was, Simon, nenn mich doch einfach Jill. So heiße ich nämlich.«

»Ich hingegen heiße Spirit – wie oft soll ich dir das noch sagen?«

Sie setzten sich hin, und ich lächelte ihnen vom Cockpit aus höflich zu. Während Erno sich über Starts bei direktem Sonnenlicht oder etwas in der Art beklagte, füllte ich weiter den Flugplan aus.

»Und dann werden die dir womöglich noch mit ihren Geschlechterkonzepten kommen!«

»Vielleicht würde ich ja ganz gern wissen, was es wird«, entgegnete Jill.

Entsetzt starrte der junge Mann sie an. »Du wirst diesem Baby auf keinen Fall sein Geschlecht vorschreiben! Niemals!«

Ich dachte an Hayden. Er würde wohl nicht von einer Frau erwarten, mitten im Nichts auf einem Feld ohne medizinischen Beistand ein Baby zur Welt zu bringen. In diesem Moment realisierte ich, dass ich gerade viel zu weit im Voraus dachte, und spürte meine Wangen brennen.

Die Sache wurde auch nicht besser, als sich kurz darauf John per Funk meldete und fragte, ob Mrs Fletcher für den Rückflug wieder mit an Bord könnte. Vor Wut kochend marschierte sie die Rollbahn entlang.

»Dieses undankbare Miststück«, murmelte sie. »Ich weiß wirklich nicht, warum ich mit dieser Frau meine Zeit vergeude.« Sie nahm auf einem der Sitze Platz und schaute zu dem jungen Paar hinüber. Deren Anblick munterte sie gleich wieder auf. »Oh, wie schön! Was wird es denn, ein Junge oder ein Mädchen?«

Am nächsten Morgen steckte in der Wellblechbaracke Callie, die Postbeamtin des Ortes, ihren lockigen Kopf zur Tür herein.

»Äh«, murmelte sie, »ich hätte da was Postlagerndes, was nicht abgeholt wurde.«

Ich runzelte die Stirn. »Nein, Callie, drücken Sie uns das bitte nicht aufs Auge.«

Postsäcke mit an Bord zu nehmen, war kein Problem, das machte Gramps regelmäßig und übergab sie auf den Inseln dann an die jeweilige Person, die für das Verteilen der Post zuständig war. Hier ging es aber um etwas anderes: Für postlagernde Sendungen sollte der Adressat eigentlich persönlich erscheinen und sich beim Abholen ausweisen. Aber viele Leute konnten dafür nicht einfach kurz herfliegen, und für manche war es sogar unmöglich. Deshalb sprang auch da die Gemeinschaft ein – meist kümmerten sich mein Großvater oder Erno darum und brachten die Sachen beim Empfänger vorbei, wenn fünf Minuten Zeit war. Schließlich waren sie manchmal mit dem Entladen schneller fertig als erwartet, oder es war einfach ein ruhiger Tag.

Callie setzte eine flehentliche Miene auf.

»Unbefugt eine Postsendung der Royal Mail an sich zu nehmen«, sagte ich knurrig, »war bis vor etwa fünfzig Jahren noch ein Kapitalverbrechen. Dafür, Unwesen mit der Post zu treiben, konnte man wortwörtlich gehängt werden.«

»Jetzt seien Sie mal nicht so dramatisch«, sagte Callie. »Es ist doch nur ein Paket.«

Ich wollte gern protestieren, aber der Frachtraum war heute leer, da man uns sonst nur ein paar Karten für das glückliche Geburtstagskind Lucas Croan auf Cairn mitgegeben hatte.

»Okay«, sagte ich schließlich zu Carrie. »Aber ich finde das wirklich nicht okay, und ich möchte gern, dass das schriftlich festgehalten wird. Falls wir es als Beweis vor Gericht brauchen.«

Doch ich weigerte mich nicht länger, weil wir heute hauptsächlich eine Gruppe Kletterer an Bord hatten, die wirklich federleicht waren.

»Super!«, rief Callie, verschwand kurz und tauchte zu meinem Verdruss mit einem großen schweren Gegenstand auf einem Rollwagen wieder auf.

»Moment mal!«, merkte ich auf. »Das ist ja unser Rollwagen!«

»Ich bin doch nicht schuld dran«, erwiderte sie ein wenig kleinlaut, »dass Ihr Großvater eine Fluggesellschaft leitet, die nur einen einzigen Rollwagen hat.«

Grimmig schaute ich sie an. »Wir hatten mal *acht* Rollwagen.« Das stimmte. Aber dann war ein ungewöhnlich eisiger Winter gekommen, der schuldbewusste Mienen bei so einigen Kindern in Carso und etliche kaputte Rollwagen am Fuße der Tigh Na Bruach Road mit sich gebracht hatte.

»Und wie schwer ist dieses Ungetüm? Das ist doch Wahnsinn!«

Es handelte sich um einen alten, mit Stoff überzogenen Überseekoffer aus Holz, übersät mit Aufklebern von Reisezielen. Gurte aus Leder und solide Messingverschlüsse vervollständigten das Bild.

Wie ich es mir schon gedacht hatte, war die Sendung für Inchborn.

»Das Ding ist doch lächerlich«, sagte ich, beugte mich aber neugierig darüber, weil mich die Schönheit dieses Gegenstandes ganz gegen meinen Willen anzog. Er sah einfach toll aus, war quasi ein richtiges Möbelstück und stammte aus einer Zeit, in der eine Reise nicht Stunden, sondern Wochen oder Monate gedauert hatte und man damit Abenteuer und Eleganz verbunden hatte. Der Koffer schien von fernen Ländern und exotischen Gewürzen zu erzählen.

»Den hat er wahrscheinlich bei TK Maxx gekauft«, schniefte Nalitha.

Aber ich sah ihn mir ja gerade aus nächster Nähe an und hatte keinen Zweifel daran, dass er echt war. »Was ist denn da drin?«, fragte ich.

Callie schürzte die Lippen. »Dazu kann ich als Postbeamtin nun wirklich nichts sagen.«

»Ach, jetzt sind *Sie* auf einmal diejenige, die sich streng an die Gesetze hält?«, fragte ich mit gerunzelter Stirn. »Na, vielen Dank auch, *Frau Postbeamtin*.«

»Wir sollten dafür wirklich was in Rechnung stellen«, fand Nalitha. »Der wiegt doch weit mehr als diese Bohnenstangen bei uns an Bord.«

»Ich weiß«, sagte Callie, »eigentlich müsste ich das Ding weiter aufbewahren. Es ist wirklich nicht okay vom Empfänger, dass er sich noch nicht darum gekümmert hat. Weil es fast den ganzen Lagerraum ausgefüllt hat, hatte ich überhaupt keinen Platz mehr. Immer war es im Weg, und ich hab mir ständig das Schienbein daran gestoßen. Leider antwortet er nicht, wenn ich ihm Nachrichten schicke und ihn bitte, das Teil endlich abzuholen, weil …«

»… er da keinen Empfang hat«, führte ich zu Ende.

Es stellte wirklich ein Problem dar, wenn in Bezug auf Bankgeschäfte, Paketzustellungen und so weiter überall davon ausgegangen wurde, dass heute jeder Internetzugang hatte. Ohne wurde man geradezu als Spinner angesehen.

Ich warf einen Blick hinüber zu *Dolly*. »Okay, schieben Sie den Koffer hinten rein, aber erzählen Sie es niemandem.«

Callie grinste. »Sie sind meine absolute Lieblingspilotin, und ich bin ja so froh, dass Sie wieder zurück sind.«

»Ich bin nicht ›wieder zurück‹!«, wandte ich ein. Und Pilotin bin ich auch nicht mehr, dachte ich bei mir.

Flüge mit Extremkletterern an Bord waren für gewöhnlich ruhig, und diese hier wollten auf Larbh den Ben Garrold besteigen. Das war eine wohlbekannte Herausforderung für die Art von Menschen, die es gern kalt und strapaziös hatten. Vermutlich waren sie nicht deshalb so still, weil sie Angst hatten, aber man hätte ihnen auch das nicht verdenken können: Der Ben Garrold war ein riesiger Felsen, der einfach wie aus dem Nichts aufragte, als hätten ihn Aliens dort abgesetzt. Er entsprang einer runden Senke im Boden und bohrte sich von da aus hoch in den Himmel. Damit sah er aus wie eine auf dem Kopf stehende Nadel, und der Aufstieg war wirklich Furcht einflößend, da es sich quasi um eine Säule aus Stein handelte. Ein Gedanke bereitete mir dabei schon Sorgen: Wenn nur wegen seines bescheuerten Hobbys einer von denen da runterfiel, dann würden Erno und ich ihn holen müssen, falls der Rettungshubschrauber anderweitig gebraucht wurde.

Gramps hatte schon mehr als einmal kurzfristig angeknackste Rücken und schwangere Frauen abtransportiert, aber danach stand mir nun wirklich nicht der Sinn.

Na ja, solche Kletterer saßen jedenfalls immer mit vorgeschobenem Unterkiefer da, beäugten sich gegenseitig misstrauisch und sahen aus wie Teilnehmer der Fernsehserie *SAS: Are You Tough Enough?*. Sie waren furchtbar mager, die reinsten Fliegengewichte, und hatten nur ultraleichtes Biwak-Gepäck dabei, daher waren sie rundum problemlose Passagiere.

Manchmal trat einer von ihnen an uns heran und deutete an, dass wir mit den Triebwerken etwas falsch machten, oder stellte ein paar technische Fragen, um uns bei einem Fehler zu ertappen. Die guten Seelen, sie konnten einfach nicht anders. Abgesehen davon machten sie aber keine Umstände.

»Weißt du was?«, bemerkte Nalitha. »Wenn ich nicht mit dem besten Mann der Welt verheiratet wäre, hätte ich gegen einen dieser Kletterer nichts einzuwenden.«

Wir beobachteten, wie sie in der Kabine Platz nahmen und dabei überdeutlich machten, dass sie natürlich ans Fliegen in so kleinen Maschinen gewohnt waren und wussten, wie man am besten das Gewicht der Passagiere verteilte.

»Echt?«, fragte ich. »Aber die sind doch so fokussiert, an so jemanden kommt man gar nicht richtig ran.«

»Vielleicht ja doch«, sagte sie. »Und ich weiß Menschen zu schätzen, die sich Zeit dafür nehmen, etwas Schwieriges vernünftig zu lernen.«

»Das ist allerdings ein Argument«, musste ich zugeben.

»Und die sind so drahtig! Mit toller Oberkörpermuskulatur.«

Ich zog die Nase kraus. »Die würden dich ständig demonstrativ hochheben und sich im Spiegel selbst dabei zusehen, wie sie den Bizeps spielen lassen.«

»Hm«, machte Nalitha und verdrehte eine Strähne ihres

dicken schwarzen Haares. Sie schaute mich an. »Tja, du bist ja sowieso vom Markt, oder?«

Ich biss mir auf die Lippe.

»So hab ich dich ja noch nie erlebt!«, rief Nalitha aus. »O mein Gott, du bist richtig verliebt.«

Ich zuckte mit den Achseln.

»Mal im Ernst, ich hätte nie gedacht ... Das geht ganz schön schnell, hm?«

»Ach, nein, es ist nur ... Na ja, er wird der Arbeit wegen in Dubai sein, und ich werde dort eben auch viel Zeit verbringen.«

»Um in Dubai zusammenzuleben, müsst ihr aber vorher H-E-I-R-A-T-E-N!« Sie hatte die Buchstaben triumphierend in die Länge gezogen.

»Das stimmt überhaupt nicht«, erwiderte ich schnell.

»Aha, du hast es also nachgeguckt! Du hast dich informiert!«

Meine Wangen begannen zu brennen. Wie das mit alten Freundinnen nun mal so ist, hatte ich Nalitha zwar furchtbar gern. Es ärgerte mich aber, dass sie in mir immer noch mein jüngeres Ich sah, die schüchterne, ungelenke Mähnen-Morag. (In einem Jahr sind meine Haare über den Sommer ziemlich gewachsen. Jaja, ist ja schon gut. Es war ein fieser Spitzname, aber ich bin weitestgehend darüber hinweg.)

Nalitha war wohl einfach so daran gewöhnt, von Jungen umschwärmt zu werden und mich dabei als ihre Nerd-Freundin als Verstärkung im Schlepptau zu haben, dass diese Situation für sie ganz neu war.

»Hm, egal«, sagte ich.

Und so ist das bei alten Freundinnen eben auch: Sie merken sofort, was los ist.

Nalitha fuhr herum. »Das war doch nur Spaß«, versicherte sie und tätschelte mir den Arm. »Ich freue mich wirklich für dich. Und es heißt doch immer, dass man es einfach weiß, wenn es der Richtige ist. Wenn es ihm genauso geht, na ja, dann wird bei euch alles wie am Schnürchen laufen.«

Ja, dachte ich, vielleicht wird es tatsächlich leicht und unkompliziert. Und plötzlich wurde mir innerlich ganz warm.

»CAVOK?«, knurrte jetzt einer der Kletterer in der ersten Reihe. Die anderen Männer nickten und schienen sich darüber zu ärgern, dass sie nicht eher auf die Idee gekommen waren.

Ich verkniff mir ein Augenrollen, während sich Nalitha die Mühe gar nicht erst machte. Aber er hatte ja nur auf die männlichste Art und Weise, die er kannte, nach der Wettervorhersage gefragt. Ich würde so nett sein und mitspielen.

»Ja, allerdings«, sagte ich.

Die Typen nickten einmütig, als hätten sie das längst gewusst und wären für solche Dinge Experten. Vermutlich hielten sie so ein Wissen für unerlässlich, um am Berg nicht abzustürzen. Tatsächlich aber war ihre unglaublich teure Privatversicherung viel wichtiger, denn so würde Jimbo (der Helikopterpilot vor Ort, der so unfassbar gut aussehend wie dämlich war, zum Glück aber ein Riesentalent für das Fliegen von Hubschraubern hatte) oder ich im Zweifelsfall ausrücken und ihnen den Arsch retten.

Nalitha unterstrich gern, dass der Bonus für die Rettung eines Privatversicherten astronomisch hoch war und es sich deshalb wirklich lohnte, für einen dieser Kerle rauszufliegen und ihm das ach so männliche Seil zu kappen.

Die Gefahr, dass Nalitha auch unter anderen Umständen irgendwelche Seile kappte, erhöhte sich allerdings drastisch, wenn die Kletterer in ruppigem Tonfall mit ihr ein Gespräch über Windgeschwindigkeiten in gewisser Höhe anzufangen versuchten.

Na ja, im Vergleich zu anderen Angebern legten die Kletterer gar kein so übles Verhalten an den Tag.

Erno saß bereits im Cockpit. Während er ein Schinkenbrot verspeiste, zog er gleichzeitig eine Mutter nach und schrieb mit seiner winzigen, verkrampften Handschrift ins Logbuch.

Er war ein Wahnsinnspilot, aber ein echtes Ferkel.

»Erno! Könntest du das bitte sein lassen?«

»Könnte ich nicht! Und könntest du bitte das verdammte Flugzeug steuern?«

Es war ein klarer, heiterer, kalter Tag da oben, einfach wunderschön. Noch war das intensive Blau des Himmels hier und da mit Splittern von Gold und Rosé gesprenkelt.

Wenn man auch nur die Frontscheibe berührte, ahnte man auch schon, wie kalt es war, aber die Welt da draußen hätte schöner kaum sein können. Und gleich würden sich die Inseln, die ja zum Teil nur von Vögeln bewohnt waren, wie die Perlen einer Halskette vor uns erstrecken. Dann würde es sich so anfühlen, als gehörte die ganze Welt nur uns, dieser grenzenlose Himmel, so leer und sauber.

Greif einfach zu, sagte ich mir selbst. Jetzt mach schon. Du musst doch bloß … Aber als ich zum Gashebel hinüberschielte, konnte ich es mit einem Mal am ganzen Körper spüren: den grauenhaften Ruck, als wir den Vogel plötzlich scharf nach oben ziehen mussten, um irgendwie da wegzukommen, damit nicht geschah, was wir doch nicht verhindern konnten, dass ein kleines Flugzeug wie dieses hier unaufhaltsam in die Tiefe trudelte …

Ich lehnte mich endgültig auf dem rechten Sitz zurück, während Erno knurrig sein Schinkenbrot aufaß und dann mit fettigen Fingern an den Instrumenten herumhantierte. Als wir starteten, versuchte ich, meine Ängste in den hintersten Winkel meines Verstandes zu verbannen. Wir hoben ab, die Räder klappten sich rasselnd ein, der Erdboden verschwand langsam unter uns, und wir flogen über offenes Wasser, während sich die ganze Welt unter uns entfaltete.

Meine Sinne waren hellwach und konzentriert, und ich schenkte meinem Becher Kaffee keinerlei Beachtung mehr, als ich unseren Kurs, das Wetterfax und den Radar überprüfte.

Links konnte ich in der Ferne Inchborn erkennen, wo sich die gezackte Silhouette der Klosterruine vor der buschigen Heidelandschaft abzeichnete. Die große Felswand im Norden war weiß durch all den Kot der Möwen und Papageientaucher. Als wir weiter über die endlosen Wellen flogen, kam hier und da ein Frachter in Sicht, der die Tiefen des Meeres überquerte.

Diese Schiffe bewegten sich viel langsamer als wir während unseres Aufstiegs in die zauberhaften Höhen – mir war natürlich bewusst, dass sich Seefahrer ihrem Element genauso tief verbunden fühlten wie wir uns dem unseren. Sie würden wohl kaum nachvollziehen können, warum ich mit einem gewissen Mitleid auf sie hinabblickte.

Aus meiner Sicht verloren sie sich da unten auf dem Meer, während ich sauste und raste und die Sonne auf jeder Wellenspitze glänzen sah, während die Schatten ferner Wolken das Wasser unter mir in tausend unterschiedliche Schattierungen tauchten, von Aquamarin- bis hin zu dunkelstem Nachtblau, bis es unter unseren Tragflächen verschwand. All dies sah ich für gewöhnlich als mein an, und zugleich wurde ich dieses Anblicks nie überdrüssig. Er verlor nie seinen Reiz, sondern ließ mir jedes Mal das Herz aufgehen.

Wie ich mir bereits gedacht hatte, waren wir die Kletterer in Rekordzeit wieder los. Sie wollten alle unbedingt beweisen, wie flott sie sich ihren neonfarbenen Rucksack auf die Schultern schwingen und sich im Laufschritt vom Flugzeug entfernen konnten. Vielleicht fand da sogar irgendein blöder Wettbewerb statt? Ich wollte ja nicht, dass irgendwer abstürzte, was wirklich furchtbar wäre.

»Ich hoffe, dass die alle abstürzen«, sagte hingegen Nalitha, die mir über die Schulter schaute.

Wir blickten den Typen hinterher, die sich markige Sprüche zuriefen.

»Dass sie den Hang herunterpurzeln und einer nach dem anderen einzeln von uns abgeholt werden müssen. Bevorzugt am Sonntag, wofür wir von ihrer Großstadtversicherung königlich bezahlt werden.«

»Das meinst du nicht ernst!«

»Und ob! Ich musste schließlich mit denen zusammen hier hinten sitzen. Weißt du, worüber die geredet haben? Darüber, wie sehr ihre Frauen und Freundinnen gemeckert haben, weil sie hier das Wochenende verbringen. Und dann haben sie zusammen gelacht und waren alle der Meinung, dass die Frauen echt langweilig geworden sind und man vor dem Baby mit ihnen viel mehr Spaß haben konnte.«

Ich verzog das Gesicht. »Okay, vielleicht könnten wir auf ein paar verdrehte Fußgelenke hoffen.«

»Oder auf einen grausigen, schmerzhaften Tod«, knurrte Nalitha. »Im Namen ihrer Frauen und Freundinnen.«

Ich warf einen Blick auf meine Armbanduhr und verzog mich wieder in Richtung Cockpit. »Wenigstens liegen wir gut in der Zeit.«

Auf dem Rückweg würden nur zwei Passagiere mit an Bord sein, zwei Frauen, die die Woche auf dem Festland verbringen wollten und deshalb ganz kicherig und aufgeregt waren.

»Vergiss nicht, dass wir noch die Postsendung abliefern müssen«, sagte Nalitha.

»O Gott«, murmelte ich und kam wieder aus dem Cockpit. »Wir haben uns dazu bereit erklärt, diesen Koffer zu transportieren, ohne auch nur zu wissen, was da drin ist. Sprengstoff? Kokain? Dinosaurier-DNA?«

»Jetzt hör schon mit der Dinosaurier-DNA auf«, sagte Nalitha.

Ich bedauerte ein wenig, dass wir jetzt wieder gen Süden flogen, aber ich nahm das Bedauern auch als gutes Zeichen. Auf Inchborn zu landen, war wirklich cool, weil dort der Strand zugleich die Landebahn war, eingerahmt auf der einen Seite von hellblauen Wellen, auf der anderen von flüsternden Dünen aus blassgoldenem Sand.

Ich konnte den Seitenwind spüren, als Erno die Position veränderte und den Sinkflug einleitete, sich wieder in Richtung Erdboden locken ließ, wo wir nicht mehr ein majestätisch gleitender Adler sein würden, sondern nur ein unnützer Klumpen Metall, der Schwerkraft unterworfen wie alles andere auch.

Und dennoch: Was für ein fantastischer Ort, um dort zu landen!

Erno steuerte den Vogel ganz sanft nach unten. Beinahe meinte ich zu spüren, wie unter den Rädern der Wind zum Erliegen kam, als wir schließlich den Sand berührten und *Dolly* langsam auf dem Strand auslaufen ließen. Als wir schließlich zum Stehen kamen, war sie perfekt parallel zu den Dünen ausgerichtet.

Wenn Erno meine Málaga-Strecke geflogen wäre, hätte er dafür von den Junggesellinnentruppen jede Menge Applaus geerntet.

Es war seltsam, dass uns niemand in Empfang nahm. Ich runzelte die Stirn. »Ich schmeiß das Ding gleich einfach zum Fenster raus. Echt jetzt. Er wohnt also auf einer Insel, auf der nie irgendetwas passiert, und erwartet, dass ihm jemand seinen doofen Koffer bringt. Dann *landet ein Flugzeug*, und er ignoriert das schlicht? Was für ein unhöflicher Kerl!«

Ich verließ die Maschine, um Nalitha zu helfen. An diesem kalten, heiteren Tag wehte hier ein angenehm frischer Wind. Die Luft schmeckte köstlich, aber es war bitterkalt.

Mit Nachdruck versicherte ich: »Ich werde das Teil nicht bei ihm zu Hause abliefern.«

Immerhin erschien oben auf der Düne ein paar Sekunden später eine finstere Gestalt. Der Mann war in einen langen, dunklen Mantel gekleidet und nahm sich alle Zeit der Welt.

»Ja, ganz toll, Herr Hobbit«, knurrte ich. »Hab ja heute sonst nichts mehr zu tun.«

Es ging mir ziemlich gegen den Strich, als Nalitha bemerkte: »Hast du doch wirklich nicht. Zu mir mitkommen willst du ja nicht. Also wirst du einfach nach Hause gehen und dir da allein *Hochzeit auf den ersten Blick* reinziehen.«

»Womit ich *durchaus* etwas vorhabe«, entgegnete ich gereizt.

Nach und nach konnte man den Typen besser erkennen. Er trug die gleiche ein wenig genervte Miene zur Schau wie bei seinem Flug auf die Insel, und seine gerunzelten Brauen lugten unter der tief in die Stirn gezogenen Mütze hervor. So alt, wie ich ursprünglich gedacht hatte, war er wohl gar nicht, er konnte nicht viel älter sein als ich. Gott, was für ein seltsamer Kauz.

»Was?«, brüllte er in den tosenden Wind hinein. »Ist was passiert?«

»Wir haben Ihren blöden Koffer dabei!«, brüllte Nalitha zurück, aber ihre Stimme wurde vom Wind davongetragen.

Der Mann hob die Hände, um zu zeigen, dass er nichts verstanden hatte.

»Ich fasse es nicht«, murmelte ich. Mir war eiskalt, aber ich hatte keine Lust, meine Jacke zu holen. »Er hat das verdammte Ding doch bestellt.«

Nalitha beugte sich in den Frachtraum, aber sie würde es niemals allein schaffen, den schweren und unhandlichen Koffer allein da rauszuhieven. Erno war in der Kabine geblieben, wo er vermutlich versuchen würde, schnell ein Nickerchen zu machen.

Ich stieß ein genervtes Stöhnen aus und packte mit an. Gemeinsam manövrierten wir das Ding aus dem Frachtraum.

»Oh!«, machte der Mann und schaute uns an, eilte aber nicht etwa herbei, um uns zu helfen. »Sorry«, sagte er, als wir erschöpft den Koffer in den Sand sinken ließen. »Haben Sie den für mich mitgebracht?«

»Nein«, versetzte ich, »der ist für all die anderen Leute, die hier wohnen.«

»Tut mir leid, ich … Ich hätte nicht … Ich dachte, dass der bei der Post für mich aufbewahrt werden würde. Das war doch eine postlagernde Sendung.«

»Ja, schon«, entgegnete ich. »Aber das Postamt ist winzig, deshalb wollten sie nicht, dass das Teil da rumsteht und Platz wegnimmt.«

»Oh«, machte er wieder und starrte den Koffer an. »Daran hab ich nicht gedacht.«

Wir taten es ihm gleich, folgten dann seinem Beispiel und blickten zu den Dünen hinüber. Ja, es war eine winzige Insel. Aber bis zu dem eleganten grauen Haus, das als Unterkunft für den Inselhüter diente, war es trotzdem ein gutes Stück.

»Was ist denn da drin?«, erkundigte ich mich.

Er runzelte die Stirn und antwortete nicht. Schließlich kam: »Ich frage mich vor allem, wie ich den Koffer zum Haus kriegen soll.«

»Na ja«, sagte ich gespielt munter und warf ungeniert einen Blick auf meine Armbanduhr, »Sie haben ja alle Zeit der Welt, um ihn da rüberzuschleifen.«

»Hm«, machte er, während Nalitha überrascht zu mir herüberschaute, weil ich so unhöflich war.

»Wo ist denn der Land Rover?«, fragte ich.

»Der muss repariert werden, weil der Reifen voller Angelhaken ist«, erklärte er. »Fraser ist die ganze Zeit mit einem Platten durch die Gegend gefahren.«

»Na, typisch!«

Einen Moment standen wir einfach so da.

»Hm, wollen Sie etwa, dass wir das Teil wieder mitnehmen?«, fragte ich schließlich missmutig.

»Nein, eigentlich nicht.«

So kamen wir hier nicht weiter, und ich schaute genervt zum Himmel hinauf. Leider war der immer noch so klar, dass ich mir nicht einmal einen heranziehenden Sturm ausdenken konnte. Während wir herumstanden und einander anschauten, wurde ich langsam echt wütend. Wir hatten diesem Typen einen Riesengefallen getan, und er führte sich auf, als hätten wir ihm den Tag versaut.

»Sollen wir den Koffer einfach hier stehen lassen?«, fragte ich irgendwann unwirsch.

»Na ja, meine Unterkunft liegt da …« Er deutete in die ungefähre Richtung, tat aber nichts von dem, was ein normaler Mensch getan hätte: Weder ließ er uns ziehen, weil er für dieses Problem eben allein eine Lösung finden musste, noch bettelte er uns an, ihm einen weiteren Riesengefallen zu tun, war deshalb extra nett und versprach uns im Gegenzug ein Stück Schokoladenkuchen. Ich wusste genau, dass er hier auf der Insel Schokoladenkuchen hatte, weil ich bei seinem Hinflug eine Schachtel damit in einer Tasche gesehen hatte.

Aber nein. Er stand einfach nur da, als würde ihn die Angelegenheit *gar nichts angehen.*

Selbst Nalitha sah langsam aus, als würde sie die Sache bereuen, und Nalitha bereute nie irgendetwas.

Alle waren völlig durchgefroren, und eigentlich hätte die Situation kaum noch unbehaglicher werden können.

Aber in diesem Moment erschien links in meinem Blickfeld ein dunkler Fleck. Ich wandte mich in diese Richtung und konnte erst nicht recht erkennen, was ich da sah. Langsam wandelte sich der Fleck zu vielen kleinen Flecken, die sich als Personen herausstellten – oder vielmehr als Kinder, die größtenteils in leuchtend bunte Anoraks gekleidet waren.

»Was zum Teufel ist das denn?«, rief Nalitha aus.

»Haben Sie etwa all diese Kinder auf die Insel entführt«, fragte ich, »und jetzt konnten sie entkommen?«

»Verdammt«, entfuhr es ihm. Er hörte mir gar nicht zu, sondern starrte zu der Gruppe hinüber.

»Okay, sie sind wohl wirklich ihrem Verlies entkommen«, sagte ich zu Nalitha.

»Die Fähre muss gerade angelegt haben. Die hätte ich in Empfang nehmen sollen.« Er runzelte die Stirn und winkte den Kindern zu, die herbeiliefen.

»Mr MacAleese! Hey, Mr MacAleese!«

»Jaja, hallo«, sagte er und runzelte wieder die Stirn.

»Mal im Ernst«, sagte Nalitha, »trainieren Sie hier etwa … eine Kindermiliz für den Endzeitkampf?«

»Das ist eine Schülergruppe«, antwortete der Mann gereizt. »Die Fähre ist gekommen, und ich hab es verpasst, weil Sie hier mit Ihrem Flugzeug auf meinem Strand gelandet sind.«

»Klar, *Ihrem* Strand«, sagte ich.

»Und dafür auch noch jede Menge Sprit verplempert haben«, sagte er.

Ich starrte Nalitha an, weil ich nicht fassen konnte, wie unverschämt er sich aufführte. »Die nächste Lieferung für ihn werfen wir einfach über der Insel ab, okay?«

Mittlerweile hatten die Kinder uns erreicht.

»Ist das Ihr Flugzeug, Miss? Ist das Ihr Flugzeug?«

»Mr MacAleese, dürfen wir die Möwen sehen? Gibt es Papageientaucherjunge? Können wir mit den Papageientauchern spielen?«

»Nein, das geht nicht. Die Vögel dürfen nicht angefasst werden, klar?«

Die Kinder seufzten.

»Darf ich denn das Flugzeug anfassen?«, fragte einer der Jungen.

»Nein, ich fürchte, auch das nicht«, sagte ich. »Außerdem sind wir schon so gut wie weg.«

»Der Lärm und die Abgase stören die Vögel«, sagte der Mann, und an diesem Punkt hätte ich ihm am liebsten vors Schienbein getreten.

Die Kinder nickten.

»Das ist schädlich für die Umwelt«, erklärte ein kleines Mädchen mit einem handgestrickten Schal.

Beinahe hätte ich sie darauf hingewiesen, wie umweltschädlich der Diesel der Fähre war, die sie hier nur für einen kleinen Ausflug hergebracht hatte. Aber da ich nicht zu den Menschen gehören wollte, die fies zu Kindern waren, verzog ich bloß den Mund zu einem angespannten Lächeln.

»Okay«, sagte Mr MacAleese. »Eine Frage, bevor wir gleich unseren Rundgang beginnen: Wer will mir dabei helfen, diesen Koffer zu tragen?«

»Ich! Ich!«, rief ein Dutzend heller Stimmchen.

Unter den Blicken einer freundlich wirkenden Lehrerin eilten die Kinder fest entschlossen herbei und schulterten unter viel Gewusel und Rufen den Koffer. Dann machte sich das Grüppchen fröhlich und laut plappernd auf den Weg. Mit ihren leuchtend bunten Jacken und Mützen wirkten die Kinder wie ein Schwarm exotischer Vögel.

Als ich in die warme Kabine zurückkehrte, murmelte ich vor mich hin: »Ich werde nie, nie wieder jemandem einen Gefallen tun.«

»Na ja, am Ende hat sich ja eine Lösung gefunden«, versetzte Nalitha pragmatisch. »Ich meine, wir haben das Ding abgeliefert, und es wurde abtransportiert.«

Durchs Fenster schauten wir nach draußen und erhaschten einen letzten Blick auf die Kinder, die auf dem höchsten Punkt der Dünen gerade noch zu sehen waren. Fröhlich schleppten sie zusammen den Koffer.

»Was da wohl drin ist?«, fragte ich.

»Keine Ahnung«, antwortete Nalitha. »Auf dem Etikett stand nur ›Ausrüstung‹. Vielleicht irgendwas für Vögel. Was weiß ich.«

Erno kümmerte sich bereits um die Vorflugkontrollen.

Ich hatte vor dem Einsteigen noch schnell einen Blick

auf die Reifen und den Tankdeckel geworfen, nur für alle Fälle.

»Womöglich versteckt sich darin auch eine Schatzkarte. Und vielleicht ist das doch seine geheime Armee aus Kindersoldaten«, sagte Nalitha.

»Oder er ist einfach ein unglaublich unhöflicher Rüpel«, sagte ich, während Erno das Flugzeug behutsam anrollen ließ.

Als wir eine Runde über der Insel drehten, um gen Süden zurückzufliegen, blickte ich nach unten.

Auf der von unserem Landeplatz aus gesehen gegenüberliegenden Seite von Inchborn lag die Fähre mit dem Namen *Mary Lise* am kleinen Anleger.

In der Tiefe konnte ich auch die Kinder erkennen, die jetzt auf einer Wiese verharrten, während eine dunklere Gestalt, vermutlich Mr MacAleese, auf irgendetwas zeigte.

»Was macht er denn da?«, fragte ich und verkniff mir, Erno um eine Runde etwas weiter unten zu bitten, damit ich mir das genauer hätte ansehen können.

Auch Erno schaute nach unten.

»Keine Ahnung«, sagte er. »Die Kinder wirken aber begeistert.«

Das stimmte, die bunten Jacken hüpften auf und ab. Der Mann schien hingegen reglos dazustehen.

»Wahrscheinlich bezirzt er sie mit seinem unglaublichen Witz und Charme«, schnaubte ich.

»Vielleicht hat er ja eine Natter«, überlegte Nalitha.

»Ich hoffe nur, dass das kein Euphemismus sein soll«, sagte ich, während wir eindrehten und uns auf den Heimweg machten.

Kapitel 9

So schlecht war es doch gar nicht gelaufen, sagte ich mir selbst, als ich vom kleinen Flugplatz aus nach Hause lief.

Als Peigi mir die Tür aufmachte, wuselte Skellington ihr um die Füße und knurrte mich an.

»Oh, da bist du ja«, sagte sie, als wäre ich im Kino gewesen. »Es wartet jemand auf dich.«

Hayden!, fuhr es mir durch den Kopf. Ihm ist klar geworden, wie es mir ergeht, wie einsam ich bin, welch große Angst ich davor habe, alles zu verlieren. Und deshalb ist er aus Dubai zurückgekommen. Meine Züge stellten sich auf ein strahlendes Lächeln ein.

»Ah, cool.«

»O ja, ein Mann, *für dich*«, sagte sie mit eindringlicher Stimme, »deshalb hab ich extra die guten Plätzchen rausgeholt. Er hat auch großes Interesse an Skellington gezeigt und war sehr mitfühlend, als ich ihm alles über dessen Nierenkrankheit erzählt habe.«

Skellington, der wegen jeder kleinen Erkältung zum Tierarzt geschleift wurde, hatte absolut keine Nierenkrankheit. Das war nur Peigis Ausrede dafür, dass er hässliche gelbe Augen hatte und bei fremden Leuten ins Haus pinkelte.

»Hey!«, rief ich fröhlich und ging mit schwungvollen Schritten zur guten Stube, die wir nie benutzten. Natürlich würde Peigi einen Besucher dorthin bringen. »Hey, Süßer!« Voller Überzeugung betrat ich den Raum.

Aber dort stand ein fremder Mann und starrte ins Feuer. Oder er hätte vielmehr ins Feuer gestarrt, wenn im Kamin denn eins gebrannt hätte.

Statt auf seinem Handy herumzutippen wie heutzutage jeder normale Mensch, stand er einfach nur kerzengerade da und blickte vor sich hin. Wie ein Pferd, dachte ich.

Er war groß, hatte helles Haar, eine große Nase und ziemlich volle Lippen, was irgendwie nicht zusammenpasste. Außerdem trug er eine lächerlich gelbe North-Face-Jacke, die er im Haus nicht ausgezogen hatte – eine durchaus vernünftige Entscheidung.

»Äh, hallo?«, sagte der Mann, der einen leichten skandinavischen Akzent hatte.

Ich hätte schwören können, dass ich Peigi vor der Tür kichern hörte.

»Oh«, sagte ich ernüchtert. »Entschuldigung, ich hatte jemand anders erwartet.«

»Das habe ich mir schon gedacht«, sagte er. »Also, mir sind da gewisse Dinge zu Ohren gekommen und … na ja … Tut mir leid, ich hoffe, es stört Sie nicht, dass ich vorbeischaue.«

»Mr Frost?«, fragte ich. Das war der Chef der großen Fluglinie, die unsere Route wollte.

Er nickte.

»Ich hoffe, es stört Sie nicht, dass ich vorbeischaue«, sagte er wieder. »Ich wollte mir gern mal das Terminalgebäude hier ansehen, deshalb …«

»Als Gebäude würde ich das nicht unbedingt bezeichnen«, sagte ich, weil ich immer noch ganz durcheinander war.

Jetzt wandte er sich mir in voller Breite zu, nahm sich dafür aber alle Zeit der Welt. Ich fragte mich, ob er wohl wirklich ein langsamer Mensch war oder ob es sich vielleicht um eine Management-Technik handelte, die er bei irgendeinem abgedrehten, sektenmäßigen Seminar für Führungskräfte gelernt hatte.

»Captain MacIntyre …«

»Sagen Sie ruhig Morag.«

»Okay«, nickte er. »Ich hoffe wirklich, dem Hund Ihrer Großmutter geht es bald wieder besser.«

Himmel, Peigi, du freches Stück! Na ja, das Ganze war mir nicht wichtig genug, um ihn zu korrigieren.

»Es tut mir leid«, sagte ich jetzt mit Nachdruck, »aber ich denke, hier liegt ein Missverständnis vor. Meinem Großvater – dem wahren Captain MacIntyre – geht es nicht so gut. Der kann Sie im Moment nicht empfangen.«

In diesem Moment flog die Tür der guten Stube auf.

Peigi hatte eine alte Teekanne gefüllt und zwei zueinanderpassende Tassen gefunden, was fast an ein Wunder grenzte. Okay, es waren zwei mit Werbung für einen Kraftstofflieferanten, aber immerhin. Neben den erwähnten guten Plätzchen servierte sie uns auch Kuchen. Hier im Haus war für gewöhnlich immer Obstkuchen da, weil Gramps den gern aß. (Oder vielleicht mochte er ihn auch gar nicht so sehr, hatte ihn aber vor Ewigkeiten mal lobend erwähnt, weshalb Peigi nun jede Woche einen backte.) Sie hatte ein paar Stücke für uns mitgebracht und setzte ihr Tablett jetzt auf dem polierten Holztisch ab, der bei Gramps sonst nur an Weihnachten genutzt wurde.

Mr Frost zog seine vermutlich absurd überteuerte North-Face-Jacke aus, unter der er einen ebenso teuer aussehenden dunkelgrauen Anzug trug. Die elegante Erscheinung wirkte in diesem alten, verlebten Haus absolut fehl am Platz.

Peigi schenkte Tee ein, ich nahm meine Tasse entgegen und legte die Hände darum, um sie zu wärmen.

»Nun«, sagte Mr Frost lächelnd, »das ist also die Kommandozentrale der wundervollen MacIntyre-Air-Gesellschaft.«

»Sie brauchen wirklich nicht sarkastisch zu werden«, sagte ich mit eiskalter Stimme.

Er hatte gerade nach seiner Tasse gegriffen und schaute verdutzt auf.

Schon seltsam, normalerweise hätte ich an Callum Frost nicht einen Gedanken verschwendet.

Aber jetzt war er hier, im Hauptquartier unseres Familienbetriebs, stand auf den Fliesen, die einst Ranalds Füße berührt hatten, als er nächtelang mit Jimmy zusammen über Traglasten und Treibstoffkosten gebrütet hatte. Hier hatte Ranald unsere Firma von Grund auf aufgebaut, zu einer Zeit, als die Leute in der Gegend nicht einmal einen Telefonanschluss gehabt hatten und es auf vielen der Inseln noch keinen Strom gegeben hatte. Es war unglaublich, was er erreicht hatte, eine tolle Leistung. Und jetzt wollte sich dieser arrogante Kerl mit seiner blöden North-Face-Jacke die Fluglinie unter den Nagel reißen, sie in eine Spalte einer Tabellenkalkulation verwandeln. Mit einem Mal war ich furchtbar wütend. Wie konnte er es nur wagen?

»Das war gar nicht sarkastisch gemeint«, sagte Mr Frost jetzt allerdings blinzelnd. »Ich meine, Ihr Urgroßvater … war eine echte Legende. Mein Vater hatte mal die Gelegenheit, ihn kennenzulernen, und hat ihn als wirklich harten Hund bezeichnet.«

Er lächelte, während mein Blick zum Bild von Ranald

auf dem Kaminsims hinüberwanderte. Auf dem Foto stand er, in der Blüte seiner Jahre, neben meiner Urgroßmutter Margaret.

Callum Frost folgte meinem Blick.

»Als Murdo seine Nachfolge angetreten hat … habe ich mich allerdings immer gefragt, warum er das Geschäft nicht vergrößert hat. Was ist denn mit all dem Pioniergeist passiert?«

Ich zuckte mit den Achseln.

»Ich meine …«, fuhr er fort, »wir haben angefangen, Norwegen anzufliegen, Island, Schweden … und haben allein in den letzten zwei Jahren fünf neue Routen dazugenommen.«

»Wie schön für Sie«, sagte ich. »Besonders toll ist natürlich, dass die Passagiere einfach irgendwo stranden, wenn ein Flug ausfällt, weil Sie sich nicht um eine Alternative bemühen. Und auch die neun Euro, die bei Ihnen ein Sandwich an Bord kostet.«

»Ach, Sie sind mal mit uns geflogen? Es ist mir wirklich eine Ehre.«

»Na ja, jedenfalls sieht Murdo die Dinge anders. Er ist nicht nur im Geschäft, um Geld zu scheffeln.«

Frost versuchte, den Blick nicht demonstrativ durch das Zimmer wandern zu lassen, das schon bessere Zeiten gesehen hatte. Aber es gelang ihm nicht.

»Er sieht das Fliegen auch als Dienst an seinen Mitmenschen, schließlich sind die Inselbewohner auf ihn angewiesen. Seine Fluglinie ist eine wichtige Lebensader unserer Gemeinschaft und nicht Teil eines globalen Übernahmeprojektes.«

Callum zuckte mit den Achseln. »Könnte es nicht beides sein?«

»Nein«, sagte ich. »Dafür verdienen wir nicht genug Geld.« Ich korrigierte mich schnell: »... also, verdient *mein Großvater* nicht genug Geld.«

»Weil Sie nicht genug Maschinen haben und nicht in großen Dimensionen denken. Sie sollten jede Menge Leute hierherbringen.«

Er ging auf ein Fenster mit klapprigem, altem Rahmen zu. Von dieser Seite des Hauses aus konnte man zu den Klippen hinübersehen, die im Abendsonnenschein leuchteten. Der Himmel darüber glühte roséfarben, und auf dem Wasser glitzerten goldene Flecken.

»Sehen Sie sich das nur an«, sagte Mr Frost. »Das ist so wunderschön und wild und leer.«

»Aber nicht mehr lange, wenn es nach Ihnen geht«, wandte ich ein.

»Meinen Sie nicht, dass die Menschen es verdient haben, das zu sehen?«

Jetzt flog eine Gruppe Schwalben in perfekter V-Formation vorbei, wie eine Luftstaffel bei einer Flugschau.

Ich runzelte die Stirn. »Na ja ...«

»Nehmen wir als Beispiel mal die North Coast 500.«

Das war eine Touristikstraße, die von Inverness aus durch Sutherland, Caithness und John O'Groats führte. Die Strecke war wunderschön und hatte sich von Anfang an als großer Hit erwiesen. Leider hat ihr Erfolg dazu geführt, dass die gesamte Gegend mit Autos und langsamen Wohnmobilen vollgestopft war, es Staus gab, die Leute ihren Müll in die Landschaft warfen und ihre Hunde in Bereichen mit weidenden Schafen frei laufen ließen.

»Ja, und was ist damit?«

»Denken Sie doch nur daran, wie viel Geld dadurch reinkommt.«

Das konnte niemand verleugnen: Die Ferienstraße war ein Riesenerfolg, wovon jeder an der Route profitierte. Trotzdem hielt ich es für keine gute Idee, riesige Jets zu chartern, nur um noch mehr Menschen in so idyllische Gegenden zu bringen. Auch wenn ich damit vermutlich falschlag, da es vielleicht egoistisch war, so einen schönen Landstrich wie Schottland für mich allein zu wollen.

»Aber darum geht es bei der Inselgruppe doch«, erklärte ich trotzdem. »Die Bewohner legen keinen Wert darauf, von Besuchern überrannt zu werden. Sie wollen nicht, dass hier lauter Urlauber auflaufen, um sie anzustarren. Schließlich sind sie keine Touristenattraktion, sondern ganz normale Leute, die ihre Arbeit verrichten.«

»Ja, hart arbeitende Menschen, denen Geld genauso gut gefällt wie allen anderen auch.«

Schweigen legte sich über den Raum, und mit einem Mal fühlte sich die Situation angespannt an, obwohl ich nicht so genau wusste, warum eigentlich. Ich meine, das Ganze war ja theoretisch nicht mein Problem, schließlich würde ich bald mit meinem wunderbaren Freund zusammen nach Dubai ziehen.

Ich setzte mich erst einmal, und Mr Frost nahm mir gegenüber Platz.

»Also, worüber wollten Sie mit Gramps sprechen?«, fragte ich in versöhnlicherem Tonfall, während Mr Frost ruhig an seinem Tee nippte und den Obstkuchen ignorierte. Aber tief in meinem Inneren wusste ich natürlich Bescheid. Wieder schaute er sich um, und ich konnte sehen, dass er die angeschlagenen Schränke auf sich wirken ließ, die klappernden Fenster, wie schäbig hier alles war.

Ich glaube, was mich wirklich so wütend machte, waren Schuldgefühle. Wenn ich die Sache mal ganz zynisch betrachtete, war es nämlich das Richtige. Die Fluggesellschaft zu verkaufen, Gramps zu einem ordentlichen Batzen Geld zu verhelfen und mich selbst von dem schlechten Gewissen darüber zu befreien, dass ich nicht ins Familiengeschäft zurückkehren würde. Das wäre doch für alle das Beste. Aber es war nicht das, was Gramps wollte. Ich wusste ganz genau, was er sich wünschte – nämlich, dass ich zurückkehrte. Aber das würde nicht geschehen, und diese Gewissheit führte bei mir zu einer störrischen Haltung, ließ mich gereizt in die Defensive gehen.

Callum Frost schaute mich an. »Ich denke«, sagte er, »dass wir Ihrer Familie für die Route ein Angebot machen könnten.«

»Wie schön.« Ich verschränkte die Arme vor der Brust. »Aber warum? Geld ist damit nicht zu verdienen. Und Gramps … Murdo ist glücklich und zufrieden mit dem, was er tut.«

»Ja, das mag im Moment so sein«, sagte er. »Aber Morag, stellen Sie sich doch mal vor, wie es erst mit brandneuen Maschinen wäre, die wenig verbrauchen, ganz leise und umweltfreundlich sind!«

Ich schnaubte.

»Und Sie hätten mehrere Flugzeuge, könnten damit finanziell gut situierten Besuchern die endlose weite Schönheit Ihrer Region zeigen. Dann würden Schüler- und Studentengruppen kommen …«

»… und Leute, die auf der Suche nach Erdöl sind oder Vogeleier klauen«, vervollständigte ich. »Außerdem würde ein winziges Abendtäschchen als Handgepäck gezählt, und Sie würden alten Damen vierzig Pfund abknöpfen, weil sie es nicht geschafft haben, die Bordkarte zu Hause auszudrucken.«

»… und Leute, die sich für Landschafts- und Umweltschutz engagieren. Sie wissen doch, wie knapp das Geld ist«, sagte er und blickte mich an. »Und wenn die Regierung diese Vogelschutzgebiete verkauft oder den Bauern die Subventionen streicht? Oder Ihrer Fluglinie. Wie werden Sie damit umgehen?«

»Das wird nicht passieren«, behauptete ich vollmundig, »da es sich um eine Dienstleistung für die Menschen auf den Inseln handelt. Und die wird gebraucht.«

»Meinen Sie nicht, es wäre für alle besser, wenn es mehr als sieben Flüge pro Woche gäbe?«, fragte Callum.

In diesem Augenblick hasste ich seine selbstgefällige Visage.

»Und ein Flugzeug, das nach zwei Tagen Frostwetter nicht auseinanderfällt?«

»Das ist wirklich unfair«, protestierte ich. »Mit Dolly ist alles in Ordnung.«

»Sie wissen doch selbst, wie uralt diese Maschine ist«, sagte Callum. »Und wenn sie eines Tages den Geist aufgibt – wollen Sie dann eine mieten?«

»Es wird sich schon etwas ergeben«, versetzte ich grimmig.

»Ihr Großvater hat also wirklich kein Interesse daran, die Route zu verkaufen?«

»Nicht das geringste.«

»Ich würde Ihnen auch Arbeit garantieren.«

»Ich hab doch schon einen Job. Bei einer …«

»… richtigen Fluggesellschaft«, führte er meinen Satz triumphierend zu Ende. »Na ja, Sie könnten auch diese Firma in eine richtige Fluggesellschaft verwandeln.«

»Das denke ich nicht.«

»Und das sieht Ihr Großvater auch alles so?«

»Der weiß genau, wie die Dinge bei Ihnen laufen«, erwiderte ich. »Da bleibt vom Fliegen nichts Schönes und Zauberhaftes mehr übrig, weil Sie bloß auf Profit aus sind. Um des Geldes willen verwandeln Sie eine wunderbare Welt in etwas Hässliches, Stressiges, Ätzendes. Sie nehmen eine fantastische Erfindung der Menschen und machen daraus eine fürchterliche Erfahrung, und alles nur für ein kleines bisschen mehr Geld, das Sie bei all Ihrem Reichtum doch gar nicht brauchen. Bei Ihnen drängen sich die Passagiere auf engstem Raum, Sie knöpfen ihnen ein Vermögen fürs Gepäck ab und setzen sie dann meilenweit von dem Ort ab, an den sie eigentlich wollten. Nehmen Sie eigentlich auch bei schwierigen Wetterverhältnissen Ihre Verantwortung ernst? Wenn wir mal nicht fliegen können, dann bringen wir die Leute eben später nach Hause, sobald es uns möglich ist. Bei Ihnen müssen sie sich neue Tickets kaufen und selbst für ihre Unterkunft bezahlen.«

Callum runzelte die Stirn. »Wir führen ein Unternehmen, dessen Angebote jedes Jahr Millionen Menschen gern in Anspruch nehmen.«

»Gern ganz bestimmt nicht. Sie machen es nur, weil sie sich nichts anderes leisten können.«

»Nein, sie entscheiden sich dafür, so günstig wie möglich zu fliegen. Es liegt ganz bei ihnen, ob sie einen richtig teuren Muffin kaufen wollen oder nicht. Wir haben eine perfekte Sicherheitsbilanz und übertreffen Ihre Fluggesellschaft in Bezug auf Pünktlichkeit bei Weitem.«

»Und wir begrüßen die Hälfte unserer Fluggäste mit dem Vornamen.«

»Das klingt ja furchtbar.«

Wieder machte sich unbehagliches Schweigen breit.

»Es ist doch nur ein Slot für Start und Landung«, sagte

ich. »Der Himmel gehört uns ja nicht. Warum beantragen Sie nicht auch eine Genehmigung und fliegen die gleiche Route?«

Er stieß ein Grunzen aus. »Die Strecke ist nicht gerade Heathrow – Berlin, deshalb sind Sie ja selbst die meiste Zeit nicht ausgebucht. Ohne die Subvention der Regierung bringt uns das nichts.«

»Wie ich sehe, haben Sie uns gut im Auge behalten«, murmelte ich.

»Natürlich«, sagte er. »Egal. Also, wir sind dazu in der Lage, Tickets fünfzig Prozent günstiger anzubieten, und würden Sie in eineinhalb Wochen ruinieren, was wir aber nicht vorhaben. Vielmehr sind wir daran interessiert, gute Beziehungen aufzubauen.«

»Zu meinem Großvater?«

»Ja, aber das liegt natürlich an ihm.«

»An guten Beziehungen haben Sie überhaupt kein Interesse«, sagte ich, »und auf unser Flugzeug sind Sie auch nicht scharf. Ich kann mir nicht vorstellen, dass die Route Sie wirklich interessiert, sonst hätten Sie sie längst in Ihr Angebot aufgenommen. Sie haben es ja selbst gesagt: Sie sind also nur auf die Subvention der Regierung scharf. Mit dem Versprechen, hier neue Arbeitsplätze zu schaffen, können Sie sich Steuervorteile für andere Bereiche Ihres Geschäfts erschleichen, für die voll gebuchten, lukrativen Routen von Glasgow aus.«

Er blinzelte und stand auf. »Nein«, behauptete er. »Ich möchte bloß eine tolle Fluggesellschaft leiten, die wunderschöne Ziele ansteuert.«

Auch ich erhob mich. Ich war aufgebracht und kam mir lächerlich vor. Für gewöhnlich konnte mich nichts so schnell aus der Ruhe bringen, was bei meinem Beruf auch eine Grundvoraussetzung war. Deshalb kam ich gar nicht gut damit klar, wie es jetzt in mir rumorte und mir Wut die Kehle zuschnürte, sodass ich kaum ein Wort herauskriegte.

Es war überhaupt nicht meine Art, im Gespräch unter vier Augen die Konfrontation zu suchen. Darüber hinaus war Callum während unserer Unterhaltung völlig gleichmütig geblieben. Ungerührt zog er seine teure Jacke wieder an und legte seine Visitenkarte auf den Tisch. »Nur für alle Fälle …« Er lächelte höflich.

»Wie viel bietet er euch denn an?«, fragte Hayden geduldig. »Ich meine, kann dein Großvater damit bis ans Ende seines Lebens in Luxus schwelgen? Diesen Kerl als Bösewicht zu sehen, fällt mir, ehrlich gesagt, ein bisschen schwer.«

Im Hintergrund konnte ich fröhliches Planschen hören.

»Wo bist du denn?«, erkundigte ich mich.

»O Gott, das wollte ich dir eigentlich nicht sagen, aber … Die Kollegen im neuen Büro feiern Poolpartys.«

»Ich fasse es nicht!«, rief ich aus.

»Ich weiß!«

Man hörte junge Frauen quietschen.

»Ist so eine Konstellation aus Sicht der Personalabteilung nicht ein absoluter Albtraum?«, fragte ich. »Was macht ihr denn, wenn irgendwo ein Bikinioberteil verrutscht?«

»Es ist doch drei Uhr nachmittags.«

»Hm«, machte ich. »Du bist gerade also von nur leicht bekleideten Schönheiten umringt?«

»Nein, eigentlich nicht«, antwortete er. »Stell dir eher Pat aus der Informatikabteilung in einem riesigen Strandkittel vor.«

»Na, das tröstet mich.«

»*Eine* konkrete Schönheit würde ich aber gern leicht bekleidet an meiner Seite haben, kannst du eure Firma also bitte schnell an einen Millionär verscherbeln?«

Ich schaute aus dem Fenster. Ein intensiver Sonnenstrahl fiel auf die Inseln des Archipels, die erglänzten wie Edelsteine an einer Kette. Im Vorgarten krümmte sich das Gras im heftigen Wind, sodass dazwischen die glitzernden Glasscherben des Steingartens zu sehen waren, den meine Großmutter vor langer Zeit angelegt hatte.

»Du wirst meine Gründe nachvollziehen können, wenn du alles hier mit eigenen Augen siehst«, sagte ich. »Und leicht bekleidet bin ich heute nun wirklich nicht. Ich hab vielmehr Thermounterwäsche an.«

»Ich hoffe, dass ich bald kommen kann«, sagte Hayden.

Es gab ein spritzendes Geräusch, das nach Wasserball klang.

»Hm-hm«, machte ich lächelnd.

»Und, was sagt dein Großvater zu der ganzen Sache?«

Mein Herz machte einen Satz. Hier war jemandem meine Familie wichtig.

»Der liegt immer noch im Bett mit einer echt üblen Grippe.«

»O nein«, sagte Hayden. »Himmel, ich hoffe, es ist alles in Ordnung.«

»Du fehlst mir«, sagte ich, und das kam von Herzen. Hayden war so schnell ein ganz wichtiger Teil meines Lebens geworden, deshalb wünschte ich mir, dass er mal hierherkam, mit mir durch Carso schlenderte und alle kennenlernte, vielleicht abgesehen von diesem Schafbock. Mit einem Mal wurde meine Sehnsucht unerträglich.

»Also, hier wartet alles auf dich.«

Wieder Gequietsche im Hintergrund. Ja, dachte ich, aber ich will dich hier in Schottland.

Ich sah mich in der alten Küche um, wo Skellington vor dem Herd lag und toxische Fürze fahren ließ. Seine rot umrandeten Augen schlossen sich nicht, wenn er schlief, was ich absolut widerlich fand. Das schwarz-weiße Fell war von dem Matsch, durch den er sich heute geschoben hatte, ganz verfilzt, und es lag definitiv der Mief von nassem Hund in der Luft.

»Und morgen fliegst also du?«

»Ja, morgen ist es so weit.«

»Viel Glück, du packst das!«

Wenn Hayden an mich glaubte, wenn Gramps an mich glaubte, dann würde ich es bestimmt schaffen. Auf jeden Fall.

Kapitel 10

An diesem Abend hatte ich mit dem Einschlafen große Probleme. In einer Hinsicht hatte Hayden wohl recht, weil es ja offensichtlich war: Sowohl *Dolly* als auch Gramps wurden wirklich alt. Aber das stand auf der Liste meiner Sorgen im Moment ganz unten.

Ich starrte aus dem Fenster. Hier in Carso machte ich eigentlich nie die Vorhänge zu. Wie in meiner Kindheit gefiel es mir immer noch gut, nach draußen zu gucken.

Als kleines Mädchen war ich im Sommer langsam weggedöst, wenn sich der Himmel gegen elf Uhr abends langsam zartrosa verfärbt hatte und der Tag allmählich in kurze, süße Nächte übergegangen war. Wieder aufgewacht war ich, wenn die Sonnenstrahlen vom Wasser reflektiert wurden.

Im Winter kuschelte ich mich gemütlich unter mein Federbett und eine zusätzliche Decke, die meine Großmutter einst zusammen mit ihren Schwestern für ihre Aussteuer genäht hatte, und schaute zu den Sternen hinauf. Wenn gelegentlich hier und da einer blinkte, wurde klar, dass es sich in Wirklichkeit gar nicht um einen Stern handelte, sondern um Menschen, die am Himmel in einer Blechbüchse saßen und zu fernen Zielen wie Reykjavík, Bergen, Stockholm oder Archangelsk flogen.

Ich empfand es als tröstlich, ein Flugzeug am Himmel

vorbeiziehen zu sehen, weil ich wusste, dass dort oben ein Pilot saß und über die dösenden Passagiere wachte, beim Übergang von Shanwick in den schottischen Luftraum dem Lotsen einen Guten Abend wünschte und lange, funkelnde Spuren am dunkelblauen Abendhimmel, unserem Spielplatz, hinterließ. Allerdings schlief ich dann normalerweise schnell ein.

Heute Abend jedoch nicht, weil mich die Angst gepackt hatte. Was, wenn Gramps dachte, dass ich hier auflief und mich für ach so schlau hielt, weshalb ich Callum Frost eine Chance gab, ihn auch noch ermunterte? Als wäre ich der Meinung, dass Gramps es nicht mehr packte, dass die Sache gelaufen sei und wir die Fluglinie am besten abstießen, dass er aufgeben und verkaufen sollte, weil er längst zu alt war.

Würde mir die Aufgabe zufallen, den Zielen und Träumen von Ranald und Murdo, von allen MacIntyres, ein Ende zu machen? Wollte ich das wirklich auf mich nehmen? Ihr Projekt an das schnöde Geld verraten?

Mal abgesehen davon musste ich auch immer noch meine Arbeit erledigen. Aber das würde ich schaffen, schließlich glaubte Gramps an mich, und Hayden auch. Jetzt musste ich nur noch an mich selbst glauben.

Plötzlich blitzte vor meinem inneren Auge eine Szene mit Hayden auf, damals bei einem unserer Treffen in seinem Büro, als ich noch nicht einmal gewusst hatte, dass er Hayden hieß. Er hatte mich angesehen und gefragt, ob ich vielleicht mit einem Therapeuten sprechen wollte.

Und ich hatte ihn beeindrucken, ihm zeigen wollen, dass ich eine toughe Pilotin war, deshalb hatte ich Nein gesagt. Wie bescheuert! Und jetzt kam mir noch ein anderer, Furcht einflößender Gedanke: Was, wenn die Fluggesellschaft herausfand, dass ich nicht fliegen konnte, und Hayden belangte, weil er in der Angelegenheit nicht gründlich genug gewesen war? Schließlich war es seine Aufgabe gewesen, mich zu beurteilen. Was, wenn er deshalb von dem neuen Auftrag abgezogen würde und alles meine Schuld war? Ich verzog das Gesicht. O Gott, o Gott. Würde ich ihm die Wahrheit je sagen können? Und wäre er dann verpflichtet, die Airline zu kontaktieren und die Information weiterzugeben?

Okay, sagte ich mir, jetzt beruhig dich erst mal. Bleib noch ein paar Tage hier und hilf Gramps, sag Callum ab, dann absolvier den letzten Simulatorcheck für die Arbeit – und danach wartet die Zukunft auf dich: ein neues Leben in der schimmernden Wüste, mit einem Mann, der das Beste aus dir herausholt! Das lag jetzt alles in Reichweite, und ich musste dafür nur ein Flugzeug vernünftig landen, eine Maschine, die ich kannte wie meine Westentasche.

»Okay, heute fliegst du also mal?« Erno war furchtbar schlecht gelaunt und ganz rot im Gesicht.

»Äh …«, begann ich und verstummte. Ich konnte nicht antworten. Sag Ja, Morag. Jetzt sag schon Ja, du Idiotin!

Erno musterte mich von Kopf bis Fuß. »Das sind für dich doch nicht etwa bloß ein paar Tage Urlaub, oder?«

»Nein«, brachte ich mit kieksender Stimme hervor. »Ich bin natürlich hier, um euch zu unterstützen.« Was ich als Nächstes sagte, war Verrat an mir selbst, aber ich konnte einfach nicht anders: »Als Co-Pilotin, ich bin schließlich Erste Offizierin.«

»Nicht auf dieser Route.«

Ich schluckte heftig. »Im Ernst, Erno.«

»Ich hab von dem Vorfall gehört«, sagte er, woraufhin augenblicklich meine Wangen zu brennen begannen.

»Damit hat das aber gar nichts zu tun«, behauptete ich hastig.

Nalitha war damit beschäftigt, die Passagiere in die Kabine zu geleiten.

Ich hatte mich um die Vorflugkontrollen gekümmert und weigerte mich, den rechten Sitz zu verlassen.

»Hm-hm«, machte Erno, ließ sich behäbig auf den Platz links sinken und stieß ein schweres Seufzen aus.

Mensch, nein, gerade stand hier wirklich alles auf dem Spiel. Und ich konnte das doch schaffen, ganz bestimmt! Das musste ich einfach. Wieder drängte sich mir der Gedanke auf, dass Hayden vielleicht Schwierigkeiten bekommen würde. Mich selbst konnte ich enttäuschen, aber ihn auf keinen Fall.

»In Ordnung«, hörte ich mich zu meiner eigenen Überraschung plötzlich sagen. »Ich mach's.«

Erno sah mich an und stand auf.

Heute hatten wir die komplette Truppe eines Junggesellinnenabschieds an Bord, die jeden einzelnen Platz gebucht hatte. Ich stand auf und warf einen Blick nach hinten, um zu sehen, ob auch alles in Ordnung war.

Die Damen hatten sich für die Feier herausgeputzt und sich per Polonaise über das Rollfeld ans Flugzeug herangetanzt.

Jetzt drängten sie Nalitha und mich, doch einen Prosecco mit ihnen zu trinken, ein so reizvoller wie gefährlicher Vorschlag, obwohl sie sich des Risikos gar nicht bewusst zu sein schienen.

»Nein, danke«, lehnte ich höflich ab.

»Aber Sie müssen unbedingt mittrinken! Es bringt schließlich Pech, nicht auf die zukünftige Braut anzustoßen!«

Die zukünftige Braut war eine dralle junge Blondine aus Glasgow mit langem, dichtem Haar. Sie trug übertrieben geschwungene, fette Wimpern, die ihren Augen etwas Sanftes, Kuhhaftes verliehen. Dazu kam ein Mund mit aufgespritzter Oberlippe, prall wie ein Fahrradschlauch, mit dick aufgetragenem rosafarbenem Lippenstift.

Ich wusste durchaus, was das für ein Aufwand war, empfand selbst aber nicht das Bedürfnis, mir von irgendwem eine Nadel in die Lippe schieben zu lassen und dafür auch noch Geld zu bezahlen. Ich fragte mich, ob das in Dubai wohl viele Frauen machen ließen. Uff. Vermutlich schon.

»Okay«, stimmte Nalitha schließlich zu.

Ich schritt ein: »Nein, sorry, Leute, das geht nicht! Aber wir sind wirklich froh, euch an Bord zu haben. Und herzlichen Glückwunsch!«

»Yeah!«, riefen alle zusammen.

»Oh, aber ihr müsst euch auch mal den Bräutigam angucken!«, bestimmte eine Frau, die wie die Brautjungfer aussah. »Er ist echt cool.«

Die Frauen zeigten uns Fotos von einem dürren Typen, der nicht viel hermachte. Auf den Bildern neben seiner Verlobten wirkte er angesichts der Amazone, die er da heiraten würde, zugleich begeistert und ein wenig perplex. Man hatte den Eindruck, als könne er sein Glück nicht fassen, fürchte sich aber insgeheim auch ein bisschen.

»Wie schön«, sagte ich. Ich musste lächeln, weil der simple Optimismus dieser Frauen, all die Freude und angesäuselte Aufregung richtig ansteckend waren.

»Er ist wirklich cool«, versicherte jetzt auch die Braut, »und hat seine eigene Autowerkstatt.«

Wieder lächelte ich. »Das klingt ja fantastisch.«

»Ist es auch«, sagte sie und schwankte ein wenig.

Besorgt brachten ihre Freundinnen sie dazu, sich hinzusetzen, und schnallten sie an.

»Er ist wirklich, wirklich super.« Sie strahlte. »Sind Sie eigentlich verheiratet?«

Nalitha nickte, während ich den Kopf schüttelte.

Als mich alle fassungslos anstarrten, wurde mir plötzlich bewusst, dass ich in ihren Augen wohl uralt sein musste.

»Wissen Sie, Sie sollten wirklich mehr aus sich machen. So übel sind Sie doch gar nicht.«

Ich kniff die Augen zusammen. »Äh, okay, danke. Aber jetzt muss ich langsam ins Cockpit und dieses Flugzeug fliegen.«

»YEAH!«

Normalerweise hätte mich die Bemerkung getroffen, jetzt hatte ich allerdings Schmetterlinge im Bauch, wenn ich auch nur an Hayden dachte. So einen Junggesellinnenabschied würde ich aber nicht feiern. Während ich das noch dachte, schalt ich mich auch schon, denn derartige Fragen lagen ja noch in weiter Ferne.

Nun holten die jubelnden Frauen endlich kleine Proseccofläschchen und Strohhalme hervor. Als ich einen Blick mit Nalitha tauschte, lächelte sie. Wir würden nur kurz unterwegs sein, und unsere Passagierinnen waren ja auch bloß angeheitert, nicht betrunken. Deshalb war es schon okay, wenn sie an Bord miteinander anstießen.

Auf dem Weg zum Cockpit schob ich die Hand in die Tasche, um mein Handy auszuschalten. Mobiltelefone stören nicht etwa das Navigationssystem – das behaupten wir nur, um die Passagiere zu ärgern.

Wir stellten dieses Thema nie groß infrage, weil es uns während der Ausbildung so sehr eingebläut wurde: Handys kamen weg, außer in Notfällen, daher war es eine ganz automatische Geste.

Als ich gerade nach meinem griff, klingelte es, und auf dem Display erschien Haydens Nummer.

Lächelnd ging ich ran. »Aber Süßer, hier wartet ein Flugzeug auf mich, das geflogen werden will! Weißt du noch?«

In der Leitung war ein Knistern zu hören.

»Hallo?«

Mit gerunzelter Stirn schaute Nalitha mich an. Es galt einen Zeitplan einzuhalten, und allmählich mussten wir los. Was den Flugplatz anging, war es eigentlich egal, hier würde außer uns niemand starten. Aber die Strecke des 9:40-Uhr-Flugs Helsinki-Reykjavík verlief ganz in der Nähe, und da wollten wir nicht im Weg sein. Außerdem hatten die Leute ja auch was zu tun, wie mir das ausgelassene Johlen der jungen Frauen in Erinnerung rief – die würden auf Larbh die Seehund-Tour mitmachen, von der man genau das erwarten konnte, was ihr Name versprach.

Allerdings würden die Seehunde wohl schnell die Flucht ergreifen, wenn die Truppe diesen Geräuschpegel aufrechterhielt.

Im selben Moment, in dem ich das dachte, begann auch schon eine von ihnen mit dem misstönenden Vortrag eines Celine-Dion-Songs. Vielleicht hätten wir ihnen doch besser verboten, den Prosecco an Bord aufzumachen.

All das fuhr mir durch den Kopf, während ich darauf wartete, dass Hayden etwas sagte. »Hallo? Süßer? Hayden? Hallo?«

Es knisterte zwar, die Verbindung wurde aber nicht unterbrochen. Ich konnte ein dröhnendes Geräusch ausmachen, und dann wurde mir langsam klar, dass es sich um Musik handelte.

»Hey, Babe«, erklang eine Stimme. Die von Hayden. Na, endlich!

»Mein Schatz?«, sagte ich. Normalerweise nannte er mich nicht Babe.

»Hey, Babe«, sagte er wieder, und ich war so blöd, weil es wirklich dauerte, bis ich es kapiert hatte: Sein Handy hatte sich in der Tasche selbst entsperrt und mich angerufen. Er sprach also gar nicht mit mir, außerdem klang er betrunken, was für Hayden völlig untypisch war. Ja, er genoss gern mal ein schönes Glas Wein, aber als Partylöwen konnte man ihn nun wirklich nicht bezeichnen, dafür war er viel zu vernünftig.

»Und, du arbeitest also für die Fluggesellschaft?« Die Stimme klang jung und europäisch – eine Deutsche oder Schwedin? Ich konnte es nicht recht sagen. Mein Herz klopfte so heftig, dass ich fürchtete, man würde es mir anmerken.

»Yeah.«

Ich erstarrte. Eigentlich hätte ich das Handy augenblicklich vom Ohr nehmen sollen, es wegschleudern, als wäre es so giftig wie ein Skorpion oder eine Schlange. Aber ich konnte mich nicht rühren, konnte mich buchstäblich nicht bewegen. Mein Gehirn konnte das Gehörte einfach nicht verarbeiten.

Das da war Hayden, der sanfte, freundliche Hayden mit dem breiten Huller Akzent, den ich so toll fand.

»Erzähl mir mal das Schlimmste, was dir bei der Arbeit je passiert ist!«

»Tja …« Er klang überhaupt nicht wie er selbst, zog die Wörter in die Länge. Wer war dieser Mann? »Also, wir sind mal über Spanien geflogen, und da war dieser kleine Agrarflieger …«

Mir klappte die Kinnlade runter. »Nalitha …«, krächzte ich.

Sie huschte an meine Seite, nahm mir das Telefon aus der Hand und hielt es sich selbst ans Ohr. Ihr Gesichtsausdruck machte mir klar, dass es tatsächlich so schlimm war wie befürchtet. Sie nickte einmal heftig und unterbrach die Verbindung. »War er das?«

Schweigend nickte ich.

»Du hattest doch gesagt, dass er Engländer ist. Der klingt ja eher nach Kanada oder so.«

»Ich weiß.«

»Und er erzählt dieser Frau gerade von dem Vorfall mit dem Agrarflieger, aber so, als wäre es ihm passiert.«

Wieder nickte ich.

Sie pfiff durch die Zähne. »Verdammt.«

Nalitha schob mich quasi ins Cockpit und deutete mit einer Kopfbewegung auf unseren Piloten, der sich die Mütze übers Gesicht gezogen hatte. »Erno, du übernimmst den Start!«

Mit überraschtem Brummen lüpfte er die Mütze. »Hm?«

»Du fliegst dieses Leg.«

Er seufzte. »Aber …«

»Jetzt mach schon.«

Widerwillig gehorchte er, und Nalitha kehrte für die Sicherheitshinweise nach hinten zurück. Die jungen Frauen begleiteten ihre Worte laut singend, während ich auf meinen Sitz sank und ganz automatisch die Vorflugkontrollen absolvierte. Ich war mir kaum dessen bewusst, was ich da tat.

Was zum Teufel? Was sollte das nur? Ich hatte … Ich dachte … Ich meine, er war doch so normal. So gewöhnlich mit seinem ordentlichen Haarschnitt und seiner Absicht – die uns verband –, irgendwann dem National Trust beizutreten, mehr Filme im NFTS-Kino zu gucken und zu lernen, wie man diese Kreuzworträtsel löst, bei denen man um die Ecke denken muss. Oh, all meine Pläne! Meine albernen, albernen Pläne!

Ich starrte geradeaus. Es war ein umwerfender, windstiller Tag, an dem das Meer glatt wie ein Teich unter uns liegen würde. Draußen war es wunderschön, perfekt fürs Fliegen, solange man eine vernünftige Sonnenbrille aufhatte.

Ich rechnete mit keinerlei Schwierigkeiten, mit nichts Unerwartetem, mit einem in jeder Hinsicht ganz normalen Tag.

Mal abgesehen davon, dass man mir nach all den Jahren mit Pauken und harter Arbeit und so vielen an mich gestellten Erwartungen mein armes Spätzünderherz, das jetzt endlich erwacht war, aus der Brust gerissen hatte.

Wir starteten, und Erno flog tief. Ich konnte beobachten, wie an einem komplett leeren Strand unter uns ein wunderschöner Reiher langsam seine langen Flügel entfaltete und sich mit einer Schönheit und Eleganz in die Luft erhob, die sogar *Dolly* in den Schatten stellten.

Denen ist alles egal, dachte ich. Vögel machen sich nicht solche Gedanken. Und sie brauchen auch keine Transponder oder Kreiselinstrumente, da sie nach Instinkt fliegen. Und dabei scheren sie sich nicht um so was Blödes wie einen festen Freund, jemanden, dem du voll und ganz vertraut hast und der dann üble Sachen gemacht hat, sobald du ihm den Rücken gekehrt hast.

Eine Träne rollte unter meiner Sonnenbrille hervor. Piloten sollten eigentlich nicht heulen.

Nachdem Erno auf Larbh gelandet war, hielt er sich taktvoll zurück und fragte mich nicht, was los war. Leider ertönte aus der Kabine jetzt lauter Jubel, gefolgt von Singsang mit dem Text »Ein Hoch auf unsere Pilotin!«.

Nalitha ging nach hinten, um die jungen Frauen abzufertigen.

Im Durchgang zwischen Cockpit und Kabine zu stehen und ihnen beim Aussteigen zuzuschauen, war hart.

Mit einem Mal sah die Braut mit ihren blonden Haarverlängerungen und dem albernen Rüschenkleid samt Schleier vor dem Hintergrund des leuchtenden goldenen Strandes so wunderschön aus.

Am Rand des Rollfelds schleuderte sie ihre Schuhe weg und lief begeistert über den Strand, wobei sie von ihren lachenden Freundinnen fotografiert wurde. Ja, dachte ich, sie war wunderschön. Ich musste schlucken und krächzte: »O Gott.«

Nalitha legte mir den Arm um die Schulter, sagte aber nichts, weil das gar nicht nötig war.

Der Flugplatz lag ab vom Schuss, deshalb konnte ich mir nicht einmal irgendwo einen Latte holen, da nichts fußläufig erreichbar war.

Ich sah, dass die Frauen bereits erwartet wurden. Man holte sie zu einer Tour ab, bei der sie die Tierwelt der Insel beobachten würden.

Es gab hier eine winzige Siedlung aus weit verstreut liegenden Häusern, die aber erst in gut drei Kilometern Entfernung begann.

Neue Passagiere gingen auf Larbh nicht an Bord, daher würde *Dolly* heute auf dem Rückflug leer sein.

Die Frauen würden die Nacht in einer Unterkunft auf der Insel verbringen, einem luxuriösen Baumhaus, und wir würden sie erst morgen wieder einsammeln.

Daher blickten jetzt nur wir drei hinaus zu den Vögeln

und zu den Frauen, die lachend, rufend, wie befreit den Strand entlangtollten.

Ich wurde ganz neidisch auf sie, als sie das Flugzeug hinter sich ließen und damit auch die neue Verantwortung und Furcht, die mir jetzt auferlegt worden waren. Unkontrollierbare Angst stieg in mir auf und schnürte mir die Kehle zu.

Da heute in diesem Teil der Insel sonst niemand unterwegs war, schien er nur der Partytruppe allein zu gehören. Die Frauen stießen gellende Kriegsschreie aus, schleuderten ihre Schuhe von sich und liefen mit ihren perfekt pedikürten Füßen ins eiskalte Wasser, lachten und spritzten und hatten weder Kummer noch Sorgen – zumindest in meinen Augen. Ich hätte in diesem Moment alles gegeben, um eine von ihnen zu sein.

Uns blieb noch etwas Zeit, bevor wir wieder losmussten, und wir warteten mit weit offener Tür. An jedem anderen Tag wären die hereinströmende frische Luft und die warme Sonne einfach wunderbar gewesen. Heute kam es mir eher so vor, als wollte mich das Leben verspotten, selbst dann noch, als das Lachen der jungen Frauen schließlich verstummte und die Schreie von Vögeln wieder die einzigen vernehmbaren Laute waren. Es fühlte sich so an, als sei ich ganz weit weg von zu Hause. Oder vielmehr so, als wüsste ich gar nicht mehr, wo ich eigentlich zu Hause war. Wie mir jetzt langsam klar wurde, sah ich inzwischen nämlich den Ort, an dem Hayden war, als mein Zuhause an – er war mein Zuhause geworden.

Nalitha nötigte mich dazu, in der vorderen Sitzreihe Platz zu nehmen, und goss mir einen Kaffee ein.

Als Erno nach draußen ging, um eine seiner scheußlichen dunklen Zigaretten zu rauchen, drückte sie mich einmal fest.

Ich starrte mein Handy an, als handele es sich um ein lebendes Wesen, das ich nicht zu berühren wagte.

»Wirst du ihn anrufen?«, fragte Nalitha. »Vielleicht gibt es ja für alles eine Erklärung.«

»Ach, meinst du?« Ich wedelte mit der Hand herum. »Klar, vielleicht hat er mit einem Schweinchen namens Babe gesprochen.«

»Möglich wäre es«, spann Nalitha die Idee weiter. »Wenn sich Babe in Dubai zur Ruhe gesetzt hat.«

Ich ließ den Kopf hängen. »O Gott«, stöhnte ich. »O Gott.«

»Da draußen gibt es doch noch so viele andere Typen«, sagte Nalitha, was als Aufmunterung gemeint war, es aber nur noch schlimmer machte. Viel schlimmer. Denn es bedeutete, dass es vorbei, unsere Beziehung am Ende war. Wieder fing ich an zu weinen.

»Aber ich will diesen einen«, sagte ich.

»Also willst du einfach ignorieren, dass er krasse Lügen erzählt ... jemand aus der Personalabteilung! Da arbeitet er doch, oder?«

Ich nickte.

»Und ist es nicht eine Straftat, sich als Pilot auszugeben?«

»Nur, wenn er auch versucht, ein Flugzeug zu steuern«, sagte ich. »Ich glaube, in einer zwanglosen Unterhaltung kann man das durchaus behaupten.«

Ich schniefte laut. »O Gott, er zeigt sich immer so interessiert an meiner Arbeit. Und ich dachte, es ginge ihm dabei um mich!«

Jetzt kam mir auch in den Sinn, wie begeistert er gewesen war, als wir uns mit lauter anderen Piloten zusammen *Top Gun* angeguckt hatten. Wie dämlich ich gewesen war! Da hatte ich doch tatsächlich geglaubt, er freue sich darüber, mit mir Zeit zu verbringen und meine Freunde kennenzulernen. Fassungslos schüttelte ich den Kopf.

»Himmel, ich war ja *so blöd!*«, sagte ich.

»Warst du nicht«, widersprach Nalitha. »Er wollte wohl einfach nur … ein bisschen angeben.«

»Um in Dubai Frauen zu beeindrucken und sie ins Bett zu kriegen, solange ich noch nicht da bin!«

»Ich konnte mir das mit dir und Dubai sowie nie richtig vorstellen«, sagte Nalitha, was nur zu neuen Tränen führte.

»Oh, verdammt, sorry«, sagte Nalitha. »Soll ich mich bei seinem Rückflug in den Computer einhacken und den Flieger zum Absturz bringen?«

»Und mit ihm auch alle anderen Passagiere in den Tod schicken, nur weil er an Bord ist?«

»Ja, du weißt schon. Bei Rachefeldzügen besteht immer das Risiko von Kollateralschäden.«

Ich schluckte. »Also … ich hab wirklich gedacht, dass er vielleicht der eine ist, Nalitha.«

»Womöglich hat er ja eine Gehirnerschütterung.«

Ich starrte das Handy an.

»Also, rufst du ihn an und gibst ihm die Chance, dazu etwas zu sagen?«

Aber ich glotzte nur weiter das Telefon an. In diesem Moment war ich zu gar nichts in der Lage, da ich hysterisch und aufgewühlt und tief getroffen war. Ich zermarterte mir das Hirn auf der Suche nach einer einfachen, ganz harmlosen Erklärung, fand aber einfach nichts.

Wir verstummten, und ich beobachtete einen Wasserläufer mit seinem in der Sonne glänzenden Gefieder, der keine Angst vor dem großen Vogel aus Metall hatte und fröhlich vor sich hin tschilpte, während er auf der Suche nach Futter den langen Schnabel in den Sand schob.

»O Himmel«, stöhnte ich wieder.

»Na, komm«, sagte Nalitha. »Wir haben heute nur einen kurzen Tag. Erno soll uns zurückfliegen, und dann lassen wir uns volllaufen, bis die Sache vergessen ist. Das schaffst du schon!«

Nalitha machte sich in der ersten Reihe breit und weigerte sich, den Sicherheitsgurt anzulegen. Das ignorierten wir mal, als Erno in Richtung Südsüdost abhob. Mit so wenig Gewicht an Bord hätten wir praktisch einen Senkrechtstart wie ein Harrier hinlegen können, und unser kleines Flugzeug wurde bald viel schneller als nötig. *Dolly* war ein Leichtgewicht aus glänzendem Metall und mit silberfarbenen Tragflächen, gemacht für *ein* Element: Sie gehörte in die Luft wie ein Fisch ins Wasser.

Manchmal hörte man die Kritik, dass das Fliegen mit diesen Kilometern an Kabeln und all dem genieteten Aluminium doch unnatürlich sei, aber *Dolly* wollte nur an einem Ort sein: in der Luft. Am Boden wippte und drehte sie sich sogar unruhig, weil sie das Rollen und Wenden so sehr hasste und einfach nur wieder hinauf zu den Wolken wollte.

Aber jetzt befanden wir uns auf zweitausend Fuß Flughöhe, es war keine Wolke in Sicht, und die Luft war herrlich klar. Hier war *Dolly* frei, das zu tun, was sie wollte: den Wind unter den Flügeln spüren.

Ich schaute aus dem Fenster. Über Funk kam gerade die Information rein, dass eine sich schnell fortbewegende Wetterfront im Anzug war. Ich runzelte die Stirn. Ja, tatsächlich türmten sich mit einem Mal auf einer Seite Wolken auf, wie Legosteine, aus denen am Himmel eine Stadt entstand.

Als ich den Hals reckte, um mir das näher anzusehen, stieß Erno ein Stöhnen aus, das für mich zunächst einfach nur genervt klang. Aber als er dann ein zweites Mal stöhnte, drehte ich mich zu ihm hin.

Normalerweise umfing er das Steuerhorn ganz entspannt, behielt dabei sowohl die Instrumente als auch seine Uhr im Blick und ließ keinen Zweifel daran, dass er eigentlich nur die Minuten zählte, bis er endlich wieder festen Boden unter den Füßen haben würde und sich auf die Suche nach etwas zu essen machen konnte.

Wenn man einem Wolf das Fliegen beibringen könnte, hatte Nalitha mal gesagt, dann würde er sich mehr oder weniger wie Erno verhalten.

Aber heute war von seiner lockeren Art nichts mehr übrig, und er stöhnte erneut.

»Erno?«

Während ich ihn noch musterte, stand Nalitha auf, denn es war offensichtlich, dass da etwas nicht stimmte.

Er hatte die Augen geschlossen, war bleich und schweißüberströmt.

»Erno?«

Nalitha sank auf die Knie und lockerte seine Krawatte. »Kannst du mich hören? Alles in Ordnung?«

»Es geht mir gar nicht gut«, brachte Erno stöhnend hervor.

»Was hast du zum Frühstück gegessen?«

»Das Übliche.«

»Und was ist das Übliche?«

»Vier Würstchen, vier Scheiben Speck und zwei Kartoffelpuffer.«

Nalitha und ich tauschten Blicke.

»Na, das wird's dann wohl sein«, murmelte Nalitha.

In diesem Moment dachte ich nicht mehr daran, dass mein Leben gerade aus den Fugen geriet, wie übel es aussah, dass ich wegen Hayden völlig durcheinander war. Meine Ängste und Sorgen, meine Nervosität waren mit einem Mal wie weggeblasen. Ich dachte nicht darüber nach, als ich ganz automatisch die Handgriffe ausführte, die ich für solche Situationen gelernt hatte.

»Erno, ich übernehme«, sagte ich, legte die nötigen Schalter um und zog am Steuerhorn, noch bevor ich mir dessen bewusst war, was ich da eigentlich tat.

Dolly zappelte durch den Kontrollwechsel ein wenig, aber es war eigentlich ganz einfach. Ich spürte eine Windböe und warf einen Blick auf den Fahrtmesser. Ja, da draußen wehte es ganz schön.

Erno atmete schwer, und Nalitha redete auf ihn ein. Wir befanden uns knapp vierzig Minuten von Carso entfernt. Ich schielte zu den beiden hinüber, weil mir klar wurde, dass ich wohl den Fluglotsen informieren musste.

»Sag mir, wo es wehtut«, sagte Nalitha gerade.

»Ich hab kein Gefühl mehr im linken …«

Plötzlich sackte Erno in sich zusammen. Der Gurt hielt ihn auf dem Sitz fest, aber er hatte eindeutig das Bewusstsein verloren.

»Ach du Scheiße«, sagten Nalitha und ich in einem Atemzug.

Kapitel 11

Das Cockpit war nur etwa so groß wie der vordere Bereich eines Kleinwagens, daher wurde es zu dritt ganz schön eng.

Ich überlegte, dass eventuelle Herzprobleme doch eigentlich bei den Gesundheitskontrollen hätten festgestellt werden müssen. Gott, wenigstens atmete Erno noch.

Per Funk wandte ich mich an den Fluglotsen: »Mayday, Mayday, Mayday! Pilot der MacIntyre Air nicht mehr handlungsfähig. An Bord jetzt unter Mindestbesatzung. Maschine …« Es schnürte mir die Kehle zu. Früher hatte man dieses Flugzeug noch als einzelner Pilot fliegen dürfen. Heutzutage nicht mehr. »Maschine unter Kontrolle. Warten auf weitere Anweisungen.«

Der Tonfall des Lotsen, Donald, änderte sich nicht im Geringsten. Unfassbar ruhig sagte er einfach nur: »Erlaubnis für umgehende Landung für MacIntyre Air auf INB Inchborn erteilt.«

Ich brauchte keine Karte heranzuziehen, um mich zu orientieren, da ich genau wusste, wo wir uns befanden. Wir hatten Larbh hinter uns gelassen, vor uns kam Inchborn in Sicht, und in der Ferne das Festland. Das Meer war nicht mehr glatt wie heute Morgen, sondern inzwischen aufgewühlt. Aber wenigstens war der Himmel vor uns immer noch klar. Was Anlass zur Sorge gab, zog von hinten heran.

»Wir sind zu nah dran«, sagte ich. »Das ist zu knapp für eine vernünftige Landung, ich muss eine Runde drehen.«

»Könnten wir ihn nicht selbst ins Krankenhaus bringen?«, fragte Nalitha. »Da muss er doch unbedingt hin.«

Ich schüttelte den Kopf. »Nal, du weißt doch, dass ich die Maschine nicht allein fliegen darf. Auf keinen Fall, das ist gesetzlich festgelegt. Ich muss sie am ersten passenden Ort runterbringen, und das ist eben hier.«

Das Krankenhaus lag gut fünfzig Flugminuten entfernt, und dazu kam ja noch die Zeit, die es dauern würde, Erno vom nächsten Flughafen dorthin zu bringen. Das war weder legal noch sicher.

»Aber dann kratzt er womöglich ab!«

»Tut mir leid«, sagte ich. Ich musste jetzt Runden drehen, bis ich den richtigen Winkel für den Landeanflug hatte. Das schaffst du, das schaffst du, sagte ich mir.

»Erbitte Rettungshubschrauber nach Inchborn«, gab ich über Funk durch, damit sofort ein Helikopter losgeschickt würde.

Nalitha versuchte, Erno wieder wach zu kriegen. Sein Gesicht hatte einen üblen grauen Farbton angenommen, und sie hatte schreckliche Angst, dass er das Bewusstsein nicht wiedererlangen könnte.

»Ich befürchte jeden Moment einen Herzstillstand«, sagte sie. »Erno! Komm schon, Erno!«

Knisternd erwachte das Funkgerät wieder zum Leben. Donald informierte mich darüber, dass der Hubschrauber unterwegs war, und bestätigte noch einmal die Landeerlaubnis für Inchborn.

»Aber bring die Maschine schnell runter«, sagte er. »Ihr habt eine Gewitterzelle direkt hinter euch.«

Das brauchte er mir gar nicht zu sagen, weil ich den Sturm mittlerweile fühlen konnte.

Nalitha versuchte ein paarmal, Inchborn per Funk zu erreichen. Aber da keine Antwort kam, konnten wir den knurrigen Mr MacAleese nicht darüber informieren, dass wir bei ihm vor der Haustür landen würden, und zwar schon in Kürze.

»Vermutlich ignoriert er uns einfach«, sagte ich und konzentrierte mich auf all das, was für eine sichere Landung nötig war.

»Tja, in sechs Minuten wird er uns nicht mehr ignorieren können«, wandte Nalitha ein. »O Gott, Erno, jetzt werd schon wach!« Sie gab ihm einen Klaps auf die Wange. »Ich sollte ihn wirklich in die stabile Seitenlage bringen.«

»Das geht nicht«, versetzte ich streng. »Wir gehen gleich runter, und das wird ziemlich ruckelig. Dafür muss er angeschnallt sein.«

Ich leitete den Sinkflug ein, aber wir waren immer noch viel zu nah dran, es wurde einfach zu knapp. Bei dem kurzen Stück Strand, das mir jetzt blieb, würde ich das niemals schaffen, weder ich noch sonst irgendwer.

Abrupt riss ich das Steuerhorn hoch und zog die Maschine wieder nach oben. Ich würde eine weitere Runde fliegen und es noch einmal probieren. Das war in Ordnung, ein ganz normales Vorgehen, und jeder andere hätte es genauso gemacht.

Meine Hände am Steuerhorn zitterten – aber ich hatte alles im Griff. Jetzt flogen wir direkt auf das zu, was eben noch hinter uns gelegen hatte.

Die Wolken waren mittlerweile riesig wie Hochhäuser, übermächtige, sich auf allen Seiten türmende Ungetüme. Wir sahen sogar Blitze zucken.

»Ach du Kacke!«, murmelte Nalitha.

Ich hatte nicht erwartet, dass das Unwetter mit solcher Geschwindigkeit heranziehen würde. Die Vorhersage heute Morgen hatte es gut tausend Kilometer weiter nordwestlich verortet, über Island, weit weg von uns. Es hätte also gar nicht hier sein sollen, zumindest nicht zu diesem Zeitpunkt.

Normalerweise kann man einer Gewitterfront davonfliegen, ihr seitlich ausweichen, sich darunter ducken, sie in irgendeiner Weise umgehen. Aber in dieser Situation war das nicht möglich. Wir mussten, so schnell es ging, hier landen, während der Zorn eines Rachegotts über uns hereinbrach.

Dollys Motoren stotterten, und sie bockte an einer Stelle, an der warme und kalte Luftmassen aufeinandertrafen. Nalitha und ich wurden hoch- und wieder heruntergerissen, und Erno schlackerte auf seinem Sitz wie eine Puppe.

»Scheiße«, stöhnte Nalitha.

Niemand sonst würde dieses Flugzeug landen können. Nur ich allein.

Kapitel 12

Mit versteinerter Miene versuchte Nalitha immer noch ohne Erfolg, den Mann auf Inchborn zu kontaktieren.

»Schnall dich an«, sagte ich zu ihr.

Donald meldete sich und drängte mich dazu, den Vogel so schnell wie möglich runterzubringen.

»Können wir vielleicht Ballast abwerfen?«, fragte Nalitha.

»Nein«, antwortete ich kurz angebunden. Das hätte selbst dann nicht funktioniert, wenn ich gewollt hätte. Und Nalitha war zwar clever, aber sie kannte Flugzeuge eben nicht so wie ich.

Dolly schlingerte durch die Luft. Es fühlte sich an, als hätte ein Riese nach dem kleinen Flugzeug gegriffen und würde damit spielen. Ich widersetzte mich den Kräften des Wetters und spürte, wie instabil unsere Lage war, wie wir zu kippen drohten. Mit jeder Sekunde wirkten von außen heftigere Kräfte auf uns ein, und mittlerweile war das Brausen des Windes sogar durch die Kopfhörer zu vernehmen.

Ich musste vor allem erst einmal aus diesem Luftstrom raus, bevor er mich so weit abtrieb, dass ich überhaupt nicht mehr würde landen können. Deshalb ging ich mit 45 Grad Schräglage in die Kurve, was *Dollys* alten Streben überhaupt nicht passte. Aber wir mussten einen neuen Landeanflug versuchen und dazu wieder auf den richtigen Kurs einschwenken und an Höhe verlieren. Dass wir auf Inchborn landen würden, war schon schlimm genug. Auf Cairn, wo es Häuser und Scheunen gab, hätte ich das niemals riskiert.

Schon seltsam, aber meine Angst war in diesem Moment nicht mehr präsent, nicht so wie vorher. An den Unglücksflug verschwendete ich keinen Gedanken, stattdessen konzentrierte ich mich voll und ganz darauf, was gerade passierte und was ich dementsprechend tun musste. Die in jahrelanger Ausbildung antrainierten Automatismen setzten ein.

Wir waren viel zu schnell und hatten zu viel Treibstoff für unsere Position. *Dolly* passte es gar nicht, dass sie jetzt so tief flog, daher ging ihr Alarm los, mit dem sie mich drängte, wieder an Höhe zu gewinnen.

Ich sehnte mich verzweifelt nach einer weiteren Chance, wollte mich so gern noch einmal von der Insel entfernen und dann langsam in Spiralen runtergehen. Mittlerweile war allerdings der Himmel um uns herum komplett schwarz, und es fiel heftiger Regen, dicht wie eine Wand. Ich konnte nicht riskieren, in den Scherwind jenseits der Wolken zu geraten, in denen Blitze zuckten. Er hätte unsere kleine Blechbüchse mitreißen und irgendwo anders wieder ausspucken können.

Neunhundert Fuß, achthundert.

Die Insel rückte näher und näher, und da die Sonne durch den enormen, monströsen Schatten verborgen war, der die ganze Welt verschluckt zu haben schien, lag der sonst goldene Sandstrand grau und unheilvoll da. Inzwischen hatte man das Gefühl, dass die ganze Welt nur noch aus diesem Sturm bestand.

Obwohl der Alarm immer lauter schrillte, war ich fest entschlossen, jetzt zu landen.

Erno saß neben mir, war aber bewusstlos, und Nalitha

befand sich irgendwo hinter mir. So still wie in diesem Moment war sie selten.

Bring die Maschine runter, Morag, sagte ich mir selbst. Bring sie einfach runter. Und mit einem Mal zählte nichts weiter: nicht meine Ängste, meine Arbeit, meine Zukunft, nicht einmal Hayden. Auch Gramps oder die Fluggesellschaft nicht, einfach keins all der blöden Probleme in meinem Leben. Es gab nichts weiter als das hier – *Dolly* und ich gegen den Rest der Welt, im Kampf gegen die Elemente.

Dreihundert Fuß, zweihundert. Unsere Geschwindigkeit war zu hoch, wir waren zu nah dran. Aber ich würde das schaffen. Ich konnte das. Ich …

Ganz sanft nahm ich das Gas heraus, stabilisierte die Maschine …

RUMS!

Die Räder schlugen viel zu schnell und viel zu schwer auf, das spürte ich. Das Flugzeug erbebte, protestierte, sprang in die Luft. *Dolly* wollte sich wieder in den Himmel aufschwingen. Sie wollte sich nicht mit der Schwerkraft und den physikalischen Gesetzen der scheinbar zweidimensionalen Welt, der unerbittlich flachen Erde, auseinandersetzen.

Ich konnte sie gut verstehen, denn auch mir stand nicht der Sinn danach. Wir rasten immer noch voran und schlugen wieder hart auf. Am liebsten hätte ich einfach die Augen zugemacht, aber das ging natürlich nicht.

Ein übler Seitenwind erfasste uns, zerrte am Flugzeug und riss uns fast ins Meer. Als ich das auszugleichen versuchte, war ich zu hektisch, sodass wir beinahe mit voller Wucht in die Düne gerast wären. Steine prallten von den Tragflächen ab, mir entfuhr ein Fluch, und ich meinte, von Nalitha hinten einen ähnlichen Ausruf zu hören.

Wenn ich die Maschine bei diesem Tempo zu früh ausrichtete, würden wir ins Trudeln geraten oder uns womöglich überschlagen. Tatsächlich hatte ich aber ein noch viel dringenderes Problem: Der Strand war gleich zu Ende.

Ich warf einen Blick auf die Instrumente. Mir blieben jetzt zwei Möglichkeiten: Ich konnte entweder die Landung abbrechen, Vollgas geben und durchstarten – was unsere Situation aber nicht im Geringsten verbessern würde. Oder ich könnte mit aller Kraft bremsen, die Maschine gerade halten, die Augen schließen und darauf hoffen, dass wir nicht gegen das Kliff am Ende des Strandes rasten.

»Verdammt«, murmelte ich.

Ich bremste, konnte verbranntes Gummi riechen, den Sand spritzen sehen und hörte *Dolly* kreischend protestieren. Es gab einen Knall, und mir wurde ganz anders, als ich begriff, dass gerade ein Reifen geplatzt war. Jetzt hatte ich noch weniger Kontrolle.

»Komm schon«, murmelte ich. »Komm schon, na los, Dolly. Du schaffst das. Du packst das.«

Mit einem Mal ragte vor uns das Kliff auf, füllte riesig und unerbittlich die ganze Frontscheibe aus. Wir schienen einfach nicht langsamer zu werden, als wir auf den grauen Monolithen zurasten. Für dieses Element war unser Flugzeug, das sich in der Luft doch mit solcher Anmut bewegte, eben nicht gemacht. Ich stieß ein Brüllen aus, trat mit aller Kraft die Bremspedale und brachte die Maschine quälend langsam endlich zum Stehen, als ihre Nase praktisch das Kliff berührte.

Eine Sekunde lang herrschte Stille. Ich spürte mein Herz rasen und hatte ganz verschwitzte Achseln. Da die komplette Frontscheibe von grauem Stein eingenommen wurde, wirkte es, als wäre es draußen dunkel, und das Flugzeug erbebte im stärker werdenden Wind. Aber wir waren unten. Wir waren gelandet.

»Der verdammte Mr McArschloch«, sagte Nalitha, aber leise.

Ich konnte bloß nicken. Ganz langsam atmete ich ein und aus, Nase, Mund, Nase, Mund. Dann begann Jubel in mir aufzusteigen: Ich hatte es geschafft, ich hatte es geschafft! Wir waren gelandet!

Schließlich schnallte ich mich ab, sprang auf und schaute erst einmal nach Erno.

Mit zitternden Händen lösten wir auch bei ihm den Gurt und brachten ihn in die stabile Seitenlage. Er sah furchtbar aus – war leichenblass und schwitzte –, aber er atmete und hatte Puls.

Nalitha rannte zum Erste-Hilfe-Kasten hinüber, zog das Sauerstoffgerät heraus und legte es ihm an.

Per Funk meldete ich mich wieder beim Lotsen und bekam zu hören, dass man den normalen Rettungshubschrauber leider nicht hatte losschicken können, weil am Standort mehr als Windstärke acht herrschte. Es war aber ein kleinerer Helikopter unterwegs. In der Zwischenzeit sollten wir Erno gut im Auge behalten und ihn mit Sauerstoff versorgen.

Ich ging nach hinten und machte die Tür auf. Es kam mir vor, als seien wir auf dem Mond gelandet oder auf einem fernen, unwirtlichen Planeten, der uns mit Feindseligkeit in Empfang nahm. Der Wind pfiff mir um die Ohren, und der Himmel war so schwarz wie mitten in der Nacht. Auf dem Strand ließen die Böen den Sand wellenförmig pulsieren. Das Meer sah noch viel Furcht einflößender aus: Es war wie ein tobendes, um sich schlagendes Ungetüm mit Millionen Klauen, das die ganze Welt anbrüllte; ein Biest mit unermesslicher Macht, das in seinem Zorn alles durchrütteln und verschlingen wollte. Was für ein grauenhafter Sturm! Plötzlich drängte sich mir die Frage auf, wie hoch das Wasser mit der Flut wohl steigen würde und wie ich das Flugzeug wenden sollte.

Eins nach dem anderen, sagte ich mir. Ich konnte kaum einen klaren Gedanken fassen, als ich die Maschine umrundete. Regen peitschte mir ins Gesicht.

Endlich konnte ich über den kreischenden Lärm des immer noch zunehmenden Sturms hinweg, der mir in den Ohren schrillte, eine Art flatterndes Geräusch ausmachen. Ich schaute zum Himmel hinauf, wo sich ein Hubschrauber durch das Unwetter kämpfte. Es war eine robuste, leuchtend gelbe Maschine, nicht der Ambulanzhubschrauber, sondern ein Seerettungshelikopter, der für den Kampf gegen Wind und Wetter konstruiert war, dafür, Seeleute inmitten tosender Wellen per Winde hochzuholen.

Plötzlich wurde mir bewusst, dass ich vor Kälte bibberte. Das hatte ich vorher nicht einmal bemerkt, aber jetzt fiel endlich ein bisschen Anspannung von mir ab. Am Steuer so eines Fluggeräts saßen echte Profis, die würden jetzt übernehmen.

Aber noch im selben Moment musste ich mitansehen, wie sich der Helikopter hin und her drehte und nach einer Möglichkeit suchte, über dem Strand runterzugehen. Ich musste mir eingestehen, dass es auch für diesen Piloten schwierig werden würde, auf dem Sand zu landen. Wahrscheinlich sah er sich deshalb nach einem sichereren Platz um. Ich rannte hinauf auf die Kuppe der Düne, wo Binsen und Seegras für einen festeren Untergrund sorgten. Als ich einen flachen Bereich gefunden hatte, der groß genug für die Maschine war, wedelte ich mit weit ausgestreckten Armen.

Meinem Zeichen folgend, steuerte der Pilot die Stelle an, und ich brachte mich schnell in Sicherheit. Die Landung gelang, ohne dass der Helikopter allzu viel Sand aufwirbelte oder darin versank. Während der Pilot am Steuer sitzen blieb, sprang der Rettungssanitäter heraus und hielt sich nicht mit dem Austausch von Nettigkeiten auf.

»Der Patient?«

Der Sanitäter nahm Erno in Augenschein und gratulierte Nalitha (die zu strahlen begann) zu ihren Erste-Hilfe-Maßnahmen. Erno aus dem Flugzeug zu kriegen, würde schwierig werden – da er eben ein großer, korpulenter Kerl war.

Der Sanitäter fasste die Trage an der Kopfseite, während Nalitha und ich das andere Ende nahmen, und dann manövrierten wir ihn so vorsichtig wie möglich die kleine Treppe hinunter, die uns jetzt so steil wie ein Berg vorkam, und hinaus in das Unwetter.

»Ich kann nur eine von Ihnen mitnehmen!«, brüllte der Mann.

Nalitha und ich schauten einander an.

»Jetzt sei nicht albern!«, rief ich über das Tosen des Sturms hinweg. »Ich muss doch bei Dolly bleiben!«

»Aber du könntest mitgehen und dann mit Verstärkung hierher zurückfliegen.«

»Quatsch, bei diesem Wetter kann ich ohnehin nicht fliegen. Außerdem ist ein Reifen geplatzt, da musst du mir erst mal einen neuen schicken, bevor ich die Maschine bewegen kann. Treib einen Reifen auf, hol Gramps aus dem Bett und bring beide zur nächsten Fähre, okay?«

Nalitha nickte, während wir die Trage zum Helikopter schleppten.

Unter der Sauerstoffmaske begann sich Erno langsam wieder zu regen.

Nalitha griff nach seiner Hand, und ich betastete seine Stirn. Er war ganz verschwitzt.

»Gute Besserung!«, sagte ich.

Erno murmelte etwas auf Finnisch vor sich hin.

»Los jetzt«, sagte der Sanitäter mit einem Blick zum Himmel. In der Ferne flackerte etwas auf, vermutlich weitere schnell heranziehende Blitze.

»Wir müssen.« Er schaute Nalitha an. »Das haben Sie gut gemacht.«

Jetzt griff ich nach Ernos Hand. »Es wird alles wieder gut«, sagte ich und drückte sie.

»Wird es, wenn Sie jetzt endlich Platz machen«, sagte der Sanitäter, aber nicht unfreundlich.

Auch der Pilot trieb mit einer Geste zur Eile an. Ich hob die freie Hand zum Gruß in seine Richtung, während der Sanitäter damit begann, die Trage in den Hubschrauber zu schieben.

Als ich Ernos Hand losließ, hob er sie zum Abschied ein kleines bisschen. Nalitha reckte den Daumen in die Höhe, ich tat dasselbe und umarmte sie einmal kurz, bevor sie ebenfalls einstieg.

Dann machte ich mich rasch davon und hielt mir zum Schutz vor aufgewirbeltem Sand die Hand vors Gesicht, während der Helikopter aufstieg und verschwand.

Er war nur ganz kurz am Boden gewesen und wurde jetzt von den dunklen Wolken verschluckt.

Dann erst wurde mir allmählich bewusst, in was für einer schwierigen Lage ich steckte.

Teil 2

Kapitel 13

Mit gerunzelter Stirn sah ich mich um.

Es gab in der Ausbildung viele – wirklich viele – Trainingseinheiten dazu, wie man ein Flugzeug sicher an Land oder auf Wasser runterbrachte.

Aber es gab keinerlei Anweisungen dazu, was man als Nächstes machen sollte. Sobald die Maschine unten war und die Passagiere sie alle mehr oder weniger sicher verlassen hatten, war es das.

Vermutlich sollten jetzt die jubelnden Massen übernehmen und sich die Heldin der Stunde auf die Schultern heben.

Ich zog mein Handy hervor, hatte auf dieser unbewohnten Insel am nördlichen Ende der Welt aber keinen Empfang. Natürlich nicht. Hier gab es nichts weiter als Vögel und den tobenden Sturm.

Okay, aber *ein Mensch* lebte doch auf dieser Insel.

Ich war, ehrlich gesagt, versucht, mich ins Flugzeug zurückzuziehen, den Strom anzustellen und mich dort ein bisschen hinzulegen.

Und sicher hatte Nalitha irgendwo ein paar Muffins versteckt, oder? Aber den Strom würde ich später noch brauchen, wenn morgen früh jemand mit einem neuen Reifen kam, idealerweise mein Großvater, sofern er nicht krank im Bett lag. Ich seufzte, stieg das Treppchen wieder hoch und informierte erst einmal per Funk über unseren Status. Donald drückte mir sein Mitgefühl aus und gab die eher deprimierende Nachricht durch, dass der Sturm bald Windstärke neun, vielleicht sogar zehn erreichen würde.

Ich seufzte. Na ja, zumindest würde Nalitha allen Bescheid sagen, dass wir sicher waren, *Dolly* und ich.

Inzwischen prasselte Hagel gegen die Scheiben des Cockpits, und mir behagte der Gedanke gar nicht, mich wieder da rauszuwagen. Selbst ohne ein Kliff vor der Nase würde die Sicht ganz furchtbar sein, aber ich musste mich auf die Suche nach diesem Mr MacAleese machen, wo auch immer der stecken mochte. Deshalb schnappte ich mir den Regenmantel meiner Freundin, der innen an der Tür hing.

Ich versuchte, mir die genaue Lage des Hauses in Erinnerung zu rufen. Es stand auf der anderen Seite der Dünen, gar nicht weit weg von hier, und die Insel war ja auch so klein, dass man sich nicht groß verlaufen konnte, oder?

Im Flugzeug hatten wir in einem Fach eine große Sturmlampe, die ich jetzt hervorholte.

Wie konnte es nur sein, dass dieser Typ nichts mitbekommen hatte? Da waren schließlich kurz hintereinander zwei Maschinen auf seiner Insel gelandet! Ich versuchte noch einmal auf allen lokalen Frequenzen, ihn zu erreichen. Nichts. Das war wirklich nicht okay von ihm, da er gerade an so einem Tag vor dem Funkgerät sitzen sollte. Was, wenn hier ein Boot an den Klippen zu zerschellen drohte oder, schlimmer noch, eben ein Flugzeug eine Notlandung hinlegen musste?

Eigentlich hätte ich ihn hier draußen mit Signalleuchten gebraucht, aber er ignorierte diesen Teil seiner Aufgaben einfach. So ein dämlicher Festlandidiot! Offenbar hatte er keine Ahnung, wie sehr wir in dieser Gegend alle aufeinander angewiesen waren, in welchem Maße man sich hier auf Nachbarn, Freunde und Kollegen verließ.

Alle standen miteinander in Kontakt – darum ging es auf der Inselgruppe doch. Das war hier kein Feriendomizil für Eigenbrötler. Mit einem Mal wurde mir klar, dass ich all diese Überlegungen so anstellte, als würde ich immer noch in der Nähe wohnen und mit dazugehören. Wobei – in diesem Moment stimmte das ja auch.

Ich starrte mein Handy an, das in diesem Augenblick nur ein nutzloser Klotz aus Plastik war, schlüpfte in den Regenmantel, zog die Schultern hoch und sagte mir streng, dass es doch albern wäre, jetzt zu heulen.

Es war schon ein bisschen lächerlich, sich auf einer Insel zu fürchten, die kleiner war als mancher Stadtpark. Aber es gab ja durchaus Geschichten von Entdeckern, die nur ein paar Schritte von ihrer Hütte entfernt ums Leben gekommen waren, weil sie den Weg zurück nicht mehr gefunden hatten. Und die Sicht war draußen so grauenhaft, dass ich kaum die Hand vor Augen erkennen würde. Außerdem würde der Wind unerbittlich versuchen, mich von den Beinen zu holen.

Aber ich konnte schlecht hierbleiben, wenn dieser faule Sack nicht auf die Funksprüche antwortete. Das Flugzeug wurde ordentlich durchgerüttelt und schwankte daher auf dem Sand, auf dem es ohnehin nicht lange stehen bleiben sollte, erst recht nicht mit einem geplatzten Reifen. Was unseren üblichen Landebereich am Strand anging, kannte ich mich mit den Gezeiten aus, in Bezug auf diese Ecke aber gar nicht. Ich hatte keine Ahnung, ob das Wasser bis ganz nach oben steigen würde. Und unter diesen Umständen konnte ich nicht einmal erkennen, ob der Sand mit Algen bedeckt war, was mir einen Hinweis geben würde. Der Wind heulte, und Donner grummelte.

Okay, sagte ich mir, komm schon, los geht's! Ich zwang mich dazu, aktiv zu werden, bewegte mich aber im Schneckentempo. Vielleicht würde der Sturm ja ein bisschen nachlassen, dachte ich verzagt, während ich die Heizung und das Licht ausmachte, alle Systeme ausstellte. Da nun alle in Sicherheit waren, unterbrach ich schließlich den Funkkontakt.

Als plötzlich Regen und Hagel heftig von der Seite gegen die Maschine prasselten, zuckte ich zusammen. Es war schon verrückt. Dieses dumme olle Flugzeug, dessentwegen wir so oft zur Zielscheibe des Spotts geworden waren, das ich vor langer Zeit zurückgelassen hatte, um neue Horizonte zu erkunden – empfand ich trotz klappernder Fenster und allem anderen doch als gute alte Freundin. Die Vertrautheit mit *Dolly* hatte mich geerdet, mich wortwörtlich zurück auf den Boden geholt. Und obwohl alles andere ganz furchtbar war, erfüllte mich zugleich auch Erleichterung – weil ich der Herausforderung gewachsen gewesen war. Wir waren gelandet, wenn auch nicht sehr elegant.

»Es wird alles gut gehen«, sagte ich zu *Dolly* und klammerte mich an die unrealistische Hoffnung, dass ich damit recht behalten würde.

Dann machte ich die Tür auf und wagte mich nach draußen, wo sich die heulende Finsternis direkt auf mich warf. Ich biss die Zähne zusammen und setzte mich in Bewegung.

Mir kam eine Zeile aus einem alten Buch von Susan Cooper in den Sinn: Morgen wird es schlimmer, als man sich vorstellen kann. Ich war schon über Stürme hinweg und um sie herum geflogen und hatte gelegentlich auch den Ausläufer von etwas erwischt, was sich nicht in die erwartete Richtung bewegt hatte. Aber was da draußen los war, lag wirklich jenseits aller Vorstellungskraft. Die nackte Gewalt des Sturms.

Weil wir gut darauf vorbereitet waren, machten mir persönlich ein paar Turbulenzen nichts aus, obwohl ich natürlich wusste, dass die Passagiere davon nicht begeistert waren. Ich hingegen fand es spannend, in so einer Situation die Maschine unter Kontrolle zu haben und sie möglichst erschütterungsfrei hindurchzumanövrieren. Es faszinierte mich unendlich, wie Luft wirbelte und sich von Hoch zu Tief verschob, von Warm zu Kühl, wie Luftfronten aufeinandertrafen und sich ausbreiteten. Da Luft durchsichtig war, konnten wir ja leider nicht beobachten, wie sie sich bewegte.

Van Gogh allerdings war meiner Meinung nach sehr wohl dazu in der Lage gewesen. Als ich zum ersten Mal sein Gemälde *Sternennacht* sah, war mir sofort klar, dass er da die Luft gemalt hatte und den Wind und wie sich um uns herum alles bewegt. Wir ignorieren einfach, was wir nicht sehen können, und werden dann vom Regen überrascht. Aber wenn wir das wunderbare Hin und Her, das Auf und Ab von Witterungsverläufen verfolgen, wie das Wetter über Flut und Ebbe hinweg, an Sonne und Mond vorbei variiert, dann sehen wir viel klarer. Trotzdem können wir manchmal nicht entkommen.

Von der untersten Stufe aus trat ich in eiskaltes Wasser. Leider trug ich die flachen schwarzen Schnürschuhe, die zu meiner üblichen Uniform gehörten und die in dieser Situation überhaupt nicht zweckmäßig waren. Immerhin hatte ich zwei Paar Strümpfe übereinander an, weil ich im Cockpit immer kalte Füße bekam. Gramps trug bei der Arbeit ausschließlich Fliegerstiefel, was ich vielleicht auch hätte tun sollen.

Ich fluchte, als der Wind mir die Kapuze vom Kopf riss und mit meinen Haaren spielte. Gischt brannte auf meinen Wangen, als ich sie wieder aufsetzte.

Als Erstes warf ich einen Blick auf den geplatzten Reifen. Das Gummi war komplett verschwunden, und es war nur noch die Felge aus Metall übrig, die im nassen Sand feststeckte. So würde es unmöglich sein, dieses Flugzeug zu bewegen. Das war ja, als hätten wir einen Anker geworfen. Während ich das Rad im Licht der Sturmlampe betrachtete, musste ich heranrollenden Wogen ausweichen. Ich würde mit Verstärkung zurückkommen müssen, wenn der Sturm weitergezogen war …

Kurz schaute ich hinaus in die angsteinflößende Finsternis aus brausendem Wasser und hohen Wellen. Bei der nächsten Welle spritzte mir die Gischt bis zur Taille, und dann brauste eine herbei, die so aussah, als würde sie gleich die oberste Stufe der Leiter erreichen. Allmählich wurde es gefährlich, deshalb musste ich vom Strand weg, und zwar schnell.

Ich duckte mich und schob mich unter dem Rumpf hindurch, was ich eigentlich nie tat und was sich selbst jetzt so anfühlte, als würde es Unglück bringen. Dann stapfte ich mit nassen Füßen die Düne hinauf. Kaum hatte ich mich ein paar Schritte vom Strand entfernt, wurde es noch viel schlimmer, denn jetzt traf mich der Sturm mit voller Wucht.

Als ich ein helles Licht über den Himmel wandern sah, spürte ich für eine Sekunde unendliche Erleichterung, weil ich dachte, dass Rettung nahte. Doch dann wurde mir klar, dass ich gerade aus dem Schatten des Kliffs und in den Bereich getreten war, in dem der Strahl des Leuchtturms zu sehen war. Sein automatisches Auge richtete den Blick einen Moment auf mich, um dann weiterzuziehen und die zu warnen, die vielleicht draußen auf See unterwegs waren.

Abgesehen von dem hellen Schein des Leuchtturms, der alle dreißig Sekunden über mich hinwegfegte, war auf der Insel überhaupt kein Licht zu sehen. Zum Glück, dachte ich, bin ich zumindest nicht draußen auf dem Wasser oder wie Erno auf dem Weg ins Krankenhaus. Wenn man das große Ganze betrachtete, gab es arme Seelen, die in diesem Augenblick viel schlimmer dran waren als ich.

Ich versank noch tiefer in dem Regenmantel, an dem das Wasser nur so herunterlief, verfluchte zum hundertsten Mal meine blöden Schuhe und versuchte herauszufinden, wo das verdammte Gebäude stand. Plötzlich wurde mir beim Gedanken an den Hüter der Insel furchtbar mulmig. Dieser Kerl meldete sich nicht, obwohl er doch dazu verpflichtet war, immer per Funk erreichbar zu sein – und Licht brannte bei ihm offensichtlich auch nicht. Was wusste ich überhaupt über diesen Typen? Ich kannte ja nicht einmal seinen vollen Namen, und wer konnte schon sagen, warum jemand so einen merkwürdigen Job annahm?

Mittlerweile fragte ich mich sogar, ob sich dieser Mann überhaupt noch hier auf der Insel befand. War ihm vielleicht irgendetwas Schlimmes zugestoßen?

Ich musste auch daran denken, was mit Archland passiert war, der am weitesten draußen liegenden Insel der Gruppe. Die Leute von dort waren nach und nach auf Inseln mit mehr Bewohnern gezogen, wo es Schulen, Poststellen und so weiter gab, bis nur noch eine einzige Person übrig geblieben war: ein alter Schafhirte, der seine Herde nicht hatte zurücklassen wollen und in einer unbeheizten Hütte ohne Strom oder fließendes Wasser gehaust hatte. Er hatte sich an einem Torffeuer gewärmt, Gemüse und Kartoffeln angebaut und seinen eigenen Käse hergestellt. So hatte er fünfzehn Jahre lang wie ein Einsiedler gelebt, bis eines Tages ein Expeditionsschiff die Insel angesteuert und die Besatzung den Schäfer tot neben einem Mäuerchen gefunden hatte.

In meiner Kindheit hatte Gramps mir davon erzählt, es aber wie eine schöne Geschichte dargestellt. Er hatte behauptet, bei Flügen über die Insel den alten Mann immer noch pfeifen hören zu können, glücklich und zufrieden. Die Schafherde war wohl riesig gewesen, und Gramps war manchmal extra niedrig darüber hinweggeflogen und hatte dem Hirten ein Päckchen Kaugummi hinuntergeworfen oder ihm zugewinkt. Dass er auf der Insel tatsächlich landete, hatte der Schäfer nicht gewollt, da er keinen Bedarf an Gesellschaft gehabt hatte.

»Er war der glücklichste Mensch, den ich je kennengelernt habe«, sagte Gramps gern.

Jamie und ich hatten die Story allerdings grauenhaft gefunden. Wir hatten uns immer vorgestellt, wie der Einsiedler krank geworden war … und noch kränker … Das musste man sich mal überlegen: Vielleicht hatte er genau gewusst, dass er bald sterben würde … ganz allein … Und seitdem spukte der Hirte womöglich in seinem alten Revier herum, musste für immer dort bleiben, auf derselben winzigen Insel, ewig auf ihren Pfaden wandeln. Seine Hütte stand noch und war aus dem Flugzeug zu sehen, war allerdings (für möglicherweise nicht sehr ehrenhafte Zwecke) von der Regierung übernommen worden. Deshalb durfte man auf der Insel immer noch nicht landen. Beträte man die Hütte, so stellten wir uns vor, würde von außen der Schäfer mit seinem Stab ans Fenster klopfen, mit wütenden, funkelnden Augen starren und rufen, dass er ALLEIN SEIN wollte.

Ich schüttelte mich. Es war schon übel genug hier draußen, da brauchte ich mir nicht auch noch mit ausgedachten Geschichten selbst Angst einzujagen. Sicher gab es eine ganz simple Erklärung dafür, dass der Inselhüter noch nicht aufgetaucht war, bestimmt.

Trotz des Regenmantels hatte ich eine Gänsehaut und klapperte mit den Zähnen, weil es wirklich eiskalt war.

Ich kniff die Augen zusammen. Leider strich das Licht des blöden Leuchtturms zu schnell über mich hinweg, als dass ich mich hätte orientieren können. Zwar entschied ich mich jedes Mal für eine Richtung, konnte aber schon im nächsten Moment nichts mehr sehen. Darüber hinaus heulte der Wind wie verrückt. Ich atmete tief durch und versuchte, mir den Anblick der Insel von oben in Erinnerung zu rufen. Das Haus lag vom Strand, an dem ich gelandet war, aus gesehen weiter westlich und der Leuchtturm weiter östlich. Daran orientierte ich mich, weil ich Angst hatte, im Kreis zu laufen. Ich vertrieb die Bilder von *Dollys* wellenumspültem Fahrwerk aus meinen Gedanken und musste mir eingestehen, dass es nichts bringen würde, mich durch Rufen anzukündigen. Bei diesem Getöse hätte mich selbst jemand, der direkt neben mir gestanden hätte, nicht gehört.

Durch den Sturm war es finster wie in der Nacht. Grauenhafter hätte die Situation kaum sein können, und mir blieb nur eins übrig, nämlich, mich mit gesenktem Kopf wieder in Bewegung zu setzen.

Ich dachte zurück an die Bücher über Katastrophen und Antarktis-Abenteurer, die ich als Kind heiß und innig geliebt hatte. So fühlte es sich also an, sich draußen bei Unwetter seinen Weg durch die Dunkelheit zu bahnen. Ich schaute kurz auf, aber das brachte nichts: Es war nichts zu sehen, und das Licht meiner Sturmlampe reichte auch nicht sehr weit.

Ich seufzte. »SHIT!«, brüllte ich in den Wind hinein. »MIST, MIST, MIST, MIST! VERDAMMT NOCH MAL!«

Im nächsten Moment zuckte ich zu Tode erschrocken zusammen, denn plötzlich ertönte ein Geräusch.

Kapitel 14

Es war ein kehliges Glucksen, das seltsamerweise trotz des Sturms deutlich zu vernehmen war. Ein fürchterliches, koboldhaftes Geräusch, das Lachen eines Mannes, der zurückgeblieben war, als alle anderen längst gegangen waren, den die Einsamkeit in den Wahnsinn getrieben hatte oder der vielleicht vorher schon verrückt gewesen war und nur einen Ort gesucht hatte, der zu seinem Wahnsinn passte … Wieder ertönte das Glucksen, und ich musste einen Schrei unterdrücken.

»Wer zum Teufel ist da?«, rief ich, was natürlich sinnlos war. »Wo stecken Sie?«

Mein Herz raste so heftig, dass es mir vorkam, als würde es in meiner Brust hüpfen, und mir brach der Angstschweiß aus. Wild wedelte ich mit der Sturmlampe herum und rief mit klappernden Zähnen: »WER IST DA?«

Der heulende Wind, der prasselnde Regen, das leise Glucksen. Ich riss die Augen auf, musste aber sofort blinzeln. Würde er versuchen, mich anzugreifen? Lachte er über meine missliche Lage und würde mich gleich in die Dunkelheit entführen, mich in der Scheune einsperren oder wer weiß was mit mir anstellen?

Als der Lichtschein der Lampe den Boden streifte, zuckte ich erschrocken zurück, während mir vor Erleichterung Tränen in die Augen schossen.

Vor mir stand ein Huhn, das nicht zu mir aufschaute, sondern einfach nur wütend vor sich hin pickte, als verlange es eine Erklärung dafür, warum die Welt mit einem Mal so dunkel und seltsam und furchtbar war.

»O mein Gott, Frau Henne, Sie haben mich zu Tode erschreckt«, sagte ich und blinzelte die Tränen weg. »Himmel!«

Ich war mir ziemlich sicher, dass sich Hühner nicht weit von dem Ort entfernten, an dem sie ihr Futter bekamen, daher schaute ich mich beim nächsten Aufflackern des Leuchtturmstrahls rasch nach allen Seiten um. In etwa fünfzig Metern Entfernung konnte ich gerade eben die grauen Umrisse eines Gebäudes erkennen.

»Himmel«, seufzte ich, während mir etwas in den Sinn kam, was ich mal über Hühner gelesen hatte. »Guck im Sturm besser nicht hoch«, sagte ich zu dem Vogel. »Sonst füllt sich dein Schnabel mit Wasser, und du stirbst.«

Dann beugte ich mich vor, um mir das Tier zu schnappen. Aber es protestierte mit lautem Gackern und flatterte davon. Weil ich nicht recht wusste, was ich sonst tun sollte, folgte ich ihm.

Beim Erreichen der Tür wurde mir klar, dass ich einen Fehler gemacht hatte. Fürchterlich zerzaust stand ich da, klatschnass und tropfend, wie betäubt, erschrocken, während das Huhn zu meinen Füßen wütend herumgackerte, weil es wohl Futter verlangte. Aber das hier war leider die Hintertür.

Es handelte sich um ein riesiges Herrenhaus aus grauem Stein, das vermutlich zu Anfang des viktorianischen Zeitalters gebaut worden war, als man noch über den georgianischen Stil hinwegzukommen versuchte, und bevor dann alles so schnörkelig wurde. (Ich bin keine Expertin für Architektur.) Aber es war wirklich ein schönes Haus, vermutlich die Residenz des Abtes oder auch eine Unterkunft für Priester, die zu Besuch waren. Die letzten Mönche hatten in den 1850er-Jahren die Insel verlassen, vielleicht angelockt von den hellen Lichtern und Amüsierlokalen von Oban, aber hier hatten immer mal wieder Priester Zeit verbracht, und die Insel war ein Pilgerort, an dem noch bis vor Kurzem religiöse Zusammenkünfte und Konferenzen abgehalten worden waren. Dann hatte die Church of Scotland das Eiland endlich den Landschafts- und Vogelschutzleuten übergeben. Das Haus war so dunkel, dass es leer wirkte, aber zumindest war es seinem Zustand nach noch bewohnt. Es gab eine kleine Hütte, die wohl den Eingang zu einem Kohlenkeller schützte, und mehrere Außengebäude, neben denen Schubkarren und Spaten herumstanden und -lagen.

Die Lider halb geschlossen zum Schutz vor dem Regen, tastete ich mich um das Haus herum, bis meine Fingerspitzen endlich den Rahmen eines großen Erkerfensters berührten – aus dem zum Glück warmes Licht strömte. Ich schaute hinein – und in das Gesicht eines großen, haarigen Mannes, der augenblicklich wie am Spieß zu schreien begann.

Ich habe noch nie jemanden umgebracht. Mir ist bewusst, dass so ein Satz aus dem Mund der meisten Menschen seltsam klingen würde, Piloten stellen so etwas aber durchaus gelegentlich klar. In diesem Moment war es allerdings wohl fast so weit. Und natürlich begann auch ich zu kreischen – da Kreischen offenbar ansteckend ist, was ich vorher nicht gewusst hatte. Und dann wurde mir klar, wie die Sache aus der Perspektive des anderen aussehen musste: Da saß er auf einer unbewohnten Insel gemütlich zu Hause, und plötzlich erschien vor seinem Fenster eine tropfnasse, gruselige, finstere Gestalt.

Ich zog die Kapuze herunter, um klarzustellen, dass ich eben keine Serienmörderin und auch nicht der Geist einer vor langer Zeit Verstorbenen war, und deutete auf die Haustür.

Die Sache war mir unendlich peinlich, als er mir mit hochroten Wangen und entgeistertem Gesichtsausdruck die Tür aufmachte.

»Jesus, Maria und Josef!«, schnaufte er und starrte mich aus weit aufgerissenen Augen an. Die Wärme des Hauses war unwiderstehlich, und ich wollte mich endlich ins Innere retten, Wind und Donner hinter mir lassen.

»Darf ich reinkommen?«, drängte ich.

»Aber … wer sind Sie denn? Wo kommen Sie her?«

Wir brüllten einander über das Heulen des Windes hinweg an, und mir lief ein Schwall Regenwasser in den Nacken.

»Kann ich nicht erst einmal reinkommen?«

Er runzelte die Stirn. »Ich kenne Sie doch gar nicht. Sind Sie etwa ein Geist oder eine Mörderin?«

»Nein«, sagte ich. »Allerdings werde ich womöglich gleich zur Mörderin, wenn Sie mich nicht endlich reinlassen.«

In diesem Moment gelang es ihm schließlich, sich ein bisschen zusammenzureißen. Er trat einen Schritt zurück und ließ mich in den Flur, dessen Steinfußboden ich sofort vollzutropfen begann.

»Woher kommen Sie denn bloß?«, fragte er mit anklagendem Tonfall. »O mein Gott, gab es ein Schiffsunglück, wurde ein Boot angespült? Sind da draußen noch mehr Menschen?«

Er erkannte mich nicht wieder, was deutlich machte, wie

mitgenommen ich nach meinem Marsch durch das Unwetter aussehen musste.

»Das wäre durchaus möglich«, versetzte ich. »Aber davon würden Sie natürlich nichts mitbekommen, da ja Ihr *Funkgerät nicht eingeschaltet ist!*«

Wieder runzelte er die Stirn.

Ich zitterte und bückte mich erst einmal, um mir die Schuhe auszuziehen, wodurch noch mehr Wasser auf den grauen Fußboden lief.

»Das Funkgerät ist kaputt«, erklärte der Mann. »Das hat mir Fraser einfach so hinterlassen. Ich will ja eine Bestellung für ein Ersatzteil aufgeben, aber mit einem kaputten Funkgerät ist das ... gar nicht so einfach.«

Ich zwinkerte ein paarmal und zog mir den Regenmantel aus.

»Deshalb will ich einen Brief an den Hersteller schreiben und ihn bei der nächsten Gelegenheit den Leuten von der Fähre oder dem Flugzeug mitgeben – oh!« Jetzt hatte er mich endlich erkannt. »Moment mal, ich weiß, wer Sie sind! Sie sind die Pilotin! O mein Gott! Sind Sie etwa abgestürzt?«

»Nein«, antwortete ich ein wenig steif. »Durch mein routiniertes Handeln konnte ich die Maschine perfekt landen, vielen Dank auch.«

Er blickte in die früh eingebrochene Dunkelheit hinaus. »Und da draußen ist sonst niemand mehr?«

»Nein, ich bin allein. Wir hatten einen medizinischen Notfall, aber der Hubschrauber konnte die anderen evakuieren ... Haben Sie davon allen Ernstes nichts mitgekriegt?«

Ich hielt einen Moment inne, um zu lauschen, aber sofort war mir klar, dass man hier drinnen nur den Wind hörte, der ums Haus fegte, und das Klappern der alten Fenster, gegen die eine Mischung aus Regen und Hagel schlug. Dazu kamen noch das Knistern eines Feuers und leise, sanfte Musik in einem anderen Raum … Das klang wie Neil Young.

Der Mann schüttelte den Kopf und sammelte sich erst einmal. »O mein Gott, dann mal los, kommen Sie herein! Es tut mir so leid … Ich wollte Sie nicht tropfend hier stehen lassen, und Sie müssen wirklich aus den nassen Sachen raus … Möchten Sie vielleicht ein Bad nehmen? Es müsste eigentlich genug Wasser da sein …« Er überlegte einen Augenblick. »Ja, das reicht auf jeden Fall, schließlich versuche ich normalerweise, nicht zu viel zu verbrauchen. Haben Sie Hunger?«

»Vermutlich haben Sie Eier da, oder?«

Wieder das Stirnrunzeln. »Woher wissen denn …? Verdammt, ist mit den Hühnern alles in Ordnung?«

»Ich hatte sogar den Eindruck, dass sie begeistert sind«, antwortete ich. »Aber ich bin auch nur einem von ihnen begegnet.«

»Ah, das war wahrscheinlich Barbara. Die nörgelt immer rum und zieht dann allein los.«

»Ja, das passt …«

Der Mann trug eine uralte Hose aus Baumwolle und einen Fair-Isle-Pullover, der eigentlich mehr Loch als Pullover war. Darunter konnte man ein altes Karohemd erkennen, an dem mehrere Knöpfe fehlten. Er hätte dringend mal zum Friseur gemusst, und auch der wuchernde Bart hätte mal gestutzt werden können. Damit war er das ganze Gegenteil von Hayden, wie mir kurz durch den Kopf schoss – und sein Gesichtsausdruck wirkte genauso genervt wie bei seinem Flug mit uns.

Er bemerkte, dass ich ihn musterte. »Heute hatte ich eigentlich nicht mehr mit Besuch gerechnet«, sagte er zu seiner Verteidigung.

»Ich bin mir sicher, dass ich auch schon besser ausgesehen habe«, erwiderte ich.

Er schnaubte, was ich nicht gerade hilfreich fand.

»Ich bin übrigens Morag«, sagte ich.

»Gregor«, kam von ihm zurück, dann wandte er sich ab und lief den Flur entlang.

Das Innere des Hauses war alt und sehr, sehr schäbig. Da hier immer nur vorübergehend Leute wohnten, war ihnen wohl egal, ob das Gebäude nett eingerichtet war oder nicht, ob es adrett und gepflegt aussah. Von den Lampen aus Messing hing leider die Hälfte der Kabel schlaff an der Wand, und alle waren voll mit Staub und Spinnweben. Keinerlei Bilder zierten die Wände, und der Flur war insgesamt kalt und freudlos.

Gregor entging mein fassungsloser Gesichtsausdruck nicht. »Soll ich Sie vielleicht lieber in den Ostflügel führen?«

»Was?«

»Oh, Sie sahen gerade so aus, als wären Ihnen die Räumlichkeiten nicht genehm.«

»Es ist bloß …« Ich sah mich um. »Sorry, von außen wirkt es einfach so majestätisch.«

»*Aye*, na ja, es ist, wie es ist«, sagte er. »Und nein, der Aufenthalt hier wird nun wirklich nicht als Luxusurlaub angepriesen.«

»Hm, wenigstens ist es dann nicht so schlimm, wenn ich Ihnen alles volltropfe.«

»Oh, *aye*. Stimmt.«

Das Badezimmer war grauenhaft, mit avocadogrünen Einbaumöbeln, die jahrzehntealt waren, und eiskaltem, rissigem Linoleumfußboden.

Hier und da lagen Reste von rosafarbener Seife herum, und der Wind zerrte mit unheilvollem Rattern am Fenster mit der großen Milchglasscheibe. Das alles störte mich längst nicht mehr so, als Gregor einen altmodischen und vermutlich furchtbar gefährlichen Wärmestrahler einschaltete, der in einer Ecke unter der Decke hing und in einem alarmierenden Orange erglühte. Aber wenigstens erwärmte er den Raum schnell.

Die großen Handtücher waren schon zigmal gewaschen und geflickt worden, wodurch sie aber ganz weich geworden waren. Und zu meiner Überraschung füllte sich auch die Wanne mit Klauenfüßen schnell mit dampfendem, heißem Wasser. Na ja, wenn man sich den Wasserdruck nicht mit anderen zu teilen brauchte … Und vielleicht nahm dieser Typ auch einfach nie ein Bad. Ich wusste, dass Fraser darauf jedenfalls keinen besonderen Wert legte.

Gregor verschwand, kehrte nach ein paar Minuten zurück und klopfte sanft an die alte Badezimmertür, die kein Schloss hatte, da Priester so etwas wohl nicht brauchten. Mit entschuldigendem Lächeln kam er herein.

»Tut mir leid«, sagte er. »Ich hab ein bisschen herumgesucht. Es gibt im Haus jede Menge Kleidung, die hier zurückgelassen wurde, aber die Sachen sehen alle ungefähr so aus.«

»Die stammen also von … äh … einem toten Mönch?«

»In der Stadt wäre das vermutlich ein durchschlagendes Verkaufsargument, wegen der Authentizität.«

Über diesen Witz musste ich ein wenig lächeln.

Gregor übergab mir einen sauberen alten Flanellschlafanzug mit Streifen und einen großen, weichen Strickpullover in Grau, bevor er sich wieder zurückzog.

So langsam hörte ich auf zu zittern, dafür begannen meine tauben Finger schmerzhaft zu prickeln.

Als Erstes warf ich einen Blick in den großen Badezimmerschrank – nicht aus Neugier, sondern eher aus Gewohnheit. Okay, aus Neugier, aber trotzdem. Das machen doch alle, oder?

Zu meiner Überraschung befand sich darin ein Badespaß-Geschenkset. Ich kniff die Augen zusammen. Das konnte doch nicht sein, oder? Im ersten Moment fragte ich mich, ob dieser Gregor vielleicht im Regen Frauen hierherlockte und ihnen dann ganz unschuldig vorschlug, doch ein Bad zu nehmen … Dann wurde mir klar, wie unwahrscheinlich es war, dass er Erno irgendwie aus der Ferne vergiftet und darauf gehofft hatte, dass ich ausgerechnet auf seiner Insel landen würde. Ich schaute mir das Präsentset mal genauer an. Es war so alt, dass die Badeschaum-Kugel mittlerweile zu Staub zerfallen war. Wahrscheinlich stammte es aus einer Zeit, in der hier ein Paar zusammen die Stellung gehalten hatte. Vielleicht hatten die beiden gedacht, dass sie gemeinsam schöne Schaumbäder nehmen würden, bevor alles mit generellem Schweigen und monatelangem Groll geendet hatte.

Egal, jetzt waren sie jedenfalls nicht hier, und falls mich jemand dessen bezichtigen sollte, ihre Badeprodukte gestohlen zu haben, ersetzte ich sie gern. Ich entkorkte ein Fläschchen des Sets – das den Raum augenblicklich mit dem wunderbaren Duft weißer Magnolien erfüllte – und schüttete den kompletten Inhalt ins Badewasser, das wie verrückt zu brodeln und zu dampfen begann.

Hier im Badezimmer gab es auch ein Bücherregal. Wie sich später zeigen würde, stand tatsächlich in jedem einzelnen Raum des Hauses – mindestens – eins, genau wie sich auf jeder mehr oder weniger freien Fläche Bücher stapelten: auf Stufen, im Treppenhaus, unter und neben den Betten.

Ich ging die Titel im Badezimmerregal durch und entdeckte ein altes Buch von Jilly Cooper, das zwischen dem *Vogelführer der nördlichen Inselgruppen* und Wisdens Cricketbibel aus dem Jahr 1974 steckte.

Jetzt streifte ich endlich meine nassen Sachen ab und legte sie zum Trocknen unter den Wärmestrahler, der wie ein Hochofen glühte. Dann sank ich mit meinen erschöpften, schmerzenden, adrenalindurchfluteten Gliedern in die große Wanne mit dem duftenden, kochend heißen Wasser.

Oh, was für ein Bad! Es gehörte zu den schönsten Momenten meines ganzen bisherigen Lebens. Der Schaum hüllte mich ein wie eine große, flauschige Bettdecke.

»Ich bin in der Wanne!«, rief ich, als wieder an die Tür geklopft wurde.

Gregor antwortete: »Okay«, hielt sich mit einer Hand die Augen zu und schob sich gerade weit genug in den Raum herein, um in meiner Reichweite ein Glas Whisky abzustellen.

Kapitel 15

Erstaunlicherweise hatte der Wärmestrahler meine Unterwäsche in null Komma nichts getrocknet, daher wollte ich lieber nicht daran denken, wie viel Strom der zog.

Als ich in den Flanellschlafanzug und den alten Pullover gehüllt wieder nach unten ging, fühlte ich mich nach dem Bad und dem Whisky ganz schläfrig und ein wenig benommen.

Mein Verstand wusste natürlich, in was für einer üblen Lage ich mich hier befand, und meine Gedanken überschlugen sich wie kleine Flugzeuge, die in die Tiefe trudelten. Aber, so rief ich mir in Erinnerung, wir waren eben nicht in die Tiefe getrudelt. Wir hatten nicht in dem kleinen Flugzeug gesessen, das es nicht geschafft hatte. Stattdessen hatte ich effektiv gehandelt, hatte *Dolly* im Unwetter runtergebracht, und so Gott will, würde auch Erno wieder gesund werden. Selbst diese Hoffnung konnte allerdings die Gedanken nicht aufhalten, die alle zugleich auf mich einprasselten. O Gott! Und ich konnte jetzt nichts – absolut gar nichts – mehr tun.

Das wütende Klappern der Fensterrahmen ließ keinen Zweifel daran, dass draußen der Sturm weiter tobte. Aber ich durfte mir nicht erlauben, darüber nachzugrübeln. Da mein Handy weiterhin nur ein nutzloser Klumpen Plastik war, konnte ich außerhalb dieses merkwürdigen Hauses momentan nichts ausrichten, zumindest so lange nicht, bis das Unwetter weitergezogen war. Mir war bewusst, dass jetzt so einiges auf mich zukam: Ich würde mich um das Flugzeug und die Ersatzteile und meine Arbeit kümmern müssen, und – o mein Gott! – auch um Hayden, und würde dann beruflich wieder Fuß fassen müssen. Das war ganz schön viel auf einmal. Aber jetzt, genau in diesem Moment, konnte ich nichts unternehmen. Hier konnte ich für die Arbeit nichts tun, und ich konnte auch nirgendwo anders hin. Es war ein seltsames Gefühl, das aber nicht anhalten würde, so viel war klar.

Schüchtern klopfte ich an die Wohnzimmertür und öffnete sie, betrat allerdings einen leeren Raum. Mittlerweile war mir ein bisschen schlecht, aber wenigstens war dieses Zimmer wunderbar gemütlich. Vor dem Erkerfenster waren jetzt Vorhänge zugezogen. Das war wirklich die beste Art und Weise, den üblen Regen auszusperren, wie auch weitere durchnässte Monster, die womöglich aus dem Sturm auftauchen würden.

Der Raum war vom Boden bis zur Decke mit Einbauregalen voller Bücher gesäumt. Die Regalbretter, von denen jedes mit zwei oder drei Reihen Bücher vollgestopft war, hingen in der Mitte ein bisschen durch. Klar, wenn man hier den Winter über feststeckte, musste man sich wohl aufs Lesen verlegen – Netflix gucken ging jedenfalls nicht.

Da Gregor immer noch nicht auftauchte, sah ich mich weiter um und entdeckte einen altmodischen Plattenspieler. Da kam also die ein wenig kratzige Musik her, die ich vorhin schon gehört hatte. Einen Moment lang betrachtete ich fasziniert, wie sich die Vinylscheibe darauf drehte.

So ein Gerät hatte Gramps auch, benutzte es allerdings nie.

Ich ließ mich in einen erstaunlich bequemen alten Rosshaarsessel sinken. In der Hand hielt ich noch immer das Glas mit einem letzten Rest Whisky. Zu meiner eigenen Überraschung wäre ich beinahe eingeschlafen, so fertig war ich. Aber genau in dem Moment, in dem mein Kopf nach vorne sank, blitzte es jenseits der Vorhänge, und dann ertönte ein dröhnender Donnerschlag, der Adrenalin durch meinen Körper schickte und mich hochfahren ließ. Jetzt saß ich kerzengerade da, während all die Gedanken zurückkehrten. O mein Gott. O mein Gott. Was würde nur als Nächstes passieren? Ging es Erno gut, oder war er womöglich tot?

Ich rief mir in Erinnerung, dass er ja mit Nalitha geredet und mir zugewinkt hatte, daran, dass der Sanitäter nicht besonders besorgt gewirkt hatte. Bestimmt würde Erno wieder gesund werden. Auch wenn mir mein Verstand, dieser alte Verräter, etwas anderes einzuflüstern versuchte. Mittlerweile lag Erno irgendwo warm und sicher im Bett, genau wie Nalitha auch.

Und dann dachte ich an *Dolly*. Himmel, was, um alles in der Welt, ging da draußen nur ab? Es war weiter Donnergrollen und das Prasseln des Regens zu hören. Wie konnte nur derart viel Wasser auf so ein kleines Stückchen Land herabfallen? Es wollte gar nicht mehr aufhören. Ich konnte die arme kleine Maschine direkt vor mir sehen, stellte mir vor, wie sie immer tiefer in den durchnässten Sand sank, wie der seitlich blasende Wind sie erfasste, sie in immer stärkere Schieflage geriet und schließlich kippte, in die Wellen stürzte. Die würden sie ganz sanft aufs Meer hinaustragen, sie würde an Seehunden, Walen, die sie interessiert beäugten, und Kreaturen der Tiefe vorbeischwimmen. Vielleicht würde sie sich ja bei solch einer Reise durchs wirbelnde dunkle Wasser genauso neugierig zeigen wie oben am Himmel. Korallen würden auf ihren Tragflächen wachsen, man würde in ihrem Inneren die Aale nicht mehr von den im Wasser schwebenden Sicherheitsgurten unterscheiden können …

Jetzt reiß dich aber mal zusammen!, sagte ich mir selbst. Du führst dich ganz schön albern auf. Solche Gefühle hatte ich im Leben noch keinem anderen Flugzeug entgegengebracht. Airbusse – A320er – unterschieden sich durchaus voneinander, und es gab unter ihnen solche, die ich lieber flog als andere. Aber ich hatte zu diesen Maschinen keine emotionale Beziehung. Sie waren einfach nur Objekte, mit denen ich arbeitete wie mit einem Laptop oder Werkzeugkasten.

Dolly hingegen … Ich musste daran denken, wie ich als ganz kleines Mädchen aufs Rollfeld hatte laufen wollen. Hinter mir hatte Gramps laut gerufen, dass ich niemals die Landebahn überqueren durfte.

Dann hatte er mich bei der Hand genommen und mich zum Flugzeug geführt, das für mich damals riesig ausgesehen hatte … Ich erinnere mich noch genau daran, wie ich ihre Stufen erklommen hatte, auf jeder einen Moment verharrt hatte, dann ins Cockpit gegangen war und mit baumelnden Beinen auf einem der Sitze aus Leder Platz genommen hatte. Damals hatten meine Füße den Boden noch nicht berührt. Und das war von Vorteil gewesen, weil die Seitenruderpedale *unter keinen Umständen* angerührt werden durften.

Und jetzt befand sich *Dolly*, die doch Gramps' ganzer Stolz war, mutterseelenallein da draußen, wurde vielleicht aufs dunkle Meer hinausgezogen, war ruiniert und damit auch unsere Firma, all unsere Träume und Pläne – wie grauenhaft! Wie sollte ich das den anderen nur beibringen? Es würde doch jeder denken, dass es meine Schuld war. Vielleicht sogar, dass ich es mit Absicht gemacht hatte, um nicht länger für die Fluggesellschaft arbeiten zu müssen, damit Gramps sie endlich verkaufte. Inzwischen hatte sich bestimmt längst herumgesprochen, dass Callum Frost da gewesen war. Ich musste schlucken, während Tränen in mir aufstiegen.

Und mal abgesehen von alldem steckte ich hier auch noch ohne Funkgerät oder Handy fest. Okay, Nalitha würde den Leuten von der Fähre Bescheid sagen. Ja, sobald sie aus dem Hubschrauber gestiegen war, hatte sie bestimmt alle informiert, und man würde mich morgen holen.

Ich mahnte mich, mich zu beruhigen. Doch anscheinend hörte ich nicht auf mich selbst, denn ich zitterte und war in einer Spirale aus Panik gefangen.

Die Tür wurde aufgeschoben, und Gregor kam mit Tellern und Besteck rückwärts herein. Als er sich umdrehte, entging ihm mein Gesichtsausdruck nicht. »Was ist denn los?«

»Ich mache mir Sorgen um mein Flugzeug«, sagte ich mit brechender Stimme.

Er runzelte die Stirn. »Sind denn nicht alle in Sicherheit?«

»Doch, aber … es geht mir um die Maschine selbst.«

Er zog die Augenbrauen nur noch mehr zusammen. »Ist das etwa … ein magisches Flugzeug? Das eine Seele hat?«

»Nein!«, antwortete ich eingeschnappt.

»Okay«, sagte er. »Es sind also alle Personen gerettet?«

»Ja, aber die Fluggesellschaft meines Großvaters ist vielleicht ruiniert!«

»Aber Ihnen geht es gut?«

Ich zuckte mit den Achseln. »Da bin ich mir nicht so sicher.«

Er senkte die Lider und stellte einen der voll beladenen Teller vor mir ab. »Tut mir leid, aber ich kann mich einfach nicht dazu aufraffen, für einen Haufen Schrott Mitgefühl und Sorge aufzubringen. Und jetzt essen Sie erst mal was.«

Ich folgte seinem Blick. Der Teller dampfte ein wenig und verströmte köstliche Gerüche. Darauf lagen braun getoastetes kräftiges Brot, von dem geschmolzene Butter lief, und auf einer riesigen Portion Rührei zwei Stücke Lachs.

»Oder sind Sie Vegetarierin?«, fragte er, als ich das Essen unter die Lupe nahm.

Er wirkte ein wenig trotzig, so als würden wir ein ernsthaftes Problem bekommen, wenn ich mich als Vegetarierin entpuppte, nachdem er mir einen Teller mit Essen fertig gemacht hatte.

»Nein«, sagte ich.

Seltsamerweise schien mein Körper zu wissen, dass er Nahrung brauchte, und jetzt wurde mir auch bewusst, dass ich ja seit dem Frühstück nichts mehr zu mir genommen hatte. Außerdem scheint wohl nichts den Appetit mehr anzuregen als eine Notlandung mit einem Sturm im Nacken.

Meine Panik begann zu schwinden, als ich einen Happen aß und augenblicklich den nächsten Bissen hinterherschob. Ganz anders als das wabbelige rosafarbene Zeug aus dem Supermarkt war der geräucherte Lachs würzig und hatte Biss, das reichhaltige Rührei war cremig und mit ordentlich Salz gewürzt. Auf dem nussigen Brot war die Butter im genau richtigen Maße geschmolzen.

»Das ist ja unglaublich!«, rief ich aus.

»Tut mir leid, dass ich keine Zitronen dahabe«, sagte er.

»Es hat mal jemand fürs Treibhaus ein Zitronenbäumchen mitgebracht, das aber nie Früchte trägt.«

Ich schüttelte den Kopf. »So ein Lachs hat das gar nicht nötig. Zitronensaft braucht man nur, um bei dem billigen Zeug den Geschmack zu überdecken. Aber der hier …« Ich ließ kurz die Gabel sinken. »Haben Sie den etwa selbst geräuchert?«

Er zuckte mit den Achseln und setzte einen bescheidenen Gesichtsausdruck auf. »Ach, na ja, der Räucherschrank war ja schon da. Das ist nicht mein erster Aufenthalt auf Inchborn.«

»Der ist echt lecker. Und die Eier … sind die von Barbara?«

Wieder das Achselzucken. »*Aye*, vielleicht. Und vermutlich von Karen. Die ist eine wirklich gute Legehenne.«

»Haben Sie denen die Namen gegeben?«

Er kratzte sich nur schweigend am Kopf, während ich weiteraß. So simpel und einfach diese Mahlzeit auch war: Sie gehörte zu den köstlichsten, die mir je untergekommen waren. »Und das Brot haben Sie auch gebacken?«

»Ja.«

»Haben Sie hier einen Brotbackautomaten?«

»Ist das etwa ein Verhör?«

Jetzt blieb auf dem Teller nur noch eine Zutat, über die wir noch nicht gesprochen hatten. »Aber die Butter ist nicht selbst gemacht, oder?«

Er zuckte mit den Achseln. »Wie gesagt, ich war vorher schon mal hier. Deshalb nutze ich mittlerweile die ersten paar Tage, um so viele Vorräte wie möglich anzulegen.«

»Ich wusste nicht, dass es auf dieser Insel eine Kuh gibt.«

»Nein, natürlich gibt es hier keine Kuh.«

Ganz langsam legte ich das Brot zurück auf den Teller. »Und woher stammt diese Butter dann?«

»Manchmal lässt Lindsay hier welche von seinen Schafen weiden«, sagte er leise.

»Ist das so gedacht?«

»Dadurch bleibt das Gras schön kurz, und es ist einfacher als mähen.«

Ich wusste, dass die Lindsays einen Hof auf Cairn hatten, der nächsten Insel der Gruppe in Richtung Süden.

»Und dafür bringt er die Tiere extra mit dem Boot rüber?«

»Für die ist das wie ein kleiner Ausflug, auf den sie sich richtig freuen.«

»Ach, echt?«, sagte ich mit gerunzelter Stirn. »Die betätigen sich also als Rasenmäher, und Sie melken sie?«

»Im Gegenzug für das köstliche Gras hier«, protestierte er, »erscheint mir das doch wie ein fairer Tausch.«

Ich schob den Teller von mir weg.

»Ach, jetzt stellen Sie sich mal nicht so an.«

»Tu ich ja gar nicht«, behauptete ich. Und ob ich mich anstellte!

»Sie können also im Sturm ein Flugzeug auf einem Strand landen, aber Sie haben ein Problem mit Schafbutter, obwohl sie gerade die Periode eines Huhns und Stücke von einem toten Fisch gegessen haben?«

Da konnte ich schlecht etwas einwenden, und mir war sowieso klar, dass ich dem Rest der Scheibe nicht lange würde widerstehen können, weil sie so knusprig und lecker war. Ich schloss die Augen, als ich mit einem letzten Happen verspeiste, was noch übrig war: den aromatischen Lachs und die seidigen, cremigen Eier auf dem nussigen Brot. Es war einfach himmlisch, und ich betrachtete den leeren Teller ein wenig bedauernd.

»Danke«, sagte ich und meinte damit mehr als nur das

Essen. Dann erhob ich mich mit einem Seufzen und bot an, die Teller in die Küche zu bringen.

»Nein, lassen Sie die ruhig stehen«, sagte Gregor.

»Das ist doch kein Problem.«

»Ich mach das später.«

Also stellte ich sie auf den Tisch, behielt sie aber im Auge. Mir war es eben wichtig, immer alles ordentlich wegzuräumen. »Haben Sie eine Spülmaschine?«, fragte ich höflich.

Er schnaubte, griff dann nach einem dicken Buch und setzte eine Brille auf, die älter aussah als er selbst. Als er es sich unter einer Lampe bequem machte, drängte sich mir die Frage auf, ob er die Brille wohl hier im Haus gefunden hatte.

»Sie können oben im zweiten Zimmer links schlafen«, sagte er. »Das hab ich für Sie fertig gemacht.«

»Äh, danke«, sagte ich. »Aber ich müsste mir erst einmal das Funkgerät anschauen, damit ich mich melden und Bescheid sagen kann, dass mit mir alles in Ordnung ist.«

»Wie bereits gesagt, ist daran etwas kaputt«, stellte er noch einmal klar, »weshalb ich Ersatzteile vom Festland brauche.«

Ich warf ihm einen strengen Blick zu. »Ich kann nicht fassen, dass die diesen Job jemandem gegeben haben, der keine Funkgeräte reparieren kann. Sie können aus Schafmilch Butter machen, aber kein Funkgerät reparieren? Das war doch sicher eine der Voraussetzungen für diese Arbeit, oder nicht?«

Er setzte die Brille ab. »Ich habe einen Abschluss in Geschichte und Biowissenschaft, über zehn Jahre Erfahrung in diesem Bereich und einen Doktortitel in Vogelkunde von der University of the Highlands and Islands.«

»Und können kein Funkgerät reparieren. Ist das überhaupt Ihre eigene Brille?«

»Was hat das denn damit zu tun?«

»Nichts. Können Sie mir wenigstens sagen, wo ich das Funkgerät finde?«

Er seufzte. »Reicht es Ihnen nicht, dass ich Sie gerettet, Ihnen Schutz vor dem Sturm geboten und etwas zu essen gemacht habe?«

»Meinen Sie damit, dass Sie mich nicht da draußen haben sterben lassen?«, fragte ich. »Hätten Sie dafür vielleicht gern einen Lutscher? Außerdem wäre es doch eine nette Geste, wenn ich Ihnen zum Dank das Funkgerät repariere.«

Er schaute mich nur wenig beeindruckt an.

Tatsächlich war ich ihm wegen des Bades und des Essens zu ewigem Dank verpflichtet, was ich aber nicht zum Ausdruck bringen würde, weil er mich behandelte wie eine Wildfremde und sich so benahm, als würde er so etwas jeden Tag machen. Dabei vermittelte er mir gleichzeitig den Eindruck, dass ich hier ein Störfaktor war.

Natürlich war ich sowohl eine Wildfremde als auch ein Störfaktor, aber das brauchte er mich doch nicht so deutlich spüren zu lassen.

Gut, ich musste zugeben, dass ich vielleicht etwas zu schnippisch gewesen war. Aber ich hatte wirklich einen üblen Tag hinter mir, und auf Männer war ich in diesem Moment auch nicht gut zu sprechen. Während ich meine gestreifte Schlafanzughose aus Flanell betrachtete, wurde mir plötzlich etwas klar: Es gab noch einen weiteren Grund für meine miese Laune. Es ärgerte mich, dass ich, eine stets hochprofessionelle Pilotin, so übel ausgesehen hatte und er mich daher für ein Wesen der Nacht gehalten hatte. Das war natürlich Unsinn, aber ich hatte mich vor dem Bad ja selbst im Spiegel gesehen. Meine Haare waren so verfilzt gewesen wie die Mähne einer Hexe, die Wimperntusche war mir über die Wangen gelaufen, meine Augen waren winzig und blutunterlaufen gewesen, die Lippen bleich und rissig von der Kälte und dem Rumgebrülle im Sturm und so weiter. Ja, ich hatte wirklich übel ausgesehen, wie eine verrückte Katzenlady.

Mein Gastgeber war doch selbst ein unattraktiver Typ mit Bart, löchrigem Pulli und ständig gerunzelter Stirn. Trotzdem schien er mich jetzt für eine wahnsinnige, dämliche alte Tussi zu halten, für die er seine Zeit nur ungern opfern wollte.

Sah mich Hayden etwa auch so? Als zerzaustes, unattraktives Wesen, als die langweilige alte Morag, die im Vergleich mit blonden Prachtweibern kaum die Aufmerksamkeit wert war? Meine Vorstellung von der Frau, mit der Hayden bei seinem unbeabsichtigten Anruf gesprochen hatte, hatte ich nach und nach mit immer mehr Details ausgeschmückt. Allmählich hatte sie die Gestalt einer skandinavischen 1,80-Amazone mit makelloser Haut, perfekter Figur und glänzendem blondem Haar angenommen.

Selbst dieser seltsame Freak, der hier ganz allein fast wortwörtlich am Ende der Welt hauste, reagierte in keinster Weise auf mich als Frau ... Da war es wohl nicht überraschend, dass auch Hayden ein bisschen abgelenkt war, oder?

War es bescheuert von mir gewesen, die ganze Zeit zu glauben, dass ich bei ihm eine echte Chance hatte?

Natürlich hatte ich gerade ganz andere Sorgen, aber ... Na ja, es war mir eben aufgefallen. Weil ich mich natürlich schon fragte ...

»Zeigen Sie mir doch einfach mal Ihr Funkgerät«, bat ich mit demütigerem, resigniertem Tonfall.

Er schaute kaum von seinem Buch auf. »Warum glauben

Sie mir eigentlich nicht?«, fragte er. »Denken Sie wirklich, dass ich nicht auf Ihren Notruf reagiert habe, weil ich gerade im Kino war?«

»Nein«, sagte ich. »Und das mag für Sie jetzt überraschend kommen, weil Sie sich das vielleicht nie erträumt hätten, aber manche Frauen können durchaus ein Funkgerät reparieren.«

Er kniff die Augen zusammen und nahm die Brille ab, der ich mit Blicken folgte, wie ihm nicht entging. Dann stand er auf.

»Und wenn ich schon mal hier bin, kann ich auch die gleich mitnehmen«, sagte ich und griff nach den schmutzigen Tellern.

Er starrte das Geschirr an. »Okay«, sagte er schließlich. »Soll ich vielleicht auch noch Ihren Namen mit auf den Vertrag setzen?«

Dann wandte er sich ab und verließ das Wohnzimmer.

Ich folgte ihm und verfluchte mich selbst dafür, so miese Stimmung verbreitet zu haben. Aber ich musste unbedingt allen Bescheid sagen, dass es mir gut ging.

Kapitel 16

Sobald wir uns vom Kamin entfernten, erschien mir der Rest des Hauses eiskalt, ganz anders als in dem Moment, in dem ich hier angekommen war. Im ersten Augenblick hatte ich es so warm gefunden, aber jetzt bibberte ich und versank tiefer in dem alten Pullover.

Wir liefen durch den Flur mit dem Steinfußboden zur Küche, die nach hintenraus lag. Ich musste an die Küche von Gramps denken, weil mir ein orangefarbenes Glühen verriet, dass auch hier im Herd immer ein Feuer brannte.

Es gab eine große Anrichte mit Geschirr und einen offenen Vorratsschrank mit uralt wirkenden Dosen, Seifenpulver und alten Einmachgläsern mit Sirup, Marmelade, Eingekochtem und Eingelegtem, alles mit Etiketten versehen, auf denen das Datum notiert war. Diese Küche war zwar dunkel, aber nicht freudlos.

Gregor ging weiter und durchschritt am anderen Ende der Küche eine Tür zu einem Raum, der früher mal die Waschküche gewesen sein musste.

Irgendwie fand ich den Gedanken seltsam, dass für die ersten Priester und Mönche, die auf Inchborn gelebt hatten, Dienstmägde gekocht und gewaschen hatten. Sie waren Männer Gottes gewesen, aber auch Männer mit Frauen, die praktischerweise die schmutzige Arbeit für sie erledigt hatten. Hier gab es immer noch einen großen Waschtrog und auch eine alte Waschmaschine, die aber seit Jahren nicht mehr zu funktionieren schien. Jedenfalls hatte irgendjemand damit begonnen, sie mehr oder weniger in ihre Einzelteile zu zerlegen.

Auf einem Regalbrett stand ein Funkgerät, das noch aus dem Zweiten Weltkrieg zu stammen schien.

»Das soll wohl ein Witz sein, oder?«, versetzte ich spitz.

»Was?«, fragte er mit finsterer Miene.

»Das ist Ihr Funkgerät?«

»Sind Sie denn nicht in der Gegend geboren? Wieso erwarten Sie dann hier ein hochmodernes Satellitensystem?«, knurrte er.

»Auf Larbh gibt es eins«, wandte ich ein.

»Ich muss nur gelegentlich antworten, wenn die Fähre anlegt oder Sie landen«, sagte er. »Sonst passiert hier eigentlich nie irgendwas, und genau darum geht es doch. Mal abgesehen davon, dass die Fähre alle naselang Schulausflügler mit sich bringt, die mich bei der Arbeit stören.«

»Haben Sie etwa was gegen *Kinder*?«

»Die werfen mit Eiern.«

»Da haben Sie mal die Gelegenheit zu Kontakt mit anderen Menschen und würden sich am liebsten davor drücken?«

»Na ja«, sagte er. »Ob Sie es nun glauben oder nicht, manche Leute leben gern in Ruhe und Frieden.«

»Aber auch die sollten ihr Funkgerät instand halten!« Ich war wirklich wütend auf ihn. Tatsächlich war ich in diesem Moment wohl auf alles wütend, und er musste es eben ausbaden. »Sie hocken hier auf einem winzigen Felsen mitten im Nordatlantik, auf einer der Inseln des Schmerzes. Sie waren der letzte Anlaufpunkt für Seeleute, die auf der Suche nach der Nordwestpassage waren oder auf einer Forschungsreise zum Nordpol oder auf der Jagd nach Walen.

Von diesem Punkt an ist jeder Quadratzentimeter mit Blut getränkt. In den Gewässern rund um den Archipel liegen Hunderte, ach was, Tausende von Wracks. Das Leben auf diesen nördlichen Breitengraden ist selbst heute noch gefährlich, da kann ich wirklich nicht verstehen, wie Sie so gleichgültig sein können. Sie sehen doch, wie es läuft. Wenn Sie nicht hier gewesen wären oder wenn das kaputte Funkgerät dazu geführt hätte, dass ich Sie am Ende nicht gefunden hätte, dann hätte ich es selbst jetzt im Frühling da draußen nicht geschafft. Ich hätte die Nacht *nicht überlebt.*«

Dazu sagte er nichts, aber wirkte zumindest ein wenig zerknirscht.

»Was, wenn sich hier eins der Kinder verletzt?«

»Na, dann wäre wohl Schluss mit den nervigen Besuchen der Schülergruppen.«

Ich stieß einen Marge-Simpson-Laut aus, ging zum Funkgerät hinüber und streckte die Hand nach dem Knopf aus, der am vielversprechendsten aussah.

Tatsächlich hatte ich das Modell sofort erkannt: Gramps hatte so eins gehabt, als ich klein gewesen war. In Familien mit großen, teuren Funkgeräten wurden für gewöhnlich die Kinder immer wieder gewarnt, bloß die Finger davon zu lassen. Bei uns natürlich nicht. Wir waren dazu vielmehr ermutigt worden, dennoch hatte Jamie keinerlei Interesse daran entwickelt. Ich schon. Nun berührte ich den alten Bakelitknopf, spürte seine Beschaffenheit unter den Fingern, wischte den Staub weg und konnte fühlen, wie das Gerät summend zum Leben erwachte.

Mir kam wieder in den Sinn, wie seltsam es damals gewesen war, an dem Knopf zu drehen und Gesprächsfetzen in fremden Sprachen zu hören, die für mich manchmal hart klangen oder als würden sich Leute anschnauzen oder wie

Gesang oder einfach sehr schnell und aufgeregt oder langsam und lallend.

Obwohl ich natürlich kein Wort verstanden hatte, war ich jedes Mal begeistert gewesen. Und zwischen all diesen Stimmen war ein Knistern zu hören, das ich damals für das Rauschen der Meere zwischen diesen Ländern gehalten hatte, bis Gramps mir die Sache erklärt hatte. Tatsächlich handelte es sich einfach um Luft, um in der Luft herumsausende Elektronen, die den Funk störten. »Alles auf dieser Welt«, so hatte er ausgeführt, »erzeugt ein Geräusch, alles vibriert. Die Natur ist nie still, nur können wir sie normalerweise nicht hören. Gelegentlich entsteht das Rauschen auch durch etwas anderes: durch Mikrowellen oder andere Funkgeräte. Und manches ist auch noch Hintergrundstrahlung vom Urknall, vom Anbeginn der Zeiten.«

Ich war augenblicklich fasziniert gewesen, hatte Stunden mit dem Versuch verbracht, etwas herauszuhören – wenn das ganze Universum aus Atomen bestand, dann würden doch auch Außerirdische Geräusche von sich geben, oder? Manchmal ertönte wie aus dem Nichts eine Stimme. Einmal war es »Jeremy, was machst du da?« in ziemlich empörtem Tonfall gewesen, mehr war aber nicht hinterhergekommen.

»Wir sind nur Fische auf dem Grund eines Meeres aus Luft«, hatte Gramps früher immer gesagt. »Wir laufen alle unter der Last dieses Meeres am dunklen Grund herum und sind so an die Luft um uns herum gewöhnt, dass wir gar nicht mehr darauf achten.«

Nur diejenigen, die fliegen konnten, so hatte er es mir eingeschärft, konnten dem entkommen, konnten in den Himmel aufsteigen und sich der Sonne nähern. Um sich durch die Luft bewegen zu können, darin zu tanzen, musste man aber erst einmal begreifen, dass es sie gab, dass sie vor Leben knisterte. Ich wusste damals, dass ich auch nach dort oben wollte, um von dieser Luft umgeben zu sein.

Mit einem kleinen Lächeln setzte ich mir die Kopfhörer aus Leder auf, die sich vertraut anfühlten. Ein Schniefen hinter mir rief mir in Erinnerung, dass Gregor immer noch da war.

Nachdem ich an dem Knopf gedreht hatte, ertönte leider nichts weiter als Rauschen, das Knistern von Elektronen aus jeder Ecke des Universums. Ansonsten nichts, nicht einmal das ferne Piepsen eines vorbeifahrenden Schiffes oder irgendein Signalton.

»Anstellen kann man es noch«, sagte Gregor, »deshalb weiß ich wirklich nicht, was damit los ist. Ich kann nach dem Einschalten einfach niemanden finden.«

»Weil Sie auf der FM-Frequenz gesucht haben«, stichelte ich.

»Echt jetzt?«, fragte er.

»Nein«, schnaubte ich. »So simpel ist es leider nicht.« Ich nahm die Kopfhörer ab. »Haben Sie die Antenne kontrolliert?«

»Äh … nein.«

»Wo befindet die sich denn?«

»Äh …«

Mit Blicken folgte ich dem Kabel an der Wand des Anbaus.

»Oh«, machte Gregor.

»Sie haben die also nicht kontrolliert, als Sie hier angekommen sind?«

»Nein. Neben der ganzen Kocherei musste ich auch noch die Nester von mehreren Arten brütender Schwalben überprüfen«, erwiderte er trocken.

Ich musterte ihn finster. »Und, verstehen diese Schwalben was von Funkgeräten?«

Dann wandte ich mich vom Apparat ab. »Okay, gut, heute können wir uns die Antenne nicht mehr anschauen. Aber ist Ihnen das wirklich nicht in den Sinn gekommen?«

Er zuckte mit den Achseln. »Ich wollte doch der Fähre einen Brief an den Hersteller mitgeben.«

Mir lag eine spitze Bemerkung darüber auf der Zunge, ob er dieses Problem etwa Finn aufs Auge drücken wollte. Dann fiel mir aber wieder ein, dass Finn seit zwanzig Jahren am Steuer der Fähre stand und es vermutlich nichts gab, was er nicht reparieren konnte. Ein Funkgerät wäre für ihn wohl ein Kinderspiel, daher war dieser Plan gar nicht schlecht.

»Aber … was hätten Sie denn gemacht, wenn Sie sich zum Beispiel ein Bein gebrochen hätten?«, fragte ich.

»Dann hätte ich mit Steinen SOS gelegt«, sagte er. »Früher oder später wären Sie doch über die Insel geflogen.«

Das ließ ich mir durch den Kopf gehen. »Und wenn Sie sich hier im Haus etwas gebrochen hätten?«

»Dann hätte ich irgendwas in Brand gesteckt.«

»Hm«, machte ich. »Gibt es hier denn keinen …?« Ich sah mich um. »Doch, müsste es eigentlich.«

»Was meinen Sie?«

»Sie müssten irgendwo auch einen Morseapparat haben.«

Er zuckte mit den Achseln.

Ich nahm die alten, staubigen Regale des Anbaus unter die Lupe. Überall lagen Teile herum, die wohl aus der Waschmaschine stammen mussten, dazu vorsintflutliches rostiges Werkzeug, Schachteln mit Nägeln und anderen Sachen, von denen wohl jemand geglaubt hatte, dass sie sich irgendwann noch einmal als nützlich erweisen könnten. »Morsen können Sie wohl auch nicht, oder?«

»Nein«, sagte er. »Noch mal, ich habe …«

»… promoviert, jaja, sehr gut.«

»Ich verstehe wirklich nicht, warum Sie so furchtbar unfreundlich sind. Schließlich hab ich Sie in einer echten Notsituation bei mir aufgenommen«, sagte er sanft.

Irritiert schaute ich ihn an. »Ach, bin ich unfreundlich?« Das war mir nicht klar gewesen.

»Na ja, zumindest behandeln Sie mich kaum besser, als ich es mir bei dem kannibalischen Geist ausgemalt hatte, für den ich Sie zunächst gehalten habe.«

Ich dachte über seine Worte nach, während draußen immer noch der Wind sein Bestes gab, um das Haus umzupusten.

»Jedenfalls sind Sie nicht vernünftig vorbereitet!«, sagte ich. »In meinem Beruf muss ich alles eine Million Mal checken, weil ein Flug eben gefährlich ist und ich dabei für die Sicherheit der Passagiere verantwortlich bin. Und es sieht für mich so aus, als wäre Ihnen nicht einmal Ihre eigene Sicherheit wichtig.«

»Die Menschen haben doch lange ohne Funk überlebt«, wandte er ein.

»Nein, haben sie eben nicht!«, beharrte ich. »Sie hatten damals furchtbare Unfälle und sind in Gräben krepiert, weil sie Tetanus bekommen haben.«

Er kniff die Augen zusammen. »Hören Sie mal«, sagte er dann. »Können Sie nicht einfach akzeptieren, dass Sie für ein paar Stunden hier festsitzen? Und dass Sie diese unangenehme Situation … eben über sich ergehen lassen müssen?«

»Nein, eher nicht«, sagte ich. »Wie hoch steigt am Weststrand die Flut?«

Er runzelte die Stirn.

»Da, wo ich immer mit dem Flugzeug lande …«, fügte ich hinzu.

»Ach so, na ja, nicht sehr hoch.«

»Wie ist es ganz hinten am Ende?«

Er zuckte mit den Achseln. »Das weiß ich nicht. Da gehe ich eigentlich nie hin. Und bei so einem Wetter …«

»Genau deswegen frage ich ja. Ich will doch einfach nur in Erfahrung bringen, ob ich das Flugzeug – ein komplettes Flugzeug – verlieren werde, will mich nach meinem schwerkranken Kollegen erkundigen und meine Familie darüber informieren, dass ich nicht im Sturm umgekommen bin. Und Sie führen sich hier auf … als würde ich nach einem Zimmer mit Whirlpool verlangen.«

»Mir ist ja klar, dass das alles schwierig ist«, sagte er mit gereiztem Gesichtsausdruck. »Aber egal, wie lange Sie noch an den Sachen anderer Leute herumfummeln, heute Abend werden Sie keine Nachricht mehr zum Festland hinüberschicken können, daher können wir jetzt auch Feierabend machen. Es gibt genug zu essen, und Sie sollten sich erst einmal richtig ausschlafen, bevor Sie diese Probleme morgen in Angriff nehmen.«

»Einfach aufgeben, meinen Sie also.«

Sein Blick zeigte deutlich, dass er echt sauer war. Er warf die Hände in die Luft. »Okay, meinetwegen, tun Sie, was Sie wollen«, knurrte er.

»Na, schlimmer kann ich es wohl kaum machen«, entgegnete ich. Durch meine zunehmende Angst und Sorge wurde ich immer gereizter.

Genau in dem Moment, in dem Gregor sich abwandte und ich mich wieder dem unbrauchbaren Funkgerät widmen wollte, ging plötzlich das Licht aus. Plötzlich war es in dem Anbau dunkel wie in einem Schrank, so zappenduster, dass man nicht die Hand vor Augen sah. Ich erstarrte.

»Was haben Sie nur gemacht?«, erklang die erstickte Stimme eines Mannes, der offensichtlich versuchte, ruhig zu bleiben.

»Nichts!«, rief ich aus. Doch da erstarb stotternd das Rauschen des Funkgeräts, als wolle mir der Apparat widersprechen.

»Sie haben einen Kurzschluss ausgelöst und alles lahmgelegt! Nur wegen des blöden Funkgeräts!«

»Nein, hab ich nicht! Das war ich nicht!«

»O Gott, das hat uns gerade noch gefehlt. Hat es Ihnen denn nicht gereicht, dass Sie hier gestrandet sind – mussten Sie die Situation auch für mich noch verschlechtern? Mir eine Lektion erteilen, was weiß ich, weil ich mich nicht vernünftig um das Funkgerät gekümmert habe?«

»Also, ich hab doch nur gesagt, das Funkgerät sollte eigentlich … Nein, natürlich nicht!«, unterbrach ich mich. Draußen zuckte ein Blitz über den Himmel, gefolgt von Donnergrollen. Das Licht hatte uns gezeigt, dass wir immer noch beide so dastanden wie vor einem Moment. Mit aufeinandergebissenen Zähnen verharrte Gregor nahe der Tür. Mir kam die Situation ein bisschen vor wie eine Szene aus einem Horrorfilm.

Einen Moment sprach niemand ein Wort, und da auch das Rauschen verklungen war, herrschte unglaublich gruselige Stille. Ich wagte es kaum, die Frage zu stellen, aber es half ja alles nichts: »Wissen Sie denn, wo der Sicherungskas…?«

»Nein!« Mittlerweile schwang doch Verlegenheit in seiner Stimme mit.

Aber er schaffte es wenigstens, in der Küche eine Kerze hervorzukramen und anzuzünden.

»Also«, fuhr er fort, »am besten gehen wir mal zurück ins Wohnzimmer, da brennt wenigstens ein Feuer, und man kann etwas sehen.«

»*Sie* gehen zurück ins Wohnzimmer«, sagte ich. »Und *ich* mache mich mit der Kerze auf die Suche nach dem Sicherungskasten.«

Das schien er sich kurz durch den Kopf gehen zu lassen. »Okay«, sagte er schließlich.

Zuerst erhellte ich für ihn den Weg durch den Flur zurück zum Wohnzimmer, dann kehrte ich in den Anbau zurück und untersuchte ihn, leider erfolglos. Danach stolperte ich durchs dunkle Haus, bis ich unter der Treppe den Sicherungskasten fand. Na, das war doch schon mal was. Bedauerlicherweise brachte das Umlegen der Schalter darin überhaupt nichts. An den Sicherungen lag es nicht, also musste es wohl der Generator sein. Wahrscheinlich war da Wasser hineingeraten.

Mühsam richtete ich mich auf. Am Ende behielt Gregor wohl recht, was mich wahnsinnig machte. Langsam kehrte ich zurück zum Wohnzimmer, wo nicht nur der warme Schein des Feuers auf mich wartete, sondern Gregor auch hier und da Kerzen aufgestellt hatte – aus kirchlichem Bestand, wie es aussah.

Er selbst saß mit Brille und Buch da und schaute kaum auf, als ich hereinkam.

»Ich denke, das Unwetter hat den Generator unter Wasser gesetzt«, sagte ich in versöhnlicherem Tonfall.

»Ja, durchaus möglich«, entgegnete er und verschränkte die Arme vor der Brust.

»Den kann ich mir morgen früh mal ansehen.«

Er nickte. »Sie können oben im zweiten Raum links von der Treppe aus schlafen …«, rief er mir in Erinnerung.

»Das mit Ihrem Generator tut mir leid«, sagte ich.

»Tja, hätten Sie mal nicht das …«

»Das hatte mit dem Funkgerät nichts zu tun!«

»Okay, ich bin mir sicher, dass morgen jemand kommen wird, um Sie zu retten.«

»Bestimmt.«

Wütend wandte ich mich ab, verdarb meinen Abgang aber leider damit, dass ich auf der Türschwelle ins Straucheln geriet. Noch nie im Leben hatte ich einen Ort so schnell hinter mir lassen wollen, und dabei hatte ich sogar mal einen Kurs über das Fliegen in den Bergen im Winter belegt.

Kapitel 17

Der Flur war gruselig, die – laut knarzende – Treppe war gruselig, und der Treppenabsatz oben war gruselig, daher bestand für mich kein Zweifel daran, dass das Schlafzimmer auch gruselig sein würde. Außerdem lag ein leichter Duft von weißen Magnolien in der Luft. Natürlich wusste ich in den Tiefen meiner Gehirnwindungen, dass es sich nur um das alte Badeöl handelte, das ich vor ein paar Stunden im Badezimmerschrank gefunden hatte. Auf meine übermüdete, fiebrige Fantasie wirkte es allerdings wie eine von einem Geist hinterlassene Spur …

Nein, jetzt sei nicht dämlich, Morag, sagte ich mir immer wieder. Du hast doch einen wissenschaftlich-technischen Background, also führ dich nicht so albern auf. Allerdings war heute Abend eben ein Schrecken auf den anderen gefolgt: der Beinaheabsturz, die Blitze, das blöde Huhn.

Ich pinkelte, so schnell ich konnte. Beim Thema Zahnhygiene hatte ich nicht viele Möglichkeiten, aber ich spülte mir zumindest den Mund aus – Wasser gab es ja zum Glück noch, und in dieser Situation war ich für jede Kleinigkeit dankbar.

Unter den Strümpfen konnte ich rutschiges Linoleum spüren, als ich durchgefroren über den unbeheizten Flur tapste, von dem mehrere Türen abgingen. Ich hoffte nur, ich würde die richtige erwischen. Von der Treppe aus gesehen die zweite links … ja, das war sie.

Als ich den weißen Knauf drehte, der schwer in der Hand lag, öffnete sich die große Tür mit einem Klicken.

Das Zimmer nahm mich mit dieser seltsamen Kälte in Empfang, die sich in lange ungenutzten Räumen breitmachte. Aber wer so etwas wahrzunehmen glaubte, musste wohl davon ausgehen, dass Menschen auch unsichtbare Spuren hinterließen, wobei wir wieder beim Thema Gespenster waren. Diese Gedanken verbannte ich so schnell wie möglich aus meinem Kopf, denn meine Nerven waren schon überreizt genug.

Es war ein schlichter Raum, abgesehen von den unausweichlichen Bücherregalen. Die Bücher selbst rochen etwas muffig, was ich aber nicht unangenehm fand, ganz im Gegenteil. Das Haus insgesamt war zwar kalt, aber nicht so feucht, wie ich befürchtet hatte.

Beim Bett handelte es sich um ein kleines Doppelbett aus Messing mit einer unglaublich altmodischen befransten Steppdecke. Darunter fand ich kein Federbett, sondern wie bei einem Krankenhausbett nur mehrere straffe Lagen aus Laken und Decken.

Ich ging zum Fenster hinüber, um einen Blick nach draußen zu werfen. O Gott, mein Spiegelbild auf der Scheibe war wirklich Furcht einflößend, starrte mich hohläugig an. So langsam wurde es mir hier zu gruselig, weil ich Angst bekam, dass gleich da draußen noch ein weiteres Gesicht erscheinen würde. Dabei befand ich mich doch im oberen Stockwerk. Das war so bescheuert! Ich griff nach der gesteppten Tagesdecke und wickelte sie mir um die Schultern, um nicht länger zu bibbern.

Jenseits des Fensters befand sich das Nichts. Normalerweise machte es mir nichts aus, wenn die Grenzen zwischen Himmel und Erde verschwammen, wenn ich nichts weiter sehen konnte als Himmel und nur ein gelegentlich tief unter mir vorbeiziehendes Wölkchen. Dann war ich einfach nur glücklich, eins mit der Luft über mir und der Erde unter mir.

Aber hier war bloß ein Wirbeln zu sehen, ein trostloses Chaos der drei Elemente – Wasser, Luft und Erde –, die miteinander Krieg führten, um die Herrschaft rangen, Forderungen stellten und aufeinander losgingen. Man konnte nicht erkennen, wo die Erde begann, oder ob der Regen von oben, unten, links oder rechts kam.

Zwischen den rasenden Wolken konnte man keinen Blick auf Mond oder Sterne erhaschen. Nur die regelmäßig zuckenden Blitze zeigten inmitten dieses Chaos eine Richtung an.

Und ich spürte deutlich, wie unbedeutend ich war, ein winziger dunkler Punkt auf einer winzigen Insel, die nur ein winziger Fleck mitten im Meer war, umgeben von weiteren kleinen Flecken. Und derweil führten auf dem Rest des Erdballs die Menschen ganz normal weiter ihr Leben, standen auf, traten hinaus in den Sonnenschein, gingen zur Arbeit, küssten ihre Liebsten.

Zu Schulzeiten hatten wir mal einen Ausflug gemacht, um uns ein Kunstwerk mit dem Titel *Field for the British Isles* anzusehen. Es hatte sich um mehrere riesige Räume voll mit Tausenden und Abertausenden kleinen Terrakottafiguren mit Augen aus Löchern gehandelt, die zum Betrachter aufgeschaut hatten. Ich hatte damals nicht recht verstanden, welche Gefühle dieses Werk in uns hatte auslösen sollen.

Unser Kunstlehrer, Mr Bricketts, hatte gesagt, dass es etwas mit Gleichförmigkeit und Anpassung zu tun hatte oder so.

Aber diesen Eindruck hatte das Werk auf mich überhaupt nicht gemacht. Ich hatte es wirklich toll gefunden, weil für mich all die kleinen Figuren optimistisch und hoffnungsfroh ausgesehen hatten. Leider hatte Garry Robinson dann unbedingt versuchen müssen, eine mitgehen zu lassen, wodurch wir alle mächtig Ärger bekommen hatten, und Flora MacGowan hatte sich auf der Busfahrt nach Hause übergeben. Deshalb hatte die Schulleitung verkündet, dass es eben keine Ausflüge mehr geben würde, wenn sich die Schüler nicht benehmen konnten – aber ich denke immer noch gern daran zurück.

Manchmal hatte ich im Cockpit dieses Gefühl: dass ich da über kleine Menschen hinwegflog, warm und winzig, die mit ihren Äuglein zu mir heraufblickten. Auf dieser Welt gruppierten sich die meisten Menschen rund um zwei Bereiche: von Westen nach Osten von New York über Europa und Nordafrika, und von Norden nach Süden von China über Indien hin zu den Ländern des Nahen Ostens. Auf der restlichen Erde gab es riesige Bereiche, die völlig unbewohnt waren. Sibirien erstreckte sich stundenlang menschenleer unter dem Flugzeug, genau wie die Sahara. Australien war riesig und weitestgehend leer, und hier gab es so viel Wasser mit nur ein paar kleinen Inseln.

Wer aus zwanzigtausend Fuß Flughöhe darauf hinunterblickte, für den war es unglaublich, dass es überhaupt Menschen geschafft hatten, sich hier anzusiedeln. Man konnte kaum über Nordschottland – oder Grönland oder die norwegischen Fjorde oder eine andere Region jenseits der emsigen Ballungszentren – hinwegfliegen, ohne angesichts der hier und da in einem beinahe leeren Universum aufblitzenden Ansiedlungen von Ehrfurcht ergriffen zu werden.

Heute Abend würde kein Flugzeug über uns hinwegfliegen; alle würden entweder in Richtung Island umgeleitet werden oder am Boden bleiben, um sich nicht inmitten eines Sturms mit Windstärke zehn wiederzufinden.

Ich hatte eine riesige Karte des Himmels im Kopf, auf der normalerweise alle Flüge zu sehen waren, die sich da oben kreuzten und deren Kondensstreifen mir versicherten, dass dort oben jemand – genauer gesagt viele Menschen – unterwegs war. Ohne sie fühlte ich mich auf einmal ganz einsam.

Der nächste Blitz erhellte die beunruhigende Landschaft, und ich bemerkte etwas, was wie ein gepflegter Steingarten aussah. Kieswege führten zu einer Mauer mit einem schmiedeeisernen Tor, durch das man den Machair, die Dünen und das vom Wind ganz flach gewehte Gras erreichte. All das sah ich in den kurzen Momenten, in denen die Blitze über den Himmel zuckten.

Kurz kam mir die Frage in den Sinn, ob das Haus wohl höher lag als die Umgebung und wir damit die Blitze anzogen.

Aber in einiger Entfernung befand sich ja die Klosterruine, von deren Glockenturm noch Reste standen. Okay, der war zwar tausend Jahre alt und ein Nationalheiligtum, trotzdem wäre es mir lieber, wenn der an unserer Stelle in Flammen aufgehen würde. Mal abgesehen davon war ich mir ziemlich sicher, dass er weitere acht Stunden durchhalten würde, wenn er bereits tausend Jahre überdauert hatte.

In gewisser Weise fand ich den Sturm sogar schön. Alles, was am Himmel vor sich ging, interessierte mich. Wäre ich nicht so weit weg von zu Hause und so mit Sorge – um Erno und *Dolly* – erfüllt gewesen, hätte ich das Spektakel vermutlich begeistert beobachtet. Wenn ich stattdessen in meinem Schlafzimmer in Carso sicher und warm im Bett gelegen hätte.

Schon komisch, dachte ich jetzt. Eigentlich hätte man doch meinen sollen, bei »sicher und warm« hätte ich als Erstes an meine eigene Wohnung gedacht. Aber von der aus schaute man durchs Fenster nur auf Häuser und noch mehr Häuser, die alle in etwa gleich aussahen. Vom Himmel konnte man nur hier und da einen Fetzen mit dem Blick erhaschen. Und in der Wohnung war der Platz so begrenzt, die Decke ganz niedrig.

Eventuell hätte man sich draußen im Garten auf den Rücken legen und gerade nach oben schauen können. Aber dann hätte wahrscheinlich jemand den Sicherheitsdienst gerufen. Darüber hinaus waren in den Außenbereichen so viele Lampen im Stil alter Laternen angebracht, dass man vielleicht sowieso nichts erkennen würde, und dazu kamen noch die hellen Lichter der nahen Stadt.

Ich schlüpfte ins Bett, in dem es leider genauso kalt war wie drum herum, und wickelte mich in die alten Laken, um warm zu werden. Irgendwann verließ ich das Bett noch einmal kurz, um als zusätzliche Schichten meine Uniformjacke und mein zweites Paar Strümpfe anzuziehen. Während ich gerade überlegte, ob ich mich vielleicht noch mit ein, zwei Handtüchern aus dem Bad zudecken sollte, musste sich mein überdrehtes Gehirn plötzlich abgeschaltet haben, und ich schlief ein, trotz aller Sorge, der Geräusche des Sturms, der brausenden Wellen und all des Klapperns und Ratterns am Haus.

Vielleicht war es wie bei schuldigen Männern in Gefängniszellen: Der Polizei zufolge schlafen sie ganz ruhig, weil das Schlimmste vorbei ist und sie jetzt sowieso nichts mehr ändern können.

Kapitel 18

Am nächsten Morgen erwachte ich, verheddert in die enorme Steppdecke, und brauchte zunächst einen Moment, um zu begreifen, wo genau ich mich befand. Als es mir schließlich wieder einfiel, sank mir sofort der Mut, denn ich erinnerte mich an die ganze verzwickte Situation. O Mann!

Und dann kam mir noch etwas zu Bewusstsein: Obwohl der neue Tag angebrochen war, tobte das Unwetter weiterhin, Regen und Wind prasselten gegen die Scheiben. Der Sturm war nicht weitergezogen. Weil er gestern aus vollem Hals gebrüllt hatte, hatte ich eigentlich gedacht, er würde sich im Laufe der Nacht müde schreien. Aber nein, es ging da draußen mit unverminderter Kraft weiter.

Ich stand auf und huschte ins Bad hinüber, um zur Toilette zu gehen. Wieder verzog ich das Gesicht, weil es so kalt war.

Mir waren gut die Geschichten meines Vaters von einer Kindheit ohne Heizung in Erinnerung geblieben. Uns hatte er immer als verwöhnt bezeichnet, weil wir es stets warm gehabt hatten. Und tatsächlich konnte ich mir ein Leben ohne Heizung kaum vorstellen.

Bei meiner Rückkehr ins Schlafzimmer kam es mir furchtbar lieblos vor. Der Schrank, der darin stand, war leer, daher ging ich in Schlafanzug und Pullover nach unten.

Im Wohnzimmer zog ich die Vorhänge beiseite. Offensichtlich hatte Gregor gestern Abend den Kamin im Wohnzimmer für die Nacht vorbereitet, sodass darin jetzt noch Glut glimmte.

Mit zitternden Fingern legte ich Torf nach und schürte die Flammen, bis das Feuer flackerte und wärmte.

Ich hatte auch optimistisch den Lichtschalter betätigt, jedoch ohne Erfolg. Das war natürlich albern gewesen, aber man konnte nie wissen. Eigentlich wollte ich direkt in die Küche rüber und mir etwas Warmes zu trinken machen, stattdessen ertappte ich mich aber dabei, wie ich mich vor dem Feuer um die eigene Achse drehte, um von allen Seiten warm zu werden. Ich legte erneut Torf nach, damit die Flammen noch heller loderten.

Die Welt draußen war grau, wirkte fast wie eine Schwarz-Weiß-Fotografie. Im Garten, den ich gestern Abend im Licht der Blitze gesehen hatte, entdeckte ich jetzt auch einen schmiedeeisernen Tisch und Stühle, die der Sturm einfach wie Spielzeug beiseitegeschleudert hatte. Das Gras der Dünen war ganz platt geweht, und es fiel weiterhin unerbittlich Regen vom Himmel.

»Mist«, sagte ich.

Mir war klar, dass die Vorhänge eigentlich besser zu sein sollten, da das Fenster mit der Einfachverglasung eiskalt war und der schwere, zweilagige Samtstoff wunderbar isolieren würde. Aber ich brachte es einfach nicht über mich, sie zu schließen. Richtig hell war es auch draußen nicht, aber so fiel wenigstens ein bisschen Licht herein.

Kaffee! Hoffentlich gab es hier Kaffee! Endlich raffte ich mich dazu auf, in die Küche rüberzugehen, hüllte mich aber vorher in eine gestrickte Überwurfdecke, die auf dem alten Sofa lag. Ähnlich wie die alten Bücher im Haus hatte sie einen durchaus tröstlichen, leicht muffigen Geruch, ein kleines bisschen in Richtung Hund. Übrigens wäre ein Hund hier wirklich hilfreich, dachte ich. So ein großer mit langem Fell, an dem man sich wärmen konnte. Na ja, in diesem Augenblick hätte es wohl selbst Skellington getan.

Durch die Strümpfe hindurch spürte ich die Kälte, als ich in die Küche hinübertapste, aber wenigstens verströmte der Agaherd dort Wärme. Ich fragte mich, wie viel Öl er wohl noch hatte. Hoffentlich genug! Nachdem ich mich einen Moment erfolglos nach einer Kaffeemaschine umgesehen hatte, hätte ich mir beinahe mit der flachen Hand vor die Stirn geschlagen. Eine Kaffeemaschine hätte mir bei Stromausfall ja sowieso nichts gebracht! Den Espresso aus frisch gemahlenen Bohnen konnte ich wohl vergessen.

Zu meiner Erleichterung entdeckte ich jetzt einen Kessel, den ich mit dem klaren, kalten, geradezu eisigen Wasser aus dem Hahn füllte. Ich trank auch ein Glas davon, und es verschlug mir den Atem, so frisch war es. Obwohl es mich effektiver weckte, als Kaffee es jemals könnte, stellte ich den Kessel auf die heiße Herdplatte.

Dann schaute ich in die Schränke, um zu sehen, was es so an Vorräten gab.

Als das Wasser im Kessel zu kochen begann, hielt ich meine Hände dicht daran, um sie zu wärmen. Ich hatte mich selbst nie als verwöhnt wahrgenommen, aber sobald man sich von den Wärmequellen entfernte, war im Haus die Temperatur ja kaum höher als draußen, oder? Kurz öffnete ich die Hintertür, um zu fühlen, wie es dort war. Aber das heulende, eisige Wirbeln da draußen ließ mich schnell den Rückzug antreten, und in meiner Hast knallte ich die Tür laut zu – es war, als würde das ganze Haus erbeben.

O Gott, jetzt wurde mir noch etwas anderes klar: Der

Kühlschrank funktionierte ja auch nicht mehr! Ob die Sachen darin wohl über Nacht schlecht geworden waren? Ich öffnete ihn, holte einen emaillierten kleinen Krug mit Milch heraus und schnupperte daran. Schafmilch natürlich. Ich fragte mich, ob Gregor im Vorratsschrank wohl H-Milch hatte. Bestimmt, zumindest für Notfälle. Aber meinen Kaffee – oder Tee, falls ich denn Teebeutel fand – wollte ich eigentlich weder mit Schaf- noch mit H-Milch trinken. Na ja, in der Not frisst der Teufel Fliegen.

»Was machen Sie denn da mit meinem Wasserkocher?«

Ich fuhr herum und wickelte mich dabei fester in die gestrickte Decke, wie eine Fischersfrau im 18. Jahrhundert. »Sie haben mich erschreckt!«

»Okay, so langsam könnten wir mal damit aufhören, einander ständig einen Schrecken einzujagen«, knurrte Gregor. »Schließlich sind wir die beiden einzigen Menschen auf dieser Insel. Wenn wir hier jemandem begegnen, sind es entweder Sie oder ich … Oh, verdammt!« Er huschte zum Herd hinüber, aber zu spät – der Boden des vermeintlichen Kessels war durchgeschmort. Erst jetzt wurde auch mir bewusst, dass ein übler Geruch in der Luft lag, und zwar nicht nach muffigem altem Haus, sondern nach verbranntem Plastik.

»Ach, du je«, murmelte ich. »Tut mir leid, ich hab das für einen Kessel gehalten.«

Er starrte mich an. Das Plastikding hatte jetzt ein Loch im Boden.

»Ich dachte«, sagte er langsam, »Sie wären eine logische und praktische Frau mit Technikkenntnissen, die Funkgeräte repariert.«

»Es tut mir wirklich leid«, sagte ich. »Ich bin noch ein bisschen verschlafen …«

»Das ist ein elektrischer Wasserkocher«, sagte er und starrte mich fassungslos an. »Sie wissen doch eigentlich alles über Elektrik und Sicherungen und so.«

»Ich hab ja auch gesagt, dass es mir leidtut.« Jetzt schwang in meiner Stimme Gereiztheit mit. »Ich wollte mir einfach nur einen Kaffee machen.«

»Indem Sie meinen Wasserkocher einschmelzen?«

»Ich sehe schon, Sie werden bei dem Thema nicht lockerlassen.«

Gregor stapfte an mir vorbei. Er trug ebenfalls einen altmodischen Schlafanzug, den er doch bestimmt nicht auf die Insel mitgebracht hatte, und darüber zwei Pullover. Man konnte unmöglich sagen, wie er unter all diesen bunt zusammengewürfelten Klamotten und dem Bart eigentlich aussah. Im Prinzip hätte er genauso gut einen Kartoffelsack tragen können. Aber das traf auf mich vermutlich genauso zu.

Gregor stellte den ruinierten Wasserkocher ins Spülbecken und öffnete ein Fenster, damit der schwarze Rauch abziehen konnte. Dann ging er in aller Seelenruhe hinüber zu einer Anrichte, holte eine kleine Espressokanne aus Edelstahl mit schwarzem Griff heraus und füllte sie mit Wasser. Als Gregor aus dem großen Vorratsschrank einen Beutel holte, erkannte ich zu meiner Begeisterung am Aroma, dass er Kaffeebohnen enthielt. Gregor gab eine Handvoll in eine Mühle.

»Wow«, sagte ich.

»Was denn?«

»Nichts, ich bin bloß beeindruckt. Was haben Sie denn noch so zu bieten? Etwa ein Handkurbel-Netflix?«

Als er an der Kurbel zu drehen begann, erfüllte erst ein kratziges Geräusch die Luft, bald aber auch ein so köstlicher Duft, dass ich einen Moment genießerisch die Augen schloss.

Gregor ignorierte meinen Kommentar und warf einen Blick nach draußen. »Es scheint ja endlich aufzuklaren.«

»Nein, es klart nun wirklich nicht auf«, widersprach ich.

Gregor hantierte an der Espressokanne herum und stellte sie auf die Herdplatte. »Doch, der Sturm zieht weiter.«

»Na ja, *irgendwann* wird er schon weiterziehen«, sagte ich. Ich legte keinen Wert darauf, mir hier von einem Mann die Dynamik von Wetterverläufen erklären zu lassen, als hätte ich keine Ahnung. »Aber jetzt wütet er weiter *direkt über uns*.«

Kurz darauf begann es in der Espressokanne zu brodeln, und Gregor goss den Kaffee in zwei kleine Tässchen. »Milch?«

»Ich denke, ich nehme das Milchpulver«, sagte ich und deutete auf eine ungeöffnete Dose, die ich mittlerweile entdeckt hatte.

Er runzelte die Stirn. »Was, das finden Sie besser als frische Ziegenmilch?«

»Frische was? Ich dachte, Sie hätten gestern von Schafen …«

Er ignorierte mich. »Ach, da fällt mir ein …«

In diesem Moment klopfte es an der Hintertür.

Mein Herz machte einen Satz. Jemand war gekommen, vielleicht mit der Fähre! Nalitha hatte allen Bescheid gesagt, und Finn hatte sich trotz des Wetters sofort auf den Weg gemacht, um mich zu holen. Unglaublich! Ich fuhr herum, passte aber gut auf, dass ich mit der gestrickten Decke nirgendwo hängen blieb. Dann wankte ich zurück, als ich durchs Fenster sah, was da an die Hintertür klopfte. Es war nämlich ein großer Kopf mit riesigen gekrümmten

Hörnern und gruseligen Schlitzaugen wie denen einer Schlange …

Gregor schmunzelte angesichts meiner entsetzten Reaktion. »*Aye, aye*, ist ja gut.«

Er ging auf die Tür zu.

»Lassen Sie es nicht rein!«, stammelte ich gegen meinen Willen. Tiere waren eben nicht mein Ding, so gar nicht. Mit Wesen aus Stahl und Aluminium kam ich wesentlich besser zurecht.

»Ich glaube«, sagte Gregor, während er die Tür aufmachte, »dass Frances mehr Recht dazu hat, in meine Küche zu kommen, als Sie. Sie ist nämlich eingeladen.«

Mit klappernden Hufen trat das Vieh ein. Es hatte drahtiges Fell und ein seltsames Gesicht, das ständig zu lächeln schien. Als Frances den Kopf in Gregors Hand schob, kraulte er sie liebevoll hinter den Ohren.

»*Aye, aye*, Mädchen, ich war ja schon unterwegs zu dir«, sagte er. »Erst bekommt sie ihr Frühstück und dann wir«, erklärte er und trank seinen kleinen Kaffee in einem Zug aus.

Ich folgte seinem Beispiel nicht und nahm erst einmal probeweise ein Schlückchen. Das Gebräu war lecker, hatte ein holziges Aroma und wärmte mich von innen.

Gregor zauberte von irgendwoher eine große Tweedmütze hervor, zog sie sich tief über das wirre Haar herunter, griff nach einem Eimer und marschierte mit Frances an seiner Seite in den Sturm hinaus.

Was für ein nerviger Typ!

Allerdings hatte ich ja *wirklich* seinen Wasserkocher ruiniert. Ich seufzte. »Kleider?«, rief ich ihm hinterher.

Er drehte sich um und runzelte wieder einmal die Stirn, als würde es mit meinen lächerlichen Forderungen auch nie ein Ende haben.

»Gucken Sie mal in der Kommode in der Wäschekammer«, sagte er und wedelte mit der freien Hand herum, als sei ich eine wirklich lästige Störung. Die ich vermutlich auch war. Aber ich hatte so meine eigenen Probleme.

Als ich diese Wäschekammer endlich fand, rechnete ich eigentlich nicht damit, dass diese Kommode wirklich etwas Brauchbares zu bieten hatte, und behielt leider recht. Sie war voll mit alten Sachen, die die Leute wohl im Laufe der Zeit aussortiert hatten. Wie ich zugeben muss, juckte es mir durchaus in den Fingern, als ich Mönchskutten und das alte Chorhemd eines Priesters fand, auf das ein prächtiger brennender Stab gestickt war. Ja, es roch alles stark nach Kampfer – wohl von Mottenkugeln, nahm ich mal an –, aber das fand ich gar nicht schlimm.

Ganz unten entdeckte ich schließlich eine große Latzhose, die es wohl tun würde, ein maritimes Ringelshirt und eine opahafte Steppweste. Ein großer Spiegel hing hier zum Glück nicht, vermutlich, weil er aus der Sicht der Männer Gottes wohl die Sünde der Eitelkeit gefördert hätte. Aber ich entdeckte über dem Waschbecken einen kleinen Rasierspiegel, in dem ich mich nun musterte. Ohne mein gewohntes Make-up kam ich mir komisch vor. Da ich nicht einmal Mascara dabeihatte, wünschte ich wirklich, ich würde falsche Wimpern tragen. Ungeschminkt war ich schon seit … na ja, seit Ewigkeiten nicht mehr aus dem Haus gegangen. Sorgfältig betrachtete ich mein Gesicht. So schlecht sah es gar nicht aus, allerdings waren meine Haare ohne Glätteisen außer Rand und Band. Ich sah meine Locken als Todfeind und rückte ihnen für gewöhnlich unbarmherzig mit Hitze zu Leibe, um ihrer Existenz ein Ende zu machen. Aber so übel waren sie gar nicht. Und meine Haut wirkte ungeschminkt, na ja, wesentlich blasser, war aber auch *ganz okay*. Meine Wangen hatten sogar etwas Rosiges an sich, was an der Kälte liegen mochte. Ich holte meine Handtasche, kramte meinen Lippenstift von Dior hervor und trug ihn in der Hoffnung auf, dass ich damit etwas mehr wie ich selbst aussehen würde. Tat ich nicht. In Kombination mit der Latzhose sah der Lippenstift so albern aus, dass ich ihn seufzend wieder abwusch.

Bei einem Blick aus dem Fenster musste ich widerwillig zugeben, dass Gregor womöglich recht behalten sollte: Hier und da riss die Wolkendecke auf, und es regnete zwar immer noch, aber nicht mehr wie aus Kübeln. So laut wie vorher war es auch nicht mehr, da der Sturm offensichtlich an Wucht verloren hatte und nicht mehr so tobte wie zuvor.

Ich ging nach unten, um zu gucken, ob es noch Kaffee gab – gab es leider nicht, aber wenigstens hatte sich der Plastikgeruch verzogen. Dafür lag auf dem Sideboard zum Abkühlen ein ofenfrisches Brot. Es war noch zu heiß, um es anzufassen, aber mir lief bei dem Anblick das Wasser im Mund zusammen. Ganz in der Nähe stand ein Glas mit der Beschriftung »Orangenmarmelade 2022«.

Ich schloss die Augen. Eigentlich war Frühstückstoast mit Marmelade etwas, was ich mir auf keinen Fall erlaubte. Niemals. Als Pilotin saß ich viel, aß vor allem Flugzeugkost, und die auch noch zu unregelmäßigen Zeiten. Da ich seit Kurzem eine Beziehung hatte, waren wir außerdem oft schön essen gegangen oder hatten auf dem Sofa zusammen ein Glas Wein getrunken und … Du meine Güte, das war jetzt nicht der Moment, um an Hayden zu denken! Auf keinen Fall. Okay. Egal, jedenfalls musste ich gut aufpassen, um mein Gewicht zu halten, was ziemlich fade war.

Ich wurde durchaus mal schwach, vermied aber nach Möglichkeit Brot und Kartoffeln und Reis und einfach alles, was ich gern aß. Nicht nur gern aß, sondern liebte. Ich beugte mich über das Brot und schnupperte. O mein Gott. Es duftete himmlisch, dieses kleine, luftig aufgegangene Wunderwerk mit honiggoldener Kruste, das immer noch dampfte.

Gregor würde doch nichts dagegen haben, wenn ich mal probierte, oder? Er hatte ja sicher nicht vor, das komplette Brot allein zu verspeisen. Leider konnte ich ihn nirgendwo entdecken, als ich nach ihm Ausschau hielt. Wahrscheinlich war er gerade mit seiner besten Freundin, der Ziege, beschäftigt.

Okay, ich würde mir ein warmes Getränk machen, und wenn er bis dahin nicht zurück war … Ich meine, ein Frühstück konnte er mir schlecht verweigern, oder? Das gehörte ja wohl zu den Menschenrechten.

Weil ich mich an die Espressokanne nicht rantraute, machte ich Wasser in einem Topf heiß und spürte eine große Schachtel mit Teebeuteln auf. Es dauerte ewig, bis das Wasser zu simmern begann, und ich war von der Milch immer noch nicht überzeugt, daher würde es eben bei schwarzem Tee bleiben.

Danach sah ich mich noch einmal um, konnte aber kein Brotmesser finden und riss einfach ein Stück Brot mit den Händen ab. Es war immer noch warm, und Dampf stieg aus dem Inneren auf. Ein Klacks von der Butter, die ich aus dem stromlosen Kühlschrank geholt hatte, zerlief darauf sofort. Dann schnappte ich mir die Orangenmarmelade. Ich konnte mich nicht einmal daran erinnern, wann ich das letzte Mal welche gegessen hatte. Dick verstrich ich sie auf dem warmen, goldgelben Stück Brot und führte es zur

Nase, um vor dem ersten Bissen den Duft einzuatmen. Genau in diesem Moment kämpfte sich endlich ein schwacher Sonnenstrahl durch die Wolken, erhellte die unordentliche kleine Küche und fiel direkt auf ein großes Gemälde des letzten Abendmahls, das an der gegenüberliegenden Wand hing.

Dieses Brot wurde von Gott geweiht, sagte ich mir. Er will, dass ich es esse. Und dann nahm ich einen großen Bissen. Ich wünschte wirklich, ich hätte es in Ruhe genießen können. Ich wünschte, die Zeit hätte stillgestanden und ich hätte ganz langsam gekaut. Aber eines war klar: Alt und grau würde ich einst immer noch genau wissen, wie gut es geschmeckt hat.

So schnell, wie das erste Stück verschlungen war, stürzte ich mich auf den Laib, um mir noch eins abzureißen und mit Butter und Marmelade zu bestreichen. Irgendwann zwang ich mich selbst dazu, mich körperlich von diesem Brot fernzuhalten, bevor ich mich noch in ein wildes Tier verwandelte. Schließlich musste ich davon doch etwas übrig lassen. Unbedingt.

Aber dann betrachtete ich den kläglichen Rest. Während ich ihn verputzte, dachte ich, dass es ja nicht viel gebracht hätte, so ein kleines Endstück aufzuheben. Außerdem backte Gregor sicher jeden Tag. Vielleicht wäre es so gesehen gar nicht so seltsam, dass kein Brot mehr da war. Wenn ich alle Beweise vernichtete, wäre er womöglich nicht mehr sicher, ob er heute schon eines gebacken hatte. Oder vielleicht könnte ich behaupten, die Ziege sei hereingekommen und habe es gefressen. Das ginge eventuell.

Auch das Glas Marmelade war halb leer, einfach so. Mittlerweile fühlte ich mich furchtbar. Ich hatte hemmungslos alles in mich hineingestopft – so ähnlich wie eine Ziege, nahm ich mal an –, bevor ich mich hatte zusammenreißen können.

Jetzt, wo der Sturm abzog, würde wenigstens bald Hilfe kommen, trotzdem hatte ich ein schlechtes Gewissen. Ich stellte fest, dass die Küche neben dem Anbau mit dem Funkgerät noch einen weiteren kleinen hatte, eine Garderobe mit jeder Menge Jacken und Gummistiefeln. Ich schnappte mir aufs Geratewohl Stiefel und eine Jacke, die über den dicken Pullover und die Weste passen würde, und blickte beschämt zurück zu der Stelle, an der Gregor das Brot hatte liegen lassen (das ja wirklich klein gewesen war, wie ich mir selbst versicherte). Dann setzte ich die Kapuze auf, schob die Hintertür auf und trat hinaus, um zu sehen, wie ich von diesem Felsbrocken im Meer wieder runterkommen würde.

Kapitel 19

Als Erstes bemerkte ich überall nur Matsch; Matsch und nicht näher erkennbare Gegenstände. Es kam mir so vor, als hätte jemand die Welt gepackt, sie durchgeschüttelt und dann einfach weggeschleudert. Eine Schubkarre lag auf der Seite, und auch die meisten Pflanzen waren umgeknickt.

Für die zweite Erkenntnis brauchte ich etwas länger, aber irgendwann wurde mir klar, dass es plötzlich ganz still war, weil sich der Wind gelegt hatte. Ja, im Hintergrund rauschten Wellen, aber ganz normale, keine grauenhaft dröhnenden Monster der Natur.

Und man konnte Vögel hören. Der Sturm hatte sie verstummen lassen, und sie hatten sich wohl einen sicheren Rückzugsort gesucht, wie alle anderen. Aber jetzt unterhielten sich auch die Möwen wieder kreischend und klagten, wie sie es für gewöhnlich taten.

Ich machte die riesige Jacke zu, stellte aber fest, dass es gar nicht mehr so kalt war. Tatsächlich fühlte sich die Insel wie ein völlig anderer Ort an; ich zog die Kapuze herunter und schaute zum Himmel hoch.

Die massive graue Wolkendecke zog weiter, Richtung Nordnordost, und würde als Nächstes wohl unsere Vettern in Norwegen ärgern.

Zurück blieb strahlendes Blau, das ich fast schon unverschämt fand. Es wirkte, als wollte der Himmel sagen: »Ein Sturm? Was, nein, das sagt mir gar nichts!«

Ich bin daran gewöhnt, Stürme zu umfliegen, die an feuchten Tagen entstehen oder aus grauen Wolken heraus, und sich dann wieder legen. Aber manchmal läuft es eben auch so: Mit einem Mal scheint am Himmel ein Vorhang zu fallen und sich für die nächste Szene wieder zu heben, die mit einem sauberen, frischen Neuanfang einhergeht. Ich konnte mir ein Lächeln nicht verkneifen: Das Wetter konnte ganz schön frech sein.

Während der Schlamm an meinen Stiefeln zerrte, schaute ich mich um. Im blassen Sonnenlicht wirkte das schmucklose graue Haus gar nicht mehr so einschüchternd. Vor mir lag ein großes zweistöckiges Gebäude, erbaut voller Selbstbewusstsein in einer Zeit, in der Schiffe die schnellsten Verkehrsmittel waren. Auf einer Insel zu leben, wurde damals also nicht als der Nachteil erachtet, als den wir es heute sehen.

Oben erkannte ich das Milchglasfenster des Badezimmers, und irgendwo daneben musste mein Schlafzimmer liegen. Efeu wucherte an uralt wirkenden schwarzen Rohren hinauf und bedeckte die ganze hintere Seite des Hauses. Die Blätter leuchteten in einem hellen Frühlingsgrün, das wirklich hübsch aussah.

Vor der Hintertür begann ein gepflasterter Pfad, den ich jetzt entlanglief. Obwohl sich links und rechts davon Sand und Unrat angesammelt hatten, konnte man immer noch die Aufteilung eines Nutzgartens mit Mäuerchen erkennen, die zarte Setzlinge vor den Unbilden des Nordatlantikwetters beschützen sollten. Tatsächlich sahen die Pflanzen im Gärtchen gar nicht so schlecht aus. Ich war keine Expertin, aber das waren wohl Beete mit Möhren, Kartoffeln und

Radieschen, die alle noch sicher und warm in der Erde steckten. Das Tor war allerdings in Mitleidenschaft gezogen worden und hing schief, mal ganz abgesehen davon, dass es auch einen Anstrich gebraucht hätte.

Sein Anblick erinnerte mich daran, dass ich unbedingt nach *Dolly* sehen musste. Aber noch drückte ich mich davor.

Ich lief ein Stück weiter, um das Haus herum, und drehte mich dann zu ihm um. Von hier vorne sah ich keine Antenne, weder eine Fernsehantenne noch einen Funkmast. Ich runzelte die Stirn, bis ich auf die Idee kam, dass die Antenne vielleicht vom Schornstein verdeckt war. Also umrundete ich das Gebäude erneut, und tatsächlich: Da war sie. Wo auch immer sie befestigt gewesen war, der Sturm hatte sie abgeknickt, aber das ließ sich reparieren. Leider würde das alte Funkgerät dennoch nicht funktionieren, denn es gab ja keinen Strom, und für Batterien, wie Gregor sie vielleicht irgendwo hatte, war das Radio zu alt. Also würde ich vom Flugzeug aus einen Funkspruch absetzen müssen.

In diesem Moment wurde ich von einem Geräusch zu meinen Füßen abgelenkt. Ich blickte hinab und sah ein Huhn – möglicherweise jenes, das mich gestern Abend gerettet hatte.

»Hallo«, sagte ich zu dem Vogel und hockte mich hin. »Darfst du dich denn hier im Gemüsegarten herumtreiben?«

»Nein, darf sie nicht«, ertönte eine knurrige Stimme.

Ich schaute auf und entdeckte in einiger Entfernung ein weiteres Tor, das ebenfalls fast aus den Angeln gerissen war – vermutlich konnte das Huhn deshalb überall frei herumlaufen.

»BARBARA!«, rief Gregor. »Komm hierher!«

Das Huhn fixierte mich mit seinen Knopfaugen.

»Ist schon okay«, sagte ich zu dem Vogel, der mich angackerte, und hob ihn hoch.

Ich ging hinüber und durchschritt das kaputte Tor. Dahinter lag das Hühnergehege, das einfach furchtbar aussah: Der Drahtzaun hatte an mehreren Stellen riesige Löcher, und im Stall fehlten Streben in den Leitern.

Gregor stand mit einem Werkzeugkasten da und wirkte ein wenig überwältigt. »Was für ein Durcheinander.«

»Kann man wohl sagen«, sagte ich. »Aber so ist das mit dem Wetter hier in der Gegend eben. Davor sind Sie doch bestimmt gewarnt worden, oder?«

Er runzelte die Stirn. »Ich bin ja nicht zum ersten Mal hier. So etwas Heftiges hab ich aber noch nie erlebt.«

»Woher kommen Sie eigentlich?«

»Aus Glasgow.«

»Ah, ein Großstadtjunge.«

»Jaja …«

»Aber was das Gehege angeht, wissen Sie schon, was Sie tun?«

Er schüttelte den Kopf. »Nicht so richtig. Vor meinem ersten Aufenthalt hier haben die beim Vorstellungsgespräch nur gesagt: Da gibt es auch Hühner, aber mit Vögeln kennen Sie sich doch aus.«

Ich setzte Barbara ab, die sich umgehend wieder in Richtung Küchengärtchen davonmachte. Mehrere andere Hühner bemerkten, dass sie offensichtlich etwas Cooles vorhatte, und schlossen sich ihr an.

Gregor stöhnte. »Mann, das geht mir alles auf den Senkel!«

Mir war zwar klar, dass mein Tonfall wieder überheblich klingen würde, trotzdem sagte ich: »Es kann doch nicht so schwer sein, das zu reparieren.«

»Ah, klar, ich hatte ganz vergessen, dass Sie ja alles wissen und ich völlig nutzlos bin.«

»Ich weiß nicht alles! Aber jetzt blockieren Sie einfach den Eingang mit ein bisschen Maschendraht, bis Sie Zeit für eine vernünftige Reparatur haben. Das wäre doch keine schlechte Idee!«

Hilflos starrte er den Werkzeugkasten an.

»Aber darum müssen Sie sich schon selbst kümmern, weil auf mich mein Flugzeug wartet. Schlagen Sie es halt in einem Ihrer Bücher nach.« Aber dann ich ließ mich doch erweichen: »Okay, wo lagern Sie hier den Maschendraht?«

Ich wurde echt sauer, als er bloß hilflos herumwedelte. Das Gelände war doch übersät mit Außengebäuden, und er war vorher schon mal auf Inchborn gewesen: War es ihm denn nie in den Sinn gekommen, sich das alles mal anzusehen?

Von Zeit zu Zeit gab es für die Stelle hier eine öffentliche Ausschreibung, und manchmal nutzte die nationale Presse das für Artikel mit Titeln wie *Könnten Sie auf einer einsamen Insel leben?*. Dann gingen immer jede Menge Bewerbungen ein. Ich meine, viele stammten vermutlich von völlig Verrückten, aber nach dem Aussortieren sollten doch noch etliche geeignete Kandidaten zur Auswahl übrig bleiben, oder nicht?

Allerdings hatte Gregors Unfähigkeit für mich auch Vorteile, denn einerseits musste ich zwar unbedingt rüber zu *Dolly*, andererseits drückte ich mich weiter davor. Was, wenn sich herausstellte, dass sie irreparable Schäden hatte? Wenn der Wind sie gekippt oder das Meer sie mitgenommen hatte?

Durch die Jacke hindurch spürte ich die warme Märzsonne. Wie gut sich das anfühlte! Selbst vor dem Sturm war das Wetter hier seit dem Tag meiner Ankunft ziemlich trostlos gewesen. Es heißt doch *Ein feuchter März ist des Bauern Schmerz*, aber in Schottland bereitete im März nicht einfach nur Regen den Landwirten Kummer, sondern gnadenlos wütendes Frühlingswetter in jeder Form. Manchmal – nur manchmal – kam allerdings so richtig die Sonne raus, und das war dann der reinste Segen.

Mit Gregor im Schlepptau klapperte ich jetzt die Nebengebäude ab, die mit dem erstaunlichsten Kram gefüllt waren. Wenn ein Gegenstand erst einmal auf Inchborn gelandet war, dann blieb er wohl auch für immer hier, nahm ich mal an. Sachen hin und her zu transportieren war ohne Auto eben nicht so einfach. Deshalb fanden sich die seltsamsten Dinge: uralte Schreibtische und Maschinenteile, eine zerbrochene Sonnenuhr, drei Spülsteine, mehrere Rollen Linoleumbelag und – in einem Schuppen ganz hinten, hinter zwei kaputten Hacken – auch eine Rolle feiner Maschendraht.

Triumphierend zog ich sie hervor. »Okay, damit können wir loslegen«, sagte ich.

Gregor wirkte nicht sehr begeistert.

»Das braucht ja nicht perfekt zu sein«, sagte ich. »Vor allem muss es erst einmal *erledigt* werden.«

Wir kehrten zum Gehege zurück, wo ich mich direkt hinkniete und zu hämmern anfing. Dabei wurde mir so warm, dass ich erst die große Jacke und dann die Steppweste ausziehen musste. Hühnerdraht festzunageln, war nicht schwierig, und Gregor half mir zumindest dabei, indem er den Maschendraht von der Rolle abwickelte.

Barbara gackerte herum und brachte ihr Missfallen über unser Treiben deutlich zum Ausdruck, aber ich ignorierte sie. Tatsächlich konzentrierte ich mich voll und ganz darauf, was ich da machte, bis mir irgendwann jemand die Nase ins Ohr schob.

Mit einem Schrei sprang ich auf. Vor mir stand ein Tier mit einem klugen, neugierigen Gesicht und langen Bart. Es war diese Ziege mit einem Fell in hellen Grau- und Cremetönen, die sich jetzt an sich schmiegte.

»Frances!«, knurrte ich. Ganz so viel Angst wie bei ihrem Besuch vorhin im Haus machte sie mir nicht mehr, aber etwas beunruhigend fand ich sie schon. Eigentlich hätte ich ja gedacht, dass sie stinken würde, was aber nicht zutraf. Sie roch schon irgendwie, aber eher nach sauberem Schlamm.

»Sie erkennt Sie wieder«, sagte Gregor, der zu uns herüberschaute. »Wissen Sie, Ziegen sind wirklich schlau.«

Als hätte sie verstanden, was er gesagt hatte, versetzte mir Frances ganz sanft einen Stoß mit dem Kopf.

»Was will sie denn von mir, mich etwa fressen?«

»Wie soll das denn gehen?«

»Keine Ahnung. Vielleicht fängt sie mit den Strümpfen an und arbeitet sich dann Zeh für Zeh weiter vor.«

»Äh, nein, sie will nur ein bisschen schmusen.«

»Schmusen? Eine Ziege? Das sind doch wilde Tiere aus den Bergen!«

Aber als sie mich wieder anstieß, kraulte ich sie widerwillig ein wenig hinter den Ohren. Glücklich presste sie die Schnauze gegen mich.

»Ich meine, wie hat sie das bloß gelernt?«

»Na, von ihrer Mutter«, sagte Gregor und starrte mich an, als sei ich ein bisschen begriffsstutzig. »Sie ist ein lebendiges Wesen, natürlich freut sie sich über Zuneigung.«

»Ich dachte, das ginge nur uns Menschen so. Und Hunden.«

»Wieso das denn?«, fragte er. »Das ist aber eine ganz

schön auf den Menschen fixierte Weltsicht, finden Sie nicht? Warum sollten Tiere nicht auch all das empfinden, was wir Menschen fühlen?«

»Wie jetzt ... etwa eine gewisse Enttäuschung über ihr schlechtes Abschneiden bei Wordle?«

»Alle lebenden Wesen haben Gefühle«, versetzte Gregor streng. »Hey, Frances!«

Die Ziege wandte sich von mir ab und eilte freudig zu ihm hinüber.

»Haben Sie die etwa richtig dressiert? Eine Ziege?«, fragte ich verblüfft.

Er zuckte mit den Achseln und holte ein Leckerli aus einer seiner vielen Jackentaschen. Frances schnappte es sich mit einem glücklichen Schnaufer.

Ich beobachtete die beiden neugierig.

»Sie haben es wohl nicht so mit Tieren, oder?«, fragte er.

Jetzt zuckte ich mit den Achseln. »Da, wo ich wohne, gibt es nicht viele Ziegen. Normalerweise hab ich es eher mit Maschinen zu tun.«

Er nickte. »Wo wohnen Sie denn?«

»In der Nähe von Heathrow.«

Er schaute mich an. »Ach, da kann man leben?«

»Ja, klar.«

Dabei hatte er eigentlich recht, »leben« hätte ich es auch nicht genannt. Es gab keine richtige Stadt, so gesehen war es eher ein Zwischenhalt, ein Übergangsort zwischen Ausgangspunkt und Ziel. Aus diesem Grund hatte ich auch manchmal das Gefühl, dass ich nicht so recht angekommen war, auf Flughäfen lebte, immer in Bewegung und daher beinahe selbst etwas nur Vorübergehendes war.

»Ich überlege auch, bald umzuziehen ... na ja, weil es beruflich neue Perspektiven gibt.«

»Hm-hm.«

»Die neue Stelle wäre in Dubai.«

Er zog die Augenbrauen hoch. »Das ist allerdings eine große Veränderung.«

»Weiß ich«, sagte ich. »Aber ich denke, es wird fantastisch.«

Er schaute zum aufklarenden Himmel hinauf, blickte dann über das feuchte Gras hinweg, das in der Sonne langsam wieder munter wurde. Der Wind ließ jetzt nur noch sanft Blätter rascheln, so als sei ihm sein vorheriges Verhalten ein wenig peinlich.

»Och, aye«, sagte Gregor.

»Gefällt Ihnen die Vorstellung nicht?«

»Ich bin kein großer Freund von Beton«, antwortete er. »Und auch nicht von Klimaanlagen.«

»Das Klima da ist besser als hier.«

Er starrte mich an. »Soll das ein Witz sein? Das ist doch genau wie hier. Nur kann man hier wegen der Kälte das Haus nicht verlassen, und da wegen der Hitze nicht. Und gegen die kann man sich eben nicht schützen, indem man sich noch eine Lage Kleidung anzieht.«

»Aber es wird auf jeden Fall interessant.«

»Das ganz bestimmt.«

»Waren Sie schon mal da?«

»Nein.« Er musste beinahe lächeln. »Und ich möchte mich auch ungern mit einer Pilotin auf einen Waren-Sie-schon-mal-in?-Wettstreit einlassen.«

»Vor allem dann nicht, wenn sich Ihre komplette Welt auf eine winzige Insel beschränkt.«

Er schaute sich um, als wäre ihm dieser Gedanke noch gar nicht gekommen. »Ja, vielleicht ist das wirklich so«, murmelte er, und die Vorstellung schien ihn nicht zu beunruhigen.

Ich richtete mich auf. Die geflickten Stellen sahen nicht sehr professionell aus, aber der Bereich war wieder komplett eingezäunt, zumindest bis zum nächsten Sturm.

Ich bemerkte, dass Barbara einen letzten Ausbruchsversuch unternehmen wollte, und schnappte sie mir.

»Sorry, Schätzchen«, sagte ich. »Ich fürchte, du musst wieder hinter Gitter.«

»Ach, die können Sie ruhig laufen lassen«, bemerkte Gregor gleichgültig.

»Hey, ich hab gerade extra Ihr Hühnergehege für Sie repariert!«, protestierte ich.

»Ich weiß«, sagte Gregor. »Und die meisten Hühner sitzen auch am liebsten im sicheren Stall auf ihrer Stange. Aber Barbara hasst das einfach. Sie will sich ungehindert bewegen können, also entlassen Sie sie einfach in die Freiheit.«

»Wird sie denn nicht gefressen?«

»Füchse gibt es hier nicht«, erklärte er. »Die Seehunde würden sie nicht erwischen, und die Biber sind an ihr nicht interessiert. Sie kommt also schon klar.«

»Und was ist mit Adlern?«

»Ein Adler könnte sie im Auslauf genauso gut packen wie irgendwo anders«, antwortete er. »Das ist dann auch egal.«

»Oh«, machte ich. »Okay.«

Ich schaute nach unten und betrachtete die wütend herumpickende Barbara, die von Zeit zu Zeit finster zu mir herüberschielte.

»Na, dann«, sagte ich zu ihr.

»Ich weiß wirklich nicht, warum Sie jedes Mal so eine seltsame Miene aufsetzen, wenn Sie sie hochnehmen sollen«, sagte Gregor. »Sie beißt nicht.«

»Aber sie könnte nach mir picken!«, sagte ich. »Das will ich nun auch nicht.«

»Wieso, haben Sie Angst um Ihre Maniküre?«

»Klar«, antwortete ich, »deshalb hab ich ja auch die letzte halbe Stunde mit Draht und Hammer herumhantiert. In *Ihrem* Garten.«

Als ich mich zu ihr hinunterbeugte, flatterte Barbara wütend mit den Flügeln. Aber ich war mir Gregors Blicks bewusst und wollte auf keinen Fall klein beigeben. Deshalb streckte ich die Hand aus, schob den Arm unter den Bauch des Huhns und hob es hoch, obwohl es energisch protestierte.

Als ich die flatternde Barbara auf der anderen Seite des Zauns wieder absetzte, marschierte sie augenblicklich empört in Richtung Strand davon, so als hätte sie dort etwas unglaublich Wichtiges zu erledigen, wovon ich sie abgehalten hatte.

Wo wir gerade beim Thema waren …

Ich richtete mich auf, wischte mir die Hände ab und brachte die Rolle Maschendraht zurück in den Schuppen.

Gregor stand einfach nur da und schaute zu, was meine Laune nicht gerade besserte.

»Wo wollen Sie denn hin?«, fragte er, als ich zurückkehrte und direkt weiterlief.

»Tja, ich weiß schon, dass ich in Ihrer Vorstellung vom Grund des Ozeans heraufgekrochen bin. Aber Sie erinnern sich bestimmt noch an das Flugzeug, mit dem ich gestern hier gelandet bin, oder?«

»Ah, stimmt«, sagte er. »Soll ich Sie begleiten?«

»Ich hab in der letzten halben Stunde erfahren, dass Sie keine Ahnung von Maschinen haben, kaum wissen, wie man einen Hammer hält, und andere Menschen hassen. Daher: Nein, ich komme durchaus allein klar.«

Außerdem kannte ich ihn ja kaum. Er gehörte womöglich zu diesen Männern, die angesichts von zu reparierenden Geräten gern mit wissender Miene herumstanden, mit der Zunge schnalzten und dämliche Vorschläge machten. Von der Sorte war ich schon so einigen begegnet.

»Wie Sie wollen«, sagte er, aber ohne Groll.

Okay, da musste ich jetzt durch, länger konnte ich nicht warten. Ich konnte das nicht weiter hinauszögern, sondern musste zu meinem Flugzeug und mich der harten Realität stellen.

Und mittlerweile hatte man unsere Abwesenheit bestimmt bemerkt, oder nicht? Nalitha hatte sicher allen Bescheid gesagt, daher war wohl jeden Moment mit dem Einlaufen der Fähre zu rechnen, na klar. Je mehr ich mich unter dem frisch gewaschenen, leuchtend blauen Himmel den Dünen näherte, desto leichter wurde mir ums Herz. Es ging eine Brise, aber die warme, köstlich nach Heidekraut duftende Luft schien bereits den Sommer anzukündigen, wie das an frühen Frühlingstagen hier oben manchmal war. Natürlich dauerte das nie lange an, da der Winter hier gern mal zurückkehrte und uns in Erinnerung rief, dass er immer noch im Hintergrund lauerte.

Aber dieser Morgen … fühlte sich trotz allem, was passiert war, ganz besonders an, erst recht, als ich auf dem höchsten Punkt der Düne stand und wusste, dass mit den nächsten Schritten das graue Haus aus Stein hinter mir verschwinden würde.

Ich betrachtete kurz den kleineren Zipfel der Insel, drehte mich dann um und schaute zur wunderschönen Klosterruine hinüber. Sie wirkte jetzt nicht mehr so gruselig und angsteinflößend wie während des Unwetters, sondern eher wie ein Mahnmal, etwas, was kein Sturm je zerstören konnte: ein beinahe tausend Jahre altes Zeugnis menschlicher Willenskraft.

Ich war ganz im gegenwärtigen Augenblick. Natürlich wusste ich, wie viel zu tun war und dass mein Leben komplett den Bach runterging. Aber hier und jetzt konnte man doch unmöglich traurig sein – schließlich schien mir die Sonne auf den Rücken, und ich hatte einen vollen Bauch. Plötzlich meldete sich das schlechte Gewissen zu Wort, weil ich Gregors Brot restlos aufgefuttert hatte. Abgesehen davon hatte ich in diesem Augenblick allerdings das Gefühl, dass es für meine Probleme eine Lösung geben könnte, dass mein Leben weitergehen würde, genau wie die Klosterruine immer weiterexistierte – auch wenn sich vielleicht für die Firma und für Gramps manches ändern würde. Aber er würde weitermachen und schon irgendwie klarkommen.

Dieser milde Tag mit sanftem Sonnenschein und der leichten Brise schien geradezu zu versprechen, dass alles gut werden würde. Oder würde es das etwa nicht? Doch, sicher, bestimmt, es würde alles in Ordnung kommen. Schließlich hatten wir doch den Sturm überstanden. Und an eine Person mit H würde ich jetzt einfach nicht denken.

Als ich die Düne hinunterlaufen wollte, kam mir plötzlich etwas in den Sinn – Dünenrollen! Daran hatte ich ja schon ewig nicht mehr gedacht! Jamie und ich hatten früher Stunden in den Dünen verbracht, waren unermüdlich hinuntergerollt und -gekullert oder einfach in den hellen, weichen Sand unter unseren Füßen gesunken, während unsere Mutter am Strand gehockt und vergeblich versucht hatte, den mitgebrachten Proviant vor all dem Geriesel zu schützen. Besser als dort an der frischen Luft hatten eine Tüte Golden-Wonder-Chips oder Tizer-Limo und Toastbrot mit Käse und Schinken nie geschmeckt. Danach waren wir in die Dünen zurückgekehrt oder hatten uns an mutigen Tagen sogar zum Schwimmen oder Herumplanschen ins Wasser gewagt.

Wie konnte ich das nur vergessen haben? Die Haare fielen mir ins Gesicht, und mir war klar, dass ich mit den wilden Locken völlig verrückt aussehen musste. Mit einem Mal war mir aber alles egal. Ich zog die Gummistiefel und die Strümpfe aus und ließ sie kurzerhand zurück, schüttelte meine Mähne und warf mich einfach nach vorne, drehte mich lachend und atemlos, als ich mit Sand zwischen den Zehen bis nach unten schlitterte.

Ich konnte kaum fassen, wie ich in der hermetisch abgeschlossenen Welt von Flughäfen rund um den Globus mit ihrer sterilen, klimatisierten Luft, in einem Universum mit Pringles und Toilettenzeichen und Taxis und Schlangestehen und Zeitschriften und überall gleich aussehenden Cafés all das vergessen konnte.

Am Fuß der Düne rollte ich schließlich atemlos aus. Jetzt konnte ich deutlich sehen, dass ich mich gestern verkalkuliert hatte, als ich noch einmal abgedreht war, um mich der Insel kreisend neu zu nähern. Die Landung des Vortags kam mir mittlerweile wie ein Albtraum vor, der mit dem Aufgehen der Sonne verschwunden war wie Morgentau.

Es wird alles gut, sagte ich mir, während ich mich auf den Weg zum anderen Ende des Strandes machte. *Dolly* geht es sicher prima, und es wird alles gut.

Kapitel 20

Als ich aus der Ferne endlich die Silhouette meines Flugzeugs entdeckte, war ich begeistert. Es war noch da! Sicher war alles in Ordnung mit ihm, und das Funkgerät ging bestimmt auch noch.

Damit würde ich Gramps kontaktieren können und ihn bitten, per Fähre einen neuen Reifen rüberzuschicken. Er hatte doch sicher einen in der Werkstatt. Dann würde ich in null Komma nichts für meinen letzten Simulatorcheck wieder in London sein, und alles würde gut laufen. Besser als gut, dachte ich, solange Erno nur gesund war. Ich hatte meine Angst ja offensichtlich bezwungen, als ich *Dolly* sicher runtergebracht hatte, und damit war alles wieder in Ordnung.

Jetzt würde ich loslegen und den Rest meines Lebens in Angriff nehmen. Hayden würde mir um den Hals fallen und mir erklären, dass sein Handy von jemandem gestohlen worden war, dessen Stimme so ähnlich wie seine klang, oder dass er vorübergehend an Gedächtnisverlust gelitten hatte oder … na ja, auf jeden Fall würde es im Leben weitergehen, und ich würde nach vorne schauen.

Der Gedanke an die gelungene Landung, das tolle Wetter heute und meine – wer hätte es gedacht? – erfolgreiche Reparatur eines Hühnergeheges, selbst Frances' freundliche Annäherung, all das hatte mich wirklich in gute Laune versetzt.

Gestern war alles so dunkel und trostlos und eisig und beängstigend gewesen, aber heute sah die Welt ganz anders aus. Das war doch sicher ein Zeichen, sagte ich mir und wollte instinktiv nach meinem Handy greifen, um ein Foto von diesem wunderschönen Tag zu machen. Aber dann fiel mir wieder ein, dass ja der Akku leer war und mein Handy so bald nicht zum Leben erwachen würde. Nachher musste ich mir auch mal den Generator angucken.

Okay, ich würde das schaffen, und irgendwann würde diese Zeit abseits meines furchtbar erfolgreichen Lebens für eine lustige Anekdote herhalten.

Doch je näher ich kam, desto deutlicher konnte ich erkennen, dass es ziemlich übel war.

Zunächst wollte mein Gehirn die Information einfach nicht aufnehmen. Es log mich an, behauptete, das hinge mit dem Licht oder dem Winkel des Sandstrandes an dieser Stelle zusammen. Aber es war unverkennbar, so offensichtlich wie der leuchtend blaue Tag: *Dolly* befand sich in Schieflage, daran bestand kein Zweifel. Die Backbordseite, die mit der Tür, neigte sich unaufhaltsam den Wellen zu. Das Rad auf dieser Seite war tief im Sand vergraben, und die Tragfläche senkte sich in Richtung Wasser. Aber selbst das frei liegende Rad wurde von Wellen umspült.

Mir blieb das Herz stehen, und ich rannte auf das Flugzeug zu, als könnte ich da irgendetwas ausrichten.

»O nein!«, rief ich aus. Es tat mir so leid, wie plump und schief *Dolly* dahockte, als sei sie betrunken. »Oh, Süße!«

Da ich die Gummistiefel auf der Düne zurückgelassen hatte, tapste ich mit nackten Füßen durch das eiskalte Wasser, aber das bemerkte ich kaum, als ich zu *Dollys* hängendem Flügel hinübereilte – und doch tatsächlich versuchte, die Maschine hochzuschieben. Flugzeuge sind leicht, aber so leicht dann auch wieder nicht, daher konnte ich sie nicht einen Zentimeter bewegen.

Der Sand war nass und zog das Rad mit dem geplatzten Reifen hinunter. Es war, als ob *Dolly* auf Treibsand gelandet wäre. Während sich auf den Tragflächen noch Sand von der letzten Flut befand, setzte bereits die nächste ein. Wenn ich das Flugzeug nicht hier wegholte, würde bald auch die Flügelspitze versinken.

Ich öffnete die Tür und ließ langsam die Treppe herunter. Augenblicklich strömte Wasser aus dem Inneren, und mir wurde das Herz ganz schwer. Die kleine Maschine musste von dem Unwetter völlig verschluckt worden sein. Jede kleine Spalte, jedes Loch – Wasser fand immer einen Weg. Twin-Otter-Maschinen hatten keine Druckkabine, sie waren nicht luftdicht. Natürlich waren sie wasserdicht, aber nur … bis zu einem gewissen Grad, und am unteren Rand schien die Tür nicht hermetisch zu schließen. Das war für die Passagiere nicht gefährlich und führte höchstens zu ein bisschen Durchzug. Vielleicht war die Verkleidung dort schadhaft, immerhin war *Dolly* schon ziemlich alt. Trotz ihres Alters hatte die Wahrscheinlichkeit eines Unfalls immer noch bei eins zu einer Million gelegen. Aber jetzt war etwas passiert, und es war alles ganz furchtbar.

Wasser strömte die Stufen herunter. O Gott.

Ich kletterte ins Innere, wo alles klatschnass war. Der Boden war mit Rettungswesten, Papieren, Landkarten, Checklisten und Sicherheitsanweisungen übersät, die sich zu einem schwarzen, schlammigen Brei vermengten. Ich stolperte voran zum Cockpit und wünschte inzwischen, ich hätte die Stiefel nicht ausgezogen. Auch die Instrumente waren feucht, weshalb es nicht sicher sein würde, versuchshalber die Motoren zu starten. Damit würde ich nur einen Kurzschluss auslösen und womöglich dabei draufgehen. Sehnsüchtig betrachtete ich das Funkgerät, aber ich musste einfach die Finger davon lassen. Als ich so dastand, wurde mir zu meinem Entsetzen klar, dass mein Gewicht die Neigung des Flugzeugs nur noch verstärkte.

Hastig bewegte ich mich auf die andere Seite, wobei ich mir den Fuß heftig am Co-Piloten-Sitz stieß. Während mir ein panischer Ausruf entfuhr, ächzte und knarzte die Maschine unheilvoll. Ich musste unbedingt hier raus! Vorsichtig trat ich den Rückzug an und kletterte wieder nach draußen. Die unterste Stufe war im Sand versunken, und es war unglaublich schwierig, sie daraus zu befreien. Als ich sie endlich nach oben schieben konnte, hatte ich Angst, die Treppe würde mir gleich auf den Kopf fallen. Irgendwann war sie dann aber sicher verstaut, und ich starrte *Dolly* mit großen Augen an. Bildete ich mir das nur ein, oder war sie wirklich in den wenigen Minuten seit meiner Ankunft hier tiefer im Sand versunken? Hatte ich alles nur noch schlimmer gemacht?

O Gott, in diesem Moment begriff ich plötzlich etwas: Ich hatte so viel mentale Energie darauf verwendet, *Dolly* vor Callum Frost zu verteidigen, und mir eingeredet, dass ich damit großmütig für Gramps einstand. Aber stimmte das wirklich? Oder konnte es vielleicht sein, dass tief in meinem Inneren auch ich dieses verdammte Flugzeug liebte?

Die Sonne glänzte auf den Fenstern der Maschine, die gequält vor mir stand, so mitgenommen und verloren aussah. Mit einem Mal tat sie mir furchtbar leid, und ich mir auch, und Gramps und alle anderen.

»Oh, Dolly«, murmelte ich.

Wie als Antwort ächzte das Flugzeug im Wind.

Okay, sagte ich mir selbst. Es brachte ja nichts, hier rumzustehen und dabei zuzusehen, wie alles immer schlimmer wurde. Ich musste anfangen zu planen und irgendwie hier wegkommen. Noch konnte ich die Situation retten. Oder?

Die Düne wieder hochzuklettern, machte bei Weitem nicht so viel Spaß, wie sie hinunterzurollen. Traurig und verschwitzt kämpfte ich mich voran und drehte mich dabei nicht um. Ich wollte nicht noch einmal sehen, wie sich mein kleines Flugzeug kläglich den Wellen zuneigte.

Als ich wieder den Garten hinter dem Haus erreichte, schien sich Gregor zu meiner großen Verblüffung nicht vom Fleck gerührt zu haben. Er stand immer noch da und kraulte Frances die Ohren.

Das konnte ich wirklich nicht verstehen. Ein furchtbares Unwetter war über die Insel gezogen, sodass es hier nicht nur kein Internet, sondern jetzt auch keinen Strom mehr gab. Wir waren vom Rest der Welt abgeschnitten, und er versuchte nicht einmal, das in Ordnung zu bringen, sondern stand da und glotzte wie ein Pferd in die Landschaft.

Während ich auf Gregor zuging, spürte ich, wie sich mir Verzweiflung wieder schwer auf die Schultern legte.

»Hey«, sagte ich.

Er schaute auf und runzelte die Stirn. Ich hätte nicht recht sagen können, ob sein finsterer Blick echt oder nur gespielt war.

»Was?«, fragte ich.

»Haben Sie mein Mittagessen gegessen?«

Ach, das war mir völlig entfallen.

»Äh …«, begann ich. »Also, es ist so …«

Er schüttelte den Kopf. »Dieses Brot war eigentlich dafür gedacht … dass wir es uns teilen.«

Ich schaute ihn an. War ihm denn nicht klar, dass wir jetzt viel größere Sorgen hatten? Dass auf der anderen Seite der Dünen ein äußerst teures Flugzeug dahinsiechte?

»Kann es vielleicht sein«, fragte ich freundlich, »dass Ihre Ziege es verspeist hat?«

Er beugte sich zu Frances hinunter und musterte sie einen Moment. Sie schaute mit ihrem sanften Ziegengesicht zu ihm hoch und rieb sich an seinem Bart. Ich hatte den seltsamen Eindruck, dass diese Ziege in ihn verliebt war.

»Das denke ich nicht«, sagte er jetzt zu mir.

»Sie glauben der Ziege also mehr als mir?«, fragte ich. »Das kann doch wohl nicht sein.«

»Außerdem stand das Brot auf dem Sideboard. Das ist ja viel zu hoch für Frances.«

»Ziegen sind doch berühmt dafür, wie gut sie *springen.*«

Wieder runzelte er die Stirn, allerdings zuckte sein Mundwinkel. »Sie behaupten also, dass Sie mein Brot nicht gegessen haben?«

»Oh«, sagte ich und kratzte mit der Spitze des Gummistiefels in der Erde herum. »Ehrlich gesagt, fällt es mir jetzt wieder ein. Doch, ich hab es gegessen, und das tut mir echt leid. Es war eben so lecker.«

Fassungslos starrte er mich an. »Aber wir reden hier … von einem kompletten Laib.«

»Jaaaaaaa«, murmelte ich. »Ich weiß.«

»Hat *Frances* denn wenigstens was abbekommen?«

Damit hätte ich wesentlich besser dagestanden, wie mir plötzlich bewusst wurde. Jetzt fühlte ich mich nicht nur wie eine Lügnerin, sondern auch noch wie ein schlechter Mensch.

»Nein«, sagte ich. »Es tut mir so leid, ich hätte es Ihnen wirklich sagen sollen.«

Er setzte eine saure Miene auf. »Mal abgesehen davon, dass Sie sich besser von vorneherein zusammengerissen hätten, um nicht einen kompletten Laib Brot in sich hineinzustopfen.«

»Okay«, knurrte ich pikiert. »Wollen Sie deshalb jetzt die ganze Zeit auf mir herumhacken? Dann backe ich Ihnen eben ein neues!«

»Ach, Sie können backen?«

»Nein«, sagte ich. »Ich wollte Sie nur besänftigen.«

»Und, funktioniert es, sich den Leuten so anzubiedern?«

»Tja, vielleicht sollten Sie das auch mal probieren«, gab ich zurück. »Egal, dafür ist jetzt keine Zeit. Wo ist denn Ihr Generator? Wir müssen irgendwie Kontakt zum Festland aufnehmen.«

»In der großen Scheune«, sagte er.

»Ist in meiner Abwesenheit vielleicht auf wundersame Weise der Strom zurückgekehrt?«, fragte ich hoffnungsvoll.

»Nein. Und es ist auch nicht auf wundersame Weise neues Brot aus dem Ofen gekommen.«

Ich verdrehte die Augen. Eigentlich hätte ich ja erwartet, dass er mich nach *Dolly* fragen würde, aber da kam nichts.

»Interessiert es Sie denn *überhaupt nicht*, wie es mit meinem Flugzeug aussieht?«, erkundigte ich mich irgendwann.

»Ist alles in Ordnung damit? Können Sie bald wieder abheben?«, wollte er wissen.

»Nein.«

»Tja, dann nicht.«

Ich seufzte und schickte mich an, zur Scheune rüberzugehen. Dieser Typ war wirklich irritierend. »Okay. Cool. Danke. Na, dann werd ich mich wohl allein um alles kümmern.«

Er zuckte mit den Achseln. »Ich glaube, da gibt es nichts,

worum man sich kümmern könnte. Mal abgesehen vom Mittagessen, und dafür ist es jetzt zu spät.«

Mit finsterer Miene schaute ich ihn an. »Wir sind völlig von der Zivilisation abgeschnitten!«

»Ach, die Zivilisation meldet sich irgendwann schon selbst.«

»Außerdem hab ich keine Ahnung, was mit unserem Piloten ist, und meine Familie hält mich womöglich für tot.«

»Ich dachte, Ihre Kollegin würde allen Bescheid sagen.«

»Ja, okay, aber ich hätte doch sterben können, nachdem sie gestern Abend hier abgeflogen ist.«

»Das könnte man von so ziemlich jedem Abend sagen.« Er deutete auf unsere Umgebung. »Es ist Brutzeit, die Sonne scheint, wir sind mit genug Vorräten ausgestattet, die Hühner legen Eier, und wir haben Torf fürs Feuer. Ich verstehe wirklich nicht, warum Sie sich Sorgen machen.«

»Weil eben nicht jeder wie ein wahrhaftiger Einsiedler lebt!«, rief ich aus. »Manche Leute haben wirklich wichtige Sachen zu erledigen. Außerdem könnten wir das Flugzeug verlieren!«

»Wirklich wichtige Sachen?«, wiederholte er, während er nach einer Hacke griff und zu den Gemüsebeeten hinüberschlenderte. »Ich glaube, wir haben abweichende Ansichten darüber, was wirklich wichtig ist. Sie sind doch diejenige, die dauernd auf ihr Handy guckt, obwohl es nicht die geringste Chance gibt, dass darauf plötzlich wieder irgendwelche Katzenfotos zu sehen sind. Ach nein, Entschuldigung – Bilder von Hubschraubern oder was auch immer.«

Ich stieß ein frustriertes Seufzen aus und marschierte an ihm vorbei zur Scheune hinüber.

Der Generator war ein großes graues Modell von Hyundai, staubig und ölverschmiert. Von mehreren Benzinkanistern auf einem Regalbrett darüber ging ein schwerer Geruch aus. Ich überprüfte zunächst, ob dem Gerät vielleicht einfach der Sprit ausgegangen war. Inzwischen fand ich es nicht mehr unwahrscheinlich, dass Gregor so etwas geschehen lassen und sich nicht groß den Kopf darüber zerbrechen würde. Nein, der Tank war voll, da lag das Problem also nicht.

Allerdings war hier auch noch eine andere Flüssigkeit überall zu sehen, nämlich Wasser: Der Boden und die Regale waren tropfnass, genau wie der eine Apparat, den man hier auf der Insel um jeden Preis vor Nässe bewahren sollte: der Generator selbst.

Als ich mich darüberbeugte, entdeckte ich schnell das Problem: ein Teil der Klappe war komplett weggerostet. Es war einfach leichtsinnig, diese ganz simple Vorrichtung nicht instand zu halten, die so etwas Wichtiges schützte.

Ich fluchte. Tatsächlich: Die Spule im Inneren war nass. Und das war in diesem Fall nicht so, als wäre ein Handy oder Kopfhörer nass geworden, die nach ein paar Tagen wieder funktionieren würden, wenn man sie in Reis steckte. Drang in einen laufenden Generator Wasser ein, gab es einen Kurzschluss.

Das hatte ich während meiner Ausbildung in Bezug auf Flugzeugmotoren gelernt, aber es traf auf alle Motoren zu. Durch den Kurzschluss brannten sie aus, und das war es dann, die Sache war gelaufen. Ich sah mich um. Hier waren Ersatzteile vonnöten, und in einer gut organisierten Werkstatt hätte man vermutlich welche da, aber … In diesem Schuppen lagen bloß Schrauben und Drähte herum, und aus irgendeinem Grund auch ein Hammer – vielleicht, um damit gegen den Generator zu schlagen, wenn er beim Starten Probleme hatte.

Wie, so fragte ich mich wieder einmal, konnte jemand

herkommen, auf dieser Insel leben und sich so wenig um sein eigenes Wohl kümmern? Ich dachte im Cockpit immer nur: Sicherheit, Sicherheit, Sicherheit, check, check, check! Das war mir mein Leben lang eingebläut worden: Sicherheit ist das Allerwichtigste.

Deshalb hatte ich einen vernünftigen, sicheren Job gewählt, für meine Karriere vernünftige, sichere Entscheidungen getroffen und mich in einen vernünftigen, sicheren Mann verliebt (zumindest hatte ich das geglaubt). Aber das hier … war das komplette Gegenteil von sicher. Es war leichtsinnig und hätte lebensgefährlich werden können. War es im Prinzip immer noch, weil wir keinen Strom hatten, daher das Funkgerät nicht nutzen und nicht mit dem Festland kommunizieren konnten.

Entgeistert starrte ich den Generator an.

Natürlich war ich nicht … Ich meine, mir würde hier nichts wirklich Schlimmes zustoßen. Wir befanden uns nur etwa achtzig Kilometer von der Küste entfernt und nicht auf dem Mond. Es würde bestimmt bald jemand kommen, innerhalb kürzester Zeit, noch heute würde hier die Fähre anlegen. Oder vielleicht würde man mir sogar einen Hubschrauber rüberschicken. Ob ich wohl am Strand etwas in den Sand schreiben sollte? Sicher würde jemand kommen und gucken, ob es uns gut ging.

Heute war Sonntag. Am Donnerstag würde ich wieder in London sein müssen, und irgendwie würden wir auch *Dolly* abtransportieren müssen. O Gott. Ich nahm mal an, dass wir wohl der Versicherung Bescheid geben müssten. Die würde dafür ein Schiff schicken müssen – je schneller, desto besser. Jede Sekunde, die das tropfnasse Flugzeug da draußen am Strand verbrachte, machte die Dinge schlimmer, bis es vielleicht nicht mehr zu retten wäre.

Ich konnte die Vorstellung nicht ertragen, Gramps zu beichten, dass ich sein Baby in so eine Situation gebracht hatte. Mir brannten die Augen, und ich wischte mir wütend darüber. Weinen war doch sinnlos, und ich hatte es ja nicht mit Absicht gemacht. Aber es half alles nichts, nachdem die erste Träne gerollt war, schnürte es mir schmerzhaft die Kehle zu, und der Drang, zu heulen, wurde unerträglich. Schließlich wehrte ich mich nicht länger dagegen und schluchzte ziemlich laut vor mich hin.

Ich saß hier an diesem lächerlichen Ort fest, wir hatten keinen Strom, und es lief einfach alles schief.

Natürlich wollte ich gern darauf vertrauen, dass Nalitha Hilfe schicken würde, aber sicher sein konnte ich nicht! Vielleicht hatte sie im Krankenhaus bleiben müssen oder … na ja …

Okay, tatsächlich würde meine Freundin notfalls über Glassplitter kriechen, um mir zu helfen, da war ich mir ganz sicher.

Aber warum war dann nicht längst die Kavallerie ausgerückt?

Kapitel 21

Ich heulte mich so richtig aus – und es war kein hübsches Filmweinen wie vor der Kamera, sondern eher ein Rotz-und-Wasser-Schluchzen.

Dann putzte ich mir lautstark die Nase und zog los, um mir erst einmal eine Tasse Tee zu machen.

Gregor arbeitete im Garten, schaute auf und bemerkte mein tränenverschmiertes Gesicht. »Was ist denn los?«, fragte er. »So sauer bin ich wegen der Sache mit dem Brot gar nicht.«

»Ich habe doch nicht Ihretwegen geheult!«, rief ich. »Aber wissen Sie was, der Generator ist komplett hinüber. Das Gebäude, in dem er steht, ist nicht vernünftig gewartet worden, es gibt keine Ersatzteile, und der Apparat selbst fällt auseinander. Deswegen gibt es keinen Strom.«

Er zuckte mit den Achseln. »Ja, und?«, sagte er. »Wir haben schließlich Kerzen und jede Menge Torf.«

»Darum geht es doch gar nicht! Es gibt einfach Sachen zu erledigen, ich muss von dieser verdammten Insel runter, muss den Transport des Flugzeugs organisieren und würde ganz gern eine Garnitur Kleidung finden, die nicht von einem vermutlich seit sechzig Jahren toten Mann stammt!« Wütend raufte ich mir die Haare. »Wir sind komplett isoliert, und ich kann einfach nicht fassen, dass es Ihnen überhaupt nichts auszumachen scheint.«

Er zuckte mit den Achseln. »Ach, im Winter passiert das ständig, da arrangiert man sich eben.«

»Sie vielleicht«, sagte ich. »Da Ihre Arbeit ja auch darin besteht, hier tatenlos herumzusitzen, bis Ihnen der Arsch wegschimmelt. Vielen Dank auch, aber manche von uns haben tatsächlich ein Leben.«

Jetzt sah er verletzt aus. »Ich …«

»Tut mir leid«, sagte ich hastig. »Das war nicht fair.«

»Nein, wirklich nicht«, bestätigte er und fügte hinzu: »Aber ich kann Sie natürlich verstehen. Ich weiß, dass Ihnen diese Situation zusetzt und Sie schnell zurückwollen. Und Sie kommen ja auch wieder nach Hause, Morag. Außerdem sind all die Dinge, die Sie hier so problematisch finden … ganz normal. Was das angeht, gebe ich Ihnen mein Wort. Es ist alles in Ordnung. Sie sind hier sicher.«

Wie er da »Sie sind hier sicher« zu mir sagte, das rührte etwas in mir an und drohte eine erneute Tränenflut auszulösen, gegen die ich mich aber mit aller Kraft wehrte. Wirklich sicher gefühlt hatte ich mich … also … seit dem Vorfall nicht mehr. Und weil ich mit niemandem über meine Gefühle hatte reden können, nicht mit Gramps oder Hayden oder sonst irgendwem, hatte niemand so etwas zu mir gesagt. Dass ich sicher war.

»Danke«, würgte ich hervor und lief dann schnell zum Haus weiter, falls ich gleich wirklich wieder heulen sollte.

Im Wohnzimmer legte ich noch etwas Torf aufs Feuer. Trotz des Sonnenscheins draußen war es im Haus weiterhin kalt, wahrscheinlich deshalb, weil es so alt und düster war. Nur in der Küche nicht, wo auf kleiner Flamme der Aga brannte. Wieder fragte ich mich, ob das Öl wohl reichen würde.

Ach, das war doch alles albern, es würde ja jeden Moment ein Hubschrauber kommen. Schließlich verschwanden Flugzeuge nicht einfach so im Nichts, und deshalb würden alle Hebel in Bewegung gesetzt werden, um mich zu finden. Ich wusste, dass Nalitha ihr Bestes geben würde. Trotzdem wollte ich so gern eine Bestätigung.

Für alle Fälle wühlte ich noch einmal ein bisschen im Anbau herum und stieß auf einen wahren Schatz: eine fast volle Rolle Gafferband. Es war zwar mit Staub bedeckt, darum scherte ich mich mittlerweile aber nicht mehr. In der Kammer entdeckte ich auch ein Tuch, das ich mir um den Kopf band, damit mir die rebellischen Locken nicht mehr ins Gesicht fielen.

Ich kehrte nach draußen zurück, wo an eine Scheune gelehnt eine Leiter stand. Mit gerunzelter Stirn schaute ich zum Dach des Wohnhauses hinauf. Ja, ich konnte sie genau sehen, da lag die Antenne, die offensichtlich umgekippt war. Und das war nicht dem Sturm geschuldet, sondern war offensichtlich schon vorher passiert, deshalb hatte Gregor beim Unwetter ja nicht auf unseren Funkspruch geantwortet.

Ganz ehrlich: Mittlerweile wunderte es mich, dass er auch nur morgens beide Beine in die Hose bekam.

Ich brachte die Leiter zum Haus hinüber und lehnte sie mit einem Seufzen vorsichtig an die Wand.

Dabei folgte mir mal wieder Barbara, die meinen Blick erwiderte, als ich sie anschaute.

»Genau, da muss ich rauf«, hörte ich mich selbst erklären, »sonst muss ich wohl für immer hierbleiben.«

Barbara gackerte.

»Ja, für dich ist das natürlich kein Problem, immerhin kannst du fliegen.«

Eigentlich hatte ich Gregor darum bitten wollen, dass er

die Leiter festhielt, aber ich konnte ihn nirgendwo entdecken, und er antwortete auch nicht auf meine Rufe.

Probeweise setzte ich den Fuß auf die erste Sprosse. Sie wirkte solide, und Höhe war für mich natürlich kein Problem, zumindest hatte ich das angesichts meines Berufs bisher gedacht. Als ich immer höher stieg, Richtung Regenrinne, machte sich in mir allerdings Nervosität breit. Wenn ich im Cockpit saß, konnte ich die Flughöhe kontrollieren. Hier hingegen hing meine Sicherheit vom Wind, einer knarzenden Leiter und einem Huhn ab, das die Leiter womöglich gleich zur Seite stoßen würde, um sich einen Spaß zu machen. Ich schaffte es hoch bis zur Regenrinne, der ebenfalls ein bisschen Wartung gutgetan hätte, da sie klapprig und voller Blätter war. Mir zitterten die Hände, womit ich nicht gerechnet hatte. Zum Glück war das Dach mit einem kleinen Ziergeländer umgeben, an dem ich mich festhalten und nach oben schwingen konnte. Auch der Winkel der Dachschräge war gottlob nicht zu heftig.

Nachdem ich über das Schieferdach gekrabbelt war, in dem hier und da ein Loch zu sehen war, verharrte ich einen Moment neben dem Schornstein, gegenüber der Seite, auf der der Rauch abzog. Ich musste erst einmal wieder zu Atem kommen und, so ungern ich mir das eingestehen wollte, mich auch ein bisschen beruhigen.

Dann schaute ich mich um. Hier oben gehörte die Insel mir allein, und die Aussicht war wirklich unglaublich. Aus dieser Perspektive wurde auch deutlich, wo genau wir uns befanden: Man konnte den Archipel mit Cairn in Richtung Festland, Larbh in Richtung Norden und dahinter etwas kleiner Archland gut erkennen.

Beinahe machte es den Eindruck, als hocke man auf dem Rückgrat eines riesigen Tiers, von dem nur ein paar Wirbel zu sehen waren. So hatten es sich die Leute in alten Zeiten vorgestellt, sie hatten geglaubt, dass dort ein Wesen unter den Wellen schlief und ihnen erlaubte, hier oben zu wohnen.

Das Wasser war ganz ruhig. Auch von all den Wirbeln, die ich nur ein paar Stunden zuvor am Himmel beobachtet hatte und die die Welt auf den Kopf gestellt hatten, war nichts mehr übrig. Zwischen den Inseln lag das Meer so glatt da wie in einem Schwimmbecken, und das Festland wirkte gar nicht weit weg – als könnte ich einfach mit einem großen Schritt hinüberspringen und nach Hause gehen.

Plötzlich fiel mir auf, dass da draußen gar keine Schiffe unterwegs waren. Komisch! Bei unseren Flügen über die Inselgruppe war auf dem Meer immer viel los gewesen, mit der Fähre, Ausflugsbooten und selbstverständlich Fischkuttern, mit Leuten, die segelten oder herumtuckerten. Und das war selbst bei ganz kaltem Wetter so gewesen. Ich runzelte die Stirn. Natürlich würden Frachter auf See sein, nahm ich mal an, aber die fuhren viel weiter nördlich vorbei. Sie mieden die Gegend aufgrund der Häfen und flachen Fahrrinnen, um bloß nicht auf Grund zu laufen. Aber wo steckten denn alle anderen? Jetzt wurde mir klar, dass ich eigentlich auf eine ganze Flotte gehofft hatte, die zu meiner Rettung unterwegs war.

Während ich darüber nachdachte, bemerkte ich zu meiner Linken in einiger Entfernung einen dunklen Umriss. Ich drehte mich ein wenig, genoss die Wärme des Schornsteins am Rücken und die der Sonne von links.

Wenn man vom Haus aus in Richtung Kloster blickte, konnte man südlich davon eine große Lichtung neben einem Wäldchen mit jungen Bäumen erkennen. Vor Tausenden von Jahren hatte es auf den Inseln der Gegend viele

Bäume gegeben, und mittlerweile wurden sie wieder aufgeforstet, um die Erosion des Machairs und des Bodens generell zu verhindern. So entstand ein starkes, engmaschiges Schutznetz gegen das ansteigende Meer. Es waren robuste Arten: Ebereschen, Birken und auch Haselnusssträucher.

Das wusste ich, weil mir Gramps von Zeit zu Zeit die Lokalzeitung schickte.

Mitten auf der Lichtung stand jedenfalls reglos eine Gestalt, die wohl Gregor sein musste. Gregor oder eine Vogelscheuche, dachte ich, aber ich erkannte die bulligen Schultern und die leicht gekrümmte, ein wenig misstrauisch wirkende Körperhaltung. Was machte er da nur? Am liebsten hätte ich gepfiffen, aber er hätte mich aus dieser Entfernung sowieso nicht gehört. Und selbst wenn er sich nach mir umschaute, würde er mich nicht entdecken. Ich starrte hinüber. Er war schon ein seltsamer Typ. Was trieb er da bloß?

Während ich ihn beobachtete, bemerkte ich plötzlich eine Bewegung. Da sauste irgendetwas um ihn herum. Ich kniff die Augen zusammen und erkannte es schließlich: Das sausende Etwas stellte sich als Falke heraus. Mir fiel wieder der Tag ein, an dem wir den Reisekoffer hier abgesetzt hatten – da hatte Gregor doch mit einer ähnlichen Körperhaltung vor den Schulkindern gestanden.

War es das, was er da gemacht hatte? Wahrscheinlich. Den kleinen braunen Vogel hatten wir aus der Entfernung nicht erkennen können.

Jetzt wünschte ich, ich hätte hier oben ein Fernglas.

Der Vogel kreiste einmal, zweimal über der Lichtung, dann hielt Gregor behutsam seine mit einem Handschuh geschützte Faust hoch, und der Falke landete augenblicklich darauf.

Selbst von hier oben konnte ich erkennen, dass er mit

beruhigenden, beschwichtigenden Worten auf das Tier einredete, während er ihm etwas zu fressen gab. Die beiden sahen aus, als seien sie ganz allein auf der Welt, und genau das glaubten sie wohl auch.

Gregor wiederholte die Abfolge noch einmal, ließ den Falken fliegen und eine neue Runde am leuchtend blauen Himmel drehen.

Eine Sekunde stieg er bis auf meine Höhe auf, und plötzlich wünschte ich mir von ganzem Herzen, er würde auch in meine Richtung fliegen, damit ich mir ihn – oder vielleicht sie? – mal näher ansehen könnte.

Aber offenbar war ich für den Falken nicht interessant. Kreisend entfernte er sich nur noch weiter vom Haus und segelte gleichmäßig durch die Luft. Von so einem eleganten Flug konnte ich bloß träumen! Als ich den Vogel mit dem vom Wind geplusterten Gefieder sah, schien sich vor meinen Augen das mir so gut bekannte Diagramm von Luftstrom und Fluggeschwindigkeit darüberzulegen.

Im Vergleich war in meiner Welt, der der Flugzeuge, alles mechanisch und plump, voller am Computer entworfener Maschinen, mit Kabeln, Fahrwerk und Motor.

In der Welt dieses Vogels war das Fliegen eine natürliche, mühelose Angelegenheit, eine Symbiose aus Röhrenknochen und einem angeborenen Gespür für den Wind.

Wir jämmerlichen, auf den Erdboden verbannten menschlichen Wesen mussten hingegen so hart dafür kämpfen, in drei Dimensionen spielen zu können.

Fasziniert beobachtete ich das geflügelte Wesen.

Dass Gregor ganz still dastand, war logisch. Er war wie ein Baum, um den der Falke herumflog, eine Quelle für Futter und Wohlbefinden.

Wieder begann der Vogel zu kreisen, und ich fragte mich,

wie lange es wohl gedauert hatte, ihn zu zähmen. Hatte Gregor ihn anfangs vielleicht an einer Leine gehabt? So etwas verband die beiden jetzt nicht mehr miteinander, und der Vogel flog frei herum, sauste durch die Lüfte, umrundete Baumwipfel und zischte zwischen Ästen mit zarten, hellgrünen Frühlingsknospen hindurch, um dann zu Gregor zurückzukehren. Ich hätte ihnen den ganzen Tag zusehen können, aber ich hatte ja etwas zu erledigen.

Die Antenne war zwar geknickt, aber zum Glück nicht komplett abgerissen, sodass der Draht noch intakt war. Ich flickte sie mit dem Klebeband wieder zusammen, so gut es ging. Ein weiteres Unwetter würde die Antenne in diesem Zustand zwar nicht überstehen, aber sie würde hoffentlich so lange halten, wie ich sie brauchte. Wenn wir das hinkriegten, was ich mir überlegt hatte, dann würde der heutige Tag schon reichen.

Nachdem ich vorsichtig wieder nach unten geklettert war, war von Gregor keine Spur, was mich nervte, weil ich beim Tragen der Leiter gut Hilfe hätte gebrauchen können.

Dann machte ich mich zurück auf den Weg zum Anbau. Als ich vor der Hintertür zur Küche stand, wurde mir klar, dass ich trotz des reichhaltigen Frühstücks schon wieder Hunger hatte. Eigentlich hätte ich gedacht, dass ich viel zu beschäftigt und gestresst sein würde, aber das schien meinen Appetit eher anzuregen: Ich war geradezu am Verhungern. »Äh, hallo?«

Als ich eintrat, zuckte Gregor zusammen, er hatte mich wohl nicht erwartet.

»Also, echt jetzt«, murmelte ich. »Ich bin doch schon fast einen ganzen Tag hier.«

»Ich weiß«, sagte er, starrte mich aber weiter auf eine Art

und Weise an, bei der mir unbehaglich wurde. »Ich bin einfach nicht an die Gegenwart anderer Menschen gewöhnt, das ist alles.«

Vom Agaherd her wehte ein köstlicher Duft herüber.

»Machen Sie gerade Mittagessen?«

Er zuckte mit den Achseln. »Mein ursprüngliches hat ja jemand anders gefuttert.«

»Ich schlage vor, dass Sie diese Sache niemals auf sich beruhen lassen und sie während meiner restlichen Zeit hier auf der Insel bitte in jede Unterhaltung mit einfließen lassen«, knurrte ich, aber ich lächelte dabei.

»Werd ich machen. Egal, es war auch noch was in der Kühltruhe …«

»Ooh!«, entfuhr es mir.

»Na ja«, sagte er, »es ist nur Gulasch, das ich gerade aufwärme.«

»Hm …«, machte ich und dachte an Peigis grauenhaftes Gulasch. Aber selbst bei diesem Gedanken verging mir der Appetit nicht. »Bekomme ich denn was ab? Wenn ich brav Bitte sage und verspreche, nie wieder etwas zu stibitzen?«

Er sah mich an. »Das klingt so, als sollte ich Sie für Ihren Mundraub auch noch mit weiterem Essen belohnen.«

»Neiiiin«, sagte ich. »Die Belohnung erwarte ich vielmehr dafür, dass ich uns *retten werde*.«

Triumphierend machte ich die Tür zum Anbau auf und deutete auf den für meinen Plan B entscheidenden Apparat, das Morsegerät.

Gregor runzelte die Stirn. »Wie funktioniert das?«

»Wir können es mit der Antenne verbinden«, erklärte ich. »Dann wird es ein Radiosignal übermitteln, oder sollte es zumindest, wenn die Batterie durchhält.«

Er runzelte die Stirn, während ich den Apparat einzuschalten versuchte. Nichts. Als ich ihn aufmachte, musste ich feststellen, dass die AAA-Batterien ausgelaufen waren.

»Werden Sie mir jetzt wieder eine Standpauke halten, weil ich nicht vorsichtshalber eine Packung AAA-Batterien mit auf die Insel gebracht habe, hungrige, gestrandete Frau Pilotin? Ihr Enthusiasmus ist ja ganz süß, aber ich muss nun wirklich nicht aus einer Situation gerettet werden, die ich genieße und für die ich bezahlt werde.«

Ich war so konzentriert, dass ich gar nicht richtig zuhörte. »Haben Sie vielleicht Batterien da? Ich gehe nicht davon aus, oder?«

Tatsächlich war ich bei meinen Erkundungsgängen im Haus auf einen Vorrat an Batterien für Taschenlampen gestoßen, aber das waren immer AA-Batterien gewesen.

»Irgendwo muss es hier doch AAA-Batterien geben«, sagte ich. »Wo steht denn Ihr Fernseher?«

»Ich sehe nicht fern.«

»Wie schön für Sie«, entgegnete ich. »Aber wollen Sie etwa ernsthaft behaupten, dass es in diesem Haus keinen Fernseher gibt?«

Er überlegte kurz und sagte schließlich: »Ach, doch.«

Dann setzte er sich in Bewegung, und ich folgte ihm bis zu einem Raum, der wohl einst als Esszimmer gedient hatte und eiskalt war, weil er nach Norden rausging.

Auf einer großen staubigen Kommode stand ein Fernsehapparat, ausgerichtet auf einen offensichtlich nie benutzten Tisch. Der Fernseher war vermutlich älter als ich, ein riesiger Kasten, der die ganze große Oberfläche des Möbelstücks einnahm und einen integrierten Videorekorder hatte.

»Wow«, murmelte ich. »Für richtige Videokassetten. Haben Sie welche da?«

»Keine Ahnung«, sagte Gregor.

Tatsächlich ging es mir nicht um die Videokassetten, was mich hier interessierte, war … »Aha!« Da lag eine winzig kleine, uralte Fernbedienung. Voller Hoffnung öffnete ich die Abdeckung auf der Rückseite und entdeckte zwei AAA-Batterien. Zwei weitere fanden sich in einem Transistorradio in einem Bücherregal, das ebenfalls älter zu sein schien als ich.

»Juchu!«, rief ich aus. Dann nahm ich das Bücherregal etwas genauer unter die Lupe. »Mal sehen, ob wir hier irgendwo eine Anleitung fürs Morsen finden.«

»Ich dachte, Sie können Morsen!«

»Na ja, gelernt habe ich es zwar … aber ich bin ein bisschen aus der Übung.«

Wir stellten das ganze Haus auf den Kopf, bis wir tatsächlich eine kleine Broschüre mit dem Titel *Lernen Sie Morsen in zwei Wochen!* auftrieben.

Es sah nicht so aus, als wäre je jemand über Seite vier hinausgekommen.

Ich sauste zurück zum Anbau und war froh, nicht untätig herumsitzen zu müssen, sondern etwas tun zu können.

Als ich vorsichtig die Batterien einlegte, erwachte der kleine Apparat piepend zum Leben.

»Na bitte!«, sagte ich glücklich. Ich runzelte die Stirn und notierte etwas auf einem Stück Papier.

S-C-H-I-C-K-T/H-I-L-F-E/I-N-C-H-B-O-R-N
W-I-R/O-K-A-Y
F-L-U-G-Z-E-U-G/K-A-P-U-T-T
M-O-R-A-G

Dann übte ich ein paarmal, bevor ich das Gerät an die Antenne anschloss und loslegte.

Gregor schaute zu mir herüber und wirkte beinahe ein bisschen beeindruckt.

Schließlich wandte er sich ab, um das Essen auf dem Herd umzurühren, das zum Glück überhaupt nicht wie Peigis Gulasch roch, sondern einfach göttlich. Irgendwann verschwand er kurz, um mit einem Zweig frischem Rosmarin zurückzukehren, den er offensichtlich gerade gepflückt hatte.

Neben dem Aga stand eine Schüssel, in der – beinahe vorwurfsvoll, so erschien es mir – eine Portion Teig aufging.

··· –·–· ···· ·· –·–· –·– –
/ ···· ·· ·–·· ··–· · / ·· –· –·–· ···· –··· ––– ·–· –·
·–– ·· ·–· / ––– –·– ·– –·––
··–· ·–·· ··– ––· ––·· · ··–––· / –·– ·– ·––· ··– – –
–– ––– ·–· ·– ––·

Okay. Vermutlich blieb mir keine Wahl, als die Nachricht zu wiederholen und abzuwarten, ob jemand zu unserer Rettung kommen würde.

··· –·–· ···· ·· –·–· –·– –
/ ···· ·· ·–·· ··–· · / ·· –· –·–· ···· –··· ––– ·–· –·
·–– ·· ·–· / ––– –·– ·– –·––
··–· ·–·· ··– ––· ––·· · ··–––· / –·– ·– ·––· ··– – –
–– ––– ·–· ·– ––·

Irgendjemand würde doch sicher nach uns suchen, oder nicht? Vielleicht würde ein vorbeifahrendes Schiff die Nachricht an Gramps weitergeben? Oder jemand, dessen Handy funktionierte?

Gregor bereitete in der Zwischenzeit etwas vor, was nach einem Salat aus Löwenzahnblättern und frühem Blattgemüse aus dem Garten aussah. Das munterte mich direkt auf.

••• –•–• •••• •• –•–• –•– –
/ •••• •• •–•• ••–• • / •• –• –•–• •••• –••• ––– •–• –•
•–– •• •–• / ––– –•– •– –•––
••–• •–•• ••– ––• ––•• • ••–––• / –•– •– •––• ••– – –
–– ––– •–• •– ––•

»Möchten Sie denn auch …?« Gregor deutete auf das Gulasch.

Beinahe hätte ich »Pscht!« gemacht, weil man nicht gleichzeitig reden und morsen kann. Zumindest fehlte mir dazu die Übung. Aber da klar war, was er meinte, lächelte ich nur und nickte heftig.

Ich ließ es mit dem Morsen gut sein, um endlich etwas zu essen, und, mein Gott! Es war ja nur Gulasch, und ich hasste Gulasch. Aber dieses hier war eine ganz neue Erfahrung, ein Gulasch, wie ich es noch nie probiert hatte, und selbst das traf es nicht. Es war die Essenz eines Gulaschs, das beste meines Lebens.

Das Fleisch war so zart, dass man es mit dem Löffel zerteilen konnte, und dazu kamen noch so viele andere Zutaten wie Möhren und dunkle Zuckererbsenschoten. Der köstliche Fond des Fleisches hatte sich mit Chili, Rotwein und Kräutern zu einer reichhaltigen, schokoladenbraunen Soße verbunden.

Als Beilage hatte sich Gregor für eine Portion kräftig

gesalzenes Kartoffelpüree entschieden und es zum Aufwärmen in den Ofen geschoben, wodurch es gut gebräunt, zum Teil fast angekokelt war, oben knusprig, unten cremig und weich. Es saugte perfekt die ganze köstliche Soße auf.

»O mein Gott!«, entfuhr es mir.

Mit ihrem leicht herben Geschmack bildeten die Blätter des Salates einen erfrischenden Gegensatz zur Üppigkeit des Gulaschs, was alle Geschmacksnoten nur noch verstärkte. Vielleicht klang das ja verrückt, aber nach all der Zeit an der frischen Luft, nach dem ganzen Stress vom Vortag und diesem Morgen schmeckte es wie die kulinarische Entsprechung einer Umarmung und des Versprechens, dass alles gut werden würde, selbst wenn der Koch das Gericht natürlich nicht mit dieser Absicht zubereitet hatte.

Ich war eigentlich daran gewöhnt, mit einer Plastikgabel Salat aus einer Plastikschale zu essen. Mir war klar, dass ich besser einen Gang runtergeschaltet und das Essen genossen hätte, die Wärme und den Trost, die es bot. Aber das konnte ich einfach nicht, weshalb meine Portion im Handumdrehen vertilgt war. Keine Ahnung, warum ich so einen Mordshunger hatte.

Es kam mir vor, als gäbe es in mir eine Leere, die ich nicht ausfüllen konnte und von deren Existenz ich bisher nicht einmal gewusst hatte. Als ich kurz aufblickte, starrte mich Gregor fassungslos an.

»Was denn, ich hab doch den ganzen Tag noch nichts gegessen!«, protestierte ich.

»Na ja, mal abgesehen von dem Laib …«

Hastig begann ich, die ersten Zeilen von *Lass jetzt los* zu singen, und er lächelte. Dabei dachte ich, dass es überhaupt nicht zusammenpasste, welchen Eindruck dieser Mann nach außen hin vermittelte und wie er kochte. Ich hatte gerade ein grundehrliches, von innen wärmendes Gericht verspeist – serviert von diesem argwöhnischen Typen, den ich überhaupt nicht einschätzen konnte.

»Na ja«, murmelte ich und blickte bedauernd auf meine Schale. Wenn mir Gregor nicht gegenübergesessen hätte, hätte ich sie womöglich ausgeleckt.

Ich hielt nach Nachschlag Ausschau und musste mir ein Seufzen verkneifen, weil nichts mehr übrig zu sein schien. Vielleicht fror Gregor ja bewusst immer nur kleine Mengen ein. Dann fiel mir etwas ein. »Sie haben doch sicher noch alle möglichen anderen Sachen in der Kühltruhe, die wir jetzt notgedrungen aufessen müssen, oder?«, fragte ich fröhlich. »Also, mich wird heute Nachmittag wohl jemand abholen … aber vorher könnte ich Ihnen noch dabei helfen. Vielleicht haben Sie ja Eis und so was.«

»Zum Glück ist für die meisten Sachen der Bach kalt genug.« Er bezog sich auf einen kleinen Wasserlauf, der durch die Dünen hindurch in Richtung Meer rann, und hatte damit leider recht.

»Cornettos kann man darin aber schlecht lagern.«

»Cornettos hab ich auch nicht!«

»Sie Monster!«

Er lächelte. »Wie sollte ich denn Cornettos auf die Insel bringen? Wo sollten die herkommen?«

Ich stellte mir ein Leben so weit weg von der Zivilisation vor, dass man sich nicht einmal ein Cornetto holen konnte. Es war schon unglaublich.

»Ach ja«, seufzte ich.

»Aber, wissen Sie, hier kommt nachmittags meistens ein Eiswagen vorbei.«

»Wow, im Er…? Gregor!«

Er schielte mich von der Seite an. »Ich dachte, Piloten wären furchtbar schlau.«

»Jeder ist furchtbar schlau, bis er irgendwann an nichts anderes mehr denken kann als daran, wie gern er ein Eis hätte.«

Ich fing an, den Tisch abzuräumen. »Also, Ihr Vogel ... was genau ist das für einer?«

Bei der Frage wurde er gleich munter. »*Och*, sie ist nicht ›mein Vogel‹«, antwortete er, »sie gehört nur sich selbst. Manchmal hab ich das Privileg, mit ihr trainieren zu dürfen, allerdings lässt sie mich nicht immer.«

»Okay«, sagte ich.

»Sie ist wirklich ein tolles Tier. Tatsächlich ist sie ein Sperber und damit kleiner als ein Habicht.«

Ich lächelte. »Haben Sie sich immer schon für Vögel interessiert?«

Er runzelte die Stirn. »Ja, schon, denke ich. Ich meine ... die sind einfach fantastisch.«

»Außer, wenn sie gegen den Flugzeugrumpf knallen«, wandte ich ein. »Okay, das war bloß Spaß.«

Er fand das wohl nicht sehr lustig.

»Flugzeuge sind einfach ...«, er wedelte mit der Hand herum, als suche er nach dem richtigen Wort, »... ein furchtbar *unwürdiger* Ersatz für Lebewesen, die das Fliegen so perfekt beherrschen. Hässliche, klappernde Kopien von etwas unglaublich Schönem.«

»Sie finden Flugzeuge nicht schön?«

»Diese riesigen lauten Dinger?« Er schien nicht fassen zu können, dass die wirklich jemanden ästhetisch ansprechen konnten.

»Riesige, laute, *äußerst nützliche* Dinger«, wandte ich traurig ein. »Was ist denn zum Beispiel mit der Concorde?«

»Was meinen Sie?«

»Fanden Sie die nicht schön?«

»Sind Sie etwa schon einmal eine Concorde geflogen?«

»Äh, nein, weil ich ein kleines Mädchen war, als der Betrieb eingestellt wurde. Ich meine ja nur.«

Er runzelte die Stirn. »Wenn man einen Raubvogel beim Flug beobachtet, hat man wortwörtlich ein Urzeittier vor sich, einen Dinosaurier mit Flügeln, der den Wind mit all seinen Facetten versteht, der dahinsaust, jagt und tötet. Es ist eine große Ehre, dass wir uns die Erde mit so einem wilden, freien Wesen teilen dürfen.«

Darauf erwiderte ich nichts.

»Oder etwa nicht?«

»Na ja … ich empfinde es auch als große Ehre, dass ich mir die Erde mit der Concorde teilen durfte.«

»Okay«, sagte er. »Das haben Sie ja deutlich gemacht.«

Ich griff nach unseren Schalen und spülte sie, wofür sich Gregor nicht bei mir bedankte, obwohl das Wasser nur lauwarm war und es kein Spülmittel gab, bloß ein raues Stück grüne Küchenseife.

»Na gut, dann mache ich mich wohl mal wieder an die Arbeit«, sagte ich und ging in den Anbau, um erneut meine Nachricht in die Welt hinauszuschicken:

··· –·–· ···· ·· –·–· –·– –

/ ···· ·· ·–·· ··–· · / ·· –· –·–· ···· –··· ––– ·–· –·

·–– ·· ·–· / ––– –·– ·– –·––

··–· ·–·· ··– ––· ––·· · ··–––· / –·– ·– ·––· ··– – –

–– ––– ·–· ·– ––·

Dieses Mal passierte allerdings etwas, nachdem ich sie wiederholt hatte: Die Spule mit dem Papierstreifen setzte sich in Bewegung, was bedeutete, dass eine Antwort hereinkam.

Fassungslos starrte ich die Nachricht einen Moment an, transkribierte sie, las sie einmal in Ruhe und dann noch ein zweites Mal.

Schließlich schickte ich eine neue Botschaft:

Sicher?

Ja.

Geht es allen gut?

Ja.

Wann wieder da?

Das wusste mein Gesprächspartner nicht. Als er sich mit seinem Namen verabschiedete, wurde mir klar, dass es Donald vom Flugplatz war. Natürlich, der gute alte Donald!

Grüße an alle!

Okay.

Geht's Erno gut?

Alles okay.

Dolly ist hinüber.

Verstanden. Vorsicht mit Mondflut.

Kapitel 22

Als ich fertig war, erklärte ich Gregor die ganze Sache: »Auf dem Festland ist der Strom auch ausgefallen, weil das Unwetter große Schäden verursacht hat!«

Das war natürlich furchtbar, in gewisser Hinsicht war ich aber auch erleichtert: Damit war klargestellt, dass Nalitha sich bestimmt für mich eingesetzt hatte, nur leider momentan nicht viel ausrichten konnte.

Der Gesichtsausdruck von Gregor änderte sich nicht im Geringsten, und er sagte einfach nur: »*Aye.*«

»Ach, das wussten Sie?«

»Na ja, auf der Landspitze waren heute Morgen keine Lichter zu sehen, obwohl man vor Einbruch der Dämmerung eigentlich immer welche sieht. Daher hatte ich mir das schon gedacht.«

»Sie hatten es sich gedacht und es mir gegenüber nicht erwähnt? Damit hätten Sie mir einiges Kopfzerbrechen erspart!«

»Wenn ich zu Ihnen gesagt hätte: ›Drüben auf dem Festland ist der Strom auch ausgefallen‹, hätten Sie mir ja doch nicht geglaubt. Auf mein Wort hätten Sie sich jedenfalls nicht verlassen.«

»Aber ich hätte …« Okay, vielleicht hatte er nicht ganz unrecht. Ich ließ mich auf dem Stuhl nach hinten sinken. Wahrscheinlich herrschte auf dem Festland so ein Chaos, dass vorläufig niemand kommen würde, um uns zu retten. Äh, *mich*. »Mein Gott«, murmelte ich, »wie lange muss ich dann wohl hierbleiben?«

»Hm, ich weiß Ihre Dankbarkeit für meine Gastfreundschaft wirklich zu schätzen, *aye*.«

»O Himmel«, rief ich aus, »meine Beurteilung! Ich muss am Donnerstag zurück in London sein, unbedingt!«

»Tja, dann müssen Sie wohl zurückschwimmen.«

Er erhob sich. »Ich kümmere mich mal um die Möwen und sehe nach, ob da alles in Ordnung ist.«

»Okay«, sagte ich wie benommen. »Eine Frage … Als hier das letzte Mal der Strom ausgefallen ist, wie lange hat das gedauert?«

»Drei Wochen«, kam in säuerlichem Tonfall die Antwort.

»Sie machen *Witze*!«

Aber er war schon zur Tür hinaus.

Nein, das konnte nicht sein, das war ja absurd. Alle wussten, dass ich auf Inchborn gestrandet und hier bei diesem komischen Typen untergekrochen war. Bestimmt würden sie mich bald holen, ganz sicher!

Und die Fähre wäre doch von einem Stromausfall nicht betroffen, oder? Andererseits, wenn es an den Tankstationen keinen Strom gab, dann würde in kürzester Zeit alles den Bach runtergehen.

Du meine Güte, dachte ich jetzt, im Süden war der Strom sicher nicht ausgefallen, oder? Und die von der Arbeit wussten bestimmt nicht mehr, wo ich die letzten Tage verbracht hatte, wenn ich es ihnen überhaupt gesagt hatte. Niemand würde mir glauben. *Ach, Sie haben also auf einer Insel ohne Strom oder Internet festgesessen?* Sich damit vor einem Simulatorcheck drücken zu wollen, war wirklich die dämlichste Ausrede, die man sich nur vorstellen konnte. Ich war hier gestrandet wie Tom Hanks, nur mit einem Huhn statt des Volleyballs.

Und dann das Flugzeug. Oje, arme *Dolly*!

Ich rannte Gregor hinterher. »Was ist in der Nachricht eigentlich mit ›Mondflut‹ gemeint?«

Gregor runzelte die Stirn. »Oh, *aye*«, sagte er irgendwann. »Dem sollten wir vielleicht nachgehen.«

Es im Internet nachzugucken, ging natürlich nicht. So haben die Leute früher mal gelebt, dachte ich verblüfft. Ohne Zugang zu Informationen. Ich meine, wie lief das eigentlich? Hat man eben geraten, wenn man etwas nicht wusste, oder sich nicht den Kopf darüber zerbrochen und einfach weitergemacht?

Gregor ging ins Wohnzimmer hinüber, das mit dem sanft flackernden Feuer und dem hereinfallenden Sonnenlicht jetzt unglaublich einladend war. Ich sah mich um. Wenn ich nicht gerade so gestresst wäre, wäre das ein guter Ort für ein kleines Nickerchen nach dem ereignisreichen Vormittag und dem leckeren Essen.

Ich fragte mich, ob Hayden wohl außer sich vor Sorge um mich war. Und ich fragte mich auch, ob er wohl bemerkt hatte, dass mich sein Handy aus Versehen angerufen hatte. Nein, wie sollte er?

Gregor holte aus dem Regal einen dicken staubigen Band, auf dessen Rücken *Gezeitenkalender* stand.

»Was ist das denn?«, fragte ich.

»Das ist eine Übersicht der Gezeiten.«

»Für heute? Oder für die Epoche der Wikinger?«

»Na ja, das ist eigentlich egal. Anhand der Gezeiten der Vergangenheit können die der Zukunft vorhergesagt werden. So läuft das.«

»Wow«, sagte ich und betrachtete das Buch, das in einer Zeit gedruckt worden war, in der man vom Internet noch nicht einmal geträumt hatte. »Was ist denn mit der Erderwärmung und dem Anstieg der Meere und so?«

»Äh«, machte Gregor. »Also, hier steht drin, wann die Flut kommt. Nicht, wie hoch sie sein wird.«

Ich kam mir ziemlich bescheuert vor. »Ah, okay.«

»Das hängt mit den Mondphasen zusammen«, sagte er. »So kompliziert ist das nicht.«

Wieder setzte er sich die kleine runde Brille auf, um die winzigen, eng gedruckten Tabellen zu überprüfen. Mit einem großen Finger fuhr er daran entlang.

»Alles klar, hier steht es … Ah, da ist auch ein Vermerk.« Er blätterte weiter.

Fast hätte ich eine höhnische Bemerkung darüber gemacht, wie viel schneller Google gewesen wäre. Aber seltsamerweise fand ich es durchaus tröstlich, in einem von einem Fachmann geschriebenen Buch Informationen nachzuschlagen, die von anderen Fachleuten als korrekt erachtet und schwarz auf weiß für immer festgehalten worden waren.

Hätte ich die ganze Sache gegoogelt, wäre ich vermutlich auf mindestens einen Kommentar mit der Behauptung gestoßen, Gezeiten seien nur Fake News der Regierung, die vertuschen sollten, dass die Erde in Wirklichkeit eine Scheibe ist. Oder ich hätte mit einem Artikel darüber rechnen müssen, dass Gezeiten heutzutage problematisch sind, oder mit dem verführerischen Link: *Lern mit diesem Trick, den dir die Ärzte lieber verschweigen würden, die Gezeiten zu kontrollieren.*

»Das ist der … oh«, sagte Gregor ein wenig überrascht. »Na ja, es geht wohl um den Lenzmond.«

»Wie bitte?«

Er markierte mit einem Finger die Stelle im Buch und begann, den Rest durchzublättern. »Da haben wir es ja schon. Das muss der Morsetyp wohl gemeint haben. Den dritten Vollmond im Jahr, der auch als Fastenmond bekannt ist.«

»Die Monde haben Namen?«

»Ja, und dieser hier erklärt sich vermutlich von selbst«, sagte Gregor. »Wenn der Winter zu Ende geht, gehen auch die Vorräte zur Neige.«

»Und Lenzmond …«

»Weil der Frühling kommt.«

»Wenn Sie das nicht gerade aus einem Buch ablesen würden, würde ich Sie jetzt für sehr klug halten«, sagte ich.

»Aber das bedeutet ›klug sein‹ doch, oder nicht?«, fragte Gregor mit amüsiertem Blick. »Dass man durch Lesen Sachen gelernt hat.«

»Was für Namen gibt es noch für Monde?«

Sein Finger glitt über die Seite. »Der Maimond heißt auch Wonnemond.«

»Ach, wie hübsch!«

»Im August steht der Erntemond am Himmel, und im November der Nebelmond. Der Januarmond heißt Eismond.«

»Wow«, sagte ich. »Ich hätte nie gedacht … Na ja, ich meine … Warum sollte man ihnen keine Namen geben?«

»Hm«, machte Gregor, »damit angefangen haben wohl die amerikanischen Ureinwohner, obwohl das hier nicht steht. Aber dieses Buch ist ja auch ziemlich alt.«

»Hm, und das mit dem Fastenmond, was hat das für uns jetzt zu bedeuten? Was wollte Donald mir damit sagen?«

»Da ist der Mond riesig, ein echter Supermond. Mit besonders hoher Flut, durch den Wechsel der Jahreszeiten«, sagte Gregor mit finsterer Miene.

Obwohl erst früher Nachmittag war, begann es draußen bereits zu dämmern.

»Was, also …? Moment, was soll das heißen?« Ich dachte an *Dolly*. »Der Strand … die Flut … Wie hoch wird die dann steigen?«

»Also, äh … Ich meine … ziemlich hoch, würd ich mal sagen.«

Einen Moment saßen wir schweigend da.

»Ach du Scheiße«, murmelte ich schließlich.

Der Tag wurde zum Abend, und die Sonne verfärbte sich zu einem glühenden Ball, dessen Gold sich über den ganzen Himmel ergoss.

Es war ein wunderschöner Tag gewesen, mit Luft so frisch wie Himbeeren, warmem, versöhnlichem Sonnenschein und einem Himmel blau wie Veilchen, die ja noch gar nicht blühten.

Aber mir blieb keine Zeit, all das zu genießen. Stattdessen mussten wir uns so schnell wie möglich einen Plan zurechtlegen.

Wir nahmen die Maschinen in der Garage unter die Lupe: Dort entdeckten wir einen zweiten Land Rover, dessen hinterer Bereich nur eine Plane als Dach hatte. In Kriegsfilmen kamen solche Wagen oft vor, gesteuert von Männern, die dem sicheren Tod in der Wüste entgegenfuhren.

»Jetzt sagen Sie mir doch bitte«, murmelte ich, »dass Sie wenigstens einen Führerschein haben.«

Er warf mir einen schiefen Blick zu, blieb mir aber eine klare Antwort schuldig.

Der Land Rover vom Strand hatte zwar jede Menge Stauraum, aber ihm fehlte etwas ganz Entscheidendes, was wir jetzt brauchten und worüber dieser hier verfügte: eine Anhängerkupplung.

»Nutzen Sie dieses Auto hier gar nicht?«

»Es mag Sie verblüffen«, sagte er, »aber wenn man Vögel überwacht und beobachtet, sind laute Motoren nicht so hilfreich, wie Sie vielleicht dachten.«

»Ich meine, was ist denn, wenn der Sprit verdorben ist?«, fragte ich. »Oder gar keiner da ist?«

Als wir auf der Ladefläche volle Kanister fanden, musste ich allerdings als Erstes daran denken, was für eine Feuergefahr sie darstellen. Und wenn hier ein Blitz eingeschlagen hätte?

Gregor entgegnete unbeeindruckt, dass das Haus ja weiter oben lag und auch eine Windfahne hatte, wodurch es wohl zuerst uns getroffen hätte. Dieser Gedanke war nicht so tröstlich, wie er vermutlich dachte.

»Wo wohl der Schlüssel hin ist?«, fragte ich und dachte an das Chaos, das in all den Rumpelkammern und Nebengebäuden herrschte.

»Nun ja«, meinte er, und dann sah ich ihn auch; er steckte. Auf der Ladefläche lagen ein Flaschenzug und jede Menge Seile, wie ich feststellte.

»Glauben Sie wirklich«, wandte Gregor ein, »dass wir damit ein Flugzeug den Strand entlangziehen können?«

»Keine Ahnung, ob wir das können«, antwortete ich. »Eine bessere Idee hab ich aber nicht.«

»Sie könnten Ihr Flugzeug auch einfach aufgeben«, sagte er finster.

»Jetzt kommen Sie schon! Los!«

Wir zogen uns warm an, mit wasserdichten Hosen, Regenjacken und Südwestern als äußerster Schicht.

Gregor war kaum wiederzuerkennen, und auch ich kam mir wie eine unförmige Masse vor, aber Hauptsache, ich hatte es warm und trocken. Und so viel hatte ich in den letzten vierundzwanzig Stunden gelernt: Das war das Allerwichtigste.

Wir hatten kaum mitbekommen, dass in der Zwischenzeit die Nacht hereingebrochen war, obwohl mir schon bewusst gewesen war, dass die Luft kühler wurde. Nach dem Brausen des Sturms am Abend zuvor war es beinahe unnatürlich still.

Über das Wasser hinweg schaute ich zur südlichsten Spitze der Insel. Das Meer lag so unbewegt da wie ein Spiegel, und darüber ging ganz langsam der größte Mond auf, den ich je gesehen hatte.

Er erinnerte an eine Kinderzeichnung, sah so aus, als hätte eine kleine Hand einen brandneuen gelben Wachsmalstift genommen und auf einem dunkelblauen Stück Papier einen riesigen Kreis gemalt.

Auch deshalb hatten wir die Abenddämmerung kaum bemerkt: Der Mond leuchtete so hell, als hätte er eine Schicht mit der Sonne getauscht. Er warf einen goldgelben Strahl übers Wasser, der wie eine Feenbrücke aussah.

Es kam mir fast so vor, als könnte ich sie betreten und über ihre goldenen Stufen zurück aufs Festland laufen.

»Na, dann los«, sagte Gregor. »Sie sind doch diejenige, die tausend Pläne hat.«

»Dabei ist das doch Ihre Insel«, entgegnete ich. »Sie bräuchten wirklich mehr Pläne.«

»Hm-hm.«

Eine richtige Straße gab es nicht, lediglich eine Buckelpiste, über die der Land Rover voranholperte. Die Nacht war so unglaublich klar, dass wir die Scheinwerfer des

Wagens eigentlich nicht gebraucht hätten. So etwas hatte ich noch nie gesehen.

Um nicht in den Dünen zu versinken, durchquerten wir sie an einer niedrigen Stelle. Als wir uns dann *Dolly* näherten, entfuhr mir ein gequältes Stöhnen.

Am Abend zuvor hatten sich die Wogen im Sturm hoch aufgetürmt, aber sie hatten die Klippen und die Dünen nicht erreicht, nicht einmal die groben Kiesel im oberen Bereich des Strandes. Seit heute Morgen hatten sich die Dinge aber verändert.

Nein, es brachen keine riesigen Wellen – das Meer war so still, so friedlich und wunderschön –, aber der Wasserstand auf dem Strand war so hoch, wie ich es noch nie erlebt hatte.

Der mittlere Bereich, auf dem wir normalerweise landeten, war noch frei. Aber mit den Felsen an den Rändern der Bucht sah es ganz anders aus.

Wir fuhren mit dem Land Rover so weit wie möglich den Strand entlang, dann stellte Gregor den Motor aus, und wir ließen das entmutigende Bild schweigend auf uns wirken.

Die Maschine – das Flugzeug meiner Familie, der ganze Stolz meines Großvaters, das kleine Juwel in der Krone meines Clans, in dessen Cockpit ich schon als kleines Mädchen gesessen hatte, als meine Füße die Pedale noch nicht erreicht hatten – geriet mehr und mehr in Schräglage, während Welle um Welle ihre Räder umspülte, die weißen Schaumfinger danach ausstreckte. Das Meer zerrte unerbittlich an *Dolly*.

Ich stöhnte. »O mein Gott.«

Gregor starrte das Flugzeug an, dann ließ er den Motor wieder an, wendete den Wagen und begann, sich *Dolly* im Rückwärtsgang langsam zu nähern.

Ich schielte zu ihm hinüber. Eigentlich hatte ich damit gerechnet, dass er aufgeben würde, und ich hatte mich schon darauf eingestellt, ihm gleich die Hölle heißzumachen.

»Na los«, sagte er. »Dann wollen wir sie mal hintendran hängen.«

Ein Ende des Seils hatten wir an der Anhängerkupplung festgezurrt. Jetzt sprang Gregor aus dem Land Rover und schnappte sich das andere Ende. Dieses eine Mal war ich durchaus beeindruckt von ihm.

»Okay, kann man das Seil irgendwo befestigen?«

»Ich denke, am besten an den Achsen der Räder«, sagte ich. »Können Sie sich ins Cockpit setzen und steuern?«

Er richtete sich auf und dachte einen Moment nach. »Im Ernst? Das halte ich für keine sehr gute Idee.«

»Ich würde im Wagen auch mein Bestes geben. Wir müssen sie einfach nur den Strand hochziehen, bis an eine Stelle, an der sie nicht mehr in Gefahr ist. O Gott, warum haben wir das nicht schon heute Morgen gemacht? Keine Ahnung. Ich dachte, dass es sicher wäre, sie eine Weile hier stehen zu lassen. Eigentlich hatte ich damit gerechnet, dass mittlerweile längst Hilfe da ist.«

»Es bringt nichts, sich darüber jetzt den Kopf zu zerbrechen«, sagte Gregor. »Tun wir eben, was wir können.«

Eigentlich wollte ich nach dem Seil greifen und zu dem Flugzeug hinüberlaufen, hielt im letzten Moment aber inne. »Ach du liebe Güte!«, entfuhr es mir. »Können Sie eigentlich irgendwelche Knoten? Ich kann mich an keinen einzigen erinnern. Nein, das wird bei mir nichts.«

Er setzte eine übertrieben schockierte Miene auf. »Haben Sie etwa gerade gesagt, dass Sie etwas nicht können? Ich dachte, Sie könnten einfach alles!«

»Als Pilotin braucht man diese Art von Knoten eher selten!«

»Sie haben doch Ihre Sommer hier oben verbracht. Haben Sie da nie Segeln gelernt?«

Ich guckte ihn an und wollte gerade eine sarkastische Bemerkung machen, als eine riesige Welle heranrollte und unter dem großen gelben Mond plötzlich das Unvorstellbare geschah: Das Meer hatte den Sand rund um *Dollys* Räder weggespült, und still und leise, ohne großes Tamtam, trieb die kleine Twin-Otter-Maschine aufs Meer hinaus.

Einen Moment standen wir einfach nur da und starrten, so entsetzlich war der Anblick. Das Wasser wiegte sie sanft, und nach all dem Wegkippen und Rutschen war sie jetzt wieder in der Horizontalen, schaukelte auf und nieder. Diese riesige Welle hatte die eingegrabenen Räder frei gespült und das Flugzeug mitgerissen, sodass es jetzt keinen festen Boden mehr unter den Rädern hatte. Es sah beinahe friedlich aus, wie es unter dem Sternenhimmel dahindümpelte.

»O mein Gott!«, schrie ich. Ich raste zum Wasser und lief unter großem Gespritze hinein.

»Halt, stopp!«, rief Gregor hinter mir. »Springen Sie da nicht rein, das ist eiskalt und tief! Warten Sie kurz, ich wende den Wagen.«

Zu spät, ich hatte mich bereits ins Meer gestürzt. Trotz der Allwetterkleidung merkte ich sofort, wie unfassbar, unerträglich kalt es war. Und natürlich drang das Wasser auch augenblicklich durch die Schutzschicht.

Aber ich konnte nicht anders, ich musste doch das Flugzeug aufhalten, das uns davonzuschwimmen drohte. Eine andere Lösung gab es nicht: Ich musste die Gummistiefel abstreifen und schwimmen.

»O verdammt«, kreischte ich im eisigen Wasser, während ich mit den Armen um mich schlug und versuchte, den Kopf hochzuhalten.

An Neujahr versuchte immer irgendjemand, mich zu einem dieser Schwimmevents mitzuschleifen, bei denen man ins eiskalte Wasser rannte und dabei herumfluchte. Ich hatte mich nie dazu überreden lassen – hatte auf so etwas nie die geringste Lust gehabt – und wurde jetzt nur noch einmal bestätigt.

Die Klamotten hingen mir schwer am Körper und drohten mich hinunterzuziehen, als ich ungelenk zu *Dolly* hinüberschwamm. Endlich konnte ich das Höhenruder packen und mich daran hochziehen. Während ich mich keuchend schüttelte wie ein nasser Hund, schaute ich zu Gregor hinüber.

Stinkwütend und fassungslos stand er am Ufer – mit dem Seil in der Hand.

Kapitel 23

Hätten Sie nicht *zwei Sekunden* warten können?«, fragte Gregor.

Ich schaute mich um. Das Meer war immer noch ruhig, daher würde ich zumindest nicht vom Flugzeug heruntergespült werden. Und die Nacht war so still, dass ich Gregor problemlos verstehen konnte, obwohl er nicht laut rief.

Das Wasser war so eisig, dass ich kaum meine Glieder spüren konnte. Während ich erst einmal versuchte, meine panische Schockatmung unter Kontrolle zu bringen, wurde mir eins klar: Mir war gar nicht in den Sinn gekommen, dass mich das Meer hätte mitreißen können. Ich hätte zumindest einen kurzen Gedanken darauf verwenden sollen, bevor ich mich in so eine Situation gebracht hatte. Vom plötzlichen Eintauchen in das eiskalte Wasser schmerzte mir der Kopf.

»Du meine Güte!« Wieder wedelte Gregor mit dem Seil.

Ich beugte mich vor und machte mit einem Arm Ruderbewegungen im Wasser, um so das Flugzeug Richtung Ufer zu bewegen. Dass das nicht funktionieren würde, hätte ich mir wohl denken können.

Am Ufer stieß Gregor ein tiefes Seufzen aus, streifte seine Gummistiefel ab und stellte sie sorgfältig beiseite. Dann zog er zu meiner Überraschung die wasserdichte Jacke und

Hose aus, gefolgt von Pullover und T-Shirt, bis er nur noch in Boxershorts dastand.

Verblüfft riss ich die Augen auf. Er war sehniger, als ich unter den unförmigen Klamotten erwartet hatte, und hatte wesentlich breitere Schultern.

Ohne weitere Zeit zu vergeuden, sprang er direkt ins eisige Meer.

Er tauchte auf und sofort wieder unter, um zu mir zu schwimmen. Als er mich zwei Minuten später erreichte und das Flugzeug erklomm, hatte sich auf meinem Gesicht ein zerknirschter Ausdruck breitgemacht.

»Das tut mir echt leid«, sagte ich.

»Ist schon in Ordnung«, sagte er. »Ich schwimme fast jeden Tag im Meer.«

»Im Ernst?«

»Ja«, versicherte er, und er zitterte tatsächlich kaum.

Einen Moment herrschte Schweigen, während er nach Atem rang und sich in der Balance zu halten versuchte.

Ich wandte den Blick ab, damit es nicht so aussah, als würde ich hier gerade einen Mann anstarren, der halb nackt auf einem im Meer schwimmenden Flugzeug saß. Mal abgesehen vom sanften Platschen der Wellen war es um uns herum völlig still.

Als ich zum Himmel hinaufschaute, war der Anblick der dort oben wie Diamanten glitzernden Sterne überwältigend.

Die Venus war sichtbar, leuchtend und wunderschön, und der tief hängende Oriongürtel war heute sogar noch deutlicher zu erkennen als bei meinen Nachtflügen. Hier unten auf dem Wasser fühlte ich mich ihm erstaunlicherweise näher als oben am Himmel.

Ich bemerkte, dass auch Gregor hinaufschaute. »Es ist

wirklich eine ungewöhnlich klare Nacht«, sagte er mit einem kleinen Lächeln. »Wonach halten Sie Ausschau?«

»Nach Beteigeuze«, antwortete ich und zeigte darauf. »Das ist ein Roter Riese ganz am Rand von Orion. Wenn er irgendwann explodiert, wird man das mit bloßem Auge sehen können, sogar tagsüber.«

»Ach, echt?«, sagte er. »Und, passiert das schon bald?«

»Na ja, ungefähr in anderthalbmillionen Jahren«, erklärte ich.

Zum ersten Mal schaute er mich mit einem gewissen Respekt an. »Könnten Sie sich beim Fliegen an den Sternen orientieren?«

Ich zuckte mit den Achseln. »Wenn ich muss.«

»Wow«, sagte er. »Sie können sich also einfach die Sterne angucken und sagen, wo Sie sich befinden?«

»Wenn ich die Sterne und den Horizont sehen kann und einen Winkelmesser zur Verfügung habe«, erklärte ich. »Und ein bisschen Zeit. Meistens ist es viel einfacher, das GPS zu nutzen.«

»Aber Sie wissen immer, wo Sie sich gerade befinden?«

»Darin besteht doch im Prinzip meine Arbeit.«

Während Gregor mich musterte, überlief ein seltsamer Schauder meinen Körper, der nicht nur mit den nassen Klamotten zu tun hatte.

»Und wo sind Sie jetzt gerade?«, fragte er neugierig.

»Jetzt bin ich gerade völlig verloren.«

Er reichte mir das Seil. Zum Glück trieb das Flugzeug auf den Strand, den Land Rover, zu, daher war das Seil nicht stramm. Allerdings wiesen die Gehäuse von Flugzeugen aus Gründen der Aerodynamik leider nur wenige Ausbuchtungen oder Vertiefungen auf, weshalb ich keine passende Stelle entdecken konnte.

Gregor folgte meinem Blick. »Wo wollen Sie denn …? Halten Sie die Radachsen immer noch für am geeignetsten?«

Ich dachte kurz nach. »Ja, vermutlich schon.«

»In Ordnung«, sagte er, »dann tauche ich jetzt unter die Maschine und befestige das Seil dort. Und danach zieh ich sie raus, okay? Sobald wir auf dem Strand sind, können Sie rein und steuern. Abgemacht?«

Mir fiel auf, dass *Dolly* mittlerweile tiefer lag. Offensichtlich lief viel Wasser ins Innere.

»Wir sinken«, murmelte ich.

»Allerdings«, bestätigte er. »Und das wird wohl immer schneller gehen.«

Natürlich hatte er recht. Mal abgesehen davon, hockten wir hier im hohen Norden in einer von Lenzmond und glitzernden Sternen erhellten Nacht ungeschützt in eisiger Kälte. In vielerlei Hinsicht war es also eine furchtbare Situation. Dennoch kam ich nicht gegen das Gefühl an, dass ich diesen Augenblick gern festhalten wollte. Es war kalt, unsere Lage äußerst heikel. Trotzdem fühlte ich mich gerade lebendiger als je zuvor.

In der nächsten Sekunde tauchte Gregor vom Flugzeug hinunter ins Wasser und verschwand aus meinem Blickfeld. Einen Moment überkam mich Sorge, abgelöst von der Erkenntnis, dass ich jetzt ja auch zurück ins eisige Meer musste. Das war alles andere als ein angenehmer Gedanke. Schlimmer machte es noch die Tatsache, dass ich dieses Mal wusste, was mich erwartete. Aber es ging eben nicht anders. Ich stieß mich ab, fluchte unnötig laut, als ich die Wasseroberfläche berührte, und strampelte dann unbeholfen voran, wobei ich mehr Seil in Richtung Flugzeug schob.

Als ich den Strand erreichte, war bereits einige Zeit verstrichen, und Gregor war immer noch nicht wiederaufgetaucht. So langsam wurde ich unruhig: Wie lange war er jetzt schon unter Wasser?

Plötzlich kam mir der furchtbare Gedanke, dass er dort womöglich feststeckte, dass das Flugzeug mit seinem ganzen Gewicht auf ihn hinabgesunken war und ihn zerquetschte. War er etwa mit dem Bein zwischen den Rädern hängen geblieben? Vielleicht wand er sich da unten, mühte sich verzweifelt ab und konnte nicht verstehen, warum ich ihm nicht zur Hilfe kam! Er war nicht gerade der Geschickteste, so viel wusste ich ja inzwischen. O nein! Ich war völlig durchgefroren und vertraute auch nicht unbedingt darauf, dass ich das Flugzeug anheben und Gregor retten könnte. Aber ich wusste nicht, was ich sonst hätte tun können. Adrenalin schoss durch meinen Körper, als ich mich mental darauf vorbereitete, mich ein drittes Mal in die Fluten zu stürzen.

Zum Glück erschien genau in dem Moment, in dem ich mit von der Kälte tauben Gliedern wieder ins eisige Wasser gewatet war, direkt neben mir Gregor. Er hatte sich wohl vom Meeresboden abgestoßen, weil er richtig in die Luft schoss. Einen Moment lang sah er im Mondlicht aus wie ein glänzender silbriger Seehund. Die dunklen Haare ringelten sich rund um sein Gesicht.

»Alles erledigt«, erklärte er heftig keuchend. »Wo wollen Sie eigentlich hin?«

»Äh«, machte ich und schaute an mir herunter, wobei ich meinen Körper kaum als meinen eigenen erkannte. Ich stand bis zur Hüfte im Meer, wollte merkwürdigerweise aber gar nicht mehr so dringend aus dem Wasser raus, weil es mir eigentlich super ging.

Plötzlich wirkte Gregors Miene besorgt. »Na los, ab ins Auto! Bevor das Flugzeug noch abtreibt!«

Gehorsam setzte ich mich in Bewegung und lief mit quatschenden Schritten den Strand entlang. Die Gummistiefel waren vermutlich für immer verloren.

Mittlerweile hatte das Meer die Felsen erreicht, und obgleich wir den Land Rover weit weg abgestellt hatten, reichte das Wasser inzwischen beinahe an den Wagen heran. Es war wirklich Furcht einflößend, mit welcher Kraft und Geschwindigkeit die Flut kam.

Ich kletterte in den Wagen, während sich Gregor wieder anzog.

Dann stieg auch er in den Land Rover und sagte: »Gucken Sie bitte nach hinten, und sagen Sie mir, wie es läuft.«

Von der Idee, dass ich ins Cockpit sollte, war erst einmal keine Rede mehr.

Als Gregor den Schlüssel umdrehte, sprang der Motor zwar an, und wir setzten uns in Bewegung. Weit kamen wir aber nicht, weil sich der Wagen nicht mehr vom Fleck rührte, sobald das Seil gespannt war.

»Dolly ist zu schwer«, sagte ich. »Ich fürchte, das wird nicht funktionieren.«

»Doch, wird es«, knurrte Gregor durch zusammengebissene Zähne.

»Wir versuchen hier gerade, ein komplettes Flugzeug voller Wasser abzuschleppen«, gab ich zu bedenken.

»Das aber schwimmt«, wandte er ein. Er versuchte es noch einmal, blieb im ersten Gang und trat das Gaspedal, nur sanft, um den Wagen ganz langsam ins Rollen zu bringen.

Dieses Mal konnte ich zunächst spüren, wie das schwere Gewicht uns nach hinten zu ziehen versuchte – dann aber ganz allmählich, wie es sich zu bewegen begann. Wir gewannen die Oberhand, und schließlich ruckelte der Land Rover langsam über den feuchten Sand.

Ich hatte die Augen nicht von *Dolly* abgewendet. Am Anfang waren nur die Spitzen von Seitenruder, Propeller und Tragflächen zu sehen gewesen. Aber jetzt tauchte nach und nach ihre Stupsnase aus dem Wasser auf.

»Da kommt sie! Sie kommt!«, rief ich aufgeregt.

Gregor reagierte nicht, behielt das unglaublich gemächliche Tempo bei, fuhr aber unaufhaltsam den Strand in Richtung Sicherheit hinauf.

Es war fantastisch, dabei zuzusehen, wie *Dolly* nach und nach funkelnd aus den Wellen aufstieg, ganz, ganz langsam, und dabei unter dem Sternenhimmel das Wasser abschüttelte, das wie Diamanten glitzerte.

»Es klappt!«, rief ich begeistert. Ich war total aufgekratzt.

»Noch ist es nicht geschafft!«, knurrte Gregor.

Aber dann berührte endlich das Bugrad den Sand, und mir fiel als Erstes auf, was für einen perfekten Knoten Gregor da hinbekommen hatte.

Eigentlich hätte ich es nicht für möglich gehalten, aber er drosselte das Tempo des Land Rovers jetzt noch weiter, weil es nun darum ging, dass das Flugzeug nicht kippte. Das Wasser aus seinem Inneren lief und tropfte jetzt aus jeder Öffnung.

»Okay«, sagte er, während wir *Dolly* im Schneckentempo aus dem Meer hievten. »So langsam müssten Sie mal nach dahinten und die Richtung kontrollieren, mit dem Steuer oder Ruder oder wie auch immer Sie das nennen.«

»Steuerhorn«, sagte ich.

»Ist mir ganz egal. Können Sie aus dem fahrenden Wagen springen? Wo wir uns endlich vom Fleck bewegen, will ich ungern anhalten.«

Ich nickte, machte einen Satz hinaus und landete sanft auf dem Sand. Die Kälte spürte ich immer noch nicht, als ich zu dem aus dem Meer rollenden Flugzeug hinüberschaute.

Es war wirklich ein unglaublicher Anblick, als würde ich dort unter dem enormen Mond ein Wesen der Tiefsee aufsteigen sehen. Wie sie da auf den Sand holperte, das verlieh *Dolly* etwas Urwüchsiges, und sie wirkte riesig und alt.

Ich räumte hier und da einen Stein aus dem Weg, bis *Dolly* genug festen Boden unter den Reifen hatte. Dann winkte ich Gregor zu, damit er anhielt.

Als ich die Tür aufmachte, kam mir Wasser entgegen und ergoss sich über die Stufen. Ich ließ so viel wie möglich davon herauslaufen und erklomm schließlich die aufgequollenen Stufen.

Das Innere des Flugzeugs war völlig ruiniert, und im ersten Moment fuhr mir durch den Kopf, dass ich es vielleicht besser aufgegeben hätte. Vorher war *Dollys* Anblick schon schlimm gewesen, aber jetzt klebten überall Müll und nasses Papier. Die Sitze waren völlig durchweicht, und wie die elektrische Installation aussehen würde, wollte ich mir nicht einmal vorstellen. Hätte ich einfach zulassen sollen, dass *Dolly* in den Wogen versank? Aber das war jetzt nicht der Zeitpunkt für solche Grübeleien, und ich bahnte mir vorsichtig den Weg ins Cockpit.

Durch das Frontfenster konnte ich den Land Rover perfekt sehen und winkte nun Gregor, um ihm zu signalisieren, dass alles in Ordnung war.

Natürlich erlebte ich bei der Arbeit oft mit, wie sogar viel größere Maschinen aufs Rollfeld gezogen wurden – normalerweise aber nicht mit einem Land Rover und einem Seil.

Immerhin hielt dieses Seil im Moment noch, und wir kamen langsam, aber sicher voran.

Ich umklammerte das Steuerhorn fest, damit *Dolly* dem Wagen in einer möglichst geraden Linie folgte, während uns die Wellen auf den Fersen waren.

Als wir den üblichen Landeplatz im mittleren Bereich des Strandes erreichten, kam *Dolly* quietschend zum Stehen. Durch das ganze Wasser im Getriebe war sie ein wenig wackelig.

»Geschafft! Wir haben's geschafft!« Auf dem Weg zurück war ich im Auto aufgekratzt und euphorisch, während Gregor ganz still blieb. Erst, als wir das Haus wieder erreichten, merkte ich, wie kalt mir war. Weil der Land Rover nach hinten offen war, hatte er keine Heizung, sodass ich zitterte und sogar mit den Zähnen klapperte. Außerdem wummerte mir der Kopf. Trotzdem war ich weiterhin richtig aufgedreht, als wir ins Haus stolperten.

Strom hatten wir natürlich immer noch nicht, und der einzige warme Raum war das Wohnzimmer im Erdgeschoss, wo Gregor augenblicklich neuen Torf aufs Feuer legte und es schürte, bis die Flammen tanzten. Dann zündete er ein Dutzend Kerzen an und verteilte sie im Raum. Es waren dicke weiße Kirchenkerzen unterschiedlicher Größe, die er auf Tellerchen auf verschiedener Höhe im Raum platzierte. Zwar stieg Rauch von ihnen auf, aber sie spendeten wenigstens Licht, und das Zimmer wurde noch heller, als Gregor die Vorhänge aufzog und den Mondschein hereinließ.

»Ziehen Sie die nassen Sachen aus«, sagte er mit Bestimmtheit. »Sie sind ja schon blau angelaufen. Ich habe noch nie eine Frau gesehen, die ständig so tropfnass ist.«

Natürlich konnte ich ohne Boiler kein heißes Bad nehmen, aber Gregor brachte mir immerhin mehrere saubere, verwaschene Handtücher.

»Hey!«

Ich verstand ihn nicht auf Anhieb, daher drehte ich mich zu ihm hin.

»Hey!«, wiederholte er. »Ich hab Sie gerade zigmal angesprochen.«

Das hatte ich gar nicht mitbekommen. Ich hatte die ganze Zeit bibbernd vor dem Kamin gestanden und ins Feuer gestarrt. Zu viel mehr wäre ich auch nicht fähig gewesen.

»Oh, Himmel!«, stieß Gregor aus.

»Ich …« Einen Moment war ich nicht ganz sicher, wo ich mich hier eigentlich befand. Irgendwie fühlte ich mich merkwürdig. »Ich gehe schnell nach oben und ziehe mich um.«

Er schüttelte den Kopf und machte einen Schritt auf mich zu. »Nein, das lassen Sie mal lieber bleiben«, sagte er genau in dem Augenblick, als ich mich in Bewegung setzen wollte. Das ganze Blut schoss mir in den Kopf, und alles um mich herum war wie hinter einem weißen Schleier.

Ich hatte ein furchtbar seltsames Gefühl, und dann geschah es plötzlich … Ohne dass ich irgendetwas ausrichten konnte, wurde mir schwarz vor Augen, und ich schien ins Nichts zu stürzen … nur um im selben Moment von starken Armen aufgefangen zu werden.

Gregors Stimme klang ein wenig verzerrt und schien aus weiter Ferne an mein Ohr zu dringen: »Hoppla! Okay, so, ich hab Sie. Keine Sorge, ich hab Sie.«

Plötzlich war mir speiübel, ich war ganz wackelig auf den Beinen und wusste immer noch nicht recht, wo ich mich befand. Zum Glück hielten mich weiterhin zwei starke Arme fest. Ich spürte einen kratzigen Fischerpullover an der Wange und fühlte mich mit einem Mal ganz sicher.

»Na los, Sie müssen jetzt ... Gott, Sie sind ja komplett blau gefroren. Wir müssen Sie unbedingt aus den nassen Sachen rausholen.«

Was er da sagte, drang zwar bis zu mir vor, es ergab für mich aber nicht viel Sinn, und ich konnte mich lediglich an diesen Mann klammern, der mich hier festhielt.

»Also, kommen Sie schon ... Oh, na gut.«

Ich wurde irgendwohin geführt, wo man mich hinsetzte. Dass ich mich dadurch vom Feuer entfernte, passte mir gar nicht. Und es gefiel mir erst recht nicht, dass dieser Typ anfing, an einem meiner Ärmel zu zerren.

»Was machen Sie denn da?«, fragte ich mit klappernden Zähnen.

»Sie müssen aus den nassen Sachen raus, und zwar jetzt!«

»Neiiiiin!«

»Doch, anders geht es nicht. Gott, nun hören Sie schon auf, sich zu wehren. Das ist wirklich nicht angenehm für mich.«

»Aber dann wird mir noch kälter!«

»Sie sind ohnehin bereits durchgefroren, und genau das macht Sie auch so wütend. Jetzt kommen Sie schon, Morag, na los!«

Seine Stimme wurde freundlicher: »Ich verspreche auch, dass ich nicht gucke. Ich werde die ganze Zeit zur Decke starren.«

Irgendwann musste ich mir eingestehen, dass es leichter war, ihn einfach machen zu lassen. Er schälte mich aus der wasserdichten Hose und zog mir Jacke, Steppweste, Pullover und T-Shirt aus. Als ich in Slip und BH dasaß, schlang er eine große weiche Decke um mich. Gregor vergewisserte sich, dass ich gut darin eingewickelt war, nötigte mich zum Aufstehen und brachte mich wieder zum Kamin, wobei er mich halb zog, halb stützte.

»Setzen Sie sich vors Feuer«, sagte er, und ich ließ mich wie ein folgsames Kind im Schneidersitz davor nieder. Ich fühlte mich völlig benebelt.

Gregor legte noch etwas anderes Voluminöses über die Wolldecke – ein Federbett, wie mir später klar wurde – und wies mich an, ich solle mich nicht rühren.

Gehorsam hockte ich da, starrte in die Flammen und dachte an gar nichts.

Gregor verschwand und kehrte kurz darauf mit einem großen dampfenden Becher Tee zurück.

»Trinken Sie den mit kleinen Schlucken«, sagte er. »Aber verbrühen Sie sich nicht dabei.«

Allein schon den Becher in den Händen zu halten, war Genuss und Qual zugleich. Allmählich kehrte das Blut zurück in meine Finger und Zehen, was aber hier und da stechende Schmerzen, wie kleine Stromstöße, hervorrief. Und ich bibberte zwar nicht mehr durchgehend, von Zeit zu Zeit überkam mich aber ein heftiges Zittern, und ich konnte die Kälte einfach nicht abschütteln.

Das schien Gregor auch zu bemerken, da er schließlich zu mir herüberkam und einen Arm um mich schlang. Durch die Decken hindurch begann er, mir sanft Rücken und Schulter zu reiben, während er leise Worte vor sich hin murmelte, die ich nicht verstand.

Endlich hatte ich das Gefühl, dass mein Körper langsam wieder zum Leben erwachte. Ich hätte nicht sagen können, wie lange wir schon vor dem flackernden Feuer gesessen hatten. Aber ich erinnere mich nur zu gut daran, wie weh mir die auftauenden Glieder taten.

»Gott«, murmelte ich schließlich, als ich an dem mittlerweile ein wenig abgekühlten Tee nippte. Er war das Köstlichste, was ich je getrunken hatte.

Augenblick zog Gregor die Hände zurück, als hätte ich ihn angebrüllt. »Sorry!«, sagte er.

»Nein, nein, danke«, stammelte ich und wandte unter Anstrengungen den Kopf, um ihn anzusehen. »Vielen Dank. Ich weiß wirklich nicht, was mit mir passiert ist.«

»Na ja, Sie haben eben ein Bad im Meer genommen«, sagte er.

»Aber Sie doch auch.«

»Schon, ich bin allerdings daran gewöhnt. Und ich bin bewusst nicht angezogen ins Wasser gesprungen, um danach trockene Kleider zum Anziehen zu haben. Sie hingegen sahen ja aus, als würden Ihr Pullover und Sie zu einem einzigen Eisklotz gefrieren.«

Ich schüttelte mich, um einen klaren Kopf zu bekommen. »So kalt war mir im Leben noch nicht.«

»So ist das im Frühling auf den Inseln eben«, sagte er nüchtern. Jetzt fand ich ihn wieder einmal brüsk. Es schien ihm peinlich zu sein, dass er mir körperlich so nahe gekommen war.

Ich nickte und rieb mir unter den Decken die Arme.

»Wollen Sie sich anziehen?«, fragte er. »Ich hab Ihnen den Schlafanzug runtergeholt.«

Er deutete auf das Kleidungsstück, das er zum Wärmen vor dem Kamin über eine Stuhllehne gehängt hatte.

Bei seinem Anblick seufzte ich. »O Mann«, sagte ich. »Diese Insel ist wirklich die reinste Fashion-Metropole.«

Er lächelte. »Genau! Ich kann nicht fassen, dass sie Harvey Nicks in Edinburgh eröffnet haben und nicht hier.«

Mich verblüffte ja eher, dass er schon einmal von Harvey

Nicks gehört hatte. Aber ich ließ mir nicht anmerken, dass ich beeindruckt war, und schob nur eine Hand unter den Decken hervor, um nach dem herrlich weichen und jetzt auch warmen Flanellschlafanzug zu greifen.

»Äh.« Gregor stand auf. »Haben Sie Hunger?«

Während ich noch überlegte, wurde mir bewusst, dass ich total ausgehungert war. Mal wieder. »Allerdings.«

»Das scheint bei Ihnen ja immer so zu sein«, sagte er gutmütig. »Wir müssen auch noch die Gefriertruhe in Angriff nehmen.«

»Okay, die Griffe will ich aber nicht«, wandte ich schwach ein.

Er musste ein wenig lächeln und verschwand.

Ich zog den Schlafanzug an und kuschelte mich in seine wohlige Wärme, als Gregor mit allem Nötigen für eine einfache Mahlzeit zurückkehrte: zwei langen Röstgabeln unter dem Arm und einem Teller, auf dem neben einer dicken Scheibe hausgemachter Butter ein kleiner Tontopf mit Salz stand. Auf dem Brettchen in seiner anderen Hand lagen aufgetaute gelbe Dreiecke.

Es dauerte einen Moment, bis ich erkannte, worum es sich dabei handelte. »Ich fasse es nicht!«, rief ich aus. »Sind das etwa …?«

»Ich wollte lieber nichts Kompliziertes zubereiten, weil ich Sie nicht so lange allein lassen wollte«, erklärte er. »Außerdem haben wir ja keinen Strom, und mir ist gar nicht wohl bei dem Gedanken, im Dunkeln zu kochen. Ist das hier okay?«

»Oh, Himmel, natürlich!« Mittlerweile normalisierte sich die Durchblutung bei mir, und ich fühlte mich wieder mehr wie ich selbst.

Gregor musterte mich aufmerksam. »Wie geht's Ihnen?«

»Bei mir ist alles klar … denke ich. Na ja, ein bisschen mitgenommen bin ich schon«, sagte ich und bewegte versuchsweise die Finger. »Ich war einen Moment echt weggetreten.«

»Ich weiß«, sagte er. »Ich habe mir wirklich Sorgen gemacht. Mit einer Unterkühlung ist nicht zu spaßen.«

»Aber ich hatte doch keine …« Ich runzelte die Stirn. »Na ja, es war schon ein seltsames Gefühl.«

»Dass ich Sie quasi gezwungen habe, sich auszuziehen, tut mir leid.«

Meine Wangen begannen zu brennen. »Äh, kein Problem.«

»Das war nur wegen der nassen Klamotten.«

»Ist gut, das hab ich schon kapiert.« Jetzt richtete ich meine Aufmerksamkeit auf das Brettchen, das er in der Hand hielt. Beeindruckt musterte ich das Gebäck darauf und sagte ehrfürchtig: »Kartoffelscones!«

Allerdings sahen die gar nicht so aus wie die Dinger, die man fertig abgepackt kaufen konnte. Ich schaute Gregor an. »Haben Sie die etwa selbst gemacht?«

Mein Tonfall ließ ihn schmunzeln. »Eins kann ich Ihnen versichern: Das Backen von Kartoffelscones ist keine höhere Mathematik.«

»Nein«, sagte ich. »Es ist eher ein Hexenwerk.«

»Na ja.« Nun war er damit an der Reihe, ein wenig zu erröten. »Dann wollen wir mal.«

Ich hätte gar nicht sagen können, wann ich zum letzten Mal einen Kartoffelscone gegessen hatte. Die, die man in England so kaufen konnte, waren echt eklig.

Gregor spießte einen Scone auf jede Röstgabel und reichte mir eine davon.

Am Anfang war ich nicht so sicher, was ich damit machen sollte, weshalb mein Scone beinahe verbrannt wäre.

Darum zeigte mir Gregor, wie es ging: Man musste das Gebäck vorsichtig knapp über die Flammen halten und drehen, bis sich seine gelbe Oberfläche langsam zu Gold- und Brauntönen verfärbte und der Scone prall aufging. Obwohl Gregor mir doch just erklärt hatte, dass das seine Zeit brauchen würde, wollte ich in meiner Gier mal fühlen, ob mein Scone schon knusprig war, und verbrannte mir natürlich die Finger.

»Sie sind einfach viel zu geduldig«, sagte ich.

Gregor lachte. »Ja, das ist bei uns Falknern wohl so«, sagte er mit melancholischer Stimme.

»Ach, ist das Ihr Beruf?«

»Ah, nein, tatsächlich bin ich Ornithologe – die Falknerei ist für mich nur ein Hobby.« Er zog die Nase kraus. »Aber ich bin nicht sehr gut darin.«

»Als Ornithologe muss man sicher auch Geduld haben, oder?«

»Genau. Aber als Pilotin wohl nicht, so wie es aussieht.«

»Äh, nein, eigentlich nicht. Bei unserer Arbeit ist eigentlich immer was zu tun – wenn es irgendwelche Probleme gibt, sind die Passagiere diejenigen, die warten müssen, nicht wir. Wir müssen nur pünktlich sein, nicht geduldig.«

Er lächelte. »Deshalb brauchen Sie also die ganze Zeit Beschäftigung.«

»Ich kann auch durchaus mal untätig sein!«

»Seit Sie hier angekommen sind, klettern Sie doch ständig auf Dächern herum oder stellen Sachen mit Maschendraht an.«

»Es gab nun mal viel zu tun …«

»Nichts, was man nicht auch später hätte erledigen können«, wandte er leise ein. »Irgendwas gibt es doch immer zu tun, deshalb braucht man nichts zu überstürzen.«

Eigentlich wollte ich ihm widersprechen – schließlich musste man Flugstunden ansammeln, Prüfungen bestehen, sich den Inhalt von Datenblättern einprägen, Männer kennenlernen, sich Beförderungen sichern …

Schon komisch: In diesem Moment fragte ich mich zum ersten Mal in meinem Leben, wieso ich das alles eigentlich unbedingt hatte tun wollen, und zwar möglichst schnell.

Warum genau war ich in diesem Rennen eigentlich angetreten? War es wegen Gramps und Ranald gewesen? Wegen meiner männlichen Mitschüler in der Flugschule? Wegen meiner Klassenkameraden, die mich Mähnen-Morag genannt hatten? Oder um irgendwie Jamie auszustechen?

Langsam und mit Bedacht zog Gregor nun seine Röstgabel zu sich heran und verkündete, dass die Kartoffelscones endlich fertig waren, ich meinen aber noch einen Moment abkühlen lassen sollte.

Zu spät, ich hatte bereits hineinzubeißen versucht und presste mir die Hand gegen die verbrannten Lippen. »Kommen Sie mir jetzt bitte nicht damit, dass wir genau darüber gerade gesprochen haben«, murmelte ich.

Er lachte laut auf. »Ich kann wirklich nicht fassen, dass sie sich zweimal hintereinander verbrannt haben«, sagte er. »Mal im Ernst, Sie führen sich auf, als hätten Sie seit Jahren nichts zu essen bekommen. Sich am gleichen Abend totzufrieren und sich dann zu verbrennen, ist …«

»… vermutlich eine lukrative Idee für ein Wellness-Happening«, sagte ich.

»… eher ein Zeichen dafür, dass jemand mal einen Gang runterschalten sollte.«

Jetzt musste ich lachen. »Ich finde, wenn mir das Universum diesbezüglich ein Zeichen geben wollte, dann hätte das mit dem Stranden auf einer einsamen Insel schon gereicht. Jetzt sollte es mich wirklich in Ruhe meinen Scone genießen lassen.«

Gregor ging zu einem Bücherregal hinüber und griff nach einer staubigen alten Flasche Whisky, die neben einer Reihe von *Waverly*-Romanen stand. Als er fragend die Augenbrauen hochzog, nickte ich, also goss er etwas davon in meine leere Teetasse.

»Aus rein medizinischen Gründen«, sagte er.

Endlich war der Kartoffelscone so weit abgekühlt, dass ich problemlos einen Bissen nehmen konnte. Oh, er schmeckte einfach himmlisch! Natürlich war dieses Gebäck mit einer dicken Schicht Butter und darauf etwas Salz, außen knusprig, innen weich, der Albtraum jedes Kardiologen, zugleich aber absolut köstlich.

Diese einfache Mahlzeit empfand ich als unglaublich tröstlich, vor allem deshalb, weil ich schon so lange nicht mehr in Schottland lebte. Ich war weit gereist, und selbst jetzt, an diesem Wendepunkt in meinem Leben, lag noch ein langer Weg vor mir.

Der leckere Geschmack von Zuhause, die Gemütlichkeit und die wohligen Temperaturen hier vor dem Kamin, dazu die rechtschaffene Müdigkeit am Ende eines langen Tages wärmten mich von innen heraus.

»Noch einen?«, fragte Gregor und lächelte, als ich mit Nachdruck nickte, obwohl mir langsam die Augen zufielen.

Vorsichtshalber verdünnten wir den Whisky mit ein bisschen Wasser und stießen auf die Kartoffelscones und aufeinander an. Es handelte sich um ein wirklich unvergessliches Abendessen.

Zum Nachtisch gab es aufgetaute Himbeeren. Von denen

hatte es im letzten Sommer auf der Insel wohl so viele gegeben, dass man davon jede Menge hatte einfrieren können.

»Also, wie bist du eigentlich auf Inchborn gelandet?«, fragte ich. Beim zweiten Whisky hatte ich beschlossen, dass das Du zwischen uns längst überfällig war. »Ist das für Ornithologen denn so ein interessanter Ort?«

Gregor zuckte mit den Achseln. »Na ja, es ist schon cool, schließlich gibt es hier Papageientaucher und Seeschwalben … Einmal hatten wir auch einen Storch, der beinahe einen diplomatischen Zwischenfall ausgelöst hätte.«

»Und du bist also gern allein?«

Lange herrschte Schweigen. »Na ja, das ist doch offensichtlich, oder?«, sagte er schließlich.

»Ganz im Ernst?«

»Ganz im Ernst«, antwortete er. »Andere Leute mögen nämlich Frances nicht und futtern mir das Essen weg.«

»Hm.«

»Und du bist wohl immer gern unter Leuten und stehst ständig unter Strom?«

Ich überlegte einen Moment. »Na ja, ständig würde ich jetzt nicht …« Aber ich konnte es nicht leugnen, ja, so sah mein Leben aus. Oder so hatte es bisher zumindest ausgesehen. »Sag mal, warum warst du beim Hinflug eigentlich so grantig?«, wechselte ich das Thema.

»Oh, du nimmst aber wirklich kein Blatt vor den Mund«, sagte Gregor.

Ich sah ihn an. »Also?«

Er zögerte kurz. »Okay, aber du darfst nicht lachen.«

»Was war denn?«

»Ich … hab Angst vorm Fliegen.«

»Ach du liebes bisschen!«

»Ja, ich weiß. Und die haben mich nicht die Fähre nehmen lassen, weil Fraser unbedingt zurückfliegen wollte.«

»Aha! Aber wie hat es dich denn überhaupt hierher verschlagen?«, fragte ich.

»Das ist … eine lange Geschichte.«

»Ich weiß nicht, ob es dir schon aufgefallen ist«, sagte ich vorsichtig, »aber es gibt hier sonst wirklich nichts zu tun.«

Unwillkürlich schaute er zum Bücherregal hinüber, als würde er nicht recht verstehen, was ich meinte. Ein ruhiges Dasein mit Büchern und Vögeln und anderen Tieren war für ihn vermutlich ein erfülltes Leben. Trotzdem schien er in Erwägung zu ziehen, mir die Geschichte zu erzählen.

Ich betrachtete ihn, während er ins Feuer starrte. Die kräftigen Brauen hatte er finster zusammengezogen, die Augen halb geschlossen. Ein wenig nervös rieb er sich den dunklen Bart.

Seine Brille trug er nicht. Mir fiel auf, dass sie auf der Sessellehne lag, neben dem Buch, in dem er wohl als Letztes gelesen hatte, *Der Habicht* von T. H. White. Davon hatte ich noch nie gehört.

Gregor blickte einfach nur weiter vor sich hin. Seine bedächtige Art wirkte geradezu ansteckend.

Ich nahm einen letzten Schluck von dem Whisky, der mich genauso gewärmt hatte wie das Essen und die Decken. Endlich überschlugen sich die Szenen dieses folgenreichen Tages nicht länger in meinem Kopf.

Dolly war sicher, oder zumindest so sicher, wie sie im Moment sein konnte. Und es gab nichts – einfach gar nichts –, was ich in diesem Moment erledigen könnte. Ich konnte mit niemandem sonst sprechen, konnte nirgendwohin, es stand nichts auf meiner To-do-Liste oder in meinem

Handy, kein Lebensziel musste erreicht werden. Nach und nach dämmerte es mir, was für eine verrückte Situation das hier war, so weit weg von jeglichem Gepiepe oder anderen missbilligenden Erinnerungen an meine Aufgaben.

Und es gab doch so kleine Apparate, Uhren genannt, die schon seit Hunderten und Aberhunderten von Jahren funktionierten und im Laufe der Zeit sogar noch verbessert worden waren. Aber selbst die, die ich am Handgelenk trug und die eigentlich auch meine Schritte zählen sollte, hatte den Geist aufgegeben.

»Na ja«, sagte Gregor schließlich, und seine melodiöse Stimme klang dabei sanft und weich. »Es wird sich ganz schön albern anhören, wenn ich es laut ausspreche.«

»Alberner als ›Ich musste hier mit meinem Flugzeug notlanden‹?«

»Hm, das wohl eher nicht. Oder vielleicht doch.« Er seufzte. »Ich ... hab eine Trennung hinter mir, und zwar eine wirklich üble.«

Er seufzte.

Ich schaute auf. Jetzt wurde mir plötzlich klar, dass ich angesichts all dessen, was so passiert war, äußerst erfolgreich Hayden und die ganze Situation mit ihm verdrängt hatte. Und das war mir gelungen, weil ich kein Handy hatte. Ich machte mir nicht die ganze Zeit darüber Gedanken, sondern konzentrierte mich vielmehr darauf, was ich in diesem Moment gerade tat.

»Und deshalb bist du zum Eremiten geworden?«, fragte ich. »Du meine Güte, was hat er oder sie denn nur getan?«

»Sie«, erwiderte er mit gequältem Lächeln.

»Aber es geht schon um eine Person, oder?«, fragte ich. »Und nicht um die letzte Ziege vor Frances?«

»Okay, vergiss es.«

»Nein, nein! Tut mir leid, sorry!« Ich bedauerte meine Bemerkung wirklich. Mit diesen blöden Witzen versuchte ich bloß, von meinen eigenen Gefühlen abzulenken.

»Hm.«

»Also bist du wegen einer Frau zum Einsiedler geworden?«

»Ich bin doch kein Einsiedler!«

»Meine Herren, dürfte ich mal wissen, wie du ›Einsiedler‹ definieren würdest?«

»Ich bin Ornithologe – und hab mir mal wieder eine Auszeit genommen, um hier den Frühling und Sommer zu verbringen. Normalerweise wohne ich ja nicht auf Inchborn.«

»Ach, stimmt.«

»Es ist ja nun wirklich nicht so … als würde ich mein Leben lang allein bleiben, weil mich einmal eine Frau abserviert hat. Ich übernehme hier nur ab und an die Aufsicht während der Brutzeit. Ansonsten bin ich Dozent für Ornithologie an der UHI!«

Irgendwie fand ich es plötzlich seltsam, dass ich nach so etwas Grundlegendem nicht vorher gefragt hatte.

»Aha, deshalb weißt du also nicht, wo sich in deinem eigenen Haus die Sachen befinden.«

»Hast du etwa gedacht, dass ich ein totaler Freak bin?«

»Dazu sage ich jetzt lieber nichts.«

Er schmunzelte. »Okay, alles klar, du Flugzeugabsturzgeist.«

»Ich bin doch kein Flugzeugabsturzgeist!«

»Genau das würde ein Flugzeugabsturzgeist auch behaupten. Und vielleicht komme ich mit der Einsamkeit auf dieser Insel ja doch nicht so gut klar!«

»Ich glaube, wenn ich nur ein Produkt deiner Einbildung

wäre, würden meine Haare wesentlich besser aussehen«, wandte ich ein.

»Und du würdest auch nicht so viel futtern.«

Ein Weile saßen wir in einmütigem Schweigen beisammen. Schon seltsam. Er war doch ein ganz schön knurriger Typ, trotzdem empfand ich diesen Moment als tröstlich.

»Okay, also … Wie war sie so?«

»Ah, ja. Sie war toll, aber irgendwann ist sie gegangen. Und ich … hab daraus ein ziemliches Drama gemacht.«

»Du hast die Flucht angetreten.«

»Nein, sie war diejenige, die die Flucht angetreten hat, ist einfach verschwunden, um die Welt zu bereisen. Irgendwann hatte ich die Nase wirklich voll davon, meinen Freunden mit meinem Gejammer auf den Geist zu gehen, und war es so leid, beim Gedanken an unsere gemeinsame Zeit jedes Mal furchtbar traurig zu werden …«

Plötzlich überkamen mich Erinnerungen an meine Abende mit Hayden, an die Cafés, die Restaurants … Die Bilder davon taten mir in der Seele weh.

»… wenn ich irgendwo vorbeigekommen bin, wo wir gemeinsam gewesen waren.«

Ich ertappte mich dabei, wie ich heftig nickte.

»Ach, hast du so etwas auch schon mal durchgemacht?«

Ich hatte einen Kloß im Hals und brachte kein Wort heraus.

Gregor sprach in seinem Fall ja über etwas, was aus und vorbei war. Bei mir hingegen ging es um die Gegenwart, und die Sache mit Hayden war quasi Schrödingers Katze: weder tot noch lebendig. Aber ich nahm mal an, dass ich auf die eine oder andere Weise zu einer Entscheidung kommen würde, wenn wir uns erst persönlich wiedersahen.

Als ich nichts sagte, lächelte Gregor betrübt. Er ging also

davon aus, dass ich Ähnliches hinter mir hatte, wie mir jetzt klar wurde.

»Jedenfalls hat das alles dazu geführt, dass ich das erste Mal hergekommen bin. Damals hatte ich sogar ein Vorstellungsgespräch auf der Insel, das allerdings von Fraser geführt wurde. Der war nicht so recht bei der Sache und hat aus irgendeinem Grund alles Mögliche über Psalmen gefaselt. Egal. Sobald ich einen Fuß auf die Insel gesetzt hatte, waren jegliche Zweifel verflogen, weil es hier so wunderschön war. Außerdem war ich so beschäftigt mit den Vögeln, dass kein Platz mehr war für andere Gedanken. Für die Frage, was ich nur falsch gemacht hatte, für die Sorge um all die Dinge auf dieser Welt, auf die ich keinen Einfluss habe.«

»So geht es mir beim Fliegen«, sagte ich.

Er sah mich an. »Ah«, sagte er, »dann kennst du dieses Gefühl ja.«

Ich nickte. Allerdings.

»Eigentlich dachte ich, dass die Insel für mich nur eine vorübergehende Sache sein würde – um einen klaren Kopf zu bekommen. Aber dann ... ist mir das alles hier ans Herz gewachsen. Und inzwischen ... finde ich es einfach fantastisch. Was mich hierhergebracht hat, war nicht angenehm. Aber einmal hier, beeindruckt es mich wirklich, dass selbst in dieser Miniaturwelt jeder einzelne Tag anders ist. Jedes lebende Wesen verändert sich ständig, nicht einmal ein Grashalm bleibt einfach gleich. Die Wolken brechen auf, finden sich wieder zusammen und werfen neue Schatten. Das Leben geht weiter und wird vom Wind durchgewirbelt, und ich fühle mich als Teil davon und ...« Er starrte in seinen Becher. »Für mich reicht es jetzt mit dem Whisky. Ich bin ins Schwafeln geraten.«

»Das macht mir nichts aus«, murmelte ich schläfrig, was auch stimmte. Tatsächlich gefiel es mir sogar, ihm zuzuhören. Irgendwie beruhigte es mich, dass er nicht der verschrobene Einsiedler war, für den ich ihn gehalten hatte.

»Warum warst *du* denn so mies drauf, als du hier aufgetaucht bist?«, fragte Gregor jetzt. »Lag das nur an der Notlandung? Du kamst mir stinkwütend vor.«

Ich lehnte mich vor. »Nein«, sagte ich langsam und setzte dazu an, zum ersten Mal die Wahrheit über die ganze Situation zu erzählen. »Es war nicht nur wegen Dolly. Vor einiger Zeit war ich in einen Beinahezusammenstoß verwickelt, bei dem der Pilot und die Passagierin des anderen Flugzeugs ums Leben gekommen sind. Und deshalb … hatte ich Angst. Ich hatte Angst davor, wieder zu fliegen.«

»O mein Gott«, sagte er leise.

»Aus diesem Grund war ich nur noch Co-Pilotin«, erklärte ich. »Ich hab bloß dagesessen, hab mich um Flugkarten und Checklisten gekümmert, weil ich mich … einfach nicht überwinden konnte …«

Gregor sagte nichts und ließ mir Zeit.

»Aber dann hab ich das Flugzeug hier runtergebracht … weil es eben sein musste. Es war das erste Mal, dass ich wieder selbst geflogen bin.«

Im Raum war es warm, das Feuer knisterte sanft, und ich hatte das Gefühl, dass mir eine schwere Last von den Schultern genommen war. Endlich hatte ich es laut ausgesprochen und mir damit von der Seele geredet.

»Na ja«, sagte Gregor, »das hast du doch super hingekriegt.«

Ich hätte nicht sagen können, wie lange wir danach schweigend dasaßen. Langsam brannte das Feuer herunter, und die Stille der Inselnacht legte sich über das ächzende, alte Haus.

Es war ein langer Tag gewesen, und ich spürte meine Lider schwer werden, so als könnte ich jetzt endlich zur Ruhe kommen. Als gerade mein Kopf nach vorne sank, meinte ich ein Räuspern zu hören.

»Okay, wenn wir schon dabei sind, einander das Herz auszuschütten«, sagte Gregor. »Bevor …«

Aber die Flammen tanzten vor meinen Augen, und es war so warm und gemütlich und friedlich, dass es das Letzte war, was ich noch mitbekam.

Kapitel 24

»Hey!«

Im Kamin war lediglich Glut übrig, als ich aufwachte. Alles war immer noch so warm und bequem und gemütlich, dass ich mich eigentlich nicht vom Fleck rühren wollte.

Dann wurde mir jedoch klar, wo ich mich hier befand: In Decken gewickelt lag ich wie ein Hund auf dem Fußboden vor dem Kamin. Mir fiel auch wieder ein, dass ich auf Inchborn war und was alles vorgefallen war. Durch das breite Erkerfenster konnte ich sehen, dass der riesige leuchtende Mond am Himmel weitergewandert war.

Gregor stand gerade auf, was mich wohl wach gemacht hatte. Er hielt sein Buch in der Hand und hatte sich die Brille aufgesetzt, hinter der seine großen dunklen Augen freundlich und müde und traurig wirkten.

»Du bist weggenickt«, sagte er.

»Das hab ich schon kapiert.« Ich rieb mir übers Gesicht.

»Ab ins Bett?«

»Wie spät ist es denn?«

Er zuckte mit den Achseln. »Wer kann das schon sagen? Es ist dunkel draußen, also geh einfach hoch.«

»Okay«, sagte ich und merkte in diesem Moment auch, dass ich mal aufs Klo musste.

Ich reichte Gregor die Hand und ließ mich von ihm hochziehen, wodurch ich plötzlich ganz nah neben ihm stand. Er roch nach Kaminfeuer, und mir kam wieder in den Sinn, wie er mir so stark und tröstlich beigestanden hatte, als wir aus der Kälte hereingekommen waren.

Plötzlich ertappte ich mich dabei, wie ich mich etwas gegen ihn lehnte. Ich war immer noch ein wenig groggy, im Halbschlaf, und sehnte mich nach dem Drama dieses Tages einfach nach der Nähe eines anderen Menschen – dieses Menschen.

»Danke«, murmelte ich verträumt, während ich mein Gesicht beinahe an seiner Schulter vergrub. Wie heimelig, dachte ich.

Das gefiel mir, es fühlte sich gut an. Generell empfand ich Gregors starke Präsenz als angenehm. Obwohl ich nicht ganz wach war, bekam ich trotzdem mit, dass wir uns Seite an Seite im Einklang bewegten, sanft, behutsam. Ganz weich und schläfrig schmiegte ich mich an den breiten, starken Körper, der sich da unter seinen Kleidern verbarg …

Plötzlich erstarrte er und löste sich von mir. »Äh, das ist jetzt … eigentlich nicht angemessen …«, sagte er.

Ich blinzelte, war jählings hellwach und mir nicht sicher, was da gerade passiert war. Von mir selbst entsetzt, rückte ich von Gregor ab und musste mir eingestehen, dass die Situation zwischen uns auf einen Schlag wieder unbehaglich geworden war. »Ich wollte nicht …!«, fing ich an, aber tief im Inneren war ich mir nicht sicher, ob das eigentlich stimmte. Was hatte ich da nur im Sinn gehabt?

Gregor hob beide Hände. »Du musst wirklich sehr müde sein.«

»Aber ich hab doch gar nicht …« Ich hatte wirklich nicht versucht, ihn anzugraben, oder? Nein, auf keinen Fall, vielmehr … hatte ich mich bei ihm einfach nur sicher gefühlt. Sicher und warm, nach zwei Tagen, die alles andere als sicher und warm gewesen waren. Das war alles. Aber Gregor sah mich mit so entsetzter Miene an, als hätte ich gerade einen Lapdance für ihn hingelegt. Deshalb fehlten mir plötzlich die Worte, um die Situation zu erklären. Der Versuch einer Rechtfertigung hätte wohl alles nur noch schlimmer gemacht. Denn die Wahrheit war im Grunde, dass ich hier am Ende der Welt zusammen mit einem Eremiten hockte und mich furchtbar einsam fühlte.

»Ruh dich erst einmal aus«, sagte er und kam dabei mit dem Gesicht wieder nah an meins.

In diesem Moment fiel mir ein, dass er mir ja vorhin etwas hatte anvertrauen wollen und ich dabei vor dem Feuer eingeschlafen war. Mit einem Mal hatte ich ein schlechtes Gewissen, fühlte mich echt übel und fragte mich, worüber er wohl hatte sprechen wollen.

Gregor gab mir eine Kerze und deutete nach oben.

Vor Scham und Verlegenheit errötend, machte ich mich kleinlaut und gehorsam auf den Weg ins Bett.

Er blieb am Fuße der Treppe stehen, als wollte er sichergehen, dass ich mich auch wirklich für die Nacht zurückzog und mich nicht gleich aus dem Hinterhalt auf ihn stürzen würde.

Ich verzog das Gesicht. Ach du meine Güte!

Als ich mich ins dunkle Badezimmer tastete, wappnete ich mich, um mich bloß nicht vom geisterhaften Anblick meines kerzenbeschienenen Gesichtes und der wilden Haare im Spiegel erschrecken zu lassen. Dann krabbelte ich in das alte Bett mit den steifen Laken und der Steppdecke – immer noch eingewickelt in die Decken, damit mir endlich warm wurde.

Meine Befürchtung, nicht einschlafen zu können, bewahrheitete sich nicht: In einem Moment blies ich die Kerze aus, im nächsten wurde ich davon wach, dass strahlender Sonnenschein durch die Fenster hereinfiel, den Raum erfüllte und leuchtend gelbe Rechtecke auf die Steppdecke malte.

Kapitel 25

Was für ein traumhafter Morgen!

Wie gebannt stand ich am Fenster und starrte in südlicher Richtung aufs Meer hinaus. Und da sah ich, wie sich etwas näherte. Es begann als grauer Punkt und wurde dann flatternd immer größer. Über Vögel wusste ich rein gar nichts, mal abgesehen davon, dass man sich besser von ihnen fernhielt, vor allem von Gänsen. Aber die hier kannte ich: Das war ein großer Schwarm Stare, die aus dem warmen Süden zurückkehrten.

Vielleicht folgten sie der Sonne oder irgendwelchen Magnetfeldern oder Ley-Linien – wer konnte schon sagen, wie sie den Weg zurück nach Hause fanden?

(Gregor wusste vermutlich, wie sie sich orientierten, aber ich war nicht in der Stimmung, ihn danach zu fragen.)

Sie tanzten durch die Luft und malten dreidimensionale Skizzen in den Himmel, ein wunderschöner, eleganter Schwarm. Irgendwann wurde mir beim Zuschauen plötzlich bewusst, dass ich gar nicht wie sonst für ein Foto mein Handy hatte hervorholen wollen.

Eine Weile sah ich noch dabei zu, wie die Vögel sich zu einer verrückten geometrischen Figur nach der anderen zusammenfanden, dann starrte ich aufs Meer hinaus, das jetzt einladend funkelte, nachdem es am Abend zuvor alles darangesetzt hatte, *Dolly*, Gregor und mich umzubringen.

Ich schüttelte den Kopf. Unglaublich! All das hatte ich – für die Pilotenausbildung, für die großen Maschinen – einfach so aufgegeben und kaum noch einmal zurückgeblickt.

Nachdem ich mich von dem Naturschauspiel abgewandt hatte, überlegte ich, was ich heute anziehen könnte. Schließlich holte ich mir aus der Truhe ein nur leicht muffiges Opahemd und einen nach Torf riechenden Pullover mit Löchern, die bei jemandem mit weniger wilden – oder vielleicht noch wilderen – Haaren als Hoxton-Schick durchgegangen wären.

Meine Uniform war zwar trocken, jedoch so schmutzig und zerknittert, dass mir in diesem Moment der weiche, gemütliche Pulli lieber war.

Nach und nach wurden auch die Erinnerungen an letzte Nacht wieder deutlicher. Es hatte sich einfach um einen schwachen Moment gehandelt, mehr nicht, weil ich müde gewesen und es mir nicht gut gegangen war. Ich hatte ganz bestimmt nicht versucht, mich an Gregor ranzumachen; das musste ihm doch auch klar sein. Das hätte er wohl gern! Dieser blöde freakige Einsiedler-Vogel-Nerd mit Bart. Tatsächlich hatte doch vielmehr *er* die Situation ausgenutzt, als er zu einer klitschnassen und unterkühlten Frau so nett gewesen war … Moment mal, das überzeugte nicht einmal mich selbst. Nur weil jemand nett gewesen war, begann man doch keine Fehde. Aber ich brauchte gute Argumente, um das Ganze glaubhaft abstreiten zu können. Vielleicht sollte ich noch einmal unterstreichen, dass ich eben nicht ganz klar im Kopf gewesen war? Oder lieber so tun, als hätte ich die Situation komplett vergessen?

Versuchshalber drückte ich auf den Schalter der Nachttischlampe, um zu sehen, ob sich der Generator wie durch Zauberhand selbst repariert hatte. Hatte er nicht.

Dann ging ich die Treppe hinunter und versuchte, dabei möglichst würdevoll auszusehen – gar nicht so einfach in einem Pullover mit Löchern in den Ärmeln, in denen ständig die Finger hängen blieben.

Ich rüstete mich dafür, mich ganz gefasst zu geben und Gregor zu erklären, dass ich mich natürlich nicht an ihn rangeschmissen hatte. Und falls doch, dann sei es nur auf meine momentane Benommenheit zurückzuführen gewesen (was ja auch stimmte). Ich würde behaupten, dass ich mich sowieso an nichts erinnerte und eigentlich auch er die Schuld an allem trug, wenn man es sich recht überlegte.

Auf meinem Weg nach unten stieg mir allerdings ein unglaublich köstlicher Duft in die Nase, der aus der Küche kommen musste und all diese Gedanken aus meinem Kopf vertrieb. Was war das nur mit mir? Warum hatte ich bloß ständig solchen Heißhunger? Na ja, man musste wohl auch bedenken, dass Kartoffelscones und Himbeeren ein zwar unglaublich leckeres, aber kein besonders lange vorhaltendes Abendessen waren.

In der Küche stand Gregor mit dem Rücken zu mir am Agaherd und rührte geduldig in einem Topf. Allmählich wurde mir klar, dass er einfach alles langsam und geduldig tat. Ich hingegen achtete vorrangig auf Sorgfalt – was auch zu den Anforderungen meines Jobs gehörte –, agierte dabei aber vor allem korrekt und schnell. Ich musste dazu in der Lage sein, rasch Entscheidungen zu treffen, das war eben ein Teil von mir.

In meinem Beruf war immer alles im Fluss – ich arbeitete mit Teams, die jeden Tag anders zusammengesetzt waren, hatte es ständig mit Verspätungen und Ungewissheit zu tun, darüber hinaus mit ganzen Busladungen von Menschen, die ich nicht kannte und auch nie kennenlernen würde. Ich flog

Regionen an, von denen ich über die schummerig ausgeleuchteten Flughafengänge mit ihren austauschbaren Cafés hinaus nichts weiter sah. Alles in diesem Universum voller Klimaanlagen und Duty-free-Shops war schnelllebig, und ich war dabei ein Teil des großen Ganzen. Durch meine Ausbildung auf höchstem Niveau bildete ich im Cockpit mit jeder Person an meiner Seite, ohne mit der Wimper zu zucken, ein perfektes Team, selbst wenn wir uns noch nie zuvor begegnet waren. In dieser riesigen Maschinerie, die ständig auf Hochtouren lief, wurden wir zu einem kleinen Rädchen im Getriebe.

Hier hingegen hatte ich es mit dem exakten Gegenteil zu tun.

Mir ging gerade ganz schön viel durch den Kopf, wenn man bedachte, dass ich doch nur einen Mann betrachtete, der rührend am Herd stand. Gregor machte einen Schritt zur Seite, und ich erkannte, dass sich in dem Topf Porridge befand.

»Hey!«

»Ich wollte gern klarstellen«, sagte ich rasch, wobei meine Stimme ein bisschen gepresst klang, »dass das gestern Abend wirklich nichts zu bedeuten hatte. Ich war nur müde und dachte, dass wir uns mit einer Umarmung Gute Nacht wünschen. Mehr war das nicht.«

Eigentlich hatte ich von seiner Seite her mit einer Entschuldigung für seine unhöfliche und hastige Überreaktion gerechnet. Immerhin hatte er mich weggestoßen, als sei ich so widerlich, dass nie jemand etwas mit mir würde anfangen wollen. Ich meine, wenn es andersherum gewesen wäre, hätte ich mich bestimmt entschuldigt.

Aber nichts dieser Art kam von ihm, und er nickte nur.

»Möchtest du vielleicht ein bisschen Porridge? Ich hätte

Honig da, oder Sahne … und auch Sirup von den Hagebutten hier aus dem Garten. Allerdings wäre es mir lieb, wenn du beim Essen nicht wieder so ein seltsames Stöhnen ausstoßen würdest.«

»Okay«, sagte ich verlegen.

»Also, willst du welchen?«

»Äh, ja. Bitte.«

»Und was hättest du gern dazu?«

»Keine Ahnung, am besten alles.«

»Nein, das wäre doch eklig.«

»Dann entscheid du eben.«

Nachdem ich mich gesetzt hatte, brachte Gregor mir einen tiefen Steingutteller mit einem Muster aus blauen und weißen Streifen, von dem hier und da etwas abgeplatzt war, und einen großen Löffel mit Emaillegriff.

Ich schob mir einen Löffel voll Porridge in den Mund, und da ich nach dem Vorfall gestern Abend alles daransetzte, nicht wie eine sexbesessene Verrückte rüberzukommen, gelang es mir, keine genussvollen Geräusche von mir zu geben.

Und, mein Gott, es war ja auch nur Porridge! Aber ein Porridge, der sämig war und zugleich noch ein bisschen Biss hatte, also über eine perfekte Konsistenz verfügte. Er war reichhaltig und cremig, und Gregor hatte ihn mir mit genau der richtigen Menge an Sirup serviert. Aber, ihr wisst schon. Das könnte doch jeder so hinkriegen. Trotzdem vergaß ich darüber beinahe komplett, dass dieser Mann knurrig, schwierig und faul war und sich gestern furchtbar über einen angeblichen Anmachversuch von mir echauffiert hatte. *Das hätte er wohl gern!*

»Und, war er halbwegs okay?«, fragte Gregor.

Mir wurde klar, dass er – mit zuckenden Mundwinkeln –

meinen Teller betrachtete, der auf rätselhafte Art und Weise plötzlich leer war. Gerade war ich dabei, mit dem Finger noch letzte Reste herauszuholen.

Genervt runzelte ich die Stirn. »Ja, ganz okay«, sagte ich. »Wo hast du eigentlich kochen gelernt?«

»Das ist doch nur Porridge«, sagte er verblüfft. Und dann: »In der *Haute Cuisine École de Porridge* in Paris.«

»Haha, sehr witzig«, knurrte ich.

»Meine Ex hat nie gekocht, und irgendjemand musste das ja übernehmen.«

Einen Moment wartete ich ab, aber mehr kam nicht. Ich hätte schlecht sagen können, ob er wehmütig an all das zurückdachte, auf seine Ex immer noch wütend war oder einfach nie die Chance gehabt hatte, mit irgendjemandem über die Sache zu reden. Vermutlich Letzteres, wie es bei Männern oft so war. Ich war schon zigmal mitten in der Nacht über Zentraleuropa hinweggeflogen und hatte mir von Kollegen, die ich kaum kannte, mit leiser Stimme vorgebrachte endlose Klagen über ihre Scheidung angehört, weil sie sonst niemanden hatten, mit dem sie darüber sprechen konnten. Ich mochte Männer, hatte sie immer schon gerngehabt, aber manchmal waren sie einfach dämlich.

Durch die schmutzigen Fenster schaute ich nach draußen. Es war wirklich ein herrlicher Tag, der Himmel war leuchtend blau, und auf den Wiesen spross frisches Gras.

Ich sollte wohl mal nach *Dolly* sehen und mich eigentlich auch auf dem Festland melden, aber mit welcher Nachricht? Sollte ich trotz der durch die Krise begrenzten Ressourcen darum bitten, dass ein Boot rübergeschickt wurde, obwohl es mir hier doch gut ging?

»Haben wir zufällig genug heißes Wasser für ein Bad?«

Gregor runzelte die Stirn. »Ich könnte ein bisschen was

auf dem Aga erhitzen, aber ich glaube, das wäre kein sehr angenehmes Bad. Der Boiler für die Wanne …«

»… hat immer noch keinen Strom, schon klar. Ich hab mich einfach gefragt, ob es irgendeine Möglichkeit gibt, über dem Kaminfeuer Wasser warm zu machen.«

Er schüttelte den Kopf. »Nein, ich denke, nicht.« Ohne mich zu fragen, schüttete er mir den letzten Rest Porridge auf den Teller.

»Und, was hast du heute so vor?«, fragte ich.

»Ich werde ein Huhn schlachten«, antwortete er ungerührt.

»Was?«

»Na ja, uns bleibt vorläufig nur das tauende Gemüse aus der Tiefkühltruhe. Und weil Pflanzsaison ist, können wir nichts Zusätzliches ernten. Irgendwas müssen wir doch essen.«

»Kannst du nicht noch mal Brot backen?«

»Doch, klar«, antwortete er. »Aber von Brot allein kann man ja nicht leben.«

»Ich persönlich könnte durchaus nur von Brot leben«, sagte ich, »wenn es dazu auch aufgetaute Erbsen und etwas von diesem Hagebuttensirup gibt. Damit hat man doch alles, was man braucht.«

Er wechselte das Thema: »Außerdem muss ich noch die Anzahl der Möwen überprüfen, mir die Nester brütender Paare ansehen und was im Garten machen.« Er schaute zum Himmel hinauf. »Und am besten auch Gras mähen. Dann von den Sachen aus der Tiefkühltruhe alles einmachen, was sich dazu eignet, und neuen Torf stechen. Normalerweise würde ich mich heute auch um eine Schülergruppe kümmern müssen, aber die kommt wohl nicht.«

»Oh«, sagte ich. »Da hast du ja einiges vor.«

»Und was ist mir dir?«

»Ich will noch mal hoch aufs Dach.«

Er runzelte die Stirn. »Ich hab befürchtet, dass du das sagen würdest. Aber warum denn? Die wissen doch, dass du gesund und munter hier bei mir bist. Sie werden schon kommen, wenn sie können. Wenn du einfach abwartest, kannst du die Insel womöglich wieder verlassen, bevor du dir das Genick gebrochen hast.«

»Ich hab einen wirklich wichtigen Termin von der Arbeit aus«, erklärte ich. »Am Donnerstag. Deshalb muss ich sichergehen, dass vorher jemand kommt und mich holt.«

Er lächelte. »Ah, ja. Das hatte ich ganz vergessen.«

»Tja, du weißt schon.«

Auf seiner Miene zeigte sich Bedauern, und mir tat es auch leid.

»Ich meine, ich würde ja wirklich gern hierbleiben und Sachen einlegen, um nicht Hungers zu sterben …«

»Warum geht es denn bei diesem Termin? Erzähl doch mal!«

»Um meine Bewerbung auf eine total tolle und schicke Stelle«, erklärte ich und wischte mir über den Mund, als mir klar wurde, dass ich da noch Sirup hatte, was nicht gerade würdevoll wirkte. »Als Erste Offizierin auf Langstreckenflügen mit dem A380. Damit wäre ich überall auf der Welt unterwegs.«

»Und was macht eine Erste Offizierin so?«

»Das ist die Co-Pilotin.«

Er schaute mich an. »Also würdest du nicht selbst fliegen?«

»Ich würde da sein, wenn sie mich brauchen«, versicherte ich, während meine Wangen zu brennen begannen.

»Hast du dich deshalb auf die Stelle beworben?«

»Ja, aber ich hatte mich schon darauf eingestellt … selbst

abzusagen«, gestand ich. »Also, wenn ich es hier nicht schaffen würde, Dolly zu fliegen ... was am Anfang ja auch so war.«

»Wird das denn nicht getestet, bevor so eine Stelle vergeben wird?«

»Doch, im Simulator«, antwortete ich. »Und damit komme ich auch klar. Aber wegen des Simulatorchecks muss ich ja eben am Donnerstag zurück sein.«

»Wow«, murmelte er. »Also könnte es sein, dass da oben was passiert und du nicht dazu in der Lage bist, zu übernehmen?«

»Aber es *ist* schließlich was passiert!«, wandte ich ein. »Und ich *habe* übernommen!«

»Damit bist du also geheilt?«

Schon komisch: Ja, das stimmte irgendwie. Okay ... »geheilt« war vielleicht nicht das richtige Wort, aber es ging mir besser, viel, viel besser. Allerdings nicht deshalb, weil ich das Flugzeug runtergebracht hatte. Nein, was das anging, so hatten einfach meine Instinkte und die mir antrainierten Fähigkeiten das Kommando übernommen. Viel entscheidender war hier gerade, dass ich endlich einem anderen Menschen, nämlich Gregor, davon erzählt hatte.

»Und, wäre das die Erfüllung für dich?«, fragte er. »Diese Langstreckenflüge?«

»Ich fliege unglaublich gern«, erklärte ich. »Also, normalerweise. Den Moment, wenn sich der Autopilot ausschaltet, weil es gleich in den Sinkflug geht, vom Lotsen Anweisungen durchgegeben werden, man das ganze Gewicht des Flugzeugs unter sich spürt, den genieße ich. Die Maschine in der Luft auszubalancieren und alle sicher nach unten zu bringen ... das ist meine große Leidenschaft.«

»Aber das ist bei Langstreckenflügen doch nur ein kurzer

Moment, oder nicht? Hockt man da nicht stundenlang bloß rum?«

»Na ja, es ist jetzt nicht so, als würde ich mich zurücklehnen und Filme gucken«, sagte ich.

Aber er hatte schon irgendwie recht. Solche Flüge brachten viel weniger von den tollen, aufregenden Aspekten des Fliegens mit sich, die ich so mochte, und viel mehr Zeittotschlagen an Flughäfen, stundenlanges Sitzen und endlose Landschaften, die immer gleich aussahen – wenn man in Richtung Osten unterwegs war, dauerte es ewig, Russland zu überqueren, und in Richtung Süden war es mit der Sahara ähnlich.

»Und es wäre ein beruflicher Aufstieg«, erklärte ich. »Ich meine, es ist ja cool, dass bei dir zu der Stelle ein Haus mit dazugehört. Bei den meisten Leuten ist das aber nicht so.«

Er nickte. »Stimmt«, sagte er, »und eine Stromrechnung muss ich hier auch nicht bezahlen.«

Ich lächelte.

»Es kommt mir nur ein bisschen seltsam vor«, sagte er, »dass du mit den Sachen, die du an deiner Arbeit so toll findest, das Starten und Laden und den Wind zu spüren …«

Ich nickte.

»… na ja, dass du damit immer weniger zu tun hast, je weiter du beruflich aufsteigst.«

»Aber das ist doch in jeder Branche so«, wandte ich ein. »Wenn jemand ein engagierter Lehrer ist, wird er zum Rektor befördert und verbringt den Tag dann vor allem mit Papierkram. Wer seine Arbeit als Arzt liebt, übernimmt am Ende den Vorsitz von Krankenhausausschüssen, und so weiter. Du arbeitest bestimmt irgendwann mal für die Leitung der Uni.«

»Niemals!«, versicherte Gregor, was ich ihm sogar glaubte.

Es widerstrebte mir ja selbst, das zuzugeben, aber an diesem Morgen war es einfach himmlisch, auf Inchborn zu sein und beim Verlassen des Hauses von feuchtem, smaragdgrünem Rasen in Empfang genommen zu werden. Das Grün des Grases wirkte beinahe fluoreszierend, und Osterglocken und Gänseblümchen reckten ihre weit offenen Blüten so fieberhaft der Sonne entgegen, als handele es sich um einen Wettstreit. In der warmen Luft hing das Gezwitscher von jedem nur erdenklichen Vogel.

Aber vielleicht war der Frühling ja immer so, dachte ich, und ich hatte es nur nicht mitbekommen, weil ich eigentlich nie im Freien war.

Frances bemerkte mich, kam sofort herbei und versetzte mir einen sanften Stoß.

»Ist schon okay«, sagte ich zu ihr. »Du brauchst wirklich nicht eifersüchtig zu werden – er gehört ganz dir.«

Ich tätschelte sie und gab ihr einen Apfel von dem kleinen Vorrat, den ich mir heimlich in der Tasche der Latzhose angelegt hatte, falls ich zwischendurch Hunger bekommen sollte.

Der Duft des knospenden Schöllkrauts in den Beeten vermischte sich mit dem salzigen Aroma des Meeres, wodurch die Luft etwas Belebendes an sich hatte. Die ganze Insel schien sich mit frischen, zauberhaften Dingen herauszuputzen, um ihre geflügelten Freunde anzulocken.

Einerseits verblüffte mich dieser Gedanke, andererseits wurde mir klar, dass Inchborn buchstäblich genau das tat und dafür Himmel und Erde und Meer in perfekter Harmonie ausbalancierte.

Wenn man die Sache realistisch betrachtete, hätte es mich viel mehr mitnehmen müssen, dass ich zwei Tage nach der Notlandung noch nicht wieder zu Hause war. Schließlich war schon Montag, und mir lief so langsam die Zeit davon. Da sich bestimmt jemand um mich Sorgen machte, waren auf meinem Handy sicher längst zig Nachrichten eingegangen. Generell würde ich bei meiner Rückkehr tausend Sachen erledigen müssen.

Aber aus irgendeinem Grund kümmerte mich das alles gerade nicht. Das würde ich eben später in Angriff nehmen. Im Moment war ich machtlos, und an einem Tag wie heute war es einfach unmöglich, sich Sorgen zu machen oder gestresst zu sein. Ich konnte keine Termine wahrnehmen, weder das Handy nutzen noch E-Mails beantworten, weder einkaufen noch zur Wäscherei. Ich konnte weder meinen Kontostand checken noch meine Schritte zählen, weder irgendwelche Diätprodukte bestellen noch mich wiegen oder ins Fitnessstudio gehen. Hier bestand keine Möglichkeit, meine Eltern anzurufen, mich mit einem Podcast weiterzubilden oder mir die neuste Fernsehserie anzugucken, die außer mir längst jeder gesehen hatte. Ich konnte mir nicht die Augenbrauen zupfen lassen oder etwas bei Instagram veröffentlichen oder durch die Accounts anderer scrollen oder Hayden süße Nachrichten schicken …

Und das alles nicht tun zu können – nicht eine einzige Angelegenheit klären zu können –, empfand ich als seltsam befreiend. Es fühlte sich so an, als wüsste niemand, wo ich mich gerade befand. Und dadurch … fühlte ich mich frei. Der heutige Tag gehörte mir und nur mir allein. Ich konnte selbst entscheiden, wo ich sein und was ich tun wollte. Und ich wusste ja nicht einmal, wie spät es gerade war, wobei es mich vor allem schockierte, dass es mir aufgrund der völligen Irrelevanz dieser Information gar nicht aufgefallen war. Ich hätte wirklich nicht sagen können, wann es mir zum letzten Mal so ergangen war.

Meine Zeit hier war nur für mich allein, und es handelte sich dabei auch nicht um minderwertige, leere, langweilige Zeit, die man totschlagen musste, wie im Lockdown, als es außer Herumscrollen nicht viel zu tun gegeben hatte. Oder wie beim Warten darauf, ob sich nach einem Vorstellungsgespräch jemand zurückmelden würde, was nervenaufreibend war und mich gereizt werden ließ. Nein, hier lag echte unbeschwerte Freizeit vor mir, so endlos wie das Meer.

Glücklich atmete ich durch, vergrub die Zähne in einem kleinen, süßen, ein wenig knubbeligen Apfel und machte mich daran, die Umgebung zu erkunden.

Zunächst einmal ging ich hinüber zu *Dolly* auf dem oberen Bereich des Strandes. Ich machte die Tür weit auf, um etwas von der lieblichen frischen Luft hineinzulassen, sodass das Flugzeug ein bisschen trocknen konnte, und kletterte hinein.

Vermutlich würde die Zelle keinen Schaden davontragen, schließlich war diese Maschine fürs Fliegen in Kälte und Feuchtigkeit konzipiert. Auf den Sitzen aus Leder würden mit Sicherheit Flecken zurückbleiben, aber sie würden wieder trocknen, mit den Tragflächen war bestimmt alles in Ordnung, und die Räder – na ja, für eins brauchten wir eben einen neuen Reifen.

Das wahre Problem stellten natürlich die Instrumente dar. Sie waren voraussichtlich hinüber, so wie ein in die Toilette gefallenes Handy. Genau wie bei einem in die Toilette gefallenen Handy würde es aber auch ein paar Tage dauern, bis wir wissen würden, woran wir waren.

Mal abgesehen davon … O Gott, *Dolly* war schon so alt! Liebevoll tätschelte ich ihr das leblose Armaturenbrett. Wenigstens war sie nicht vom Meer davongetragen worden!

Aber Gramps ... würde fix und fertig sein. Ich musste an Callum Frost denken und fragte mich, wie es jetzt wohl weitergehen würde. Vermutlich würden wir nach diesem Vorfall wohl doch verkaufen müssen. So hatte das alles wirklich nicht enden sollen.

Wir würden *Dolly* wahrscheinlich auf einen Tieflader hieven und mit der Fähre zurück aufs Festland bringen können, wofür bestimmt die Versicherung zahlen würde. Aber das wäre wirklich eine traurige Heimkehr für unser heiß geliebtes Flugzeug. Vielleicht würde es sich nicht einmal lohnen, sie überhaupt zum Flughafen zu transportieren, und man würde sie besser direkt zum Schrottplatz bringen.

Es wunderte mich, dass ich plötzlich einen Kloß im Hals hatte. Wieder tätschelte ich sie und fühlte mich, als würde ich gerade beschließen, meinen Hund einschläfern zu lassen. Dabei war sie doch bloß eine Maschine, kein lebendes Wesen!

»So schlimm wäre der Schrottplatz nun auch nicht«, sagte ich. »Überleg doch mal, einzelne Teile von dir würden dann über die ganze Welt fliegen! Wäre das nicht toll?«

Aber damit überzeugte ich nicht einmal mich selbst.

Schnell kletterte ich wieder nach draußen, um mich hier nicht in meiner Traurigkeit zu suhlen, ließ die Tür offen stehen und zog weiter, um das Kloster auszukundschaften.

Es war schon seltsam, ganz allein über dessen Gelände zu streifen. Normalerweise brachte die Fähre jeden Tag eine Horde von Touristen und Pilgern, die Unmengen an Fotos schossen und sich im Souvenirshop mit Edinburgh-Rock-Süßigkeiten, Kühlschrankmagneten und Trockentüchern eindeckten.

Heute konnte ich mich mal ganz in Ruhe umsehen, betrachtete interessiert den riesigen Kamin in dem Teil der

Ruine, der mal die Küche gewesen war, und auch die enormen Kochutensilien, die noch an den Wänden hingen. Ich verweilte lange vor den Bogenfenstern, die wie Bilderrahmen einen perfekten Blick auf die Insel und den Himmel boten. Diese Fenster zeigten deutlich, dass auch die Mönche auf Schönheit und Dekor Wert gelegt hatten, obgleich sie eigentlich ein asketisches Leben hätten führen sollen.

Na ja, wie asketisch das in Wirklichkeit wohl gewesen war? Sie hatten in einer Zeit, in der das Leben hart gewesen war, weder heftig schuften noch betteln oder kämpfen müssen – daher war »Mönch« damals wohl eher ein leichter Job gewesen. Und während ich mich jetzt und hier an diesem so abgelegenen Flecken Erde umschaute, kam mir plötzlich in den Sinn, dass es eigentlich gar nicht so abgelegen gewesen war: In jener Epoche hatte es zwar einige Straßen gegeben, aber nicht viele, und die schnellste Art der Fortbewegung war die übers Wasser gewesen. Daher hatte man als Inselbewohner quasi direkt an der Autobahn gewohnt.

Und dieser Archipel gehörte zu den ältesten durchgehend bewohnten Regionen der Britischen Inseln, deshalb hatte so ziemlich jeder unterwegs hier haltgemacht. Alle Reisenden und Seeleute, die Strecken zwischen Schottland und den großen fortschrittlichen Zivilisationen Skandinaviens zurückgelegt hatten, waren hier vorbeigekommen. Mittlerweile war diese Insel wirklich isoliert, aber das war eben nicht immer so gewesen. Einst hatte man hier vielleicht weitab von Auseinandersetzungen zwischen Stämmen ein sorgloses Leben in guter Gesellschaft führen können, bei dem man gemeinsam Gemüse geerntet, gesungen und Boote in den sicheren Hafen geleitet hatte. Auch das Meer bot reichlich Nahrung, und man war hier wohl relativ sicher vor Eroberungen gewesen.

Ich fand es schön, an diesem tollen Morgen solchen Gedanken nachzuhängen. Ja, das hier war ein glücklicher Ort.

Solange man nur vor dem Wind geschützt war, war es heute in der Sonne sehr angenehm. Mit gemächlichen Schritten entfernte ich mich vom Kloster und schlenderte zum östlichen Strand hinüber. Dort entdeckte ich einen mit Seegras bewachsenen kleinen Hügel, an dessen Fuß ich mich ausstreckte, um einen bisschen die Augen zuzumachen.

Beinahe wäre ich eingedöst, so schön war es hier. Die Rufe von Vögeln und das sanfte Rauschen des Meeres im Hintergrund waren wirklich beruhigend. Tatsächlich hörte man die Wellen auf dieser winzigen Insel einfach überall, was ich äußerst tröstlich fand.

Ich träumte vor mich hin, als ich plötzlich einen wütenden Laut hörte und etwas auf meiner Brust spürte.

Es war dieses Huhn, Barbara, das aufgeschreckt mit den Flügeln flatterte und auf meinem Schoß landete, als ich schockiert hochfuhr.

»Barbara!«, schimpfte ich. »Du bist wirklich eine sehr ungezogene Henne!«

Sie schimpfte zurück.

»Was ist denn los? Ist etwa Timmy in den Brunnen gefallen?«

Gackernd plusterte Barbara sich auf und drehte sich ziemlich rücksichtslos auf meinem Schoß herum.

»Denk gar nicht erst daran, es dir bequem zu machen!«, mahnte ich. »Du wirst auf keinen Fall Eier auf meiner Hose legen!«

Inzwischen hatte ich diese Latzhose wirklich lieb gewonnen.

Barbara antwortete mit einem Gackern, das zu sagen schien: »Wir werden ja sehen«, und in diesem Moment der

Zweisamkeit überraschte uns Gregor, der oben auf dem Hügel auftauchte. »Da bist du ja!« Er hatte wohl nach mir gesucht und kniff jetzt die Augen zusammen. »Streitest du dich etwa gerade *mit einem Huhn?*«

»Ich hab Barbara wirklich nichts getan! Sie ist diejenige, die einfach auf mich gesprungen ist. Sag mal, sie gehört doch nicht etwa zu den Hühnern, die du schlachten willst, oder? Ach, schlachte doch bitte gar keins!«

»Da frage ich mich schon, ob dir eigentlich klar ist, woher unsere Lebensmittel stammen.«

»Gerade hab ich das Gleiche gedacht. Ab sofort bin ich jedenfalls Vegetarierin.«

Er zuckte mit den Achseln. »Okay.«

»Lässt du das mit dem Schlachten dann bleiben?«

»Nein«, antwortete Gregor.

»Oh, Himmel!«

Ich dachte daran, wie furchtbar es sein würde, wenn er nachher in der Küche seine magischen Kochkünste anwenden und mir der köstliche Geruch von Brathähnchen in die Nase steigen würde.

»Die Tiere kriegen ja nichts mehr davon mit, wenn du sie isst.«

»Aber ich werde bei jedem Bissen daran denken!«

»Das liegt ganz bei dir.«

»Wie kannst du nur Vögel lieben und dich um sie kümmern, aber gleichzeitig Hühner schlachten?«

»Und wie kannst du diesen Standpunkt vertreten und gleichzeitig Hähnchenfleisch essen – wie du es bis vor dreißig Sekunden noch getan hast? Darüber hinaus auch noch von Tieren, die zu Lebzeiten nicht so ein wunderbar freies, glückliches, tolles Dasein hatten wie die hier auf der Insel, vor allem Barbara.«

»Barbara darf auf keinen Fall gegessen werden!«

»Das will ja auch niemand«, versicherte Gregor und verstummte.

Mir kam es ein bisschen so vor, als seien wir hier in einer Sackgasse gelandet.

»Mal was ganz anderes: Anscheinend haben wir auf den nördlichen Felsen ein paar gefiederte Besucher. Würdest du gern mitkommen und dir das mal ansehen?«

Verblüfft musterte ich ihn, weil es mich wunderte, dass er mich fragte. Ich dachte, er hätte genug von mir.

»Äh, klar, aber ich muss Barbara doch den Hintern wärmen.«

Er trat einen Schritt vor.

»Bring sie nicht um!«

»Hatte ich nicht vor!«

Mit einer geschickten Geste fegte er das Huhn von meinem Schoß, das ihn laut angackerte und dann davonstürmte, ohne uns eines Blickes zu würdigen.

Ich folgte Gregor die Dünen entlang – stolpernd, weil er einen ganz schön flotten Schritt draufhatte. Wir kamen am Kloster vorbei, liefen einen Pfad auf einem schmalen Grat hinauf und erreichten mit dunkelgrünem Moos bewachsene Felsen, die nach und nach zu einem Kliff wurden. Nun erklommen wir die kargen Höhen an der Nordseite der Insel. Diesen Teil kannte ich überhaupt nicht, und ich war erstaunt, wie anstrengend der Weg hier hoch war. Das glitschige grüne Moos machte das Gestein unter den Füßen tückisch. Auf unserem Weg nach oben wärmte uns die Sonne, sodass mir irgendwann furchtbar warm wurde und ich den Pullover auszog, um ihn an einen praktischen kleinen Vorsprung an einem Felsen zu hängen.

Gregor ging vor mir und schaute sich nicht zu mir um,

daher musste ich ein wenig unbeholfen hinterherhetzen. Eigentlich fand ich es so besser, als vor ihm herzugehen, sodass er mir bei dieser Plackerei die ganze Zeit auf den Hintern hätte gucken können.

Auf jeden Fall ist es ein gutes Kardiotraining, hörte ich mein Gehirn sagen, bevor ich ihm befahl, jetzt mal Ruhe zu geben.

Gregor machte an einer flachen Stelle halt und setzte sich an die Felskante, wo er mit den Beinen baumelte und zum strahlenden Himmel hinaufschaute. Ich gesellte mich zu ihm und versuchte, mir nicht anmerken zu lassen, dass ich völlig außer Atem und verschwitzt war.

Die Aussicht war einfach atemberaubend, da die nahen Inseln genau zu erkennen waren und aussahen wie die Fußabdrücke von Riesen. *Dolly* wirkte tief unter uns wie ein Spielzeug, das ein Kind am Strand vergessen hatte. Traurig betrachtete ich sie.

»Was passiert jetzt mit eurem Flugzeug?«, fragte Gregor.

Ich zuckte mit den Achseln. »Keine Ahnung. Für die Fähre ist es vielleicht zu schwer, und die Elektrik ist hinüber, daher wäre es auch nicht sicher, damit zu fliegen. Wahrscheinlich wäre es am besten, wenn jemand herkommt und es in seine Einzelteile zerlegt.« Ich spürte wieder den Kloß im Hals. »Vielleicht könnte Gramps das sogar selbst machen und jemanden mitbringen, der ihm hilft. Für die Teile … würden wir vermutlich ordentlich Geld bekommen. Die Zelle könnten wir im Ganzen transportieren und ebenfalls verkaufen, wobei man wohl auch eher die Materialien nutzen wird.« Gegen Ende des Satzes brach mir die Stimme.

»Und das war's dann?«

Ich nickte nur noch, weil ich nichts weiter herausbrachte.

»Wir hätten sie sinken lassen sollen«, überlegte Gregor. »Dann wären darauf Korallen gewachsen, sie hätte Lebensraum für Fische geboten und ein interessantes Ziel für Tauchgänge abgegeben. Das wäre doch cool gewesen.«

Ich schaute ihn an. »Meinst du das ernst?«

»Ja, klar. Alte Bohrinseln werden zum Beispiel auch nicht abgebaut, weil sich Fische und Krille und so weiter rundherum fortpflanzen. Dadurch wird der Ozean renaturiert.«

Fassungslos schüttelte ich den Kopf. »Das ist ja unglaublich! Aber nein. Ich könnte es … einfach nicht ertragen, sie sinken zu lassen.«

»In dieser Gegend ruhen da unten Tausende von Schiffen«, sagte Gregor, »Abertausende, Langschiffe und Kriegsschiffe und alles dazwischen, was auch immer es nicht durch die Inselgruppe geschafft hat. Irgendwie hätte das doch gepasst.«

Wir starrten auf die türkisblaue Unendlichkeit hinunter, die sich bis zum Horizont erstreckte. Dieser Tag war so still und friedlich, als könnte hier niemals etwas Schlimmes passieren. Man konnte sogar bis hinüber zum Festland schauen, so klar war die Luft.

Wieder blickte ich zu *Dolly* hinunter. Von hier aus sah sie gar nicht so schlecht aus.

»Aber«, sagte ich, als in mir plötzlich eine Idee keimte, »eine winzig kleine Möglichkeit gäbe es noch …«

Konzentriert starrte ich hinab. Ich wusste natürlich, dass man nie darauf vertrauen durfte, wie die Dinge aus der Ferne aussahen. Beim Fliegen musste man sich auf die Instrumente verlassen, nicht auf die eigene Intuition. Das Gehirn ist davon überzeugt, dass es immer weiß, wo unten und oben ist. Das stimmt aber nicht, und wenn man seinen Fehler schließlich bemerkt, ist es meistens zu spät.

Gregor mit seiner ruhigen Art drängte mich nicht, weiterzusprechen, sondern wartete einfach ab.

»Ich meine … an einem wirklich, wirklich klaren Tag … Also, so weit ist es ja nicht … Rein theoretisch könnte man auch ohne Instrumente fliegen, komplett auf Sicht.«

»Wäre das nicht gefährlich?«

»Es wäre unglaublich gefährlich«, sagte ich. »Jeder macht Fehler, und es ist schwierig, die eigene Geschwindigkeit korrekt einzuschätzen. Wenn man in einer Wolke festhängt, könnte man da durchaus ins Trudeln geraten, bevor man es auch nur merkt.«

»Dann solltest du es lieber sein lassen.«

»Früher sind die Leute doch immer so geflogen«, wandte ich ein, ohne den Blick von dem kleinen Flugzeug da unten zu lösen.

»Und sind nicht ständig Piloten dabei draufgegangen?«

»Äh, ja«, musste ich einräumen. »Das war tatsächlich so.«

»Ich hab den Eindruck, als hättest du bereits mehrere deiner neun Leben verbraucht.«

»Ja, und wir würden dafür wohl auch keine Zustimmung vom Lotsen bekommen. Wenn ich ohne Erlaubnis fliege und erwischt werde, würde man mir schlimmstenfalls für immer die Lizenz entziehen.« Ich lächelte schuldbewusst. »Vermutlich muss ich mich einfach mit dem Gedanken abfinden: Es ist jetzt das Vernünftigste, die Sache den Leuten von der Versicherung zu überlassen. Sollen die doch kommen und Dolly auseinanderbauen.«

Ich seufzte.

»Bist du immer so furchtbar vernünftig?«, fragte er.

Na ja, wohl nicht immer, wenn ich an gestern Abend dachte. Außerdem war »vernünftig« auch überbewertet.

»Vernünftig« verbrachte gerade Zeit in Dubai und gab sich irgendwelchen Frauen gegenüber als Pilot aus.

Gregor hielt mir eine Wasserflasche hin, nach der ich dankbar griff. Selbst war ich gar nicht auf die Idee gekommen, etwas zu trinken mitzunehmen. Das frische kalte Wasser war belebend und absolut köstlich, als ich einen tiefen Schluck nahm. Ich ließ die Beine baumeln. Unter mir war nichts, bis hinunter zum Meer.

»Na, dann wollen wir mal weiter«, sagte Gregor. »Das nächste Stück wird ziemlich anstrengend, meiner Meinung nach ist es das aber wert.«

Er hatte recht, der Weg das Kliff hinauf war steil und erforderte meine ungeteilte Aufmerksamkeit. So etwas hatte ich schon lange nicht mehr gemacht – oder vielleicht sogar noch nie –, und ich fand es so anstrengend wie faszinierend, den Pfad im Auge zu behalten und den passenden Halt für Hände und Füße zu suchen. Es war ein bisschen so, als würde man ein riesiges Puzzle lösen. Ein paarmal kamen wir sogar an eine Stelle mit Seilen, an denen man sich ein Stück hochziehen konnte. Als wir schließlich oben angekommen waren, fühlte es sich zwar so an, als sei mein Kopf hochrot, aber mich erfüllte auch Stolz, und die Aussicht war noch beeindruckender als zuvor. Von *Dolly* war lediglich ein winziger Punkt vor einem goldenen Hintergrund übrig, der wie der Pinselstrich eines Malers wirkte. Wir waren auf allen Seiten von Meer, Himmel und warmer Sonne umgeben, die die Sinne erfüllten.

Dazu kam noch ordentliches Getöse, da überall Möwen um uns kreisten und laut schrien. Wir waren ein Stück abseits des Kliffs stehen geblieben, weil die grasigen flacheren Stellen voll mit Guano waren. Überall waren Nester zu sehen, umgeben von zerstreuten Zweiglein.

»Du hast mich mit hier hochgenommen, um mir Möwen zu zeigen?«, fragte ich. »Dann muss ich dir leider sagen, dass mir die beinahe überall in Großbritannien schon mal Pommes geklaut haben!«

»Nein, guck mal da!«

Er deutete auf das am weitesten von uns entfernte Ende des Kliffs, und ich keuchte laut auf.

»O mein Gott!«, hauchte ich.

»Pscht!«, machte er und hob ein Fernglas an die Augen.

Als seien sie bewusst auf Distanz gegangen, weil sie unter sich bleiben wollten, tummelten sich abseits von uns und von den Möwen kleine schwarz-weiße Vögel. Auch dieser Schwarm zog kreischend seine Kreise.

»Papageientaucher!«

Er starrte mich an. »Wie hat man dich nur je in die Luft gelassen? Das sind doch Lummen!«

Tatsächlich, diese Vögel hatten etwas weitaus Eleganteres an sich als die pummeligen, rundlichen Papageientaucher.

»Oh«, machte ich. Das sagte mir gar nichts. Es klang eher wie der Name einer Band.

»Die sind dieses Jahr früh dran«, erklärte Gregor, »was wahrscheinlich am warmen Wetter liegt. Guck mal, jetzt in der Brutzeit sind sie immer zu zweit.«

Ja, das konnte man gut erkennen: Wichtigtuerisch hockten kleinere Exemplare, die vermutlich Weibchen waren, still da, während die Männchen vor sich hin krächzten und von Zeit zu Zeit wie Sturzbomber in die Tiefe sausten, um ins Meer zu tauchen.

Während ich sie aufmerksam betrachtete, wurde mir bewusst, was für ein Geschenk, was für ein Privileg es war, hier sein und ihre ganz privaten, lustigen kleinen Rituale miterleben zu dürfen.

Einer der Vögel kehrte mit vier Fischen im Schnabel zurück und marschierte damit stolz auf sein Nest zu, so als wollte er vor seinen Artgenossen damit angeben, während seine Partnerin das Gefieder aufplusterte.

Obwohl Gregor damit beschäftigt war, sorgfältig Dinge in einem Büchlein zu vermerken und mit einer Hand Videos aufzunehmen, konnte ich es mir nicht verkneifen, an seinem Ärmel zu zupfen, wenn eine der Lummen etwas Lustiges oder besonders Beeindruckendes machte.

Unfassbar fand ich, in welchem Tempo sie sich ins Meer stürzten. Manchmal sah man nur etwas Verschwommenes vorbeiflitzen.

»Nächste Woche werden es schon doppelt so viele sein«, sagte Gregor zufrieden. »Eigentlich sollte ich hier regelmäßig Besuchergruppen von ornithologischen Instituten herumführen. Na ja, wir werden sehen. Den Vögeln ist es sowieso egal.«

»Ich bin wirklich froh«, brach es spontan aus mir heraus, »dass ich die sehen durfte, und auch noch bei einer Privatführung.«

Er musterte mich kurz und verzog den Mund dann zu einem Lächeln, wobei weiße Zähne zum Vorschein kamen. »Du bist nicht die Einzige auf dieser Insel, die was vom Fliegen versteht, hm?«

Wir blieben noch ein bisschen und schauten zu – ich war wie gebannt und konnte mich gar nicht sattsehen, vor allem dann nicht, als Gregor mir sein Fernglas lieh. Damit konnte ich die Lummen aus nächster Nähe betrachten und sogar erkennen, wie einzelne Vögel miteinander kommunizierten.

Ich sah auch hier und da Eier – allerdings noch keine Jungvögel – und stellte plötzlich fest, dass mir die Zukunft der Vogelkolonie wirklich wichtig war, vor allem die von Herrn und Frau Vierfisch.

»Die sind ja ganz schön emsig«, bemerkte ich.

»Allerdings«, nickte Gregor. »Sie flattern die ganze Zeit durch die Gegend. Genau wie du!«

»Ich flattere doch nicht!«

»Ooooh, warum können wir nicht das Haus neu verkabeln? Oooh, ich baue mal eben ein Gehege für die Hühner!«

»Jetzt sei schon still!«, lachte ich.

Als wir uns endlich erhoben und auf den Rückweg machten, hing die Sonne bereits tiefer am Himmel. Mir wurde klar, dass ich jetzt auf dieser Erde nirgendwo lieber sein wollte als hier unter Schottlands unendlichem, sich ständig wandelndem Himmel. In diesem Moment wollte ich nichts weiter, als mit dem süßen Geruch des Ginsters in der Nase dem Krächzen dieser beeindruckenden Wesen lauschen.

Alles hier war Licht, Luft, Weite und Grenzenlosigkeit. Hier konnte ich frei atmen, fühlte mich diesem Ort verbunden.

Gramps hatte die ganze Zeit recht gehabt: Kein Swimmingpool der Welt konnte damit konkurrieren!

Als wir uns in Bewegung setzten, war ich tief in Gedanken versunken.

Der Abstieg gestaltete sich noch schwieriger als der Aufstieg. Als ich ein paarmal unachtsam auftrat und den Halt verlor, wurde mir klar, wie k. o. ich war.

Da auch Gregor es bemerkte, setzte er sich mit mir an der gleichen Stelle wie auf dem Hinweg noch einmal zum Verschnaufen an die Kante. Mittlerweile hatte die Sonne das Gras hier ordentlich durchgewärmt, und ich empfand es als unglaublich angenehm, mich mit meinen müden Knochen darauf niederzulassen.

Gregor suchte mit der Hand im Rucksack herum und zog eine Thermoskanne mit Schottenkaromuster hervor.

Wenn je jemand zu mir gesagt hätte, dass ich mal beim Anblick einer karierten Thermoskanne hin und weg sein würde, hätte ich ihm wohl nicht geglaubt.

Aber der süße heiße Tee darin war das Beste, was ich je getrunken hatte. Auf die Thermoskanne folgte zu meiner Begeisterung eine Tupperdose mit zwei riesigen Scones, die noch ein kleines bisschen warm waren, bestrichen mit Butter und süßer, hausgemachter Marmelade.

»Du hast alles für ein Teatime-Picknick vorbereitet?«, fragte ich verblüfft.

Jetzt wirkte er beinahe verlegen. »Na, so ein Picknick ist doch nett«, sagte er. »Außerdem hat man um diese Uhrzeit doch meistens Appetit auf was Süßes. Also, ich zumindest.«

»Ich *auch*«, sagte ich. »Und ich bin ja *so* froh, dass deine Ex nicht kochen konnte.«

Wir saßen da, vertilgten jeder einen riesigen Scone und teilte uns die Kanne Tee.

Irgendwann zeigte Gregor mir eine Skizze, die er von dem großen Lummenpaar mit den vielen Fischen gemacht hatte. Es war eine wirklich zauberhafte, nur mit Bleistift kunstvoll gearbeitete Zeichnung auf einem Stück Pappe.

»Die ist ja schön«, sagte ich. »Darf ich die haben?«

»Nein«, antwortete er. »Das ist ein offizielles Dokument.«

»Oh.«

»Das war bloß Spaß«, gab er jetzt zu. »Natürlich kannst du die haben, diese Zeichnungen fertige ich nur an, weil es mir Freude macht.«

»Die ist jedenfalls großartig!«

»Wie ernst«, fragte Gregor jetzt behutsam, »ist dir eigentlich diese Kein-Hähnchen-Geschichte?«

Ich runzelte die Stirn. »Na ja, Barbara wäre wirklich enttäuscht von mir.«

Er nickte. »Kapiert. Und wie sieht es mit Fisch aus?«

Ich dachte an all die Fische, die die Vögel gerade aus dem Meer geholt hatten.

»Ich denke mal, Fisch wäre okay«, sagte ich. »Schließlich haben die Lummen ja bereits ordentlich vorgelegt …«

Er runzelte die Stirn. »Du hast also kein Problem mit Doppelmoral.«

»Doch!«, versicherte ich. »Ich will nur einfach nichts essen, was mich angackert.«

Er musste lachen. »Na gut«, sagte er. »Wäre es für dich in Ordnung, meinen Rucksack nach unten zu tragen?«

»Äh, weshalb?«

»Ich hab ein paar Käfige für Hummer«, antwortete er, »die könnte ich mal checken.«

Ich verzog das Gesicht. »O nein, die armen …«

»Also, *ich* muss irgendwas essen«, sagte er.

»Aber mach ihnen bitte auf die humanste Art und Weise ein Ende«, bat ich. »Ich fühl mich gar nicht gut dabei.«

»Und das darfst du auch ruhig«, sagte er. »Sich darüber Gedanken zu machen, woher unser Essen eigentlich stammt, ist doch gut und richtig.«

Beschämt rief ich mir all die Fertiggerichte in Erinnerung, die ich in Flugzeugen hinuntergeschlungen hatte, ohne sie eines Blickes zu würdigen. »Ja.«

Gregor stand auf, um Hemd und Hose auszuziehen. Darunter trug er eine Badehose.

Ich versuchte, mir das Starren zu verkneifen und zu ignorieren, dass er unter seinen formlosen, schweren Klamotten schlank, aber muskulös war, mit breiten Schultern und einer schmalen Taille.

Er hatte mir ja schon gesagt, dass er fast täglich im Meer badete, und genau danach sah sein Körper auch aus.

Davon waren wir hier oben allerdings weit entfernt.

»Was, *um alles in der Welt,* machst du da nur?«

»*Du* bist vielleicht nicht an kaltes Wasser gewöhnt«, sagte er. »*Ich* aber durchaus, hab ich ja schon erwähnt.«

Gregor schob seine Kleider in den Rucksack und reichte ihn mir. »Wir sehen uns drüben beim Haus.«

Dann ging er einfach bis zum Rand, stieß sich ab und sprang in einem perfekten Bogen in die Tiefe.

»GREGOR!«

Aber es brachte natürlich nichts, ihm hinterherzurufen. Er war weg.

Zentimeter für Zentimeter rückte ich an die Kante heran, mit klopfendem Herzen, weil ich Angst hatte, in die Tiefe zu stürzen.

Ganz tief unter mir sah ich einen dunklen Kopf aus dem Meer auftauchen, wie bei einem Seehund. Gregor schüttelte den Kopf, um das Wasser aus den Augen zu bekommen.

Obwohl ja niemand da war, um es zu hören, sagte ich: »Ich dachte, man soll nicht mit vollem Magen schwimmen.« Aber vielleicht war das nur ein Mythos.

Die Gestalt in der Tiefe umrundete jedenfalls das Kliff und schwamm auf den Strand zu. Am entfernteren Ende bemerkte ich orangefarbene Taue. Himmel! Er würde um einiges schneller als ich wieder beim Haus sein, trotzdem wäre dieser Heimweg für mich niemals infrage gekommen.

Ich griff nach dem Rucksack und sah als Erstes nach, ob vielleicht noch etwas zu essen übrig war – natürlich nicht.

Als ich mich gerade in Bewegung setzen wollte, fiel mir in der Ferne etwas auf dem Wasser auf, irgendetwas glitzerte dort.

Ich runzelte die Stirn und fragte mich, ob da vielleicht jemand versuchte, per Morsecode Kontakt aufzunehmen. Darum würde ich mich noch vor dem Abendessen kümmern müssen.

Dann fiel mir wieder ein, dass sich im Rucksack ja auch ein Fernglas befand, und ich wühlte darin herum, bis ich es gefunden hatte.

Ich achtete gut darauf, damit nicht in die Sonne zu gucken, und suchte eine Weile nach dem Ursprung des Glitzerns. Als ich ihn schließlich durch das Fernglas entdeckte, wurde offensichtlich, was mir unbewusst wohl längst klar gewesen war: Die Fähre war in Richtung Inselgruppe unterwegs.

Kapitel 26

Wirklich albern. Eigentlich hätte meine spontane Reaktion doch sein sollen: Juchu, endlich! Endlich würde ich hier wegkönnen, alle wiedersehen und rechtzeitig für meine Beurteilung zurück sein. Dann würden wir uns eine Möglichkeit überlegen, *Dolly* auf ein Schiff zu kriegen, es würde wieder Normalität einkehren, und alles würde gut werden.

Zu meinem größten Erstaunen empfand ich aber etwas ganz anderes. Ich musste feststellen, dass mich diese neue Entwicklung ein wenig verstimmte, schließlich wartete zum Abendessen doch Hummer auf mich! Und ich musste ja auch noch Barbara erklären, dass sie genau wie ich gerettet war, außerdem hätte Frances später vielleicht gern ein bisschen mit mir gekuschelt. Und würde ich nun je erfahren, wie es mit Herrn und Frau Vierfisch weitergehen würde? Mal abgesehen davon hatte ich mich auch darauf gefreut, heute Abend wieder auf der Insel ins Bett zu gehen, weil ich hier nach der ganzen frischen Luft so tief und fest schlief, wie ich es im tollsten Hotel der Welt wohl nicht getan hätte.

Ich fühlte mich völlig überrumpelt von all diesen Gedanken und Gefühlen. Und was ich daraufhin als Nächstes tat, überraschte mich selbst.

Die Fähre würde ja nicht direkt Inchborn ansteuern,

dachte ich. Zunächst einmal würde man auf den Inseln nach dem Rechten sehen, auf denen Kinder lebten. Und dann gab es da ja noch die Schauspieler, die sicher fix und fertig waren. Dazu kamen die Frauen vom Junggesellinnenabschied, die wirklich nicht passend für eine sturmumtoste Insel ohne Strom gekleidet gewesen waren. Es würde also noch ewig dauern, bis jemand hierherkam. Deshalb beschloss ich, es Gregor gegenüber erst einmal nicht zu erwähnen.

Ganz langsam kletterte ich das Kliff hinunter, sammelte unterwegs meinen Pullover ein und achtete gut darauf, wohin ich die Füße setzte.

Ja, für Gregor war der Heimweg wesentlich kürzer.

Als ich durch die Dünen zurücklief und am Kloster vorbeikam, wärmte mir die Sonne den Rücken. Die bei düsterem Wetter eher gruselige Ruine sah heute freundlich aus, und der Boden darin war mit einem herrlichen Teppich aus sich schließenden Gänseblümchen bedeckt. Ich pflückte einen kleinen Strauß. Dass Frances ihn verspeiste, als sie am Tor des Hauses zu mir herüberkam, machte mir nichts aus. So langsam gewöhnte sie sich offensichtlich an mich.

Obwohl die anderen Hennen ganz entspannt zwischen den Steinplatten des Weges herumpickten, war Barbara nirgends zu sehen. Mir kam der Gedanke, dass sie womöglich jedes einzelne Wort der Hühnchen-Debatte verstanden hatte.

Durch die Hintertür betrat ich das Haus und schnappte mir erst einmal eine von etlichen Flaschen in dunklen, intensiven Farben, die im Vorratsschrank standen. Dieser Rhabarberwein war womöglich vor langer Zeit für die heiligen Männer der Insel abgefüllt worden, aber jetzt würden sie ja keinen Anspruch mehr darauf erheben. Aus der

Küche nahm ich noch zwei Gläser und einen Korkenzieher mit und machte mich auf den Weg zum Wohnzimmer. Als ich mich dem Raum näherte, war daraus etwas Unverkennbares zu hören.

Mit gerunzelter Stirn machte ich die Tür auf, und tatsächlich, es war wie vermutet.

Mit hochroter Miene schob Gregor die Arme hinter den Rücken. »Himmel!«, knurrte er.

»Ich weiß«, murmelte ich. »O Gott. Ich meine, es wäre vermutlich weniger peinlich gewesen, wenn ich dich mit einem Schmuddelheftchen erwischt hätte.«

»Vergiss es einfach«, sagte er.

»Hm«, machte ich. »Aber ich kann es ja nicht ungesehen machen.«

Während Frances ins Zimmer trottete und sich für ein Nickerchen vor dem Kamin ausstreckte, betrachteten wir beide die Gitarre, die Gregor nicht sehr erfolgreich hinter dem Rücken zu verstecken versucht hatte.

»O Gott«, murmelte er, »ich hätte nicht gedacht, dass du so schnell wieder hier sein würdest.«

»Kannst du *You're Beautiful* von James Blunt spielen?«

»Jetzt hör schon auf!«

»Bestimmt gehört das zu deinem Repertoire für Partys, oder?«

»Hm«, machte er. »Es wird dich wohl kaum überraschen, dass ich nicht auf besonders viele Partys gehe.«

»Ach so«, sagte ich. »Na ja, das wundert mich nicht, den Gitarrentypen kann schließlich keiner leiden.«

»Ich bin doch nicht *der Gitarrentyp!*«

»Posierst du etwa nie damit vor dem Spiegel wie ein Rockstar?«

»Nein!«

»Lüg nicht in einem Hause Gottes!«

Er lachte, als würde er es damit zugeben.

Jetzt zeigte ich ihm die Flasche. »Ich fand, dass ein 1998er Rhabarber-Jahrgangswein perfekt zu Hummer passt.«

»An das Zeug hab ich mich noch nie herangetraut; wahrscheinlich ist es ungenießbar. Und du trinkst bei der Airline doch sicher nur superedlen Wein.«

Ich starrte ihn an. »*Im Cockpit eines Flugzeugs?* Du liebe Güte, Fliegen umfasst durchaus mehr, als nur auf ein paar Knöpfe zu drücken. Wegen meines Berufs trinke ich fast gar keinen Alkohol.«

Trotz aller Bedenken machte ich die Flasche auf, aus der ein angenehmes Aroma aufstieg, satt und fruchtig wie von einer Marmelade mit Alkohol. Ich füllte zwei kleine Gläser mit dem Gebräu und reichte eins davon Gregor.

»Was?«, fragte er, als ich ihn vielsagend ansah.

»Na los, spiel was für mich!«

»Auf keinen Fall!«

»Jetzt, wo die Gitarre aufgetaucht ist, musst du auch was darauf spielen, so lauten nun mal die Regeln. Vor allem an einem Ort ohne Internet oder Fernsehen.«

»Aber ich bin wirklich nicht …«

»Das ist mir schnuppe«, unterbrach ich ihn. »Ich hab sowieso kein Ohr für Musik, da ist es egal, wie schlecht du spielst.«

»Das freut mich zu hören«, sagte er.

Wegen des schönen Wetters gingen wir nach draußen, um die letzten Sonnenstrahlen zu genießen. (Mal abgesehen davon würde ich auch jedem empfehlen, so wenig Zeit wie möglich in einem geschlossenen Raum zu verbringen, in dem eine Ziege vor dem Feuer schläft.)

Ich hätte mich ja gern vor dem Haus ins Gras gesetzt,

allerdings war es viel zu lang und auch voller Steinchen und Seegrasbüschel, die der Sturm herbeigeblasen hatte. Deshalb holte Gregor für uns zwei ramponierte alte Liegestühle.

Ich hatte eigentlich befürchtet, dass er sich zieren würde, aber er nahm die mitgebrachte Gitarre zur Hand, also lehnte ich mich zufrieden zurück.

Der Wein, die Sonne, die ganze Bewegung … es war ein guter Tag gewesen, und ich kämpfte nicht dagegen an, als meine Lider schwer wurden.

Gregor klimperte zunächst ein bisschen herum, hörte irgendwann aber damit auf.

Ich öffnete die Augen. »Was ist?«

»Für andere Leute zu spielen finde ich ganz schön peinlich.«

»Jetzt sei doch nicht albern«, sagte ich. »Du beherrschst ein Instrument, was die meisten Menschen nicht tun. Und es ist ein Geschenk, wenn du andere an deinem Talent teilhaben lässt. Es kommt doch nicht darauf an, ob es ein supertolles Geschenk ist oder nicht, man freut sich auf jeden Fall darüber. Die Musik ganz für dich zu behalten, wäre eher selbstsüchtig, dich für andere zu öffnen … das ist doch das einzig Wahre.«

Dieses eine Mal neckte ich ihn nicht, sondern meinte es völlig ernst.

Er ließ sich meine Worte durch den Kopf gehen. »Okay.«

Ich lehnte mich wieder zurück, und er schlug behutsam ein paar Akkorde an, bevor er dann, ebenso sanft, mit brummiger und dennoch süßer Stimme, zu singen begann:

When I feel like the words
Are breathing in and out of me
And I'm standing beside you,
there's a shadow where a man should be …

Wenn es sich anfühlt, als atmete ich
Worte ein und aus,
Wenn ich neben dir stehe,
Und da ist nur ein Schatten statt eines Mannes …

Ich kannte dieses Lied nicht, aber es rührte mich, wie traurig der Text war und mit welcher Wehmut Gregor sang.

I would be glad enough
If, wherever you might be,
People would remember
We're woven in a tapestry …

Es würde mir schon reichen
Wenn die Menschen dort, wo du bist,
Nicht vergessen,
Dass wir wie ein Teppich miteinander verwoben sind …

Jetzt sang er lauter, als hätte er ganz vergessen, dass ich zuhörte. Seine ein wenig brummige, träge Gesangsstimme war wirklich wunderschön.

While we steal what we can
In our courage to be free
And I find where I belong –
Among the poorest company …

Während wir durch unseren Mut zur Freiheit
Stehlen, was wir können,
Finde ich den Ort, an den ich gehöre,
In schlechter Gesellschaft …

Darüber musste ich lächeln, aber er sah mich nicht an.

When I feel like the world
Is ruthless, spinning far from me,
A country on my shoulders, its flag flies from a gallows tree
I won't let it get me down

Wenn mir die Welt grausam vorkommt,
Sich drehend von mir entfernt,
Ein Land auf meinen Schultern ruht, seine Flagge
am Galgen flattert
Dann werde ich mich nicht beugen.

Jetzt stockte ihm die Stimme, und er schien die nächsten Worte kaum herauszubekommen.

I know there are people now
People who have made it through
Who live their lives like I'd want to …

Ich weiß, dass manche Menschen
Es geschafft haben
Und ihr Leben so leben, wie ich es gern täte …

An dieser Stelle hörte Gregor auf zu spielen, weil er das Lied offensichtlich nicht länger ertrug. Mit verzerrter Miene erhob er sich.

»Ist alles in Ordnung?«, fragte ich und sprang ebenfalls auf.

Er schüttelte den Kopf. »Wie lange ich diesen Song schon nicht mehr gespielt habe …« Er wandte den Blick ab. »Es ist ewig her, dass ich überhaupt irgendetwas gesungen habe.«

»Aber das Lied war echt schön«, sagte ich. »Also, ich meine, richtig gut, nicht nerviger-Klampfenfritze-gut.«

Er schürzte die Lippen und machte die Haustür auf, hinter der Frances auf ihn wartete.

»Bleib ruhig hier«, sagte Gregor zu mir. »Ich bring dir das Abendessen gleich raus.«

Aber ich hörte nicht auf ihn und folgte ihm in die Küche, wo er damit begann, schwarzen Knoblauch in Butter sanft anzuschwitzen. Es war fast absurd, wie köstlich das roch.

»Sorry. Du hast offensichtlich lange gebraucht, um über deine Freundin hinwegzukommen.«

»Oh, ich bin über sie hinweg«, versicherte er. »Wirklich. Es war ja … nicht nur das.«

Er sah mich nicht an, und ich musste daran denken, dass er gestern über all das hatte sprechen wollen, ich Idiotin aber eingeschlafen war.

Und dann kam mir auch wieder die Fähre in den Sinn, die früher oder später hier anlegen würde, um mich – na ja, in die Wirklichkeit zurückzuholen. Mittlerweile fiel es mir leichter, Gregors Laune einzuschätzen, und ich sah seinem Rücken deutlich an, dass er über das Thema nicht länger reden wollte.

»Sei nicht traurig«, sagte ich. Und dann kam mir eine Idee.

Gregor hatte einen Topf mit Wasser auf den Herd gestellt, und während er darauf wartete, dass es kochte, zog ich los und holte das alte Transistorradio. Ich legte wieder die beiden Batterien ein, die ich fürs Morsegerät gebraucht hatte, und schaltete den Apparat ein.

Popmusik plärrte los, die so ganz anders als Gregors sanftes Lied war. Aber das störte mich nicht, ganz im Gegenteil. Ich brauchte jetzt wirklich etwas, was mich ein bisschen aufheiterte. Außerdem war das ja auch mein letzter Tag hier, den ich vielleicht nicht einmal komplett auf der Insel verbringen würde. Daher füllte ich noch einmal unsere Gläser und drehte am Radioknopf herum, bis ich einen Sender mit Achtzigerjahremusik fand, der gerade *You Make My Dreams Come True* brachte.

»Yeah!«, rief ich. »*So* spielt man Gitarre!«

Gregor kam nicht dagegen an: Er drehte sich um, musterte mich und lächelte.

»Was denn? Ich finde, man kann ruhig mehr als eine Art von Musik mögen, oder nicht?«

»Ich werde von dir also als Klampfenfritze verspottet, aber du darfst zu so was durch meine Küche tanzen?«

»Ich tanze doch gar nicht!«, protestierte ich. Dann wurde mir allerdings klar, dass ich ganz schön viel Wein getrunken hatte. Und als ich nach unten schaute, musste ich zugeben, dass meine Beine zumindest zuckten. »Glaubst du etwa, dass Piloten nicht tanzen können?«

»Ornithologen können wirklich nicht tanzen«, sagte er, drehte mit geschickten Bewegungen die Knoblauchscheibchen um und zog die heiße Pfanne von der Herdplatte.

»Na, das will ich sehen!«, sagte ich. Ich wusste ja selbst kaum, was ich tat, als ich mich im roséfarbenen Licht der Abendsonne auf ihn zubewegte.

Am Anfang lachten wir noch und führten albern übertriebene Tanzbewegungen aus, irgendwann tanzten wir aber einfach nur noch. Der nächste Song war *Alive and*

Kicking von den Simple Minds, ein Lied, das gar nicht albern war, sondern wunderschön und ein bisschen sexy, und Gregor war gar kein schlechter Tänzer.

Und so traf uns Finn an, der mit der Fähre in den Hafen eingelaufen und dort von niemandem in Empfang genommen worden war. Deshalb hatte er sich auf den Weg zum Haus gemacht, um nach uns zu sehen.

Kapitel 27

Aha«, sagte Finn von der Tür her. »Wie ich sehe, seid ihr wohlauf und bei bester Gesundheit.«

Gregor und ich sprangen auseinander, als hätte man uns bei etwas ertappt, was wir eigentlich nicht hätten tun sollen. Ich stellte das Radio aus.

»Ja, alles okay«, murmelte ich verlegen.

»Und das Flugzeug?«

»Dolly ist am Weststrand, wir haben sie ein Stück nach oben gezogen.«

Er nickte. »*Aye*, nun gut, du willst ja wahrscheinlich wieder in Richtung Heimat.«

»Äh, ja, ich hab so einiges zu tun«, bestätigte ich.

Finn schaute zu den Dünen hinüber, hinter denen *Dolly* lag.

»Leider ist sie nicht flugtauglich«, erklärte ich.

Finn und Gregor wechselten Blicke.

»In Ordnung. Und was ist mit dir, Gregor? Brauchst du irgendwas? Drüben auf dem Festland hat absolutes Chaos geherrscht, weil da für zwei Tage der Strom ausgefallen war.«

Gregor holte Stift und Papier und notierte mit meiner Hilfe die Teile, die nötig waren, um den Generator, die Antenne und den Land Rover zu reparieren. Dann ging ich nach oben, um meine schmuddeligen Klamotten und meine Handtasche mit dem nutzlosen Handy zu holen.

»Brauchst du sonst wirklich nichts, Gregor?«, hörte ich Finn fragen, als ich wieder unten war.

Gregor zuckte mit den Achseln. »Ich komme gut zurecht.«

Da konnte ich ihm nur zustimmen, schließlich würde er gleich Hummer essen, an diesem goldenen, süß duftenden Abend, was mir zu meinem Bedauern entgehen würde.

»Na, dann lass uns besser aufbrechen«, sagte Finn zu mir. »Wir müssen noch nach ein paar anderen Leuten sehen.«

Als Gregor sich mir zuwandte, schauten wir einander plötzlich furchtbar verlegen an.

»Na ja, dann würde ich mal sagen: Gute Heimreise!«, murmelte Gregor.

»Danke«, sagte ich. »Wahrscheinlich werden in den nächsten Tagen Leute kommen, um das Flugzeug auseinanderzubauen. Oder um zu gucken, ob sie Dolly im Ganzen verladen können oder so.«

Er nickte. »Und bald werden auch die Touristen auf die Insel zurückkehren.« Dieser Gedanke schien ihn eher schwermütig zu stimmen.

Wir lächelten beide, und ich senkte den Blick.

»Das klingt zwar albern, aber ... ich finde es furchtbar, dich hier ganz allein zurückzulassen.«

Er zuckte mit den Achseln. »So klaut mir wenigstens niemand mein Essen. Und du ... willst du wirklich wieder da raus, zurück zu all diesem ... Wahnsinn?«

Das ließ ich mir einen Moment durch den Kopf gehen. »Ja, ich denke schon«, sagte ich. »Ich glaube ... ja, ich kann das packen.«

»Na, dann flatter mal weiter schwer beschäftigt durch die Gegend«, sagte er mit einem Nicken.

»Und du ... stress dich bloß nicht!«

Als ich mich zum Gehen anschickte, konnte ich selbst nicht fassen, dass ich so hin- und hergerissen war. Ich drehte mich noch einmal kurz zu Gregor um, wollte mich aber sofort wieder abwenden. Das war doch albern. Diese ganze Situation.

Gregor sah mich an, als wolle er noch etwas sagen, schien es sich aber anders zu überlegen.

»Äh …«, kam schließlich doch.

»Ja?«, fragte ich ein bisschen zu rasch.

»Du … äh, hm. Ich denke mal, Barbara würde jetzt sagen, dass du hier jederzeit wieder willkommen bist.«

»Danke.«

»In Barbaras Namen: Keine Ursache.«

»Nein, ich meine: Danke für alles!«

Dazu sagte er nichts weiter und nickte nur einmal kurz. Dann wandte er sich ab und verließ das Haus – um nach seinem Sperber zu sehen, nahm ich mal an.

Als auch ich mich mit Finn auf den Weg machte, kamen wir an dem großen Koffer vorbei, den ich vor einer gefühlten Ewigkeit mal hierhergeflogen hatte. Ich hatte Gregor nie gefragt, was sich eigentlich darin befand.

Na ja, vermutlich war das jetzt nicht mehr von Bedeutung. Immerhin lebten wir in ganz unterschiedlichen Welten. Er würde wieder zu seinem seltsamen einsamen Dasein zurückkehren, und ich zu meinem. Obwohl ich zuerst einmal gucken musste, was davon eigentlich noch übrig war.

»Frau Pilotin!«

Auf der Fähre warteten bereits die drei Schauspieler, die wegen des Sturms ja auch auf der Inselgruppe festgesessen hatten. Ich fand es rührend, wie sehr sie sich freuten, mich zu sehen. Nun wollten sie mir gern ausführlich davon erzählen, wie sie während des Stromausfalls auf Larbh alles aufgeführt hatten, was sie so parat hatten, sogar Stücke von Shakespeare, und wie dankbar die Zuschauer sich darüber gezeigt hatten. *Macbeth* bei Kerzenlicht klang tatsächlich verlockend.

Als mich Boona nach meinem Flugzeug fragte, erzählte ich ihr alles, bedauerte es aber augenblicklich, als ich ihren entsetzten Gesichtsausdruck sah.

Die Damen vom Junggesellinnenabschied waren unter Deck und hatten dort die kleine Bar entdeckt, an der sie sich einfach selbst bedienten. Für sie war der ganze Vorfall offensichtlich ein spannendes Abenteuer, und sie versuchten, uns alle zu Komplizen ihrer Missetat zu machen.

Das ließen sich die Schauspieler nicht zweimal sagen.

Normalerweise hatte ich kein Problem mit lauten Gruppen und Partys, aber nach der Stille auf Inchborn wurde mir das doch ein bisschen zu viel, dieser Trubel und das Tohuwabohu.

Und ich hatte auch die ganze Zeit im Hinterkopf, dass mir ja noch ein Gespräch mit Gramps bevorstand, bei dem ich ihm beichten musste, dass wir meinetwegen *Dolly* verloren hatten.

Kapitel 28

Mir wurde das Herz zunehmend schwerer, als wir uns im immer intensiveren Goldton des Abends dem Anleger näherten. Inzwischen war die Wärme des Tages völlig verflogen.

Irgendwann merkte ich, dass ich noch die alte Männerlatzhose anhatte. Tja, diese Kleider würde ich wohl auf die Insel zurückschicken müssen. Hm, oder vielleicht eher nicht.

Ich sah Gramps höchstpersönlich von Weitem am Anleger auf mich warten, und kurz darauf traten zwei weitere Personen neben ihn. Oh, Mum und Dad! Natürlich. Ich hatte ja bereits befürchtet, dass sie mich womöglich für tot gehalten hatten. Diese Vermutung wurde bestätigt, als ich die Fähre verließ, meine Mutter unerwartet auf mich zustürzte und mich so fest drückte, dass sie mir die Luft abschnürte.

»Morag! Oh, Morag, mein Schatz! O Gott, o mein Gott!«

Ganz so überschwänglich zeigte Dad seine Gefühle nicht, aber seine Augen waren definitiv feucht, als er zu mir herüberkam.

»Als der Sturm da war und wir nichts von dir gehört haben …«, sagte er. »Ich kann kaum zum Ausdruck bringen, wie furchtbar die ersten Stunden waren.«

»Aber Nalitha hat euch doch Bescheid gesagt, dass ich das Flugzeug runtergebracht habe.«

»Sie hat gesagt, dass du direkt an einem Kliff landen musstest, mitten im Sturm, und dass sie dich da zurückgelassen hat!«, erklärte meine Mutter. »Sie ist immer noch völlig fertig, weil sie deshalb ein ganz schlechtes Gewissen hat.«

»Sie hatte doch gar keine Wahl! Und Erno?«

»Dem geht's gut, alles in Ordnung«, sagte Dad mit einer beschwichtigenden Geste.

Jetzt näherte sich auch Gramps.

»Ist deine Grippe endlich auskuriert?«, fragte ich verlegen.

Er stieß ein raubeiniges Lachen aus. »Du dummes Gänschen, ich hatte doch gar keine Grippe! Aber ich dachte eben, dass du ein bisschen Hilfe brauchst, um dein Selbstbewusstsein zurückzugewinnen«, sagte er. Mit leiser Stimme fügte er hinzu: »Wir hatten doch alle schon einmal einen Beinahezusammenstoß.«

Er umarmte mich fest.

»Ich fasse es nicht!« Im ersten Moment war ich stinkwütend auf ihn, weil er mich angelogen und getrickst hatte, um mich unter Vortäuschung falscher Tatsachen ins Cockpit zu locken.

Dann dachte ich zurück an meinen ersten Alleinflug, bei dem er mir bis zum letzten Moment nicht gesagt hatte, dass ich dieses Mal allein die Verantwortung tragen würde. Auch wenn es manchmal nervte: Er schien mich besser zu kennen als ich selbst, wie das innerhalb von Familien eben manchmal ist.

»Normalerweise wäre ich ziemlich wütend auf dich, aber zum Glück hat es ja funktioniert …«

Er strahlte mich an.

»… na ja, bis ich dein Flugzeug bei einer Bruchlandung geschrottet habe.«

»Da habe ich aber etwas ganz anderes gehört«, sagte Gramps und tätschelte mir den Rücken. »Gut gemacht, mein Mädchen.«

»Und danach hat Dolly leider auch ein Bad genommen«, fügte ich hinzu.

Er nickte.

»Aber ich glaube … dass du für die Teile vielleicht noch was bekommen könntest.«

»Sie ist wirklich alt geworden«, sagte er. »Genau wie ich.«

Ich schaute ihn an.

»Na, komm schon, Dad«, sagte mein Vater. »Bringen wir Morag erst einmal nach Hause, schließlich war das alles ein ganz schöner Schock. Und sie will sich bestimmt auch umziehen.«

»Aber …«, sagte meine Mutter mit Nachdruck, und ich folgte ihrem Blick.

Ich hatte versucht, nicht über ihn nachzugrübeln, ihn aus meinen Gedanken zu vertreiben, bis ich wieder zurück war und einschätzen konnte, wie es um uns stand. Er hatte ja noch nie gesehen, wo ich aufgewachsen war, hatte meine Familie bisher nicht kennengelernt.

»Da ist jemand, der auch gern Hallo sagen würde«, sagte Mum und lächelte bedeutungsvoll.

Tatsächlich, mit breitem Grinsen und verwuscheltem Haar wartete am Ende des Anlegers Hayden auf mich.

Die Augen meiner Mutter leuchteten. »Er ist so nett!«, sagte sie. »Du hattest gar nicht erwähnt, wie nett er ist.«

Ich musste schlucken. »Ja … nett ist er wirklich.«

Strahlend kam Hayden näher. Mit seiner gebügelten Chino, dem makellosen blauen Hemd und den Turnschuhen, die wir zusammen gekauft hatten, sah er echt toll aus.

Als er mich erreichte, breitete er die Arme aus. »O Gott, mein Schatz, ich hab mir ja solche Sorgen gemacht, hatte *richtig* Angst um dich. Du kannst dir kaum vorstellen … Himmel, du wirst sehen, dass ich dir jede Menge Nachrichten geschickt habe.«

Er weiß nicht Bescheid, dachte ich. Er hat keine Ahnung, dass ich ihn gehört habe, und denkt deshalb, dass alles okay ist.

»Mrs MacIntyre, ist es in Ordnung, wenn ich Ihre Tochter küsse?«, fragte er.

Meine Mutter kicherte wie ein Teenager und sagte: »Na los, du Depp!«, als wären sie seit Jahren beste Freunde.

Und da hatte ich es plötzlich vor mir, direkt vor der Nase: alles, was ich mir je gewünscht hatte.

Der Mann, in den ich mich verliebt hatte, war extra meinetwegen hergekommen.

Und ich brauchte nichts weiter zu tun, als einen Schritt auf ihn zuzumachen. Dann würde mir alles zuteilwerden, was ich mir je erträumt hatte – zusätzlich zu dem tollen Job auch noch ein toller Partner und ein Leben, in dem es voranging, so wie es sein sollte.

Am Himmel hörte ich eine Möwe schreien, und die schüchterne, streberhafte kleine Morag mit all ihren Flugstunden, die nie einen netten Typen mit nach Hause gebracht hatte, drehte sich in diesem Moment nicht um, um das Gesicht ihrer Mutter zu sehen.

Stattdessen stand ich wie erstarrt da.

Als Hayden es bemerkte, huschte kurz ein Ausdruck der Verunsicherung über seine Miene. »Oh, du Arme«, sagte er. »Du bist ja völlig traumatisiert. Ich hab mir hier eine Unterkunft gemietet. Komm doch dahin mit, und lass dich von mir erst mal richtig verwöhnen.«

Letztlich wurde beschlossen, lieber erst zu Gramps zu fahren. Zusammen brachte mich die ganze Truppe zum Auto, wo meine Mutter darauf bestand, dass ich vorne saß. Ich sagte die ganze Zeit kein Wort.

Bei Gramps zu Hause war die Heizung an, und Peigi hatte zusätzlich ein Feuer im Kamin entzündet, was zeigte, dass meine Heimkehr wirklich ein ganz besonderer Anlass war.

Zu meinem Leidwesen musste ich dann feststellen, dass es zum Abendessen Brathähnchen gab, weshalb ich mich lieber nur an Kartoffeln und Gemüse hielt.

Als Erstes hatte ich allerdings mein Handy eingeschaltet, das kurz darauf vor lauter eingehenden Meldungen gar nicht mehr aufhörte zu piepen.

Ein wenig besorgt behielt ich es im Auge; später würde ich mich mit so einigem auseinandersetzen müssen.

»Du warst sogar in den Nachrichten!«, erklärte meine Mutter nach dem Essen aufgekratzt und rief etwas auf ihrem iPad auf. *»Das verschwundene Flugzeug!«*

»Dolly ist doch nicht verschwunden«, protestierte ich. »Sie hat eine perfekte Landung hingelegt.«

»Die hätten ihren Standort wirklich nicht veröffentlichen sollen«, sagte mein Vater missbilligend. »Das muss ja Plünderer anlocken.«

»Was sollen die denn mitgehen lassen?«, fragte ich. »Etwa ein komplettes Kleinflugzeug mit feuchten Instrumenten?«

Gramps war ziemlich still und starrte in seine Tasse Tee. »Ist Dolly jetzt im Meer?«

»Das war sie«, antwortete ich ehrlich. »Aber wir haben sie da rausgezogen.«

»Ach wirklich?«

Als Hayden »Wow!« sagte, warf ich ihm einen funkelnden Blick zu. Meine Reaktion überraschte mich selbst, aber ich war einfach so wütend auf ihn.

Und was hatte er eigentlich vor? Sich diese Informationen für später zu merken? Wie er hier mit uns zusammen am Tisch gesessen und dann meiner Mutter beim Abräumen geholfen hatte, hatte ihn so normal wirken lassen.

Und sie war hin und weg von ihm, mehr als ich selbst.

Eigentlich hätte mich das doch glücklich machen sollen.

»Ja, das haben wir zusammen in Angriff genommen, Gregor und ich. Er ist der Typ, der sich im Moment auf Inchborn um alles kümmert.«

»Soso«, machte Gramps.

»Aber die Elektrik …«

Er nickte. *»Aye.«*

»Du hast das unglaublich toll gemeistert«, sagte meine Mutter, die gar nicht mehr damit aufhören konnte, mir Honig um den Mund zu schmieren. »Wir sind ja so stolz auf dich.«

»Meine kleine Luftfahrerin«, sagte Dad, dem die Stimme brach.

Kapitel 29

Im Badezimmer warf ich einen Blick in den Spiegel und stellte fest, dass ich grauenhaft aussah. Komisch, so lange war ich gar nicht weg gewesen, trotzdem hatte die Zeit auf der Insel Spuren hinterlassen. Meine Haare waren zum Beispiel nur noch Stroh.

Es war schon seltsam, unter die Dusche zu können und dort langsam wieder ich selbst zu werden. Ich blieb lange unter dem extraheißen Strahl stehen, wusch mir die Haare und arbeitete eine pflegende Maske ein. Während sie einzog, rasierte ich mir die stoppeligen Beine.

Nach der Dusche cremte ich mich am ganzen Körper sorgfältig ein, zupfte mir die Augenbrauen und föhnte mir die Haare glatt.

Ich entschied mich für ein Kleid mit Strumpfhose und trug ein wenig Make-up mit kräftigem Lippenstift auf, was sich irgendwie seltsam anfühlte.

»Oh«, sagte Mum, als ich die Treppe herunterkam.

»Was denn?«

»Ach, nichts.« Sie lächelte. »Als du von der Fähre kamst, war mein erster Gedanke, wie hübsch du doch aussahst, so jung und frisch. Ich liebe einfach deine Locken und deine wunderschöne Haut.«

»Und jetzt erinnere ich eher an eine alte Schachtel?«

»Nein«, sagte sie und gab mir einen Kuss. »Jetzt bist du

der Inbegriff einer tollen, ganz erwachsenen, professionellen Pilotin, die einem Mann das Leben gerettet hat!«

Inzwischen war auch mein Bruder, Jamie, aufgekreuzt, trat schulterzuckend auf mich zu und tat so, als würde er sich nicht freuen, mich zu sehen.

»Na, Schwesterchen? Mit deiner Aktion hast du ja ganz schön auf die Pauke gehauen.«

»Hey, ich hab auf Inchborn Lummen brüten sehen«, entgegnete ich.

Er zog die Augenbrauen hoch. »Ich kann nicht fassen, dass du den Namen einer Vogelart kennst. Seit wann interessierst du dich denn für Sachen, die keinen Treibstoff brauchen?«

»Jaja …«, murmelte ich. »Ehrlich gesagt, war es echt cool.«

»Natürlich sind Lummen cool!«, empörte sich Jamie. »Deshalb hab ich ja auch neun Tage lang auf Orkney im strömenden Regen im Gras gelegen, um sie fürs *Outside Magazine* zu fotografieren. Aber dafür hat sich damals niemand interessiert, wie ihr vielleicht noch wisst.«

»Jaja«, sagte ich wieder.

Es war ein wunderschöner Abend, und wir wollten uns auf den Weg zum Hafen machen, um uns beim tollen Süßigkeitenladen des Ortes ein Eis zu holen.

Hayden bot an, vorzugehen und sich für uns drei in die Schlange zu stellen.

Als Jamie und ich kurz darauf ebenfalls aufbrachen, verlor mein Bruder kein Wort über Hayden, sondern fragte stattdessen: »Und, wie geht's Gregor so?«

»Ach, du weißt, wer das ist?«, fragte ich verblüfft.

Gregor stammte ja nicht aus der Gegend, daher war ich davon ausgegangen, dass ihn hier niemand kannte.

»*Och, aye*. Er ist in der Vogelwelt eine große Nummer. Hast du seinen Sperber gesehen?«

»Nicht aus nächster Nähe, aber ich hab seine Ziege kennengelernt.«

»Eine Ziege?«, sagte Jamie. »Cool.«

»Er ist so ein Freak«, sagte ich abschätzig und blickte zu Hayden hinüber. »Aber ein guter Koch.«

»Und, wie schlägt er sich?«, fragte Jamie, wirkte wegen seiner Frage aber sofort verlegen. »Ich meine, wie hat er auf dich gewirkt?«

»Ich fand ihn ja ein bisschen dramatisch«, sagte ich. »Muss man denn extra auf eine einsame Insel ziehen, um über eine Frau hinwegzukommen? Mal abgesehen davon, dass er die Zähne nicht auseinanderkriegt.«

Heute sah das allerdings anders aus, dachte ich. Außerdem war er vorhin im perfekten Bogen von einem Kliff ins tief unter ihm liegende Meer gesprungen, und wir hatten zusammen in seiner Küche getanzt. So etwas passte eigentlich nicht zu einem zurückhaltenden Mann.

»Hm, er hat ja auch einiges hinter sich.«

»Was denn genau?«

Jamie zuckte mit den Achseln. »Wenn er gewollt hätte, dass du es weißt, hätte er es dir wohl selbst erzählt.«

Ich runzelte die Stirn. Jamie marschierte mit langen Schritten voran, wie er es in unserer Kindheit auch immer getan hatte. Ihn schien eine tief verankerte Furcht anzutreiben, dass im Laden vielleicht die fetten Schokostückchen ausgehen könnten, die dekorativ ins Softeis gesteckt wurden.

»Er … er wollte mir tatsächlich etwas anvertrauen«, rief ich. Aber dann war mir die Sache plötzlich peinlich.

»Ach ja?«, sagte Jamie und drehte sich zu mir um.

»Allerdings hab ich nicht zugehört, weil ich … eingeschlafen bin.«

»Er hat versucht, über etwas Persönliches mit dir zu sprechen, und du bist eingeschlafen?«, fragte Jamie.

»Die letzten zwei Tage waren eben echt anstrengend!«

»Typisch!«

»Das ist überhaupt nicht typisch für mich!«

»*Aye,* und ob. Lass mich raten: Lag der Schwerpunkt die ganze Zeit eher auf deiner fantastischen Karriere und auf deinen tollen Piloten-Geschichten?«

»Das ist doch gar nicht … So bin ich überhaupt nicht!«

»Ooh, Hayden! Oooh, Dubai! Oooh, Barbados! Flugzeuge, Flugzeuge, Flugzeuge! Und die allgemeine Aufmerksamkeit soll doch bitte nur mir gelten! Weil ich ja furchtbar wichtig und schwer beschäftigt bin!«

Er hatte es so gesagt, als sollte es ein Witz sein, aber so kam es mir eigentlich nicht vor.

»Das … Das stimmt doch alles gar nicht.«

»O mein Gott, sie hat Wimpern und fliegt ein Flugzeug! Ist sie nicht der helle Wahnsinn?«

Ich hatte wirklich keine Ahnung, warum sich Jamie mir gegenüber derart gereizt zeigte. In diesem Augenblick war mir einfach nicht klar, was er hinter sich hatte: Er, der doch selbst regelmäßig für Monate im australischen Hinterland verschwand, um dort Emus zu zeichnen, hatte gerade zweiundsiebzig Stunden zusammen mit meinen völlig hysterischen Eltern verbracht. Und natürlich hatte seine miese Laune generell auch damit zu tun, dass ich in dieser Generation die Pilotin war. Aber es war ja nun nicht so, als hätten sie ihn übergangen. Schließlich hatten ihn alle geradezu angefleht, sich in der Flugschule einzuschreiben, und er hatte einfach nicht gewollt.

»Das denkst du doch nicht ernsthaft, oder?«

»Bitte sehr!«, rief jetzt Hayden, der sich mit vollen Händen triumphierend näherte. »Und für unsere berühmte Pilotin gab es sogar ein Extraschokostückchen!«

Jamie verdrehte die Augen.

Nalitha hatte nach Erno gesehen, der inzwischen zu Hause im Bett lag. Es ging ihm gut, er motzte aber ganz schön herum, weil er jetzt definitiv seine Ernährung umstellen musste. Zumindest genoss er es, so viel schlafen zu können, wie er wollte.

»Also«, sagte meine Freundin zu mir, als wir zusammen die kleine Hauptstraße des Ortes entlangschlenderten. »Ich hab gehört, dass dein Lover herbeigeeilt ist, um an deiner Seite zu sein.«

Ich schaute sie an. Bisher war sie die Einzige, die von der Sache wusste.

»Und, was hat er gesagt?«

»Ich … habe es noch nicht angesprochen.«

»Morag!«

Ich zuckte mit den Achseln. »Aber Nalitha, alle mögen ihn, weil er ein total lieber Typ ist. Es war doch bloß ein einziger dummer Fehler.«

»Nein, es war nur das erste Mal, dass du es mitbekommen hast. Vielleicht zieht er so etwas *jeden Abend* ab, macht es womöglich *jetzt gerade*, während du hier mit mir redest. Bei Peigi würde das sogar fruchten – du weißt doch, wie sehr sie auf Piloten steht.«

»Du solltest ihn wirklich kennenlernen.«.

»Sollte ich nicht«, widersprach Nalitha in warnendem Tonfall.

Ich schloss die Augen und wusste nicht, was ich tun

sollte. Zu meiner großen Verblüffung wünschte ich, ich wäre wieder auf der Insel. Dort hatte ich es nur mit den Problemen zu tun gehabt, vor die mich jeder konkrete Tag gestellt hatte. Ich fragte mich, was Gregor in diesem Moment wohl machte, unterband diese Gedanken aber augenblicklich. Schließlich hatte ich hier ein richtiges Leben, voller Ehrgeiz und Pläne für die Zukunft.

Gramps begleitete uns zum Flughafen, als wir einen von Callum Frosts günstigen Fliegern Richtung Süden nahmen.

»Oh, über Frost wollte ich auch noch mit dir reden«, sagte ich zu ihm. »Dieses Arschloch hat uns doch wahrhaftig ein Angebot gemacht.«

Gramps runzelte die Stirn. »Ach, tatsächlich?«

»Ja, sorry. Das hatte ich noch gar nicht erwähnt, weil so viel passiert ist. Aber keine Sorge: Ich hab ihm gesagt, er soll Leine ziehen!«

»Wirklich?«

»Gramps! Seine Maschinen können noch nicht einmal auf Inchborn landen. Und mit so einem Blödmann willst du doch keine Geschäfte machen.«

»Anscheinend denkst du, dass du unheimlich viel über mich weißt, Morag«, sagte er. »Zum Beispiel, dass ich nach Dubai fliegen würde, um dort mit dir Zeit zu verbringen. Und dass ich ein Idiot bin, der nicht den passenden Moment erkennt, um die Fliegerei aufzugeben.«

»Du bist doch kein Idiot!«, rief ich. »Aber verkauf die Linie bitte nicht – nicht an ihn! Er ist wirklich ein übler Typ.«

»Hm-hm«, machte Gramps. Dann packte er mich bei den Schultern. »Nach allem, was passiert ist, wird dir der Simulator wohl keine Probleme bereiten, oder?«

Ich zuckte mit den Achseln. »Nein. Jetzt wartet der ganze Himmel auf mich!«

»Die ganze Welt«, sagte er. Dann umarmte er mich einmal heftig und schüttelte Hayden förmlich die Hand.

Als wir im Flugzeug saßen, wollte Hayden gern Händchen halten, aber das ignorierte ich, indem ich aus dem Fenster starrte, als würde ich mich für immer von Schottland verabschieden.

Beim Flug über den Archipel hinweg spähte ich hinunter, um jeden der lilafarbenen Streifen zu identifizieren: Mein Blick wanderte von Carso nach Cairn, dann nach Inchborn, Larbh, Archland und zurück zum Festland.

Es war wirklich ein toller Tag für einen Flug. Eigentlich hätte Gramps da drüben unterwegs sein, Post verteilen, kleine Geburtstagsgäste mit Grimassen unterhalten, Familien zusammenführen und Touristen beeindrucken sollen.

Ich fragte mich, wie lange es wohl dauern würde, bis die Versicherung ihm eine neue Maschine zur Verfügung stellte.

Würde Gregor wohl aufschauen und an mich denken, wenn sie über ihn hinwegflog?

Kapitel 30

Mein Schweigen verwirrte Hayden offensichtlich, und ich blickte weiter aus dem Fenster, damit er nicht nach meiner Hand griff. Irgendwann hatte er es aufgegeben. Offensichtlich ging er davon aus, dass ich immer noch traumatisiert war.

Aber das war ich ganz und gar nicht. Und während wir gen Süden flogen, fühlte ich mich immer schlechter. Die Quellwolken draußen vor den Fenstern dünnten aus und wurden leichter, während mit meinem Herzen genau das Gegenteil geschah. Es kam mir vor, als würde es mit jeder Minute heftiger zusammengedrückt, in immer engere Schachteln gepresst.

In Schottland war es frisch und frühlingshaft gewesen, im Süden dagegen schien jemand auf Vorspulen gedrückt zu haben – ich empfand ihn als stickig und grau. Osterglocken blühten hier keine mehr.

»Also, wie war es so in Dubai?«, zwang ich mich zu fragen, als wir zu meiner Wohnung zurückfuhren.

Hayden zuckte mit den Achseln. »Na ja, im Mittelpunkt standen eben die Arbeit und das Kennenlernen der neuen Kollegen. Viele der Wohnanlagen haben einen Pool, und am Abend ist es warm, aber angenehm. Man kann zum Markt gehen und da einkaufen oder in einen Vergnügungs-

oder Wasserpark oder in einem der Hotels was trinken … Es gibt wirklich viel zu unternehmen …«

Ja, das kann ich mir vorstellen, dachte ich. Aber die Inselgruppe war im Prinzip ja auch ein Wasserpark, voll mit unglaublichen Tierarten und dem saubersten Wasser, das ich je gesehen hatte.

»Bist du aufgeregt wegen des Simulatorchecks?«, fragte Hayden.

Ich schüttelte den Kopf. »Nein, eigentlich nicht.«

Und das stimmte sogar. Jene furchtbare Angst – die posttraumatische Belastungsstörung, obwohl das vielleicht ein zu starkes Wort war – war überwunden.

Vielleicht war mein Problem durch die Notlandung mit *Dolly* verschwunden oder wegen der zwei Tage zum Verschnaufen und Durchatmen. Vor dem Fliegen hatte ich jedenfalls keine Angst mehr. Aber in meinem Leben standen jetzt andere Dinge an, vor denen ich mich schrecklich fürchtete.

Draußen war es warm und schwül, Smog lag in der Luft, ich war wütend und genervt und konnte nicht einschlafen.

Hayden hatte Verständnis dafür gezeigt, dass ich keinen Sex mit ihm gewollt hatte, und schlummerte jetzt so lammfromm wie immer neben mir. Das Haar fiel ihm in die Stirn, und er schnarchte nicht einmal. Oh, an diesem Mann war einfach so vieles perfekt!

Ich stand auf, ging in den schmucklosen kleinen Wohnbereich hinüber und setzte mich an die Frühstückstheke mit Plastikoberfläche.

Zunächst einmal wollte ich in meinen Gedanken Ordnung schaffen und mir genau überlegen, was ich zu Hayden sagen könnte. Wie Nalitha die Sache angehen würde, war mir schon klar, und zu ihrer Strategie würde vermutlich eine rostige Schere gehören. Aber sie kannte Hayden schließlich nicht. Kannte ich ihn denn? O Gott! Als ich noch einmal zu ihm hinüberging, um ihm beim Schlafen zuzusehen, wurde mein Herz wieder weich.

Aber dann kehrte ich in den Wohnbereich zurück und ertappte mich dabei, dass ich Inchborn googelte.

Irgendwann setzte ich Kopfhörer auf und schaute mir gebannt eine Doku über das Kloster an, in der lauter Sachen erwähnt wurden, von denen ich noch nie gehört hatte, zum Beispiel, dass sagenumwobene Könige und Königinnen aus Skandinavien und Schottland auf die Insel gekommen und dort gastfreundlich empfangen worden waren. Berühmte Schiffe hatten dort haltgemacht, wie *Erebus* und *Terror* auf dem Weg zu ihrer unheilvollen Mission, eine Nordwestpassage zu finden. Besonders beeindruckend fand ich die Informationen über die Siedlung, deren Reste man unterhalb des Klosters gefunden hatte. Die Menschen, die sich hier im Jahr 1200 angesiedelt hatten, hatten nicht nur gewusst, dass sie nicht die ersten Bewohner dieser Insel waren, sondern hatten ihre Vorgänger auch respektiert.

Ich dachte an die Mönche von vor mehreren Hundert Jahren, stellte mir vor, wie sie ihrerseits zurück an die so weit entfernten Reisenden in ihrer Vergangenheit dachten.

Zu meiner Überraschung fand ich im Internet sogar eine Inchborn-Webcam, über die man brütende Vögel in Echtzeit beobachten konnte. Jetzt war es draußen natürlich dunkel, die Kamera hatte aber eine Nachtsichtfunktion. Mit zusammengekniffenen Augen musterte ich die Aufnahme und versuchte, meine kleine Vogelfamilie zu identifizieren. Ich musste mir aber schnell eingestehen, dass ein wesentlich geschulterer Blick als meiner nötig war, um bei Nacht einzelne Lummen voneinander unterscheiden zu können.

Obwohl ich dabei irgendwie Gewissensbisse hatte, googelte ich am Ende auch noch Gregor.

Noch bevor ich die Ergebnisse in Ruhe durchgeschaut hatte, war mir schon klar, dass er nicht in den sozialen Medien aktiv sein würde.

Nein, er hatte absolut nirgendwo ein Konto, weder auf Insta noch auf Facebook. Hallo? Jeder hatte doch von früher noch irgendeinen uralten Facebook-Account, oder nicht?

Es gab einen großen Mann mit fuchsartigem Gesicht in Kanada, der so hieß wie er, und auch noch einen Akademiker in Seattle.

Von dem stillen Ornithologen aber keine Spur. Wahrscheinlich war er zu sehr damit beschäftigt, eine Brille zu tragen und Bücher zu lesen, nahm ich mal an. Und an seine Ex zu denken.

Allein beim Anblick der ganzen Tabs, die ich geöffnet hatte, bekam ich ein schlechtes Gewissen. Seltsam, schließlich ging es doch niemanden etwas an, ob ich nach ihm suchte oder nicht. Ich meine, wen scherte es schon, was ich mir im Internet anguckte?

Traurig schaute ich auf den Computer und rief mir wieder Inchborn in Erinnerung: das Knistern des Feuers, das leise Geräusch einer umgeblätterten Seite, wie Schatten über den weitläufigen leeren Strand gefallen waren, wie der Mond die Wasseroberfläche liebkost hatte.

Plötzlich entdeckte ich ganz unten auf der Seite ein Video, und mein Herz machte unversehens einen Satz. Rasch klickte ich darauf, und da war er. Seine Haare waren länger, er hatte einen Dreitagebart und trug Hemd mit Krawatte.

Ich war erstaunt, dass er so etwas überhaupt besaß. Die Brille war allerdings dieselbe.

Verstohlen warf ich einen Blick zum Schlafzimmer hinüber, weil ich jetzt erst recht das Gefühl hatte, etwas Verbotenes zu tun. Was ja nicht der Fall war. Ich konnte bloß nicht einschlafen, das war alles.

Und deshalb … beschäftigte ich mich jetzt eben damit, die Erfahrungen der letzten Tage zu verarbeiten oder so. Schließlich hatte ich ein ziemlich heftiges Erlebnis hinter mir. Jeder Therapeut würde mir wohl bestätigen, dass es da einiges zu bewältigen gab.

Und es war ja auch nicht so, als dürfte Hayden mir vorschreiben, wem meine Aufmerksamkeit gelten durfte …

Ich verdrängte den Gedanken an ihn und drückte auf *Play*. Dem Raum und der Akustik nach zu schließen, schien Gregor hier vor einer ziemlich großen, aufmerksamen Zuhörerschaft einen Vortrag zu halten. Hinter ihm war das große Bild eines Vogels zu sehen, und es war nicht verwunderlich, dass es sich dabei um einen Sperber handelte.

Da mir Gregors tiefe, brummelnde Stimme mittlerweile so vertraut war, fiel mir etwas ganz Entscheidendes erst nach einer Weile auf: Er hielt seinen Vortrag gar nicht auf Englisch.

Ich verzog das Gesicht. Murdo konnte noch Gälisch, und jüngere Schotten lernten es in der Schule. Ich gehörte der letzten Generation an, der man versichert hatte, dass es völlig nutzlos war und wir unsere eigene lokale Sprache deshalb nicht zu lernen brauchten, sondern vielmehr die der … Na ja, Eroberer würde ich jetzt nicht sagen. Vielleicht eher: die der größeren Verwaltungseinheit.

Wenn ich für die Arbeit unterwegs war, reichten mein gebrochenes Französisch, Spanisch und Deutsch dafür, mir einen Kaffee oder ein Bier zu bestellen. Aber ich konnte kein einziges Wort Gälisch, wofür ich mich plötzlich schämte.

Gregor sprach weiter, mit Worten, die wie Musik klangen, kehlig und süß und sanft, eher wie ein Lied als wie ein Vortrag. Der Klang seiner Stimme hatte eine beruhigende Wirkung auf mich, ich fühlte mich warm und sicher und mit einem Mal dem Schlaf näher, als ich es seit meiner Rückkehr hierher gewesen war.

Als ich endlich bemerkte, dass es für das Video Untertitel auf Englisch gab, verdrehte ich über meine eigene Dämlichkeit die Augen.

So erfuhr ich, dass es sich um eine Konferenz beim schottischen Ornithologenclub in Aberlady handelte und dass Gregor über die Vögel auf Inchborn sprach, was nun wiederum keine Überraschung war. Die Zuhörer konnte ich nicht sehen, aber ich vernahm etliche Laute der Zustimmung.

Fasziniert schaute ich zu, lauschte Gregors Stimme, die sich wie ein Wasserfall aus tiefen, gutturalen Tönen und Pausen ergoss, wie ein glitzernder Strom der Sprache von den Äußeren Hebriden. Ich hätte ihm den ganzen Tag zuhören können.

Gegen Ende des Vortrags sprach er irgendwann folgende Worte:

»*Rainnig mi Inchborn …*«

»Ich bin nach Inchborn gezogen …«

»… *aonar* …«

»… allein …«

»… *cuin a bha mo beatha dona* …«

»… als es in meinem Leben nicht gut aussah …«

»… *agus an t-eilan* …«

»… und die Insel …«

»… *leighis e mi* …«

»… hat mich geheilt …«

In diesem Moment drückte ich auf den Pausenknopf und betrachtete sein Gesicht. Plötzlich konnte ich den Blick gar nicht mehr davon abwenden. Als ich die Aufnahme weiterlaufen ließ, ging er nur noch einmal kurz auf Migrationsmuster ein und sagte ansonsten nichts Persönliches mehr, bis schließlich warmer Applaus ertönte und das Video zu Ende war.

Ich spielte es erneut ab, dieses Mal ohne Untertitel. Hier saß ich nun in dieser kalten, kargen und wenig genutzten Küche, in der Stille dieser Sackgasse, wo freundliche Menschen mit gutem Herzen in hübscher John-Lewis-Bettwäsche schliefen und unschuldige Träume träumten, und hörte einem stillen, ungewöhnlichen Mann dabei zu, wie er in einer Sprache, die ich nicht verstand, über ein Thema sprach, über das ich rein gar nichts wusste. Dennoch empfand ich es als tröstlich und wurde ganz schläfrig, wie während meiner Tage auf jener Insel, erhellt nur von Kerzen und den ellenlangen Ketten aus Sternen am Himmel, scheinbar so nahe, als könnte man sie leise klimpern hören.

Ich beschloss, Jamie anzurufen. Mir war schon klar, dass man das heutzutage eigentlich nicht mehr machte, aber ich konnte ihn schließlich nicht persönlich aufsuchen, und ich musste das jetzt einfach wissen.

Da ich natürlich kein Monster bin, wartete ich ab, bis es langsam hell wurde, und schickte ihm als Vorwarnung eine Whatsapp-Nachricht: Ich würde gern mit dir über etwas reden. Können wir vielleicht kurz telefonieren?

Sofort schrieb er panisch zurück: Was ist denn los? Ist mit Mum alles in Ordnung? Was ist passiert, gibt's Probleme?

Deshalb rief ich ihn lieber sofort an, obwohl es erst sechs Uhr morgens war.

»Hey«, sagte er.

Er klang überhaupt nicht verschlafen, und ich hörte im Hintergrund das Pfeifen des Windes.

»Bist du draußen unterwegs?«, fragte ich mit gedämpfter Stimme.

»Zwischen den hohen Weiden nisten ein paar Stockenten«, sagte er ebenso leise. »Ich versuche, sie zu malen, bevor sie gleich aufwachen und mir den Arm brechen wollen.«

»Mir war nicht bewusst, dass das so eine gefährliche Angelegenheit ist.«

»Jup, du bist nicht die Einzige, die tagtäglich ihr Leben aufs Spiel setzt.«

»So würde ich meine Arbeit jetzt *nicht unbedingt* beschreiben.«

»Was ist denn los?«, fragte Jamie argwöhnisch. »Du klingst nicht so, als läge jemand im Sterben.«

»Nein, es ist auch nichts in der Art«, versicherte ich hastig. Mit einem Mal machte es mich ziemlich verlegen, dass die Sache für mich solch eine Dringlichkeit hatte. »Aber ich brauche ... Also, ich meine ... Ich hab mich eben gefragt ...«

Im Hintergrund hörte ich ein Quaken.

»Oh, Mist, sie sind wach!«

Ich hörte Jamie überstürzt davonstolpern.

»Ist das gerade vielleicht kein guter Zeitpunkt?«

»Bei meiner Arbeit ist eigentlich kein Zeitpunkt wirklich gut«, sagte Jamie. »Natürlich bin ich kein erfolgreicher Pilot, der neunhundert Kilogramm Kohlenstoff in die Luft pumpt, um sechs Junggesellinnenabschiede nach Magaluf zu bringen, aber ...«

»Jamie …«, murmelte ich, und irgendetwas an meiner Stimme hatte ihn wohl besänftigt.

»Na, dann schieß mal los, Schwesterchen.«

Ich hörte etwas rascheln.

»Oh, verdammt, die hat es auf meinen Skizzenblock abgesehen.«

Als Nächstes ertönte ziemlich lautes Quaken.

»Äh, ich ruf dich gleich zurück.«

»So, worum geht es denn?«

»Ich hab ein paar Fragen, was Gregor betrifft.«

Am anderen Ende herrschte lange Stille. »Okay, was für Fragen?«

»Über das, was du mir eigentlich sagen wolltest. Was er mir sagen wollte.«

Wieder schwieg Jamie lange, bevor er sagte: »Danach solltest du besser ihn selbst fragen.«

»Das kann ich aber nicht«, sagte ich. »Er ist nicht in den sozialen Medien und hat ja ohnehin weder Internet noch Telefon. Ich meine, vielleicht könnte ich ihm einen Brief schreiben, aber im Moment gibt es nicht mal ein Flugzeug, das ihn zustellen könnte … und vom Morsen hat er *echt keine Ahnung.*«

»Hm, das stimmt wohl«, musste Jamie zugeben.

»Also …?«, sagte ich.

Erneutes Schweigen.

»Ich würde nicht fragen, wenn es nicht wichtig wäre.«

»In welcher Hinsicht wichtig?«, erkundigte er sich.

»Wichtig für mich«, antwortete ich leise.

»Bist du sicher?«, fragte Jamie. »Du bist nämlich meine Schwester, und ich hab dich lieb, und er ist ein guter Freund von mir.«

Mit einem Mal fühlte sich alles so ernst und bedeutsam an, dass mein Herz schneller zu klopfen begann.

»So ist es jetzt auch wieder nicht«, sagte ich schnell. »Ich … Ich will es nur gern wissen.«

»Du machst doch keine Dummheiten, oder?«

»Wie mich zum Beispiel heimlich bei der Kunsthochschule einzuschreiben?«

»Jaja …«

»Jamie, erzähl es mir doch bitte einfach, okay?«

Er seufzte. »In Ordnung. Also, Gregor war mit einer Ärztin zusammen, Monifa, die supercool war. Sie hat für *Ärzte ohne Grenzen* gearbeitet, war also wirklich eine tolle Frau, und die beiden sind bei ihren Einsätzen überall zusammen hingereist. Er hat Vögel vor Ort erforscht, und wenn er dafür keine Finanzierung bekommen hat, dann hat er eben als Koch angeheuert.«

»Ah, verstehe«, sagte ich und war überrascht darüber, dass sich plötzlich alles in mir vor brennender Eifersucht zusammenzog. »Und? Was ist dann passiert?«, fragte ich so beiläufig wie möglich.

Vielleicht hatte ja ihr Handy in der Tasche seine Nummer gewählt, und er hatte sie beim Feiern mit lauter anderen Männern erwischt. Das bezweifelte ich allerdings sehr, denn sie klang einfach bewundernswert.

»Sie hatte eine Totgeburt.«

Ich war so schockiert, dass es mir die Sprache verschlug und ich augenblicklich wünschte, ich hätte nie davon erfahren. Wenn ich doch nur die Zeit zurückdrehen könnte! Zugleich schnürte mir die Erkenntnis die Kehle zu, dass Gregor dazu bereit gewesen war, mit mir darüber zu sprechen.

»O nein!« Für so etwas gab es einfach keine passenden Worte. Plötzlich fand ich den Gedanken unerträglich, dass

Gregor mit alldem ganz allein klarkommen musste und ihm dabei lediglich von Tieren Gesellschaft geleistet wurde.

»Oh, Jamie.«

»Na, du hast schließlich gefragt.«

»Und was ist jetzt mit …?«

»… Monifa? Sie hat ihn verlassen und ist seitdem auf Reisen. Offenbar konnte sie all die Traurigkeit nicht länger ertragen, und die Situation war ja wirklich schlimm. Sie hat wohl sogar zu ihm gesagt, dass sie sowieso nur wegen des Babys bei ihm geblieben wäre, und solche Sachen.«

Ich dachte an Gregors geduldiges, konzentriertes Gesicht, daran, wie er die Lummen beobachtete und sich nur das Beste für ihren Nachwuchs wünschte.

»Wie lautet denn ihr kompletter Name?«

Jamie nannte ihn mir, und ich googelte sie auf meinem Laptop. Ja, da hatte ich sie auch schon vor mir, auf einem Foto ihres Instagram-Accounts, mit einem strahlenden Lächeln. Was man hier sah, war eine unglaublich schöne Frau mit leuchtender Haut und lockigem Haar, die im Bikini eine tolle Figur machte und an den coolsten, sonnigsten Orten der Welt rumzuhängen schien, inklusive … genau, Dubai.

Ich verzog das Gesicht. Himmel!

Was Instagram zeigte, verriet so gar nichts darüber, was Leute tatsächlich durchmachten. Wirklich nie. Kein Wunder, dass Gregor mit den sozialen Medien nichts zu tun haben wollte. Das hing also nicht mit seiner seltsamen Art zusammen, sondern war purer Selbstschutz.

»Okay, kapiert«, sagte ich. »Und deshalb hat er sich so zurückgezogen …«

»Na ja, nicht jeder will ständig durch die Weltgeschichte jetten.«

»Nein«, sagte ich nachdenklich. »Da hast du wohl recht.«

Wieder ertönte lautes Quaken.

»O Gott«, murmelte Jamie, »könntest du vielleicht ›Enten Aquarellfarben giftig‹ für mich googeln? Nein, vergiss es, ich lass es besser gut sein.«

Und dann legte er auf.

Kapitel 31

Das Simulatorzentrum befand sich auf dem Flughafengelände, also hatte ich es nicht weit, allerdings war ich nach einer schlaflosen Nacht und ordentlich Kaffee ein bisschen zitterig.

Das war eigentlich nicht ideal, um ein richtig großes Flugzeug zu landen, auch wenn es nicht echt war.

Aber darüber dachte ich jetzt nicht nach. Meine Gedanken wurden vielmehr von Gregor beherrscht, davon, wie schrecklich, wie unerträglich sein Schmerz gewesen sein musste und vermutlich immer noch war. Ihm war das Schlimmste zugestoßen, was man sich nur vorstellen konnte. Im Vergleich dazu fand ich meine anstehenden Beurteilungen, so stressig sie auch sein mochten, gar nicht mehr so angsteinflößend wie zuvor.

An einem langen Gestell waren über ein Dutzend eher unspektakulärer Metallkästen befestigt. Ich folgte dem Gutachter, einem ruhigen, intelligent wirkenden Mann namens Mo, zu einem B777er-Simulator.

In meiner Zeit mit *Dolly* hatte ich ganz vergessen, wie groß das Cockpit einer solchen Maschine war. Flugsimulatoren sind absolut realistisch, und man hat darin wirklich das Gefühl, in der Luft zu sein. Die Fenster zeigen, was auch immer programmiert wurde (heute Morgen zum Beispiel einen nebeligen Birmingham Airport).

Wie müde und angespannt ich auch sein mochte, schnell strömte Adrenalin durch meine Adern und sorgte – wie immer – dafür, dass die hart antrainierte Routine übernahm. Problemlos absolvierte ich die nötigen Verfahren und Kontrollen vor dem Start, während Mo schweigend Punkte auf seinem iPad abhakte.

Die Flugkapitänin bei dieser Übungseinheit war eine unglaublich schöne, streng wirkende ältere Frau, deren Nicken zur Begrüßung unmissverständlich klargemacht hatte, dass wir hier keinen Schmusekurs fahren, sondern ganz professionell bleiben würden.

Das passte mir wunderbar.

Ich gab den Flugplan für die Strecke nach Dubai auf – natürlich, dachte ich mit verzagtem Lächeln, wohin auch sonst?

Als Captain Meredith die Maschine anrollen ließ, schien ich deren Gewicht fühlen zu können – bei solchen Simulatoren war alles so perfekt organisiert und ausbalanciert, dass ich bei unserem Weg zur Startbahn jedes Ruckeln spürte.

Da die 777 ein Rolls-Royce unter den Flugzeugen, absoluter Luxus, war, starteten wir nach den letzten Kontrollen ganz reibungslos. Ich musste lächeln, als ich an die bockende, hopsende Twin Otter dachte.

Und auch Gregor kam mir in den Sinn. Wenn er es geschafft hatte, sein Trauma zu überwinden, dann würde es mir auch gelingen.

Als wir gerade abgehoben hatten und in den dichten Nebel eintauchten, ertönte plötzlich ein Alarm. Triebwerksausfall auf der linken Seite. So etwas hatte ich schon erwartet und mich deshalb gedanklich eine Million Mal darauf vorbereitet, sodass ich jetzt augenblicklich aktiv werden konnte. Die Flugkapitänin sprach mit dem Lotsen und bereitete sich darauf vor, eine Runde über dem Flugplatz zu drehen und wieder zu landen.

Hier ging es darum, das Protokoll einzuhalten. Da die 777 über alle möglichen Sicherheitssysteme verfügte, konnte man mit diesem Flugzeug auch bei großen Einschränkungen problemlos weiterfliegen.

Das rief ich mir in Erinnerung, als ich nach draußen schaute. Man sah durch die Cockpitfenster eigentlich nur Nebel.

Ich konnte Mo hinter mir nicht sehen, aber spüren, als er auch das zweite Triebwerk stilllegte.

Ein erschreckend lautes Signal ertönte. »DOPPELTER TRIEBWERKAUSFALL«, ertönte die Stimme des Alarmsystems.

Captain Meredith und ich warfen einander einen raschen Blick zu. Mir machen nur wenige mögliche Szenarien an Bord eines Flugzeugs Angst, aber ein Ausfall beider Triebwerke … Man stelle sich mal vor, man ist auf der Autobahn unterwegs, und plötzlich brüllt einem eine Stimme ins Ohr, dass man zu schnell fährt, über dem Geschwindigkeitslimit ist und sich womöglich die Räder lösen werden. Gleichzeitig brüllt eine andere Stimme, dass man viel zu langsam ist und gleich den Motor abwürgen wird – und zwar auf der Überholspur. Die Aufgabe besteht nun darin, die Situation zu analysieren und mit exakt der richtigen Geschwindigkeit zu fahren. Das macht einen echt fertig.

Meredith behielt die Geschwindigkeit des Flugzeugs bei, während ich alle Instrumente durchging und herauszufinden versuchte, was genau eigentlich schieflief. Wir sprachen mit dem Lotsen und hielten die Maschine auf derselben Höhe, während ich angespannt darauf wartete, dass die Triebwerke wieder anliefen, da es ja keine offensichtlichen Probleme gab. Ich blieb zwar äußerlich ruhig, eins kann ich aber sagen: Wenn man es mit einer Fluggeschwindigkeitswarnung zu tun hat, auf die man sich nicht hundertprozentig verlassen kann, dann denkt man nicht mehr daran, dass man gerade in einem Simulator sitzt. Vielmehr versucht man, in dieser Situation herauszufinden, mit welchem der neuntausend einzelnen Systeme des verdammten Flugzeugs etwas nicht stimmt, bis man genau sagen kann, wo man sich befindet und wo man gerade hinfliegt, um nicht zu stark gegenzusteuern, abzukippen oder den Motor zu überhitzen.

Meredith starrte konzentriert auf den Höhenmesser und versuchte angestrengt, die Flughöhe beizubehalten, in welchem Tempo wir auch fliegen mochten.

Das Piepen ließ nicht nach.

»Können Sie irgendeinen Bezugspunkt erkennen?«, fragte Meredith ruhig. »Gehen Sie bitte ganz sicher, dass wir nicht auf dem Kopf fliegen.«

Ich blickte nach draußen, aber wir waren immer noch von dichtem Nebel umgeben. In diesem Moment hätten wir auch genauso gut in die Tiefe sausen können. Ja, vermutlich flogen wir in einer geraden Linie, aber auf die Instrumente konnten wir uns jetzt nicht mehr verlassen. Und wir würden gleich womöglich nur fünfzehn Meter oberhalb eines Berges durch die Wolkendecke brechen.

Falls jetzt jemand denkt: Aber man merkt doch, ob man nach unten oder oben fliegt, dann sei ihm gesagt: Nein, so offensichtlich ist das nicht. Wer das nicht glaubt, schließe mal die Augen in einem Aufzug. Die sich in unserem Ohr bewegende Flüssigkeit, die uns mit Informationen über unten und oben versorgt, kommt in solchen Situationen einfach nicht hinterher – deshalb wird uns auch schwindelig, wenn wir uns im Kreis gedreht haben und dann stehen bleiben. Die Flüssigkeit dreht sich noch einen Moment weiter.

Oben in der Luft hat man manchmal den Eindruck, dass man konstant auf der gleichen Höhe bleibt, während man in Wirklichkeit auf das Meer in der Tiefe zusaust und es nicht einmal ahnt.

Na ja, jedenfalls war ich hoch konzentriert. Ich ließ mich nicht von Angst oder Panik mitreißen, war nicht beunruhigt, weil ich ja wusste, was zu tun war.

Nebel umgab uns auf allen Seiten.

»Neustart?«, sagte ich zu Meredith, und sie nickte.

Also tat ich das, was bei einem Flugzeug dem Runter-und-wieder-Hochfahren eines Computers entsprach.

Ein paar erschreckende Sekunden lang flogen wir einfach in völliger Stille weiter, ins Nichts, versuchten, die Nerven zu behalten, und warteten darauf, dass sich alles wieder einschaltete.

»Neustart komplett«, sagte ich, und dann entdeckte ich es, ein kleines rotes Lämpchen über mir, das warnend blinkte. Mit einem Stoßgebet schaltete ich die entsprechende Funktion aus und wieder ein.

Zum Glück verstummte der Alarm, und der Fahrtmesser nahm zuckend seine Arbeit wieder auf, als sich im Flugzeug alles wieder einpendelte.

Plötzlich wussten wir, wo wir uns befanden, wohin wir flogen, und auch – ganz entscheidend –, wie schnell, sodass wir unseren Kurs korrigieren konnten.

Wir versuchten, nicht zu offensichtlich zu grinsen, als Mo uns anwies, kehrtzumachen und in Birmingham eine Notlandung einzuleiten – im Simulator absolvierte man eigentlich nie die komplette Reise bis zum angepeilten Ziel.

Bei der Landung hielten wir uns streng ans Protokoll: Wir kommunizierten mit dem Lotsen und brachten dann auf einer Landebahn, die theoretisch für Flugzeuge mit leerem Tank gedacht war, ganz vorsichtig eine Maschine voller Treibstoff runter. Dabei wussten wir genau, was wir taten, arbeiteten als Team zusammen, das einander vertrauen konnte, und erledigten unsere Aufgabe perfekt.

Mo war offensichtlich darin geschult, sich nichts anmerken zu lassen, aber wir wussten, dass wir unsere Sache gut gemacht hatten. Erst beim Ausrollen drang langsam wieder zu uns durch, dass wir gerade nicht etwa vierhundertzweiundsiebzig Seelen gerettet, sondern in einer völlig sicheren Blechkiste in Heathrow gesessen hatten.

»Gute Arbeit«, sagte Meredith zu mir. »Werden Sie sich selbst irgendwann auf einen Posten als Kapitänin bewerben?«

»Vielleicht«, antwortete ich.

Auf dem Gang zog ich meine Uniformjacke aus und wandte mich zum Gehen, da klingelte mein Handy. Ich ging dran, als ich sah, dass es Gramps war.

»Hm, es gibt schlechte Neuigkeiten von der Versicherung«, sagte er.

»Was?«, rief ich. »Wie meinst du das?«

»Also, offenbar … äh … haben wir wohl nicht die richtige Prämie bezahlt.«

»Du hast die Beiträge nicht bezahlt?«

»Es hat sich herausgestellt, dass zwar unsere Passagiere versichert waren … aber das Flugzeug, na ja …«

»… leider nicht?«

»Außerdem würden die Dolly auch als Oldtimer einstufen. Morag? Bist du noch dran?«

»Lass mich kurz nachdenken«, bat ich.

Es fühlte sich an wie das Ende von allem. Keine Versicherung und keine Lösung in Sicht, mal abgesehen von der Übernahme durch diesen schrecklichen Typen.

Na ja, wenigstens war ich gerade als Pilotin hochgestuft worden und hatte in letzter Zeit – leider ein wenig spät – zu ahnen begonnen, was ich vom Leben eigentlich wollte.

Hayden wartete auf mich – außerhalb der Sicherheitskontrolle, weil er ja nicht mehr zum Personal gehörte und sein Zugang daher beschränkt war. Aber er lehnte mit einer Lässigkeit in der Nähe des Eingangs an der Wand, als sei er hier zu Hause.

O Gott! Hier lag nun alles vor mir, in unmittelbarer Reichweite: ein Mann, eine Zukunft, Geld, ein spannendes Leben und ein cooler Job mit Langstreckenflügen, alles, wovon man nur träumen konnte. Deshalb konnte ich selbst kaum fassen, was ich jetzt tun würde.

Wir setzten uns in ein Café. Es handelte sich um eins dieser sterilen Flughafenlokale mit viel Glas und weißen Wänden, die überall auf der Welt gleich aussahen, in denen es immer gleich schmeckte und die alle eine Temperatur von neunzehn Grad hatten. Der Geruch von Kaffee, dem Duty-free-Shop, nahen Toiletten und dem Schweiß gestresster Passagiere stieg uns in die Nase.

»Ich muss mit dir über etwas reden«, begann ich.

»Ja«, sagte Hayden, »schon klar, du hast da ja wirklich ein heftiges Erlebnis hinter dir. Nimm dir so viel Zeit, wie du brauchst, Morag.« Er schaute mir direkt in die Augen.

Mich in diesen Mann zu verlieben, war das Leichteste auf der Welt gewesen.

»Nein«, sagte ich, »darum geht es nicht.« Und dann erzählte ich ihm, was ich mitangehört hatte.

Hayden wurde kreidebleich, und ich konnte, beinahe unbeteiligt, beobachten, wie die Gedanken hinter seiner Stirn rasten … Ganz offensichtlich überlegte er gerade, ob er es einfach leugnen oder vielleicht behaupten sollte, es sei ein Missverständnis gewesen oder ich hätte da jemand anders am Apparat gehabt oder … Das alles ging ihm eindeutig durch den Kopf. Schließlich holte er tief Luft und drückte die Schultern durch. »Ich war so ein Idiot«, sagte er leise.

Mir wurde klar, dass ich eigentlich erwartet hatte, er würde es abstreiten, mir stotternd Halbwahrheiten auftischen und die Sache irgendwie unter den Teppich zu kehren versuchen.

Stattdessen starrte er in seinen Pappbecher. »Es stimmt«, sagte er. »Ich wollte immer Pilot werden.« Er zuckte mit den Achseln. »Aber ich habe kein gutes räumliches Vorstellungsvermögen, daher bin ich bei jeder einzelnen Eignungsprüfung durchgefallen.«

Er griff nach dem Becher, und ich musste an meinen Vater denken, der sich ja ebenfalls eine Stelle gesucht hatte, die im entfernteren Sinne mit Fliegen zu tun hatte.

»Trotzdem verstehe ich nicht, warum …«

»Du … du bist einfach so fantastisch, Morag«, sagte er. »Was du bei der Arbeit leistest, o mein Gott! Ich meine, diese riesigen Maschinen zu landen … Das ist wirklich beeindruckend.«

»Aber warum … musstest du dir das zu eigen machen?«

Er seufzte. »Weil ich selbst … furchtbar fade bin, Morag. Ich bin so langweilig, das hast du doch selbst gesagt.«

»Aber es war als Kompliment gemeint!«

»Was für ein Kompliment soll das denn sein?«

»Du hast einen gut bezahlten Job, durch den du auf der ganzen Welt unterwegs bist!«

»Aber nicht im Cockpit eines Flugzeugs!«, erwiderte er mit bitterer Stimme. »Und ich … Ich wollte doch einfach nur wissen, wie es sich anfühlt, Pilot zu sein.«

»Ja, um Frauen aufzureißen!«

Er wand sich unbehaglich.

»Und, hat es funktioniert?«, fragte ich. »Wie hast du denn den Rest des Abends verbracht? Bist du vielleicht dem Mile High Club beigetreten? Ach nein, das hab ich ganz vergessen, du kriegst ja kein Flugzeug hoch!«

»Es ist nichts passiert, ich schwöre! Ich wollte einfach nur … beeindrucken. Gott, ich bin wirklich so bescheuert, Morag. Ich war ja so ein Schwachkopf!«

Ich schaute ihn an. »Hayden, ich … ich habe das ja nur ein einziges Mal mitbekommen, weil du zufällig auf deinem Handy gesessen hast. Aber ich muss wohl davon ausgehen, dass das öfter passiert ist, oder war es etwa das erste Mal?«

Sein Schweigen sprach Bände.

»Und wenn du dich für meinen Job interessiert, mir so aufmerksam zugehört hast … hast du da immer nur Informationen für dein geheimes falsches Leben gesammelt?«

»*Nein!* Morag, ich schwöre. Natürlich war es am Anfang auch deshalb interessant, aber später ging es doch vor allem um dich. Du bist mir wichtig, und ich wollte, dass wir uns ein gemeinsames Leben aufbauen. Gleichzeitig wollte ich aber auch … selbst gern ein faszinierender Mensch sein.«

»Der Mensch, der du warst, dieser Langweiler«, sagte ich, »der war völlig in Ordnung, sogar mehr als das. Der war perfekt, so kam es mir damals zumindest vor. Ja, das dachte ich tatsächlich.«

»Aber dann kannst du das alles doch nicht einfach wegwerfen«, sagte Hayden, dem Verzweiflung ins Gesicht geschrieben stand. »Das geht doch nicht. Morag, das mit uns … war doch richtig schön, oder nicht?«

»Ja, es war schön«, stimmte ich zu. »Wirklich toll. Und deshalb wünschte ich … dass du dieser Typ auch wirklich wärst. Also, der Mensch, für den ich dich gehalten habe, der Mann, der sich in seiner Haut wohlfühlt. Der … nett zu meiner Mutter war und immer nett zu Kindern ist und tatsächlich anruft, wenn er es versprochen hat. Dem es nichts ausmacht, am Wochenende zu IKEA zu fahren. Himmel, diesen Mann mochte ich unglaublich gern, und ich hatte so viele Pläne für ihn und mich! Aber wenn ich diese Sache jetzt ignorieren würde, dann würdest du die Achtung vor mir verlieren. Tief in deinem Inneren wäre das so, und es würde sich irgendwann bemerkbar machen. Und eins hab ich gelernt …« Plötzlich drängten sich mir die Bilder von einem seltsamen Mann auf, der mit ausgestrecktem Arm ganz still und reglos auf einer Lichtung stand, damit ihm ein Sperber vertrauen konnte, »wenn man nicht hundertprozentig man selbst sein kann … dann wird man auch nicht glücklich, das klappt einfach nicht. Deshalb könnten du und ich nicht glücklich werden, nicht auf Dauer.« Ich stand auf. »Und das trifft auch noch in anderer Hinsicht auf mich zu: Ich glaube nicht, dass ich dazu tauge, Dubai-Girl zu sein. Das passt irgendwie nicht zu mir. Vermutlich hat es auch damit zu tun, und nicht nur mit dem Beinahezusammenstoß, dass ich wegen Dubai immer schon gezögert habe. Sosehr ich mir auch gewünscht habe, es wäre so: Im tiefsten Inneren war mir klar, dass es nicht das Richtige für mich ist. Und Hayden, o Gott, ich wollte dich so sehr. Die alte Version von dir …« Ich versuchte mich an einem Lächeln, aber ich war so furchtbar traurig.

»Morag«, flehte Hayden. »Gib uns doch noch eine Chance! Bitte!«

Er erhob sich ebenfalls, und ich blickte ihn voller Bedauern an. All die Dinge, von denen ich dachte, dass sie vielleicht in meiner Zukunft lagen … Der attraktive Mann, der vor dem Altar lächelnd auf mich wartete. Der lustige Vater mit Chino, der beim Elternabend Witze riss, die Kinder vom Fußball abholte und am Sonntag den Grill anschmiss. All das hatte ich vor mir gesehen und es mir so sehr gewünscht, während er sich Dinge gewünscht hatte, die er seiner Meinung nach in mir gesehen hatte. Leider waren diese Fantasien vergänglich gewesen wie eine Wolke steuerbords an einem Sommertag – nichts als Schall und Rauch.

Ich schüttelte den Kopf. »Es tut mir leid, Hayden.«

Kapitel 32

Am nächsten Tag erwartete mich in Carso ein kühler, heller Morgen, und gerade erwachten all die sauberen und ordentlichen Gärten des Örtchens zum Leben. Sie waren durchweg so konzipiert, dass sie nie im Schatten lagen, keinen Wind und ein Maximum an Sonne abbekamen. Deshalb konnte man an schönen Tagen draußen sitzen, selbst wenn über dem Meer kalter Wind blies, konnte die Aussicht und jeden einzelnen Moment des Tages genießen.

Ich lächelte beim Anblick von Steingärten mit robusten, ganzjährigen Pflanzen, von winzigen, sternförmigen Blüten in Lila, Weiß und Gelb, die hier allen Widrigkeiten zum Trotz gediehen.

Aber ich blieb nicht stehen. Nicht einmal Nalitha hatte ich Bescheid gesagt, dass ich zurückkommen würde. Ich hatte mich bei niemandem gemeldet, um nicht womöglich innezuhalten, es mir noch einmal zu überlegen und einen Rückzieher zu machen. Ich konnte aber auch deshalb mit niemandem darüber reden, was ich vorhatte, weil es ganz untypisch für mich war.

Ausnahmsweise tat ich mal nicht, was meine Familie von mir erwartete, wie damals, als ich mich bei der Flugschule angemeldet hatte. Ich passte mich nicht an die Wünsche meines Freundes an und zog nicht mit ihm an einen Ort, an dem ich eigentlich gar nicht leben wollte. Ich nahm keine neue Arbeit an, die mich in Wirklichkeit nicht interessierte, und war gerade nicht auf der Jagd nach mehr, nach etwas Neuem. Ich glättete mir nicht das Haar, war nicht auf Diät, plante nicht meine Zukunft, den nächsten großen Schritt meiner Karriere.

Ich marschierte direkt zum Hangar hinüber und holte mir, was ich brauchte.

Dann schaute ich noch kurz in einem der Pubs vorbei. Nicht in einem der netten, sondern in einem schäbigen, weil ich dort hoffentlich nicht mit Bekannten rechnen musste, die mich direkt bei Gramps verpfeifen würden. Ich wollte mir noch ein Sandwich holen – und rannte den Schauspielern in die Arme.

»SEID GEGRÜSST, LUFTFAHRERIN!«, dröhnte eine Stimme.

»Äh, hallo«, sagte ich und runzelte die Stirn. »Was machen Sie denn hier? Wieso sind Sie noch da?«

Der Schauspieler namens Leopold musterte mich streng. »Man hat uns gebeten, die Tour zu verlängern.«

»Das sind ja tolle Neuigkeiten!«

»Ja, das wären sie wirklich, wenn man hier denn eine Alternative zu Kuhmilch kriegen könnte«, sagte der gut aussehende junge Typ und zog eine Schnute. »Sie wissen schon, manche Leute haben schließlich eine Laktoseintoleranz.«

Ich zog kurz in Erwägung, Ziege Frances zu erwähnen, ließ es aber lieber sein.

»Jetzt sollen wir eigentlich weiter nach Mure«, erklärte Boona. »Aber da haben sie weiterhin keinen Strom, deshalb warten wir noch einen Tag ab.«

»Aha«, sagte ich.

Dann wurde mir eins klar: Diese Truppe hatte keine

Ahnung, dass ich gar nicht diejenige war, die die Strecke hier üblicherweise flog, dass ich gar nicht mehr in dieser Gegend lebte. Und dann kam mir noch ein Gedanke: »Sie führen doch *Peter Pan* auf, oder?«

Die drei nickten.

»Und es geht dabei um einen Jungen und ein Mädchen, die fliegen können?«

Wieder ein Nicken.

Ich rieb mir das Kinn. Tatsächlich könnte das meinem Plan sogar zuträglich sein.

»Die Fähre legt in zwanzig Minuten ab. Wären Sie vielleicht zu einer kleinen Privatvorstellung bereit? Im Gegenzug wird man Ihnen vermutlich ein sehr leckeres Essen auftischen.«

Sie waren überraschend erpicht darauf, wenn man bedachte, dass ich ihnen nichts zahlen konnte. Aber immerhin war es ein strahlend schöner Tag, und so ein zwielichtiger Pub war nicht gerade ein Ort, an dem man mehr Zeit als absolut nötig verbringen wollte.

Alle zusammen liefen wir zur Fähre hinüber. Normalerweise bewegte ich mich hier in der Gegend eher selten per Schiff, aber an einem derart sanften, beschwingten Tag wie heute waren die sich kräuselnden Wellen wirklich angenehm, und das Tuckern des Motors klang so entspannend, als die Fähre aus dem Hafen fuhr.

Finn brachte uns nach Inchborn – wir waren die einzigen Fahrgäste, da die meisten Leute immer noch mit den Folgen des Sturms beschäftigt waren und heute auch kein Schulausflug anstand.

Zuversichtlich marschierte ich den Hügel hinauf. Es waren ja nur ein paar Tage gewesen, aber nach meiner Zeit unten im Süden kam mir die Luft hier süßer vor, und die

Gräser auf dem Machair und die Wildblumen schienen ordentlich gewachsen zu sein.

Die Insel brummte und summte nur so vor Leben, und in der Ferne drehten Vögel kreischend ihre Kreise über dem Kliff. Die langen Halme wogten im Wind, als wir aufgeregt auf das alte Steinhaus zusteuerten.

Gregor stand in der Nähe des Hauses bei dem Wäldchen, aber es hockte kein Vogel auf seinem Arm.

»Was macht er denn da?«, fragte Leopold, aber die anderen brachten ihn zum Schweigen.

Frances, die Gregor Gesellschaft geleistet hatte, entdeckte mich und kam sofort wie ein Hund auf mich zugelaufen. Wieder dachte ich, dass ihr Gesichtsausdruck auf rätselhafte Weise etwas von einem Lächeln hatte. Ich kraulte ihr die Ohren, während sie mich sanft mit den Hörnern stupste.

Gregor drehte sich zu uns um und wirkte zunächst ein wenig genervt darüber, dass er gestört wurde.

Sein Sperber war nirgends zu sehen.

»Was …?« Er marschierte auf uns zu und brauchte einen Moment, um mich zu erkennen. Vielleicht war die Brille ja doch nicht nur ein Accessoire.

Ich strahlte ihn an. »Überraschung!«

Er schüttelte den Kopf. »Mein Gott, du tauchst wirklich immer wie aus dem Nichts auf.«

»Dieses Mal hab ich auch ein paar Freunde mitgebracht.«

Jetzt wirkte er noch verwirrter. »Was willst du denn nur auf der Insel?«

»Also, ich hab hier was zu tun.«

»Immer schwer beschäftigt«, murmelte er, aber sein Mundwinkel zuckte dabei.

»Außerdem«, sagte ich, »hab ich dir … ein Dankeschöngeschenk mitgebracht.«

»Dass Sie selbst ganz umsonst bekommen haben!«, dröhnte Leopold, der wieder von den anderen zum Schweigen gebracht wurde.

Gregor runzelte die Stirn. »Das wäre aber nicht nötig gewesen.«

»Na ja, das zeichnet Geschenke doch aus. Und guck mal!«

»Was ist das?«

Ich reichte ihm einen hastig zusammengestellten Picknickkorb mit Schokolade und anderen Süßigkeiten. Etwas Besseres hatte ich auf die Schnelle nicht auftreiben können.

Gregor warf einen Blick hinein. »Ich hab ja nichts gegen ein paar Schokoküsse«, sagte er. »Aber wenn du möchtest, könnten wir auch …«

»Hast du was gekocht? Gut, dann essen wir doch lieber das«, sagte ich rasch, bevor er es sich womöglich anders überlegte.

Jetzt lächelte er zum ersten Mal richtig. »Bist du etwa nur wiedergekommen, weil mein Essen so lecker ist?«

»Ja, genau«, antwortete ich, ohne zu zögern.

»Okay«, sagte er. »Meinen Sperber habt ihr jetzt aber vertrieben.«

»Oder du hast vielleicht einfach nicht genug Ahnung von der Falknerei.«

»Soso, da bist du also wieder, um mein Essen zu vertilgen und mich zu beleidigen …«, sagte er.

»Gib es zu«, sagte ich. »Ich hab dir gefehlt.«

Wieder zuckte sein Mundwinkel.

Wir setzten uns in den Garten, wo Gregor uns eine große Platte Miniquiches mit Ziegenkäsefüllung servierte. Wie schon zuvor wollte ich lieber nicht darüber nachdenken, dass er ein Haustier hatte, welches er regelmäßig melkte.

Immerhin verspeiste der laktoseintolerante Schauspieler die Quiches völlig sorglos und tat sich auch an leckerem Krautsalat, frischem kaltem Wasser und einer großen Kanne Tee gütlich.

»Wo ist denn nur das …?«

»… Brot? Natürlich, ich gehe eben und hole es, *Madam!*« Gregor machte einen Diener.

Etwas später zogen sich die Schauspieler unter einem Vorwand hinter die Ecke des Hauses zurück, und ich blieb einen Moment mit Gregor allein.

Er musterte mich. »Irgendwie wirkst du anders.«

»Vielleicht liegt es daran, dass ich ausnahmsweise mal nicht tropfnass bin?«

»Nein, das ist es nicht«, sagte er. »Du siehst aus, als wäre eine Last von dir abgefallen. Wie war denn der Test?«

»Ist gut gelaufen«, sagte ich und wandte schnell den Blick ab. »Na ja, aber wie gesagt, ich hab da was für dich.«

»Ein paar unerwartete Gäste, schon klar.«

Ich rückte einen der Stühle vom Tisch ab und stellte ihn mit Blick auf einen freien Bereich vor dem Haus ab.

»Das stimmt zwar«, sagte ich, »aber die sind hier, um für dich ein Theaterstück aufzuführen.«

»Wie bitte?«

»Mach es dir bequem«, forderte ich ihn auf. »Brauchst du dafür deine Brille?«

»Nur, wenn ich dieses Stück, was auch immer es ist, auch lesen soll«, knurrte er. »Was wohl nicht ganz auszuschließen ist, oder?«

»Hey, das wird echt cool«, versicherte ich und drückte die Daumen.

»Und warum steht dann da nur *ein* Stuhl?«

»Ich habe noch … was zu erledigen«, sagte ich rasch.

»Aber du störst dabei nicht die Lummen, oder?«

»Nein!«

Er runzelte die Stirn, aber zu spät: Leopold war bereits vorgetreten und erhob die Stimme.

»Sei unser Gast!«, verkündete er. »Willkommen auf der Insel Nimmerland.«

Ich kniff die Augen zusammen. Ja, so fühlte sich dieses Stücke Erde mitten im Meer wirklich ein bisschen an.

»Nun lehn dich zurück, und du wirst bald daran glauben, dass ein Junge fliegen kann wie ein Vogel!«

»Und ich auch!« Das kam von Boona. Zu meiner großen Verwunderung sah sie nicht mehr aus wie die ein wenig panische Mutter, die sich nicht in mein Flugzeug traute. Auch jetzt war ihre Miene zwar angespannt, aber in dem blauen Nachthemd und mit einem langen Zopf, der ihr auf den Rücken fiel … wirkte sie plötzlich wie ein junges Mädchen. Einfach verblüffend!

»Ich will auch fliegen!«

»Oh, Wendy, ich weiß nicht so recht.«

»Aber Peter, wo ist denn dein Schatten?«

Gregor schaute mich an.

»Es geht um einen Jungen«, sagte ich leise, »der verloren geht, dann aber ganz wunderbare Abenteuer erlebt.«

Er nickte und erstarrte plötzlich, als ihm klar wurde, dass ich Bescheid wusste.

»Luke«, sagte er schließlich. »Er hieß Luke.«

Irgendwann musste ich mir eingestehen, dass ich am liebsten dabeigeblieben wäre. Ich wollte auf dieser seltsamen magischen Insel an diesem schönen Tag hier draußen sitzen und tollen Schauspielern dabei zusehen, wie sie mithilfe von nicht mehr als ein paar Decken und alten Kleidern das Publikum in ihren Bann zogen.

Aber ich hatte ja zu tun, deshalb hievte ich mir meine Tasche auf die Schulter. Nach und nach wurden die Stimmen leiser und verklangen, während ich zur Düne hinüberging, ihren höchsten Punkt überwand und auf der anderen Seite wieder hinunterstolperte.

Und da stand *Dolly*, nicht mehr am ursprünglichen Platz ganz am Ende des Strandes. Leider war sie wirklich in keinem guten Zustand, sah abgewetzt aus und hatte die Frontscheibe voller Sand.

Ich kniff die Augen zusammen und schaute zum Himmel hoch. Er war so klar und ruhig wie selten in der Gegend, die Sichtweite betrug gut und gern zehn Kilometer. Es ging kein Lüftchen. Solche Tage gab es hier fast nie.

In meiner Magengrube zog sich alles zusammen, aber wenn ich das wirklich machen wollte, dann galt »Jetzt oder nie!«.

Also kniete ich mich schließlich hin und packte erst einmal das Werkzeug aus, unter anderem einen absurd schweren Wagenheber. Ich suchte den Strand ab und fand, was ich noch brauchte – ein großes Stück Treibholz, das auf dem Sand eine stabile Unterlage bieten würde.

Ja, ich war aufgeregt, aber ich wusste, was zu tun war. Einst hatte ich Gramps dabei zugesehen, danach hatte er es mir gezeigt und es mich am Ende selbst machen lassen. Ich hatte die nötigen Fähigkeiten und würde es packen.

Und tatsächlich gelang es mir mit ein klein bisschen Mich-

Ärgern und Fluchen, den verdammten Reifen zu wechseln.

Dann untersuchte ich noch den Treibstofftank, der zum Glück unversehrt zu sein schien.

In Ordnung. Ich holte einmal tief Luft, ging zur offenen Tür des Flugzeugs hinüber und betrat es.

Der Geruch im Inneren war grauenhaft, wie das Müffeln von Wäsche, die zu lange in der Maschine gelegen hatte. Aber es war auszuhalten. Und zum Glück war inzwischen alles getrocknet.

Ich machte die Tür hinter mir zu und ging ins Cockpit hinüber, um dort erst einmal den ganzen Müll vom Fußboden aufzusammeln.

Natürlich konnte ich kein Licht einschalten, aber das Sonnenlicht an diesem klaren Tag war hell genug.

Jetzt musste ich heftig schlucken. Was ich vorhatte, war zwar nicht direkt illegal, aber ich ignorierte damit so unverhohlen alle gängigen Regeln und Vorschriften, dass ich wohl meine Pilotenlizenz verlieren würde, wenn es je jemand herausfand.

Ich schloss die Augen, atmete noch einmal tief durch und schob den Schlüssel ins Schloss. Als ich ihn umdrehte, rasselten, husteten und stotterten die Motoren bloß. Nichts.

Wieder atmete ich durch, mahnte mich, ruhig zu bleiben, drehte den Schlüssel erneut – und dieses Mal klappte es. Während sich die Propeller zu drehen begannen, hörte ich nicht nur, wie die Motoren dröhnten, ich konnte ihr Vibrieren auch in der Magengrube spüren.

Ich schaute mich um. Fahrtmesser, Höhenmesser, Bordcomputer und Kreiselkompass – alles hier im Cockpit war hinüber, einfach alles. Immerhin funktionierten die Landeklappen, als ich sie manuell zu bewegen versuchte. Also würde das schon hinhauen.

Durchs Fenster wanderte mein Blick über den Himmel. Wann hatte man es hier je mit einem Tag wie heute zu tun, so klar und strahlend? Eigentlich nie. Wenn es einen passenden Moment für einen Sichtflug ohne Instrumente gab, dann war es dieser.

Ich hatte eine Stunde. Für einen dreißigminütigen Flug blieb mir exakt eine Stunde, während der sich rein gar nichts am Himmel befinden würde.

Da oben war niemand unterwegs, es waren keine Flüge vorgesehen, keine Düsenflugzeuge waren in zwanzigtausend Fuß Höhe auf dem Weg nach Island oder Kanada. Für einen kurzen Moment war der Himmel an diesem Nachmittag völlig leer.

Aber das hatten Luis und Serenata auch gedacht. Sie waren davon ausgegangen, dass der ganze blaue Himmel um sie herum ihnen gehörte.

Ein letztes Mal ließ ich mir die Sache durch den Kopf gehen. Ich könnte es auch sein lassen, aber das würde wohl das Ende von allem bedeuten. Das Ende von Gramps' Firma, vom Traum meiner Familie. Die Heldentaten meines Urgroßvaters, die Versorgung der kleinen Inseln des Archipels, die überbrachten Weihnachtsgeschenke, die glücklichen Flugzeugfreaks, die Urlauber, die Bräute, die frischgebackenen Mütter mit ihren wohlbehüteten Babys, Zeitungen mit Nachrichten aus aller Welt, die Soldaten auf dem Heimweg nach einem Kriegseinsatz, Familientreffen und Fluchten in die Einsamkeit …

Alles, wofür *Dolly* stand, würde verloren sein, und dann würde dieser lächerliche Mann mit seinen riesigen Flugzeugen auf der Bildfläche erscheinen.

Seine Truppe würde etwas ganz Wunderbares und Verblüffendes – die von Menschen seit Urzeiten erträumte Fähigkeit, wie Vögel die Fesseln der Schwerkraft abzustreifen und über den Wolken zu schweben – in einen trostlosen, jämmerlichen Prozess verwandeln, bei dem Menschen wie am Fließband abgefertigt werden würden.

»Nein«, sagte ich zu mir selbst. »Nein.«

Ich kletterte aus dem Flugzeug und machte mich auf den Weg zurück zum Haus. Dort schlüpfte ich durch die Hintertür hinein und sah durchs Fenster, dass der junge Typ mittlerweile die schöne Prinzessin spielte, die an einem Felsen festgebunden war.

Sowohl Gregor als auch Frances schauten wie gebannt zu.

»Gack!«, sagte Barbara, die mir gefolgt war.

»Pscht!«, machte ich.

Ich schlich in den kleinen Anbau. Da hatte ich ihn also wieder vor mir, den Morseapparat. Rasch holte ich die dafür mitgebrachten Batterien aus der Tasche.

Ich hatte Donald eingeweiht und ihn zu Verschwiegenheit verpflichtet. Natürlich hätte er Nein sagen sollen, aber er wollte *Dolly* genauso wenig verlieren wie ich.

Heute Nachmittag waren keine anderen Flüge vorgesehen, es würde sonst niemand in der Luft sein, und er würde auch jedem eine Absage erteilen, der es wagen würde, um eine Starterlaubnis zu bitten.

Ich legte den Finger auf den Knopf.

ERBITTE STARTFREIGABE SUEDLICHE RICHTUNG 14 UHR

Die Antwort ließ so lange auf sich warten, dass ich schon befürchtete, einen Fehler gemacht zu haben. Oder vielleicht war Donald nicht da oder hatte seine Meinung geändert und beschlossen, die Luftfahrtbehörde zu informieren.

Irgendwann bekam ich richtig Panik, weil ich nicht wusste, wie lange ich Gregor wohl noch ablenken konnte, aber da kam die Nachricht:

... – .– .–. – / ..–. .–. . ..

Ich schloss die Augen.

START FREI

Okay, jetzt ist es also so weit, dachte ich auf dem Weg zurück zu *Dolly*. Alles in mir zog sich zusammen, aber es gab kein Zurück mehr, sosehr mir auch die Muffe ging.

Flatternd und hüpfend begleitete mich Barbara, über die ich mir jetzt aber keine Gedanken machen konnte.

Als ich das Flugzeug erreichte und mit einem Kloß im Hals einstieg, war die Henne gar nicht begeistert davon, dass sie nicht mit hineindurfte, und gackerte mich entrüstet an, weil ich ihr die Tür vor dem Schnabel zumachte.

Beklommen setzte ich mich ins Cockpit. Der große Moment war gekommen! Als ich den Schlüssel im Zündschloss drehte, begannen sich die Propeller dieses Mal heiterer zu drehen.

Ich atmete einmal tief durch, legte die Hände aufs Steuerhorn und schickte mich an, *Dolly* zum Ende des Strandes rollen zu lassen. Von dort aus würde mir für den Start der gesamte Bereich aus glitzerndem Sand zur Verfügung stehen, mit der geriffelten Oberfläche, deren Form so vergänglich und doch so zeitlos war.

Gleich würde ich in Richtung Osten abheben und dann sofort in Richtung Süden drehen. Dann würde ich die Küste sehen, machte ich mir Mut. Ich musste die Fluglage nur konstant beibehalten, sie immer wieder überprüfen.

Wenigstens kannte ich diese Gegend wie meine Westentasche. Wo ich lang musste, war klar.

Einen Moment wanderte mein Blick sehnsüchtig über das Instrumentenbord mit Kreiselkompass und Höhenmesser, die mir nichts nützen würden. Auch meine genaue Geschwindigkeit würde ich nicht kennen.

Ich rollte zu dem Kliff hinüber, das mir so fürchterliche Sekunden beschert hatte, damit ich den kompletten Strand zur Verfügung hatte. Die Sonne glitzerte auf dem Wasser, und es funkelte wie Diamanten. Die Wellen waren ganz klein und einladend, nicht die tosenden Monster jenes Abends.

Jetzt war es so weit. Ich war kurz davor, mit meinem Co-Piloten die üblichen Checks durchzugehen – da fiel mir wieder ein, dass ich natürlich gar keinen Co-Piloten hatte. Oder Funkkontakt. Oder Handyempfang.

Denk an Amelia Earhart, sagte ich mir. Denk an Aida de Acosta. Denk an deinen Urgroßvater Ranald und an all die tapferen Piloten aus Zeiten ohne Navigationssysteme, ohne Computer und die Autopiloten, die uns Menschen fast überflüssig gemacht haben.

Was mit vielen dieser Pioniere passiert war, verdrängte ich in diesem Augenblick lieber.

Ich würde nicht genau wissen, wo ich mich befand, in welche Richtung ich flog, wo eigentlich oben und unten war. Aber ich gab entschlossen Gas.

»Stopp! Stopp!«

Dicht gefolgt von einer Ziege rannte eine Gestalt den Strand entlang. Eine Gestalt mit gerunzelter Stirn, kräftigen Augenbrauen und besorgtem Gesichtsausdruck.

Wütend stoppte ich, ging zur Tür des Flugzeugs und öffnete sie, während die Propeller langsam ausliefen. Aber ich stieg die Stufen nicht hinunter.

»Lass mich!«, rief ich aus. »Mir bleibt nur ein kleines Zeitfenster, in dem am Himmel niemand unterwegs ist. Also geh aus dem Weg!«

»Ich weiß«, antwortete Gregor keuchend. Er drehte sich um, und jetzt erschienen auch die Schauspieler auf der Bildfläche, die mit vereinten Kräften irgendetwas Schweres schleppten.

»Als ich begriffen habe, was du vorhast, hab ich mich auf den Weg gemacht«, erklärte er.

»Du kannst mich nicht aufhalten!«

Er runzelte die Stirn. »Das will ich auch gar nicht. Ich will mitfliegen!«

»Das geht aber nicht!«

»Und ob das geht! Ich hab doch gerade das Stück gesehen.«

»Aber auch das ganze?«

Er sah mich an, und irgendwie wirkte er gar nicht mehr so finster und grüblerisch, oder es war zumindest nicht mehr so extrem. Seine Miene hatte sogar etwas Spitzbübisches an sich.

»Na ja«, sagte er. »Zu sterben wäre vielleicht auch ein großes Abenteuer.«

»Ach verdammt!«, stöhnte ich. »Ich wollte dich doch ablenken, während ich mich mit Dolly davonmache, nicht zum Fliegen inspirieren.«

»Ich dachte, es sollte mich trösten.«

Unsere Blicke trafen sich.

»Das auch.«

»Danke, es hat tatsächlich geholfen, sogar sehr.« Er räusperte sich, und sein Tonfall änderte sich. »Wie auch immer, jedenfalls brauchst du mich hier.«

»Das wage ich zu bezweifeln, außerdem hast du doch Angst vorm Fliegen!«

»Ja«, räumte er ein. »Aber ich hab gehört, dass du eine echt gute Pilotin sein sollst.«

Jetzt erreichten uns die Schauspieler und setzten die schwere Kiste ab.

»Sie kommen aber auf keinen Fall mit!«, rief ich.

»Nein, vielen Dank auch, wir nehmen lieber die Fähre«, sagte Boona, die die ziemlich mitgenommene Maschine argwöhnisch beäugte. »Gott, dieses Flugzeug war mir ja *vorher* schon nicht geheuer …«

Als sie die Kiste in Richtung *Dolly* schoben, erkannte ich sie wieder: Das war doch dieser Reisekoffer, den wir mal hierhergebracht hatten, vor einer gefühlten Ewigkeit. Tatsächlich war es noch gar nicht so lange her.

»Was ist das denn?«

»Da ist ein Kreiselkompass drin«, erklärte Gregor und machte den Koffer auf. »Den hab ich mir zugelegt, um die Migrationsmuster von Zugvögeln zu kartieren. Weil ein Kompass doch …«

»… nicht viel bringt«, sagte ich und betrachtete das Gerät fassungslos.

»Also?« Er sah mich hoffnungsvoll an.

Was wir da vor uns hatten, war vielleicht das Zünglein an der Waage, wenn es um Leben und Tod ging.

»Komm an Bord!«, sagte ich. »Aber mach schnell.«

Während sich die Schauspieler an einen sicheren Ort oben auf dem Machair zurückzogen, ließ ich wieder den Motor an, kehrte ans Ende des Strandes zurück und drehte. Ich fragte mich, ob auf *Dolly* Verlass sein würde oder ob ich wohl im unpassendsten Moment mit einem Kurzschluss rechnen musste.

Gregor hatte das Gerät aus dem Koffer gehievt und schnallte sich jetzt auf dem Co-Piloten-Sitz an.

»Ich kann nicht fassen, dass du so praktisch denkst!«

»Und ich kann nicht fassen, dass du gerade so spontan handelst!«, gab er zurück. Dann schaute er aufs Meer hinaus. »Wie gefährlich ist das eigentlich?«

Darauf gab ich lieber keine Antwort. »Mach dich für den Start bereit.«

Mit unter den Rädern spritzendem Sand fuhren wir den kompletten Strand entlang. Am Ende sah es beinahe so aus, als würden wir direkt ins Meer rasen, als würden wir einfach geradeaus ins Wasser weiterfahren und dann angeschnallt im Cockpit ertrinken. Doch dann gab ich, so wie Gramps es mir beigebracht hatte, im letzten Moment sanft, aber bestimmt Gas. Langsam, aber mit immer mehr Selbstbewusstsein begann *Dolly*, auf dem Sand zu beben, zu vibrieren. Fünf Zentimeter, zehn, und wir waren in der Luft, ließen Inchborn hinter uns und schwebten in den blauen Himmel hinauf.

Aus den Augenwinkeln konnte ich auf dem Machair die Schauspieler sehen, die begeistert auf und ab hüpften.

»Wir müssen uns in Richtung Südsüdost halten«, erklärte ich. »Und wenn die Klappen an den Tragflächen nicht komplett eingefahren sind, dann sag mir *sofort* Bescheid.«

Als wir in die Kurve gingen, füllte rechts einen Moment lang das Meer komplett das Fenster aus. Normalerweise würde ich an diesem Punkt einen Blick auf die vorher festgelegte Flugroute werfen und sichergehen, dass dem Bordcomputer zufolge alles lief wie geplant. Meine Geschwindigkeit und die bereits erreichte Flughöhe nicht zu kennen, war beunruhigend.

Aber ich würde das packen, versicherte ich mir selbst, schließlich war ich ja Pilotin. Als ich das nächste Mal Gas gab, durchquerten wir eine kleine Wolke. Jetzt war alles um uns herum weiß, und es war keinerlei Orientierung mehr möglich.

Gregor schaute ich nicht an, aber ich konnte seine Nervosität spüren. Es fühlte sich so an, als würden wir ewig in dieser Wolke feststecken und nicht einmal wissen, wo oben oder unten war.

Ich hatte einen ganz trockenen Mund.

Plötzlich ertönte aus dem hinteren Bereich der Kabine lautes Gackern.

»Das darf doch nicht wahr sein!«, stöhnte Gregor.

»Oh, super, wir haben eine blinde Passagierin«, sagte ich. »Also drei Seelen an Bord.«

In dem Moment, in dem ich diese Worte aussprach, ließen wir endlich die Wolke hinter uns, und plötzlich hatte ich freie Sicht auf Inchborn in der Tiefe.

Gregor stieß einen unterdrückten Fluch aus.

In gerader Linie vor dem Kreiselkompass lag es unter dem hellen, frisch gewaschenen blauen Himmel vor uns – das Festland.

Da breitete sie sich nun vor uns aus, die nördliche Spitze der Welt, die ich so gut kannte. Und dahinter lagen dann England, Europa, der Nahe Osten – die ganze Welt zum Greifen nahe.

Aber ich wollte einfach nur nach Hause.

Um die Maschine auf Kurs zu halten, sagte Gregor gelegentlich: »Die Nase ein bisschen nach rechts«, oder: »Eine Spur nach links«, oder »Neigung Richtung Wasser«.

Das empfand ich als unglaublich tröstlich.

Ich flog weiter, immer näher und näher, wobei sich in mir allerdings wegen der bevorstehenden Landung zunehmend Anspannung aufbaute. Und auch deshalb, weil ich bald über eine Gegend hinwegfliegen würde, in der Menschen lebten.

Dolly knatterte und hustete, was Gregor alarmierte, aber ihre Triebwerke gingen nicht aus. Das alte Flugzeug, das beinahe auf dem Meeresgrund gelandet wäre, hatte sich wieder in die Lüfte erhoben, und die Sonne fühlte sich durch die Sonnenbrille hindurch so gut auf meinem Gesicht an.

»Ist mit der alten Dame alles in Ordnung?«, fragte Gregor.

»Es ging ihr nie besser!«, versicherte ich, und das war völlig ernst gemeint.

Wir würden das schaffen, auf jeden Fall!

Kapitel 33

Als Carso in Sicht kam, spürte ich, wie sich mein Puls beschleunigte. Jetzt waren wir fast da, und ich fand den Flughafen ohne Probleme.

Beim Näherkommen wollte ich instinktiv den Fluglotsen kontaktieren, aber das ging ja nicht. Normalweise gaben die Lotsen vor, auf welche Höhe man zunächst runtergehen sollte, allerdings wusste ich ja nicht einmal, auf welcher exakten Höhe wir uns befanden. Der Kreiselkompass war von unschätzbarem Wert gewesen, mit seiner Hilfe konnten wir den Kurs halten, aber die Unklarheit in Bezug auf die Höhe brachte mich ziemlich aus dem Konzept.

Ich versuchte, in Gedanken zu überschlagen, mit welcher Geschwindigkeit ich den Flugplatz anfliegen sollte, aber auch das brachte nichts – schließlich zeigte nichts unser momentanes Tempo an.

Irgendwie hatte ich zwar in Gedanken immer und immer wieder die Gefahren eines Starts unter den gegebenen Umständen analysiert, war aber davon ausgegangen, dass die Landung ganz intuitiv sein würde, wenn wir erst einmal so weit gekommen wären.

In dem Augenblick, in dem ich eigentlich nach und nach in den Sinkflug gehen sollte, entdeckte ich plötzlich etwas Unerwartetes auf der Landebahn. Dieser kurze Moment reichte, um mich abzulenken, und wir waren zu schnell, absurd schnell, würden gleich mit der Nase zuerst auf den Asphalt krachen.

Beinahe grotesk türmte sich plötzlich der Ort vor uns auf. Man musste Gregor zugutehalten, dass er in dieser Situation nicht in Panik geriet, aber er hatte vermutlich einfach die Augen zugemacht.

Barbara gackerte wütend.

Ich beschloss, diesen ersten Landeversuch abzubrechen, als ich sah, wie unmöglich sich die Sache gestaltete. Deshalb zog ich die Flugzeugnase nach oben, und es ging dröhnend wieder gen Himmel. So viel also zu einer unauffälligen Landung – vermutlich war das in ganz Carso zu hören gewesen.

Und tatsächlich, als wir uns nach dem Drehen einer Runde – ohne Gleitpfad, ohne Höhenwarnung – erneut dem Flugplatz näherten, waren neben der Landebahn mehrere Personen zusammengekommen, schirmten die Augen mit der Hand ab und schauten offensichtlich zu uns herauf. O Gott!

Dieses Mal waren wir so langsam, dass ich schon einen Strömungsabriss befürchtete. Wenn die Motoren aussetzten, würden wir uns von einer Sekunde auf die andere von einem Flugzeug in einen Haufen Schrott verwandeln, der sich der Schwerkraft genauso wenig widersetzen konnte wie ich als Menschenkind.

Ich erhöhte das Tempo, und wieder starteten wir durch, wobei wir dieses Mal fast das Dach des Hangars gestreift hätten.

Gregor war kreidebleich.

Kurz schloss ich die Lider und dachte an meinen Großvater, an meinen Urgroßvater, an meine Ausbildung, an das Flugzeug, dessen Blut durch meine Venen zu fließen schien.

Ich konnte das schaffen, ich *würde* es packen. Wir würden nicht eine Zahl in einer Statistik sein, nicht der Anlass für eine weitere psychologische Untersuchung, kein warnendes Beispiel für die jungen Leute in der Flugschule.

Während mir noch all das durch den Kopf ging, spürte ich eine warme Hand auf meiner und hörte ein Flüstern: »Zweite rechts und dann geradeaus, bis es Morgen wird.«

Ich betete, dass dieser Versuch nicht ebenfalls schiefging.

Dabei hatte ich die Stimme meines Großvaters im Ohr: »Gerade halten, gerade halten«, hatte er immer wiederholt. »Du musst auf dem Wind das Gleichgewicht finden, so wie ein Vogel, der auf einem Finger balanciert.« Ich musste an Gregor und seinen Sperber denken.

Und dann fand ich endlich den Ansatzpunkt. Wenn man nicht aufs Instrumentenbord schauen konnte, musste man die Höhe eben intuitiv einschätzen und die Reaktionen der Maschine auf den Wind genau beobachten, um sie sicher runterzubringen.

Ich ritt auf einer Böe, deren Einwirkung auf die Maschine ich deutlich spüren konnte, verringerte allmählich und gleichmäßig das Tempo und konnte durch den Flugzeugboden hindurch, durch meinen Körper, unsere Höhe erahnen.

Dann küssten die Räder sanft den Asphalt, und wir legten eine butterweiche Landung hin.

Kapitel 34

Auf uns wartete eine kleine Gruppe – Gramps, natürlich mit Peigi im Schlepptau, selbstverständlich Donald und dann auch noch eine große Gestalt, die mir bekannt vorkam.

Alle klatschten und klatschten, als ich ein wenig zittrig aus dem Flugzeug stieg.

»Was zur Hölle ist das denn?«, fragte ich und deutete hinüber zu der Maschine, die mich bei meinem ersten Landeversuch so abgelenkt hatte.

Callum Frost trat einen Schritt vor. »Ich dachte, Sie würden sich freuen!«

Es handelte sich um eine sorgfältig restaurierte, wunderschöne Kopie von *Dolly*. Eine Achtzehnsitzer-Twin-Otter … ideal, um auf Stränden zu landen.

»Das gibt's doch nicht!«, rief ich verblüfft aus.

»Es hat sich herausgestellt«, sagte Frost, »dass Ihr Großvater keine so negative Meinung über mich hat wie Sie.«

Ich schaute Gramps an, der beide Hände hob. »Eigentlich dachte ich ja, dass ich Dolly nie wiedersehen würde.« Er schüttelte den Kopf. »Mein Mädchen!«

»Was ist denn mit Ihren riesigen Maschinen?«, fragte ich Callum mit vorwurfsvollem Unterton, obwohl es mir in den Fingern juckte, den Achtzehnsitzer von innen zu erkunden. Er sah wirklich toll aus.

»Ah, ja, vielleicht können wir über die irgendwann auch

mal reden«, sagte er. »Aber jetzt haben Sie erst einmal die Chance, eine wichtige große Airline mit zwei Maschinen zu werden.«

Alle hielten inne, als im Inneren des Flugzeugs etwas an der offenen Tür vorbeiwackelte.

»… und anscheinend mit einem Huhn«, fügte Callum Frost hinzu.

Ich starrte ihn an.

»Mein Mädchen, ich hab die Route verkauft«, erklärte Gramps jetzt strahlend. »Aber ich danke dir trotzdem dafür, dass du dich in meinem Namen so empört hast.«

»Allerdings«, mischte sich jetzt Callum Frost hastig wieder ein, »hab ich dabei zur Bedingung gemacht, dass Sie als Pilotin die Strecke übernehmen.«

Jetzt ertönte aus dem Inneren von *Dollys* Kabine ein Hüsteln.

O mein Gott, Gregor! Der musste eben gedacht haben, dass wir kurz vor einer Bruchlandung standen. Jetzt würde er sich wahrscheinlich so schnell wie möglich wieder auf seine Insel zurückziehen wollen, weil ihm nur noch einmal bestätigt worden war, dass das echte Leben hier draußen einfach nichts für ihn war. Und ich konnte es ihm kaum übel nehmen.

Mit einer Geste bat ich die Leute hier draußen bei der Landebahn, mir einen Moment Zeit zu geben, und eilte zurück ins Flugzeug.

»Sorry, sorry, sorry«, sagte ich. »Ich hab dich gerade viel zu weit aus deiner Komfortzone herausgeholt. Das tut mir echt leid.«

»Hast du wirklich«, antwortete er und stand bleich mit wackeligen Beinen auf. »Aber mein Gott! Ich kann kaum zum Ausdruck bringen, wie nötig das mal war!«

Mit gerunzelter Stirn und einem zögerlichen Zug um den Mund schaute er mich lange an. »Du … du bist zurückgekommen.«

Ich nickte.

»Wegen des Flugzeugs?«, fragte er.

»Nicht nur wegen des Flugzeugs.«

»Auch wegen Barbara?«, sagte er.

»Auch wegen Barbara.«

Plötzlich entdeckte ich zu meiner eigenen Verblüffung, dass wir einander bei den Händen hielten.

Gregor wirkte immer noch ein wenig mitgenommen. »Ich muss dir was sagen: Ehrlich gesagt … bin ich wohl ein bisschen angeknackst.«

»Das weiß ich«, sagte ich. »Ich doch auch.«

»An dem Tag, an dem du gekommen bist …« Sein Mund verzog sich zu etwas, was ein Lächeln sein mochte. »… da habe ich mich so elend gefühlt. Ich war furchtbar einsam und hab mir wirklich Gesellschaft gewünscht, hab gehofft, dass jemand zu mir auf die Insel kommt. Und dann …«

»… ist plötzlich eine Moorleiche herbeigewankt.«

»Ja, gewissermaßen. Jetzt kannst du vielleicht besser nachvollziehen, warum ich so überrumpelt war.« Er sah mich an. »Meine Meinung über dich hat sich allerdings geändert.«

»Als ich dein Brot verputzt habe?«

»Nein, da noch nicht.«

»Als ich mich mit deinem Huhn gestritten habe?«

»Nein, auch das war nicht der entscheidende Moment.«

»Gack!«

»Jetzt sei schon still, Barbara!« Er rieb sich über den Mund.

»Oder vielleicht, als ich deinen Wasserkocher …?«

Er unterbrach mich: »Als du in das eisige Wasser gesprungen bist, um nur wegen deines Großvaters diesen rostigen alten Schrotthaufen zu retten … Als du wild und frei und mutig und schlau warst … Das war nicht schlecht.«

Ich lächelte und trat näher an ihn heran.

Mittlerweile blickte er von oben auf mich herab. »Und jetzt … gibst du dich vielleicht deshalb mit mir ab, weil du Mitleid hast oder mich für eine tragische Figur hältst oder so?«, fragte er.

»Pff«, machte ich. »Wir haben doch alle unser Päckchen zu tragen. Aber so ist das nun wirklich nicht. Es hat vielmehr damit zu tun … dass ich dich in Unterhose gesehen habe.«

Vor lauter Überraschung musste er lachen, und plötzlich stieg in mir ein für mich ungewöhnliches Gefühl auf: Ich wollte etwas tun, einfach weil mir der Sinn danach stand. Nicht, weil andere Leute es von mir erwarteten oder weil man das in meinem Alter eben so machte oder weil ich damit die Karriereleiter hinaufklettern würde.

Gegen dieses Gefühl kam ich schlicht nicht an.

»Mir ist durch den Kopf gegangen, dass ich nur eins bedauern würde, wenn wir eine Bruchlandung hinlegen«, sagte Gregor.

»Ach ja?«

Er schloss mich in die Arme und küsste mich auf ganz wunderbare Art und Weise. Seine Lippen waren weich, und der Bart kitzelte meine Haut sanft. Tatsächlich fühlte sich Gregor absolut perfekt an, hart und doch weich zugleich.

Mit einem Mal rückte er wieder von mir ab.

»Was ist denn?«, fragte ich besorgt.

»Na ja, dieses Flugzeug …«, begann er. »Nicht, dass wir es ordentlich durchrütteln und nachher ein Flügel abfällt oder so?«

»Also echt!«, schnaubte ich und gab ihm einen kleinen Klaps auf den Arm.

Er grinste breit. »Und ich meine … eigentlich hab ich auch kein Interesse daran, dem Mile Low Club beizutreten.«

Mit einem Blick tief in seine Augen sagte ich: »Ich kann mich auch nicht daran erinnern, dich dazu eingeladen zu haben.«

»Außerdem würde Barbara mir dann in den Hintern picken.«

»Gack«, sagte Barbara.

»Okay«, sagte ich. »Na ja, dann sollten wir vielleicht lieber mal aus der Maschine raus.«

»Danke«, sagte er. »Das wäre mir sehr lieb.«

Er griff nach meiner Hand, und wir kletterten nach draußen, wo wir von einer frischen Brise und einem immer noch strahlend blauen Himmel in Empfang genommen wurden.

Wir traten in den süß duftenden Tag hinaus, und in diesem Moment wurde mir tief in meinem Inneren plötzlich klar, dass ich Zehntausende Kilometer hatte fliegen müssen, um endlich nach Hause zu kommen.

Epilog

Im Prinzip ist es eher ein Hobby, aber wir haben damit gut zu tun, und vor allem für Dad ist es eine Herzensangelegenheit. Er sucht mit Begeisterung nach Originalteilen und steht dafür mit Flugzeugfans auf der ganzen Welt in Kontakt.

Gramps versucht, sich nach und nach mit dem Thema Ruhestand anzufreunden, und ist mit einem Schraubenschlüssel in der Hand immer glücklich und zufrieden.

Was das Handwerkliche betrifft, ist Gregor leider keine große Hilfe, aber ich habe ihn immerhin dazu gebracht, dass er ein neues Logo für uns entwirft. Es stellt eine Lumme dar, die gerade losfliegt, und ist wirklich wunderschön.

Na ja, auf jeden Fall nimmt *Dolly* allmählich wieder Form an.

Für kommerzielle Flüge wird sie nicht mehr zu gebrauchen sein, aber als etwas abgehalfterter kleiner Privatflitzer für uns wird sie es noch machen.

Und ich finde es toll, dass ich jeden Abend nach der Arbeit nach Hause kann.

Natürlich werden wir nicht ewig auf Inchborn bleiben können, schließlich gehören das Haus und die ganze Insel dem Staat und damit allen.

Aber jetzt haben wir erst einmal Zeit. Das ist unser gemeinsamer Sommer, in dem wir die Füße in den Bach halten, Nester an Kliffs beobachten, fischen gehen und lange Spaziergänge über den Machair unternehmen.

Wenn die Fähre die Touristen des Tages abgeholt hat, gehört die Insel wieder uns. Und deshalb … tragen wir an heißen Sommertagen auch nicht besonders viel.

Beim ersten Mal war ich darüber ein bisschen schockiert, was Gregor ziemlich lustig fand. Er hat mich gefragt, wie ich es mir eigentlich vorgestellt hatte, in Dubai in einer Wohnung mit lauter Wänden aus Glas zu wohnen.

Ich hab ihm frech die Zunge rausgestreckt, woraufhin er mich bis ins kleine Wäldchen gejagt hat, was ich möglicherweise auch genau so geplant hatte.

Frances und ich sind mittlerweile gute Freundinnen, zur eifersüchtigen Empörung von Barbara. Aber der Sperber gehört weiterhin allein Gregor, der oft lange völlig reglos dasteht und lautlos mit diesem perfekten, ungezähmten Wesen kommuniziert.

Callum Frost hält den Kontakt zu mir, Nalitha und Indirah durch regelmäßige Videocalls. Ja, wir haben eine neue Pilotin. Da ja keine weiteren Verwandten zur Verfügung standen, mussten wir jemanden einstellen und haben uns überlegt, dass wir gut auch eine weitere Frau mit an Bord holen könnten.

Frost meldet sich alle paar Wochen und klagt darüber, dass wir uns nicht an die Flugpläne halten, das Absetzen von Passagieren zu lange dauert und wir manchmal auch noch zusätzliches Gepäck mitnehmen, für das nicht bezahlt wurde.

Dann verschränken wir drei nur die Arme vor der Brust, starren ihn an wie die toughsten Mädchen in der Schule und zwingen ihn jedes Mal, einen Rückzieher zu machen.

Ich glaube ja, dass er es insgeheim genießt, daher kommen wir schon miteinander klar.

Ansonsten versucht Gregor im Moment, mir das Kochen beizubringen, wofür ich allerdings kein Händchen habe. Immerhin hat sich dabei herausgestellt, dass ich eine wirklich gute Bäckerin bin.

»Das wundert mich gar nicht«, war sein einziger Kommentar dazu. »Genaue Anweisungen exakt zu befolgen und die Dinge dabei immer auf die gleiche Art auszuführen, passt gut zu dir.«

Darüber hinaus haben wir keine Pläne für die Zukunft – nicht einen einzigen –, mal abgesehen davon, dass ich Gregor und mein neues Leben von ganzem Herzen lieben werde. Denn ich weiß, dass auf dieser Erde alles so zerbrechlich ist wie der Flügel eines Vogels, wie eine Eierschale, wie ein angeknackstes Herz.

Dank

Mein Dank geht an: Jo Unwin, Lucy Malagoni, Rosanne Forte, Nisha Bailey, Kate Burton, Matilda Ayris und César Casañeda Gámez, Joanna Kramer, Hannah Wood, David Shelley, Charlie King, Deborah Schneider, Rachel Kahan, Gemma Shelley, Stephanie Melrose, Fiona Brownlee und an alle bei der Jo Unwin Literary Agency und bei Little, Brown.

Außerdem danke ich den Bewohnern von Barra, vor allem Kursty, und dem Schottischen Luftfahrtmuseum, darüber hinaus Captain Colin Rutter, dem Ausbilder Captain Alastair McKinnon, Captain Laura Savino und Captain A. Nonym 🙂.

Und noch mal: Benutzt diesen Roman bitte nicht als Handbuch, wenn ihr ein Flugzeug steuern müsst. Das kann nur in einer Katastrophe enden 🙂.

Von Jenny Colgan liegen im Piper Verlag vor:
Die kleine Bäckerei am Strandweg:
Band 1: Die kleine Bäckerei am Strandweg
Band 2: Sommer in der kleinen Bäckerei am Strandweg
Band 3: Weihnachten in der kleinen Bäckerei am Strandweg
Band 4: Ein neuer Sommer in der kleinen Bäckerei

Floras Küche:
Band 1: Die kleine Sommerküche am Meer
Band 2: Hochzeit in der kleinen Sommerküche am Meer
Band 3: Weihnachten in der kleinen Sommerküche am Meer
Band 4: Weihnachten im kleinen Inselhotel
Band 5: Hochzeitsglocken auf der kleinen Insel
Begegnung in der kleinen Sommerküche. Erzählung

Happy-Ever-After:
Band 1: Happy Ever After – Wo das Glück zu Hause ist
Band 2: Happy Ever After – Wo dich das Leben anlächelt
Band 3: Happy Ever After – Wo Geschichten neu beginnen
Band 4: Weihnachten in der kleinen Buchhandlung
Band 5: Winterträume in der kleinen Buchhandlung

Sommerhimmel über dir und mir